陀吉尼《だきに》の紡ぐ糸

探偵・朱雀十五の事件簿1

藤木 稟

角川ホラー文庫
17647

目次

プロローグ　弁財天の子宮（異界の扉）

1

明治二十九年　浅草

「揚げ団子、団子、団子はいらんか〜」

「エ〜、落花生に、甘納豆、おせんにキャラメル、焼きいかにのしいか、あんぱんにカステイラがございます」

もの売り達の声が響いてきた。

もの売りに関しては、年季の入っている者とそうでない者はすぐに売り声で判別できる。始めて間もない商人は、ちょっと興味を示す客がいようものなら、やたら元気のいい声を続けざまに張り上げる。だから声に張りがあり、調子が不規則なのが若いもの売りだ。

ひやかし客に大概に飽いて年季が入ってくると、あのもの売り独特の哀愁に満ちた気だるげな声になっていく。そうして人様の視線などには構いもせず、まるで念仏のように決まった間合を持って売り声を発するようになるのだ。

浅草に響いているのは、殆《ほとん》どが老練な商人の売り声であった。町も古いから、もの売りも古いのであろう。念仏めいた売り声でも、何重にも重なればそれなりに賑《にぎ》やかしく、目を閉じればありがたいショウミョウを聞いているような趣があった。

浅草寺《せんそうじ》の土産物屋街・仲見世《なかみせ》通りの向かい側には、立ち食いそば屋の屋台がずらりと連なり、香ばしい匂いにつられた客達が列をなして並んでは、立ち話に花を咲かせている。

市電（軌道）の線路が走る大通りでは、土煙の中を大八車を押す商人、人力に乗った二人連れ、フロントライトを稲妻のように走らせた自動車も時々往来していた。

時折、仲見世の入口にある派出所の中から顎髭《あごひげ》を生やした厳《いか》めしい警官が出てきては、通行人を睨《にら》んだり、退屈凌《しの》ぎの職務質問をしたりする。

真夜中だと言うのに、人の喧騒《けんそう》は一向に止む様子もない。浅草寺の周辺は夜明けまで毎度こんな調子であった。

鐘を鳴らして市電が停車する。

乗客達の手垢《てあか》ですっかり珈琲《コーヒー》色になった木製引き戸を開けた東泰治《あずまたいじ》は、信号灯と呼ばれる石灯籠《いしどうろう》が立っている停留場に飛び降りた。

すらりとした長身に、夏物の白い学生服をまとっている。短く刈った頭髪、額は四角く、目は切れ長で鋭い。鼻梁《びりょう》が高く、口元が引き締まっている。どこか若武者を思わせる風貌《ふうぼう》だが、その全身には鬱《くら》い陰が満ちていた。

東とすれ違いに電車に乗り込む人々の中には、手に花束やらハンドルカバーを持った婦人の姿もあって、人込みを押し分けながら、運転手に贈り物を差し入れようとしている。市電の運転手といえば、昨今のスタァ職業なのである。

東はそれらを軽く一瞥《いちべつ》すると、浅草寺へと数珠繋《じゅずつな》ぎで行進する人込みにまぎれこんだ。


……全く、これじゃあ何時までたっても浅草寺にすら着かないじゃないか！


人いきれに噎《む》せ、行列の歩みの遅さに苛立《いらだ》った彼は、気を落ち着かせようと、視線を上空に移した。

黒雲に覆われているせいで、空には星一つ見えていない。だが、不意に漆黒を破って、毒々しい色彩の高塔が、彼の目に飛び込んできた。

左斜め上空に輝く、赤い巨人のような塔——。


十二階……『凌雲閣《りょううんかく》』だ……


東はこの塔が好きだった。

十二階はイギリス技師の設計による高層ビルヂングだが、その足元には、蛇女の見せ物小屋や、玉のり、のぞきからくり、あやしげなロボット館、娼婦《しょうふ》、陰間などがからみつくように巣食っている。

　学校の教師などは、『十二階に代表される高層建築は、我が国に残る無知と迷信とを追い払った近代科学技術の代表だ』と言うが、むしろ東には十二階こそが、有象無象魑魅《ちみ》魍《もう》魎《りょう》の生き血を啜《すす》って咲く妖花《ようか》、魔塔なのだという印象があった。

　一時は大評判となった十二階のエレベーターも、気まぐれに止まっては観光客を閉じ込めるので、今では廃止されている。故障箇所が入念に調べられたが、ついに真の原因は不明であったと聞く。人間共の快楽の果てに生み出されたこの妖花は、もはや人間の手を離れて生き始めたのかもしれない。いずれ、この塔の天辺《てっぺん》から吐き出される無数の胞子が帝都の空を覆いつくし、街と人とを血の色に染め上げるのだという東の幻想は、夢にまで繰り返し現れては彼の胸をときめかせるのだった。

　いや、幻想ではない、確かな予感だ。東はその予感を信じて、来春から士官学校に入りなおす事を決意までしたのだった。


　人込みに押されに押され、流されるままに浅草寺に入り、裏門を抜けて通りを渡ると、七区と呼ばれる浅草寺僧侶《そうりょ》達の住宅地に出る。しかし、小ましな家並みはすぐに終わり、以降吉原までは木造の貧民長屋がひっそりと犇《ひし》めくうら寂しい路地が続く。

　加えて、吉原への往来を管理する大門《おおもん》が閉められる間近とあって登楼客の姿もなく、辺りには一層の静寂が満ちていた。

人一人が通るのがやっと、二人ならば体を横にしていかねばならないような細い路《みち》が、長屋に沿ってくねりながら、漆黒の向こうへと消えていく。


暗い……暗い……。

きっとこの暗闇は、華やかな不夜城に捨てられた「影」なのだ……。


瓦斯《ガス》灯のない路は、ただひたすらに闇へ闇へと束を引きずり込んで行く。

時折、雲の間から現れる気紛《きまぐ》れな月は、僅《わず》かな光しか投げかけてくれない。くすんだ赤銅色の光芒《こうぼう》を放つ満月だ。

妖《あや》しいその姿は、月に擬態した何ものかのようだった。束にはそれが、別世界へと続く隧道《トンネル》の如く感じられた。それとも天空に穿《うが》たれた、異世界への扉かも知れない。

思わず目を凝らした束だったが、月は忽《たちま》ち雲間に隠れ、辺りは再び闇に包まれた。

その時、何処からか、男の声が聞こえた。

『嫌な月だ、こいつは百鬼夜行の夜だ、気を付けなきゃな』

不審に思って辺りを見回したが、人影はない。

長屋の誰かが呟《つぶや》いたのだろうか。それとも、幻聴か……。

そんなことより、早く行かなければ……


彼は入り組んだ路地の奥へと、足を進めた。

路の両側から、湿気た畳と木と土の匂いが漂ってくる。

そこへ時折、獣の糞尿《ふんにょう》まじりのカビ臭い匂いが混じりこむ。犬猫が住みついているのだろうが、不思議に今夜は鳴き声ひとつ聞こえない。

静かすぎる。

ついさっきまでの喧噪《けんそう》が遠い過去の幻のようだ。曲がりくねった道は視界をさえぎり、変化のない無人の情景だけが繰り返し目の前に現れる。


そんな迷路のような路を白い学生服は飛ぶように駆け抜けていた。

痩《や》せた体から、するりと伸びた長い手足が勢い良く空を切っている。

切れ長の瞳《ひとみ》は焦りの色を湛《たた》えて見開かれていた。

東は走りながら学生帽を取り、汗の滴る額を腕で拭《ぬぐ》った。

最初は悠然と歩いているつもりでいたのに、いつの間にか小走りになっている。そうして、今は何者かに追われるように全力で駆けている。闇に飲まれ、無に帰す恐怖が東の平衡感覚を狂わせ、何度もつまずかせた。それでも東は手足を動かし、走り続けた。

太股《ふともも》のうちから起こってくる律動を静めることが出来ない。

僕は……こんなに走って何処に行くんだろう？

東は息苦しさに喘《あえ》ぎながらふと疑問に思った。暗闇が彼の思考を奪ってしまっていた。思考を奪われた肉体が原始的な本能のままに動いていた。

吉原だ！　吉原に行くんだ……けど、なぜ行くんだ？

何という無様な事だろう。自分がここにいる意味も目的も……分からなくなってきた。だがその時、東の脳裏に一つの顔が浮かんだ。

そうだ、藤原だ‼

今日は高等学校の夏期休暇の最終日だった。そこで、仲のよい級友同士で集まって大騒ぎをしようという事になり、父母の目を盗んで真夜中に落ち合うと話が決まったのだ。格別そうしなければ家を出られない訳ではなかったが、両親の目を盗むという行為そのものに、箱入り息子達は魅力を感じたのだった。

「浅草に公設の電気館が出来ただろう、其処《そこ》に行こう」

誰かの提案に、班長の藤原が冷笑をもって答えた。

「電気館の巴里《パリ》の都市模型などにうつつを抜かすのは子供のすることだよ、男子であればまずは初めに深夜の肝試しなどして、それから女買いでもすると言うのはどうかね？　噂では遊女解放を旗印に救世軍が吉原でも動きだしているらしいから、今行っておかなければ、生涯、行き損ねるかも知れないということだ」

何時も小難しい理屈ばかりこねている藤原にしては随分と大胆な提案だった。青瓢箪《あおびょうたん》と普段から小馬鹿にしていた帝大狙いの藤原がそう言ったのに、他の者が怖《お》じ気《け》づくわけにはいかなかった。

それで、落ち合う先を吉原にある花魁弁財天《おいらんべんざいてん》の境内に決めたのだ。

大門が閉まるのに間に合うかな？

東は時計を見た。暗くて文字盤が読めなかった。

それどころか膝下《ひざした》まですっかり闇に飲み込まれていることに気づく。足の裏が凍えて無感覚になっている。自分の息の音だけが、はぁはぁと耳に響いていた。

やがて彼を怯《おび》えさせていた闇が溶けはじめると、吉原へ続く千束《せんぞく》通りが現れた。

店の灯は殆《ほとん》ど消えていたが、酔っぱらいのしわがれ声が漏れてくる飲み屋もある。

通りを北へ抜けきるとアーク灯のついた巨大な青銅色の鉄門が見えてきた。その辺りへ来ると、上空が昼間のように明るくなった。門の中に飛び込むと、光の洪水が東の目の前ではじけた。

門近くの植木柵《さく》では、数十個の雪洞《ぼんぼり》と行灯《あんどん》が糜《び》爛《らん》した桃色の光を放っている。時刻が遅いせいか、あくどい色彩の着物を着た客引き女郎の姿は少なかったが、人のさざめきがまだ空気に紛れて漂っていた。三味線の音も何処からか聞こえている。通りには奇天烈《きてれつ》な和洋折衷が評判の奇趣建築の建物がずらりと並んでいた。二階建ての窓からは電気提灯《ちょうちん》が下がっている。煉瓦《れんが》造りのハイカラな建物もチラホラとある。派手な看板の煉瓦造りの遊廓《ゆうかく》が一番手前にあった。相当に高級な店らしい。東は暫《しばら》く立ったままの姿勢で、力の萎《な》えた膝を両手で摑《つか》んでいた。胸が苦しかった。よくぞここまでの長い距離を全速力で走ってきたものである。

考えてみれば、恐怖こそが最大の本能なのかも知れない。恐怖があるから自分を脅かす対象に怒りが生まれ、死を恐怖するから食欲も性欲も生まれてくる。

恐怖は生命の原理なのだ。

暗闇が人の獣じみた本能を蘇《よみがえ》らせるものなのであれば、光がそれを奪うのだろうか？　光に照らされた物を見ると思考が戻ってくる。

そうであれば視覚こそが人の理性の源なのだろうか？

東はそんな事を考えながら、仲之町の大通りをゆっくりと奥へ歩き始めた。

突然声がかかり、おそろしく俊敏に体が伸び縮みする着流しの男が、店の暖簾《のれん》を潜って

「兄さん！」

「一円」と書かれた板札を差し出したかと思うとぱっと引っ込め、東を驚かせた。

客引きの牛太郎《ぎゅうたろう》だ。看板に書かれた値段は相場よりかなり高値であるが、洋風の学生服を着た青年が金持ちの子息だと心得ている牛太郎は、東にちらちらと視線を送り、まだ女が残っていることを合図する。

東は軽く会釈をして、「後で友人と来ます。待ち合わせしているから……」と世間擦れしていない言い訳をして牛太郎の横を通り抜けた。

賑《にぎ》やかな仲之町のかど店にあたる大見世・角海老《かどえび》屋を過ぎると、水道尻《すいどうじり》と呼ばれる裏門付近である。通りは芸妓《げいぎ》屋ばかりになり、ややうら寂しい風情が漂いだす。

闇がまた少し濃度を増した。

道の突きあたりに、瓦《かわら》屋根の大きな屋敷が見える。

屋敷の門には「年寄り組」と毛筆でかかれた看板がかかっていた。門の前に仁王立ちした強面《こわもて》の男が腕組みをしたまま、東をじろりと睨《にら》んだ。

その前を通り過ぎて左に折れ、いっそう店もない暗い道に入っていく。

訝《いぶか》しげな顔でその様子を見ていた男も、東を追っては来なかった。

暗い……何もない。

東はじっと眼を凝らして前方を見た。

闇の中に、煤《すす》けた土壁の荒れ寺が見える。いや、本当は荒れてはいないのかも知れぬが、闇の靄《もや》の中では、其処此処《ここ》が崩れそうに見えている。


蓮華《れんげ》寺……。ここを左だ。


東は蓮華寺の塀沿いを左に走る路地に入った。すぐに広場が見えた。また広場の脇路地を左に折れた。この辺りは地図で確認しているから、間違いはないはずだと自分に言い聞かせる。

暫く歩くと短い石段が現れた。石段を登りながらふと顔を上げると、東の視界一杯に鮮やかな朱塗りの重ね鳥居が飛び込んできた。

どきり、とした。

全てが色を失う闇の中にあっても、ひときわ赤いその鳥居が、不可思議な生物の唇のように見えたからだ。

東は一瞬、鳥居を潜る足に戸惑いを覚えた。

来たぞ、東だ。

やっと来たか、火をつけよう。


友人達の囁《ささや》き声が、闇に閉ざされた空間の奥の方から聞こえてきた。

東は胸を撫《な》ぜおろして鳥居の下を潜った。靴にあたる硬い石の感触を確かめながら、参道を奥に向かって歩く。その先に、小さな橙《だいだい》色の光がぼうっと浮かび上がった。

一つ……二つ……三つ……四つ……五つ……。

灯が増えていくにつれ、辺りの様子がはっきりとしてきた。

賽銭《さいせん》箱のそばで膝を抱えて座っている友人達の顔が深い陰影の中に現れる。

参道脇には、鬱蒼《うっそう》とした木々の葉が風に揺らいでいた。


おそいぞ東。

誰かが言った。

怖くなって、止めようなんて思ってたんじゃないのか?

また誰かが言った。からかうような笑いを含んだ声だった。

東は時計を見た。約束の十二時丁度であった。

「ちゃらんこさんが来た」

「ちゃらんこさんだ」

夜風に紛れて、微《かす》かに人声が聞こえて来た。

大門《おおもん》が閉まる時間を伝える遊廓の合言葉だ。大門の側の店から始められた呼びかけが、次々と伝わり、裏門まで流れていくのである。

がらがらと、吉原と外の世界を結んでいた九つの撥《は》ね橋が同時に引き上げられる音が、静けさのなかで響いた。

「なに言ってるんだ、今丁度、約束の時間になったところじゃないか」

憤慨した声で言いながら、東は友人たちの輪の中に座った。

隣に藤原がいた。

分厚い眼鏡が蠟燭《ろうそく》の炎を反射している。いつもの神経質そうな視線は隠れ、代わりに強調された歪《ゆが》み気味の口元が不敵である。濃い頬骨の影が、ただでさえ削《そ》げかえった風貌《ふうぼう》を一層シャープに見せていた。

いつもと違う学友の大人びた姿に、東は少なからず驚いた。

「さて、これでようやく五人集まったね。皆、とっておきの話を仕入れてきてくれたろうねぇ？　子供騙《だま》しのような怪談では駄目だよ、本当に怖くなければいけない。百物語りの要領で、時計回りに順次話をしていくことにしよう、そしてその度に蠟燭を吹き消していく。話し終わったら、何か恐ろしいことが起きるはずだ」

藤原の声は暗闇によく響く声だった。それまで特に藤原の声のことなど注意したことのない東であったが、こうして聞くとやや甲高い張りのある声に含まれているカリスマティックな響きに、ぞくりと背筋が震えるような気がした。

その時、かぁと何処かで烏が鳴いた。夜だというのに奇怪《おか》しなことであった。

東は皆と互いに顔を見合わせて不安を伝えあった。その中で、藤原だけがしごく平然としていた。

「さて、先手は誰かな?」

「……じゃあ、僕が話をしよう」

藤原の隣にいた斉藤だった。慎重で理論派の斉藤はズボンのポケットから小さなメモ帳を取り出して下書きを確認すると、やや理屈っぽい口調で語り始めた。

「これは僕の祖父の体験談だ。厳密には怪談といっていいものかどうかは分からない」

祖父は若い頃、埼玉の山深い農村にいた。ある時、隣の村に親戚《しんせき》の用事で出掛け、えらく美貌の少女と出会って恋に落ちたらしい。祖父の話では名前は早苗《さなえ》だ。

祖父は自分の村に帰ってからも、その少女のことが忘れられず毎日夢に見ていたという。

そんなある夜更、祖父の寝室の窓を叩《たた》く者がいた。祖父が訝りながらも開けてみると、其処《そこ》に恋した少女が立っているじゃないか。

「お前様に会いたくて、夜道を抜けてきた」と、その少女は言った。

祖父は、女の足で夜の山道を越えてきたという少女の愛《いと》しさに感激した。

そして部屋に招き入れて一晩を過ごした。その時、山道を越えてきて汗だくになっているはずなのに、いやに冷たい少女の体を変だと思った。普通ならそれだけ運動したあとは体温が上昇しているものなのに、氷のように冷たかったというんだ。ともかく、欲情の方が勝っていたために祖父はそのことについては深く考えなかった。事が終わると、少女は朝までに帰らないと家の者に叱られると言って、祖父が止めるのも聞かずに空が暗いうちに去っていった。

『夢のようなこともあるもんだ』と思っていると、次の夜もまた少女が祖父の寝室の窓を叩いた。一寸《ちよつと》した色男気分だ。祖父は喜びいさんで少女を家に招き入れ、また少女は夜明け前に帰っていった。二日目までなら、人にのろけ話をする程度ですんでいた。ところが、その少女が毎晩、毎晩、祖父を訪ねてくるようになった。一寸奇怪しいと思わないかい？

いくら色恋が人に思わぬ力を与えるといっても、少女の足で毎日、毎日、男でも大変な山道を越えて訪ねてくるわけだろう？

一ヵ月も経とうという頃になると、祖父も次第にその少女のことが薄気味悪くなってきたらしい。なんだかその少女が人間ではないもののような気がし始めたんだ。もし人であったとしても、それだけ執念を燃やされるとぞっとするものさ。

それで、祖父は思いあぐねて村の若人組の年長者に相談した。

するとその男がこう言った。

「そいつは奇怪しい、隣村に続く一番近い道は一ヵ月前から土砂崩れで通れないはずだ。他の道からくるとすれば、半日はかかってしまう、なのに、毎晩お前のところに来て、帰っていくとは人間の業で出来ることじゃない」

祖父はすっかり怯《おび》えきってしまった。また夜になれば少女がやってくるはずだ。しかしそれは少女の姿をかりた物の怪《け》かも知れない。そう考えると恐ろしくて仕方がなくなった。

夜になった。何時ものように少女が窓を叩いた。祖父は怖くて頭から布団を被《かぶ》って寝たふりをしていた。そうすると、がたがたと玄関を開けようとする物音が始まった。

玄関は開かないようにしておいたから、初めは放っておけば諦《あきら》めて帰るだろうと思っていた。ところが、段々と物音が大きくなって、しまいには熊かなにかが戸を破ろうとしてるんじゃないかと思うほど凄《すさ》まじい音を立てはじめた。

祖父は震え上がった。女が立てるような、いや人間が立てるような物音ではないと思えたからだ。

「ここを開けて」という可愛い声も、次第に恨みのこもった声になり、「心がわりをしたなら取り殺してくれる！」などと恐ろしいことをわめき始めた。

もう、体中ががたがたと震えがきた。驚いたことにその時、玄関のつっかえにしていた太い木が、ぼきりと折れて少女が入ってきた。祖父は自分でも訳の分からないことをわめきながら跳ね起きて外に飛び出したらしい。少女が追ってくる足音が聞こえた。真っ暗な道を思い切り走ったが、自分を追ってくる女の足音は一向に遠ざからない。気味が悪い、なんて足の速い女だ。そう思いながら息を切らして細い山道の辺りまで来た時、祖父の背中に何かが覆いかぶさった。ぜいぜいと息の音が耳元でする。祖父は叫び声を上げて背中の物を突き飛ばした。

すると、「あっ」と悲鳴が聞こえ、少女の姿が闇夜にしっかり見えた。少女は崖下《がけした》に転落していった。それから祖父は錯乱したまま家に帰って布団を被って眠ってしまった。

ところが、朝起きてからよくよく考えると、自分は人殺しをしてしまったんじゃないかという思いが湧き上がってきたんだ。

それで、少女を突き飛ばしたと思う辺りの道に行って崖下を見てみたが、死体らしき物は無かった。だが……少女が落ちたのは違う場所だったのかも知れない。一途《いちず》に恋すれば山道を駆け抜けることも不可能とは言い切れない。あるいは本当に人ではないものが少女に化けていたのかも知れない。真相は分からない。祖父は真相を知るのが怖くて、翌日村から逃げて東京に移り住んだということだ。

「この話を聞いて僕が一番怖かったのはだね……、少女が落ちていったという谷底が見えるような気がしたからさ、それはきっと祖父の心の中にあった谷底さ。誰でも人を突き落とすことの出来る谷底を心の中に持っているんだ。普段好々爺《こうこうや》に見える祖父ですら、本当は人殺しかも知れぬのだから……」

斉藤の話が終わり、蠟燭が消された。

東は苦い顔をして俯《うつむ》いている斉藤の様子を窺《うかが》った。斉藤はある女学生と恋をしていた。先月、二人で逢《あ》い引《び》きをしているところを両親に見つかって引き離されたらしい。心中を図ったという噂もあった。どういう事情であったか分からないし、ただの噂に過ぎないのかも知れない。その事については友人の間でもタブーであったから詳しい事情は分からないのだ。東は経験未熟なりの幻想をかき立てて、憧憬《しょうけい》を含んだ重いため息をついた。

それから級友達は順次に怪談話を語っていった。その度に蠟燭が吹き消された。

話はたわいもない言い伝えから、ごく身近な霊体験まで様々であった。

しかし東は斉藤と藤原のことばかりに注意を向けていたので、他の二人の話を殆《ほと》ど聞き落としていたのであった。東は自分の番が来たことを知らされて、祖母から聞き覚えた浅草寺の怪談を話した。

最後に、たった一本だけの蠟燭が残り、級友達の作っている円陣が少し小さくなっているように感じられた。

「なかなか快調だね、では最後は僕が話そう。断っておくがこれは作り話ではない、正真正銘、本当にあった話だ。皆はここに『触《ふ》れずの銀杏《いちょう》』という大銀杏があるのを知っているかい？　あれだ」

藤原が指さした方には、一際大きな銀杏の影があった。

しかしそのグロテスクな怪木は、銀杏と言われるからそれと分かるのであって、現実にはかつて見たこともないような代物だ。

いかなる呪いがかかって、こんな姿になったと言うのだろう？

なにしろ、蛇のように絡み合った根が辺り構わずのたうつように隆起しているし、横に湾曲して広がるごつごつとした奇形じみた幹から五本の枝がにょっきりと突き出て、まるで地面から生える巨人の手を連想させるのである。

東はその姿を見ただけで、ぞっと寒けを覚えた。

「あの銀杏にまつわる因縁話を、これから僕が知るかぎり話そうじゃないか……」

2

この辺りには今も池が多いが、その昔、浅草寺の雷門から吉原に当たる一帯には、実にじめじめとした沼や湿地が広がっていた。其処へ徐々に土砂や材木を埋築して町らしき体裁を整えたのは、延宝《えんぽう》五年頃からのことだと聞く。

それでも少し雨など降れば、道行く人の膝《ひざ》まで泥に埋まってしまうところから、誰が言うともなく『泥町《どろまち》、泥町』と呼ばれていたが、後年それでは余りに体裁が悪いということで『田原《たはら》』と呼ぶようになったらしい。

当然、そんな湿気た土地に住まうお公家《くげ》様はいない。案の定、有象無象の低所得層が犇《ひし》めくように寄せ集まり始めたのにつれて、割銭長屋が次第に立ち並び、それでも住宅が足らぬということで現在の田原二丁目の辺りには間口二十六間、奥行き五十六間余りの大長屋が誕生した。その長屋の名を、『孔雀《くじゃく》長屋』と言った。

何故、そんな美麗な名称が貧民街に付けられたのか不思議なのだが、僕が考えるに、縦横に走る路地の先に絢爛《けんらん》豪華たる吉原が花を咲かせているさまが、孔雀の尾のようだと言うことなのだろう。

一方、長屋群を挟んで吉原と相対するのが浅草寺周辺の一大遊園地区だ。

明治六年、浅草寺境内が「浅草公園」と命名されると、十七年にはその周辺九万六千坪の地域を第一区から六区にわかち、池をめぐって電気、芝居小屋、サァカス、見せ物小屋、花屋敷、洋食屋等々が次々と軒を連ね始め、ついに今のような、靡爛頽廃《びらんたいはい》した文化が花開いたのだ。

ところが、やはり現在に至るまで、ほら、君達が通ってきたあの細い路地と長屋街だけは、行楽地と吉原の喧騒《けんそう》に挟まれながら、亜空間のような不毛の地域であり続けている。

土地というものは、それぞれ成り立ちからの因縁を持っているのさ。まさにその一帯だけが一身に泥をかぶっているようじゃないか。他所《よそ》が輝かしく栄えるほどに、一層闇は深くなっていく。まるで写真のネガとポジのような、言わばこれらは双子の関係なのさ。

今から十年前、その貧しい長屋の一角に双子の兄弟が住んでいたと想像してくれたまえ。

事の始まりは、こんな風だった……。

双子の弟がお使いから帰ってくると、父親の松吉《まつきち》は四畳半の破れ畳の上で長火鉢に突っ伏す格好で、高鼾《たかいびき》をかいて眠っていた。だらりと下がった腕の先には、空っぽの一升瓶が転がっている。鼻が曲がるほど寝息が酒臭い。松吉はもとは腕のいい宮大工で、浅草寺の仕事をしたこともあると言うが、息子には、父が働いている姿などまるで覚えがなかった。

仕事がないからしょうがない……とは松吉の口癖だが、今のご時世、大工仕事ならいくらでもある。なのに「神社仏閣以外の仕事は腕が汚れるからしねぇ」などと見栄を張って一向に職につこうとしなかったのだ。

父は体の弱い母にばかり面倒をかける憎むべき男だった。

開け放った引き戸の向こうでは、すっかり高くなった秋空の下で、近所の子らと砂ぼこりを上げながら馬跳びをしている兄の姿が見える。弟は酒臭い父の側を離れ、玄関の土間にしゃがみ込んでその姿を眺めていた。

兄と弟は一卵性の双子の兄弟である。顔だちなどは親でも見分けがつかぬほどよく似ている。それだのに性格がまるっきり違うのはなぜかしら？　と弟は普段から不思議に思っていた。

兄は活発で人なつこかった。父の血を濃く引いた、短気な江戸っ子気質《かたぎ》だ。遊びといえばチャンバラや馬跳びなどの荒っぽい物を好む。

一方、弟の方は岩手出身のおとなしくて粘り強い母の方に気質が似ていた。運動も苦手で絵本を読んだりするのが好きである。

こういう二人が一緒にいると、いつも割りを食うのが弟の方だった。親戚《しんせき》の叔母《おば》が遊びにきた時も、兄はすぐに「おばちゃん、おばちゃん」と懐いて上手に甘えたが、人見知りな弟は出そびれてしまう。叔母も最初は、遠目で自分を眺めている弟を気にかけてもくれたのだが、話しかけても、ただもじもじしているばかりなのに呆《あき》れて、次からは叔母の方から弟を避けるように振る舞ったのを弟はおぼえていた。

「おめぇは陰気でいけねぇ、兄貴みてぇに覇気がねぇから駄目だ」

それが父の口癖だ。どうやら父は弟のことを好いていないらしい。しかし、母はおとなしくて言うことをよく聞く弟を可愛がってくれていた。

膝を抱えてぼんやりとしていた弟の手の上に、ふっかりと小さな掌《てのひら》が添えられた。妹の菊だ。二歳になったばかりの妹が、「おしっこ」と言った。

棟続きの小さな木造長屋の先に、楓《かえで》の木が植わっており、その横に厠《かわや》が立っている。

弟は菊をおんぶすると、ちらちらと揺れる赤い葉陰を目印に厠の方へと歩いていった。

厠の前で菊を背中から下ろし、着物の裾《すそ》をたくし上げて帯に差し込んでやる。小便で濡《ぬ》らさないようにする為だ。

「開けといてね」と菊は厠に入っていく前に心配そうに弟に念を押した。まだ小さな妹は厠の戸を閉められるのが怖いのだ。

「あたいが見といてやるから、早くしなよ」

弟が優しくそう言ってやると、菊は安心した顔で頷《うなず》いて床の四角い穴を跨《また》いだ。

「なかなか見つからないねぇ……、話をしても、それじゃあ足手まといだって言うお店が多くてさ、もう一人の子ならすぐに見つかるが……」

「あの子は長男だから、亭主が手放しゃしません、なんとかお願いしますよ」

「ああ、また他所に聞いといてやるよ」

ひそひそと話し声が聞こえる。楓の陰からだ。弟は聞いてはいけない物を聞いた気がして、どきりとした。小便を済ませた菊を背負うと、弟はひっそりと長屋の路地を歩きはじめた。

家の前にたどり着くと、木刀を持った兄が玄関先から躍り出て来て弟を驚かせた。

「お前も一緒にチャンバラをするかい？」

ほんのり上気した兄の額には汗が光っている。弟は菊を背中から下ろしながら、「あたいはやらない」と答えた。兄はそれを聞くと、少しふくれた顔になったが、友達の呼ぶ声が聞こえると、さっさと弟の脇をスリ抜けて行ってしまった。弟は得体の知れない憎悪を感じた。

兄の背中を暫《しばら》く見ていた弟は、「お母ちゃん」と言う菊の声に振り向いた。

母のよしが立っていた。

母はなんだかバツの悪そうな顔をしていた。弟はもやもやと又、嫌な気持ちになったが、何故、急に自分がそんな気分になったのかは、よく分からなかった。

「よく聞いとくれ、母ちゃん、明日から新しいお仕事にいくんだよ、一条男爵様っていう偉い方のお屋敷の手伝いをするんだよ。綾子《あやこ》様っていうお嬢様がいてね、一条様の奥様が体の弱い方だから、母ちゃんが奥様に代わって綾子様の面倒を見たり、お掃除をしたりするんだ。今までの内職みたいに家には居られないけれど、お前達も綾子様の遊び相手として、たまには母ちゃんの仕事してるところに来てもいいと言って下さっているから、寂しくないだろう？」

母はそう言うと、菊を抱き上げ、弟の手を引いて歩き始めた。

「おや、見てご覧、綺麗《きれい》な鱗雲《うろこぐも》だ」

菊と弟は母の声に顎《あご》を上げた。つんと鼻の奥が痛くなる程晴れ上がった空の一角に、くっきりと絵に描いたような鱗雲が浮かんでいる。

全く、どうしてあんな綿みたいな物が、様々な模様を作りながら空の高みに浮かんでいるんだろう？　弟は先程まで自分の胸を締めつけていた不快な感情を忘れて、ちょっとの間、夢見心地になった。弟は根っから空想家だった。

「今日の夜は、秋刀魚《さんま》でも焼こうかねぇ……」

母が呟《つぶや》いた。

弟はふと、平和な生活が崩れていく予感がした。嵐が来る前の晴れ上がった空を見上げている、そんな気分だ。弟はそれを母が働きに出ることの不安であろうかと思っていた。しかしそうでもなかったようだ。兄弟はすぐに母の新しい仕事がとても好きになったからだ。

一条男爵様のお屋敷は本郷にある煉瓦《れんが》造りの洋館だった。

お庭も広くて小さな池がある。幻のように美しい池だ。

一月にさしかかると、池の辺りに、母の香袋で匂ったことのある何ともいえぬ良い香りが立ち込めた。それは、池の周囲を取り囲むように植えられた早咲きの白い水仙の香りだった。黄色い水仙なら弟も見たことがあったが、白いものは初めてだった。

男爵様は他にも珍しい花々をお庭の温室で育てていらっしゃったが、弟はこの白水仙が一番好きだった。この花が早春の日差しを反射すると、池全体がきらきらと白く発光するように輝いて見えるのだった。

まぶしい池と芳しい白い水仙は、まさしく一条家の象徴のようだった。

一条様のお屋敷には、なんて白がよく似合うのかしら……と弟は思った。

口髭《くちひげ》を生やしてシルクハットをかぶった男爵様は見るからに立派そうな紳士だし、お嬢様だと紹介された綾子様は、いつもベルベットの洒落《しゃれ》た洋服を着て髪に赤いリボンを飾り、人形のように大層可愛らしい。三歳と言っても妹の菊と余り背丈は変わらず、陶器のようにつるつるした肌をしてらっしゃる。

綾子様のお母様は体が弱く、めったとお部屋から出てくることはなかった。

母の話によると、綾子様のお母様は脳の病だと言うことだが、とてもそんな風には見えない。二階の窓から綾子様に向かって手を振っているお姿は、病がちな線の細さはあるが、観音様のようにお優しそうである。

弟は本当に優雅な一条家の人々が大好きであった。

男爵様は奥様のことをそれはそれは大切にしていた。奥様が部屋から下りてくる時はいつもその手を引き、心配そうに儚《はかな》げな姿を見つめていらっしゃる。体の弱い母をぶつ父とは大違いだ。又、綾子様を可愛がるご様子も並ではなかった。

兄弟が屋敷を訪ねると、庭に置かれた白いテーブルセットに座って膝《ひざ》の上に綾子様の小さな体を抱え、いとおしそうに微笑みながら話をされている男爵様の姿が見受けられた。

同じ人間でも同じ親子でも、こういう暮らしもあるのかと兄弟は驚いたものだった。


そんなある日の朝、母が二人を呼んでこう言った。

「昼になったら小間使いの妙《たえ》ちゃんが、綾子様を連れて浅草寺の祭りを見にいくんだ。男爵様がお前達も一緒にと言って下さってる」

妙とは、母のよしと同じく一条家に奉公している、お萩のごとく色の黒い十七の娘である。

二人は大喜びで、昼になるのを見計らって屋敷に行った。屋敷では、レースの沢山ついたよそ行きの服を着た綾子様が、男爵様や妙と一緒に門の近くで待っていた。

　黒いぴかぴかの人力車も二台止まっている。

「お前達、綾子が迷子になったり、怪我をしたりしないようにようく面倒を見ておくれよ……。さぁ、手を出しなさい、お前達には五十銭あげよう、これで綾子が見るものを一緒に見てあげておくれ。風紀の悪い六区の方へ行ったりしては駄目だよ、人力車に乗ってお行き。妙、ちゃんと三人を見ていておくれよ」

　妙はいかにも神妙そうに頭を下げて、「はい、旦那様《だんな》」と言った。

　弟は深く被《かぶ》った帽子の陰から、男爵様の口髭が動くのを見ていた。男爵様の息は父のように酒臭くない。いつも仁丹かなにかを含んでいるような良い匂いがする。

　男爵様の白い手袋が、五十銭を弟の掌に置いた。弟は驚いた。なにしろ大金である。

　普段、兄弟が道で遊んでいると、「さあ、どいたどいた」と偉そうに追い立てる怖い車屋も、今日は膝を折って深々と頭を下げ、自分達が乗るのを待っていた。

　弟は心臓がどきどきした。

　妙と綾子様が先頭の車に乗り、兄弟は後ろの車によじのぼった。

　人力車はゆるゆると走りはじめた。頰を打つ風が、次第に強くひんやりと冷たくなってくる。両脇の景色は飛ぶように後方に滑走していった。

　雷門の大提灯《おおぢょうちん》の前で四人は人力車を降りた。浅草寺は大変な人混みだった。

　男爵様がいなくなると、何時ものことだが妙は豹変《ひょうへん》して偉そうになる。幼い綾子様には何も分からないと思ってたかをくくっているのだ。

「お前達、綾子様とお手々を繫《つな》いで歩きなよ」

妙が叱りつけるように命令する。兄弟は、両脇から綾子様の小さな手をきゅっと握った。

しかしどういうわけか、綾子様は弟の手を嫌がって振り払おうとされる。

弟は仕方なく綾子様の服の袖口《そでぐち》を持った。

それを見ていた妙が、けらけらと声をたてて笑った。

「おやおや、綾子様はお前の手が嫌いなようだ」

そう言って、ついっと先頭に立って歩いていく妙を、弟は小面憎く思った。

小物、煎餅《せんべい》屋、古着屋などの出店が並びたち、異人も時折往来する仲見世通りを奥へと進み、浅草寺の境内に入る。

人いきれと子供のはしゃぎ声、調子の良い口上の売り声が溢《あふ》れかえり、弟の心はいっぺんに華やいだ。

「異人さんて言うのは、人の血を飲むって定《サダ》が言ってたよ」

兄が前から歩いてくる碧眼《へきがん》の異人の女を見ながら言った。定は向かいに住む遊び友達である。弟はそんなことはでたらめだと知っていたが、兄がわくわくした風に言うので、本当のことは言わずにいた。

「綾子様、何をしたい？」

弟が尋ねると、綾子様は人指し指で輪投げの屋台を指さした。

「妙さん、綾子様が輪投げをしたいと言っているよ」

弟がそう言うと、妙は面倒そうに振り向いて「まだまだ先に行ってからするんだよ」と金切り声を上げた。そうして太い尻《しり》を振って歩いていく。そんな妙の後ろ姿を横目で見ながら兄が弟に囁《ささや》いた。

「あたいたちだけで勝手に遊ばないかい？　男爵様にお足も貰《もら》ってるし、かまやしないよ。あんな女、うるさくってしょうがないや」

「そんな事をしたら、叱られるよ」

「ふん、勝手にあたい達を見失ったってことになるよ、叱られるのは妙さ、綾子様はあたいたちと一緒なんだから」

兄の思いつきは良さそうに聞こえた。弟とて妙のことは虫が好かない。叱られる様を見るのはいい気味に違いない。二人は顔を見合わせると、妙が簪《かんざし》屋で立ち止まって商品に見入っている隙に、綾子様をせき立てて駆けだした。

妙が自分達を必死になって捜している姿を想像するのは実に痛快だった。その分、時間を忘れて兄弟は屋台めぐりをしたものだ。さんざっぱら屋台や見せ物小屋を回り、祭り気分を満喫して夕方近くになってきた頃、再び兄が弟に提案した。

「亀吉《かめきち》おいちゃんのところへ寄ろうよ、きっと砂糖菓子をくれる」

同じ長屋に住む叔父《おじ》の亀吉は、今日は吉原にある花魁稲荷《おいらんいなり》の枝払いに行っているはずである。新芽が吹く前に枝振りを整えておく仕事だ。ここ三年ばかり、亀吉が吉原の大見世から依頼されていた。仕事の日には、気前のいい大見世がカスティラなどのハイカラな菓子を亀吉にさし入れしてくれる。それが兄弟には楽しみだった。何故なら、甘いものが嫌いな亀吉が、後でかならず兄弟のところに菓子を届けてくれるからだ。

どうやら兄はそれが待てないらしく、今から取りにいく気らしい。

花魁稲荷まで子供の足では半時間程である。時間も遅くなってきているので弟は迷ったが、兄は疲れて眠そうにしはじめた綾子様を背負って、さっさと歩き始めた。

物々しい羽音をたてながら烏が黒い影を落として頭の上を飛んでいく。

弟は酷《ひど》く不安だった。

「ねえ、遅くなりゃしないかな?」

「大丈夫だよ、まだ日も沈んでない。菓子をもらったら、おいちゃんに人力車を止めてもらって帰ったらいいさ。お足も使っちまったし、いい方法だろう?」

兄は平然と言った。弟はこういう時、普段は気の合わない兄のことを尊敬する。

自分にはとてもそんな大胆不敵なことは思いつかないからだ。

現に今だってもう、帰って怒られやしないかとびくびくしている。それに長屋の中を通り抜けるとき、父に見つからないかと心配でもある。だが兄はそういうことを一切、恐れぬ性格なのだ。そんな勇気は自分にはない。弟は足早に歩いていく兄の後ろに続いた。

3

暮れかかった空に浮かぶ花魁弁財天の鳥居を見た弟は、昔からここの弁財天には『妖狐《ようこ》が住む』とか、『神隠しにあう』と言うおっかない噂が流れていることを思い出した。

弟は、ちょっと中に入りたくない気持ちになってきた。

そう思ってみると、鬱蒼《うっそう》と茂る木々に覆われた人気のない参道は薄暗く、その一層闇の深いところで幽霊の白い手がおいでおいでをしている姿が浮かんだり消えたりしている。

風に乗って吉原から流れてくる三味線の音は心細く泣いているように聞こえた。弟は小さく身震いしたが、兄は頓着《とんじゃく》なしに鳥居を潜って参道の奥へと入っていった。仕方なく弟も続いた。参道脇には黄色い落ち葉が堆《うずたか》くつもり、亀吉に払われた枝が散乱している。目にも鮮やかな奥の社殿の右手に奇妙に捩《よじ》れた形の銀杏《いちょう》の木があり、そこに脚立が立てかけられていた。上方に目を転じると、枝の間で動いている人影がある。

いち早く銀杏の下に着いた兄が、「亀吉おいちゃん、亀吉おいちゃん、あたいだよ、浅草寺で妙とはぐれちまったんだ、あとで車を呼んでおくれでないかい？」と呼びかけた。

「おう、そうか、よしよし任せろ、さきに菓子をやるから手を洗ってきな」

そう亀吉の声が聞こえる。兄は入口近くにある御手洗場へ踵《きびす》を返して行った。

弟は遅れて銀杏の下に着くと上を眺めた。亀吉の姿をしっかり確認するまで、それが本当に亀吉であるかどうか不安だったからだ。

枝の間からにゅっと太い足が伸びてきて、脚立を下りはじめた。鉢巻き姿に黒い職人着を着た男が振り返ると、間違いなくそれは亀吉だった。

「ほら、手を洗ってきたよ」

背後で兄の声が聞こえた。

「そうか、おっ、お嬢様は寝てらっしゃるのか？　まあいいや、何してんだい、おめえも早く洗ってこねえか」

弟は頷《うなず》くと御手洗場へ走っていった。

「さぁ、綾子様をおいちゃんに抱かせてくんな、ここに座って一緒に食べよう」

珍しくそんな事を言う亀吉の声が聞こえてくる。がさがさと菓子袋を開く音がし始める。手を洗いながら弟がちらりと後ろを振り向くと、脚立に凭《もた》れて綾子様を抱く亀吉の膝《ひざ》の上に兄が座り、今にも菓子を食べようとしている。桃色や黄色のきらきら光るコンペイ糖、カステイラもある。弟はいそいで水しぶきを上げながら手を洗った。

その時……。

け――――ん

今まで聞いた事のない獣の鳴き声が弟のすぐ後ろで響いた。

心臓が抉《えぐ》られるような気味の悪い声だ。弟の体は凍りついたように硬直した。

ざあっと風が吹いて、木々の枝が擦れ合いながら不気味な音楽を奏ではじめた。

硬直したままの弟の額に、冷や汗が流れ出た。


一体、今何が起こったのだろう？


亀吉の威勢のいい声も、兄のはしゃぐ声もまるで聞こえなくなっていた……。

弟はそうっと首だけで後ろを振り向いた。途端に足がかたかたと震えた。

今のいままで其処《そこ》に居たはずの三人の姿が、忽然《こつぜん》と消えてしまっていたのだ。

誰もいない！　三人でどこへ行ったのだろう？　いや、そんなに早く境内を出ていくことなど出来ないはずだ。け――んと鳴く声が聞こえて、後ろを振り向くまで、ほんの二、三秒と経っていないのだから。そんな僅《わず》かの間に姿を隠すことや、境内から出ていくことなどできっこない。


お狐様だ……。


その時、風に流れてきた雲が日の光を遮り、いっそう辺りが暗くなった。

「おいちゃ――ん、あんちゃ――ん、綾子さま――！」

　大声で叫んだが返事はない。

　弟は半べそをかきながら、ついさっきまで三人が座っていた銀杏の側に駆け寄った。するると、今度は社殿の方から『がたり』と凄《すさ》まじい木戸の音が響いた。もう何がなんだか分からない。体の芯《しん》から寒気がして、心臓は今にも止まりそうだったが、弟は反射的に音のした方を振り返ってしまった。

　社殿の観音開きの扉の奥の暗闇に、真っ赤な着物を着た女の姿だけがくっきりと浮かんでいた。長い髪を腰の辺りまで垂らした、透けるように色の白い女である。大きく見開かれた切れ長の瞳《ひとみ》がぎらぎらと金色に光っていた。女が首からぶら下げているのは、人間の髑髏《どくろ》である。そのような姿のものが人であろうはずがなかった。


「見たね！」


　今にも血が滴り落ちそうな赤い唇から、凄まじく張り詰めた声が発せられた。

　弟は震えながら懸命に首を振った。そうすると、いきなり女の背後から二本の腕がにゅうっと出てきて女の胸の膨らみ辺りで組まれた。女の両腕はさっきからだらりと前に下げられたままだというのに。女には腕が八本あるのだった。

　弟は情けない声を上げて泣きだしてしまった。さすがにその様子を哀れに思ったのか、女はちょっと表情を和らげた。

「このことは忘れて、早くお行き！」

弟は夢中で頷くと、思いきり走って鳥居を飛び出した。その時、再び背後で狐が鳴くのを聞いた気がした。


翌日の明け方、柳橋の川べりに震えながら座り込んでいる子供が巡査に発見された。

その顔は全く血の気を失って蠟《ろう》人形の様であったし、ほとんど錯乱状態で自分の名前すら分からない有様だった。交番に連れていって体を温めてやると、ようやく自分は田原二丁目の長屋に住む大工、岡部松吉の息子であると身元を言い、大粒の涙を流して泣きはじめた。

「弁天様の境内で、亀吉おいちゃんと、あんちゃんと、綾子様が急に消えちゃったんだ。あたいは恐ろしくって、家に走って帰ろうとしたのに、いつまでも帰れないんだ、気がついたら川っぺりに立ってたんだ」

巡査は驚いて、ひとまず子供の両親に事情を聞きにいくことにした。

「岡部松吉の家かね？　子供を連れてきた」

がたついた戸を叩《たた》きながら巡査がそう知らせると、物凄《ものすご》い勢いで引き戸が開き、鬼のような血相をした大男が飛び出して来た。松吉である。

「こいつ、どこ行ってやがった？　あんちゃんは？　綾子様は？」

そして子供が何を言うのも待たず、襟を摑《つか》んでぶとうとする。巡査は驚いて松吉と子供の間に割ってはいった。

その時、奥の方から長屋に似つかわしくないシルクハットの紳士が姿を現した。それを見ると、松吉はすっかりおとなしくなった。

巡査が紳士の名を尋ねると、「一条隆文です」という答えが返ってきた。一条隆文と言えば男爵だと気付き、巡査は思わず敬礼した。男爵は憔悴《しょうすい》した声で子供に話しかけた。

「綾子はどうしたんだね？」

子供はまた大声で泣き始めた。

「泣いてちゃ分かんねぇだろ！　男爵様にお答えしろ、誰かに連れ去られたのか？　誰だ⁉」

また松吉が子供をぶとうとする。

「弁天様で消えちゃったんだ、亀吉おいちゃんも一緒に、三人とも……あたいはお狐様が鳴いたのを聞いたんだ。あたい、家に帰りたかったけど帰れなかったんだよ」

子供はしゃくりあげながらそう言った。

一条男爵の顔も、松吉の顔も蒼白《そうはく》になった。

「どうも神隠しにあったと言っているようなんです。この子供も、狐につままれて道に迷い、朝になったら柳橋の所にいたという事なんです。子供の証言した現場には、確かに脚立が一つ、灯籠《とうろう》の近くに倒れてはいましたが……」

巡査も自分で言いながら馬鹿馬鹿しいような気がした。文明開化の今の世に、そんな事があるわけがない。

「取りあえず、事情を詳しく伺いたいので家の中に失礼します」

警棒を揺らしながら若い巡査は家に入っていった。


弟が必死で神隠しを訴えたにもかかわらず、警察は『亀吉が子供二人を誘拐した』と全国に指名手配をかけた。新聞にも出たので、亀吉の親戚《しんせき》である松吉家族の肩身の狭さは想像を絶するものであった。

長屋の中に住まう口の悪い輩《やから》は、「きっと共犯だよ、後で男爵様からお金をせしめるつもりさ」などと噂するほどであった。

松吉は以前にも増して酒を飲んで暴れるようになり、母は男爵家を解雇され、金も入ってこないので、明日、明後日《あさって》にも首を吊《つ》ろうかという日々が続いた。家の中は悲惨なほどに暗かった。

弟はますます自閉的になり、物音ひとつにも怯《おび》えるような子供になった。外へ出るのも怖がった。外へ出れば、誰かに後をつけられているような気がするのだった。

きっとお狐様の所の女の人が、自分を見張っているのだろうと考えると、弟はますます恐ろしくなった。だが、家の中も安全ではなかった。

事件から一週間ほど経ったある日、外出した母の代わりに弟が一人内職をしていると、台所の窓をコツコツ叩く音がする。いや、窓を叩く音ではない、もっと乾いた感じの音が窓の外から聞こえてくるのだ。それが同じ調子で五分も十分も続く。

「もの売りか何か知らないけれど他所《よそ》へ行ってくれないかしら」と弟が立ち上がって窓を開けると、目の前にぼろぼろの袈裟《けさ》を纏《まと》った黒衣の僧がいた。その袈裟には髑髏の紋が入っていた。それだけではない、その僧がコツコツと叩いていたのは人の骨、そう、あの女が首から下げていたのと同じ、人間の髑髏だったのだ。

弟はその姿を見た途端に恐ろしくなって気を失った。

そして、それ以来高熱を出して寝込んでしまった。


弟は不吉な夢に日々うなされた。たまに瞼《まぶた》を開くと、天井に金色の目玉が光っていた。また、ある時は黒い染みの中から、髑髏を持った僧や百鬼夜行が蠢《うごめ》き出てきたりする。その度に、弟はか細い悲鳴をあげてうなされたが、そんな様を心配する余裕は、飲んだくれている父にも、泣いてばかりいる母にも無いようだった。弟は始終意識が朦朧《もうろう》とした状態に捨ておかれていた。

ただ妹の菊だけが小さな掌《てのひら》で、時々、自分の指を握っているのが分かった。

そんなある日、がらりと戸の開く音がして、熱した体に心地よい冷気が流れ込んできた。

警笛のような強い風の音が聞こえた。

霞《かすみ》のかかった頭の中でも弟は危険を感じ取った。

(何かが起こる、また不吉な事が起こる……)

必死で重い瞼を持ち上げると、片目だけがうっすらと開いた。戸口に立っている黒い影が見えた。殆《ほとん》ど視力を失っていた弟の目に見えたのはそれだけであった。

恐ろしい予感がした。だが体を動かすどころか、声さえ出せない。

菊の泣き声が聞こえた。続いて母と父の声がひとしきり耳の奥に渦巻いた。がらがらと戸を閉める音がした。それっきり、ふっつりと菊が枕元で飛び跳ねる気配が消えてしまった。不覚なことに菊が人買いに売られていった日の弟の記憶はそれだけである。

その後も一家に不幸は続いた。

長年の飲酒がたたって、父が倒れたのだ。二人の看病をする母は、憔悴しきった体に鞭《むち》を打って外へ働きに出た。だが、父は意識がある時はひどい言葉で母を怒鳴りつけ、弟を罵《のの》るのだった。母が思い詰めた表情で自分の上にかがみ込み、首に手をかけようとした事が何度かあるのを、弟は知っていた。

地獄のような時が一ヵ月も続いたろうか、ようやく弟が起きあがれるようになった頃、身代わりのように父が死んだ。

憎い父であったが、いざ居なくなると家の中ががらんどうのようになった……。

それから暫《しばら》くの間、弟が家で内職をし、母が働きに出かけて、親子二人は懸命に働いた。薬代や葬式代の借金があったからだ。

そのうち、弟は母の再婚話を聞かされた。長い苦労の末である。弟はもちろん大喜びだった。

……そんな訳で、弟こと岡部二蔵とその母は、ようやく孔雀長屋を出ることができたんだ。

その後、二蔵はもっと嬉《うれ》しい話を聞かされた。

綾子様が突然、男爵様のお屋敷に戻ってこられたと言うのだ。

その綾子様が「綺麗《きれい》な女の人に龍宮城に連れていかれた」と警官に証言したので、亀吉の容疑は晴れたと言うことだった。二蔵は、ようやくお狐様が許して下さったのだと思った。

しかし、男爵様は、綾子様が再び神隠しにあうことを恐れて、綾子様をそれからずっとお屋敷の門の外に出されなかったという……。

4

長い長い藤原の話が終わった。

しかし、神隠しとは一体何だったのだ……双子の兄はどうなってしまったのだろう……

東の胸に疑問が次々と湧いてきた。級友達も口々に話し始めた。

一体、社から現れた女は何だったんだろうな？

勿論《もちろん》、弁天様に決まっているだろう。

それより、おい、本当にこの神社でそんな事があったのかい？

その質問に答えるように、藤原は銀杏《いちょう》の根元にある立て札を指さした。東は蠟燭《ろうそく》を持って藤原の示す方向へ進んでいった。蠟燭の炎を近づけると暗闇に文字が浮かび上がった。東はそれを読み上げた。

以前より、花魁弁財天には妖狐《ようこ》が住むと言い伝えられし噂あり。
明治五年、明治八年、この銀杏の枝落としをしていた職人が神隠しとなること二度。
明治十九年には職人亀吉、一蔵、当時七歳、綾子、当時三歳が、一蔵の双子の弟、二蔵の目の前で神隠しにあい、警察必死の捜査にもかかわらず、杳《よう》として行方知れずとなる。半年後に、一条男爵令嬢綾子だけが忽然《こつぜん》と邸宅の門前に現れる。
以来、この銀杏には異界への入口があるとして、触れずの銀杏と名付け、花魁弁財天の神木の一つに加え、触れることを禁じたり。

「もしかして……その弟というのは君のことかい？」
怖がりの坂本が藤原にそう尋ねると、皆はしんとなった。

「実はね、そうなんだよ」

藤原は歪《ゆが》んだ口元をさらに歪めて笑った。

「嘘だよ！　だって君は藤原巧《たくみ》じゃないか、その弟は岡部二蔵だろ？」

東はむきになってそう言いながら、円陣の中に引き返した。

「その頃、僕は余計もので、丁稚《でっち》奉公に出される寸前だったんだ。ところが兄の神隠しでうやむやになり、それからすぐに肝の病で父が死んだ。父が死んだおかげで、母は財産家の今の父、藤原鉄鋼の藤原光也と再婚したんだ。僕は養子さ、二蔵じゃあ、余りに貧乏人じみてると言って、養子に入る時に父が改名したんだ……結局、菊を売ったことは無意味だった」

「それにしても三つになるかならないかの子を買うなんて、どういうことだろうなぁ？　酷《ひど》い変質者が絡んでいなければいいのにね」

心配性の室尾《むろお》が言った。

「その話は止めてくれよ、胸が痛む」

「これはすまん」

室尾は本当にすまなそうに言った。藤原は暫く黙り込んだ。皆も黙り込んだ。

「だが、本当に神隠しだったのかな？　なにしろ君はその頃は幼かったし、なにかの勘違いではないのかい？　君の叔父《おじ》さんが誘拐したというわけではないが、神隠しなんて、どうにも合理的ではないよ。社から現れた八本の腕を持った女だって、子供の君の恐怖心が作り上げた空想の産物だという可能性もある」

合理主義者の斉藤が疑わしそうに言った。

「神隠しだよ」

藤原は強く念を押すように言い返した。きっと斉藤を睨《にら》み付けた藤原の眼光はやけに鋭く、物を言わせぬ風情があった。

「それから僕もいろいろに研究してみたんだ、神隠しの事件は昔の伝承だけではなく、現代でも意外と多いんだよ、明治十七年に高知で松尾丑吉《うしきち》という五つの子供が神隠しにあったことが新聞にも報道された記録がある。基本的に神隠しというのは、霊的な存在によって異界に連れ去られることを言うのだが、異界の存在を君は信じるかい？」

振り返った藤原の眼鏡が金色の光を反射して目つぶしになる。斉藤は眩《まぶ》しそうに片手でそれを避けた。

「僕は信じないよ、オカルティストではないからね、僕は理工系の勉強をするんだ」

藤原はふふん、と鼻で笑い、いかにも認識不足だなという見下した表情をした。

「人は異界に囲まれて存在しているんだ、例えば、山、河、海など……あるいはさらに洞《どう》窟《くつ》、大木、辻《つじ》、大岩なんぞは急に異界と扉が通じて、その中に人を呑《の》み込んでしまったり、異界の物が彷徨《さまよ》い出てくることがあるのだよ。危険はそれだけじゃない、丑三つ、黄昏《たそがれ》、盆などの時間的な節目にも異界の扉が開くことがある。だから、盆には死者の霊が帰ってくるし、節分には鬼が出るから豆まきをする。まだまだある、家の中にも非日常的空間がある。そう……厠《かわや》、風呂《ふろ》、台所、なんぞにも神様がいるって言われるだろう？　そこにも異界との接点があるからさ、僕等は異界と常に簡単に接触する危険を持っているんだ」

「なんだか、そんな話を聞くと恐ろしくなってくるじゃないか。君の言うことが正しいとすると、ある日急に……例えばこんな風に話をしている時にだって、異界と接触する瞬間があるかも知れないということだろう？」

坂本が言った。

「そうさ、突然呑み込まれる恐れがあるのさ。しかし異界といっても種類は様々だよ。龍宮城や蓬萊山《ほうらいさん》のようにユートピアだと伝えられている異界もあれば、イザナミの行った地下王国、黄泉国《よみのくに》みたいに鬼や魑魅魍魎《ちみもうりょう》が跋扈《ばっこ》する恐ろしい異界もある。どちらに行くかは二つに一つだ、そういう意味では普通の人生を過ごすのとそう変わりはしない。それに異界に呑み込まれることぐらいを恐れていては、今日の冒険の決行は出来ないだろう？　今朝の三面記事にあったが、女を買いにいって、女郎に懸想しているごろつきにブスリとやられた奴がいたそうだ、そっちの方が怖いさ」

藤原が挑発的にそう言うので、ただでさえ色白な坂本は蠟の様な顔色になってしまった。

しかし彼を恐怖させたのは、暴漢の話よりもやはり異界の話の方らしかった。

「何を言ってるんだい、暴漢にブスリで死ぬんなら、それほど僕は怖かない。勿論、死ぬのは怖いけど、しかしそれは一般的に誰もが経験しうることだし、遅かろうと早かろうと人生において死という事態が起こりうると認識しているからね。しかし異界に呑み込まれるなんて、全然訳が違うよ、そんな不可知な現象に遭遇したら、やはり正気ではいられないね、そんな心の準備など出来ないからね、予測不可能なものに怯《おび》えるのは自然のことだろう？」

「僕は異界なんぞ信じないよ。だいたい現代の科学社会において、霊的な存在の有無を語ることなど文明人として恥ずかしいことだ」

斉藤が言った。

「もうそんな話をするのは止めろ、坂本。藤原の話など本気にするな。あの十二階の壊れたエレベーターの扉みたいに異界の扉がしょっちゅう不用意に開いたり閉じたりして、いつそこに足を踏み入れるか分からないなどと考えて生活していたら、脳病になってしまう」

室尾が言った。十二階のエレベーターは余りに故障が多くて取り壊されたことで有名だった。しかし藤原は、いっそう愉快そうに、はたと手を叩《たた》いた。

「壊れたエレベーターの扉とは上手《うま》いことを言う……そう、まさしくそうなんだよ、そんな風に閉じたり開いたりしているんだ。余りに瞬間的な事が多くて、そうそう行き来は出来はしないが、確かに閉じたり開いたりしているんだ」

室尾は薄気味悪そうに眉をひそめた。

穏やかな生ぬるい風が吹いてきた。心なしか狂気の香りを孕《はら》んだ湿気た風である。じっとりと汗で湿った学生服が東の背中に張りついていた。

「なんだって、そんなに自信満々に言うことが出来るんだい？　異界の扉なんて誰も見た者はいないじゃないか、僕だって見ていない、同級の皆に聞いたって、誰も見たことがないって言うさ。見えない物は存在しないんだ」

　悪ふざけが嫌いな室尾は、業を煮やしたのか子供っぽい理屈をこね始めた。

「そんな事はない。じゃあ君はアトム《原子》を肉眼で見ることが出来るかい？　君は肉眼ではアトムを見ることは出来ない、しかし存在していることは疑わないだろう？　見たことがないから存在しないなんて、そんな考えこそが科学的ではないよ。それに僕は……今だって異界の扉が開いたり閉まったりするのを見てるのさ」

　四人は藤原の言葉にぎょっとした。

「見てるって、今でも見えるのか？」

　東は尋ねた。

「ほら、僕と一蔵は一卵性の双子だろう？　一卵性の双子の間にはテレパシーという超常力が通ってるっていう説を信用するかい？」

「そうだなぁ……一卵性と言えばもとは同じ人間なのだから、相互間に意思が通じ合うというのはかなり信憑《しんぴょう》性の高い話だとは思うよ」

　斉藤が努めて冷静な口ぶりで言った。

「うん、そうだろう？　実際、確かに通ってるんだ。神隠しにあった一蔵がまだ生きていることを僕は感じるし、時々、出現する扉の向こうにいる一蔵の姿を見ることもあるんだ。

どうやら母や父には見えなかったようだし、今でも母には見えないようなんだが、僕にだけは見えるんだ。僕が神隠しの事件の後でひどく怖がりになったのは、何処にも存在していないはずの一蔵が幻のように現れたり消えたりするのが実に不気味で恐ろしかったからさ。きっと異界との瞬間的な時空の重なりの中で半実体化する一蔵の存在が、一卵性双生児の僕にだけ感じられるんだ」

そう言った藤原の瞳《ひとみ》が余りに真剣なので、室尾と坂本の表情は青くこわばった。瞳にはありありと恐怖の色が浮かんでいる。斉藤は黙っていたが、貧乏揺すりの癖が出始めたので、そわそわしているのが分かった。

突然、藤原が蠟燭《ろうそく》を吹き消した。真っ暗になった。皆、緊張して固く膝《ひざ》を抱いた。

夜風の音や、さわさわと葉が擦れ合う音が静かな境内に響いている。

何かの気配が五人を取り囲んでいた。じりじりとそれが背後から間合いを詰めてくるように感じる。ごくり、と誰かが生唾《なまつば》を呑み込んだ。

「君達は気付かずにいるが、ここは既に異界なんだ」

藤原の声が高らかに聞こえた。

ここが異界？　それはどういう意味だ？

「異界というのはね、我々が日常生活している空間、規律、時間、そういうものの外に存在している世界なんだ。山や河や海なんかは平素の人間社会と隔たった空間であるから、それぞれ異界と接する資格を与えられている。大木、辻、大岩などは、昔は村と村の境界の目印として機能していた。故にそれそのものは二つの空間を隔てるためにだけ存在する、どこにも属さない空間の中にある。だから各異界と接することが出来た……。それでは最も強力で神秘的な異界は何処にあるのか？　それは女の腹の中にある」

女の腹の中だって？

「そう、女の腹の中だ。僕らはそこから外の世界へと吐き出されてきたんだ。古代人は死ぬと再び女の腹の中に帰っていくと考えていたらしい。ようするに僕らの生と存在の外側にあるのが、生まれる前にいた世界、即ち女の腹の中にいた世界なんだ。神社というのは、その最も強力な異界と接触するために生まれた建造物なんだよ。

君らも此処《ここ》に来る前に鳥居を潜っただろう？

鳥居は女のアソコの入口の形を真似て作られたものなんだ。そして参道がある、参道とは文字通り子供が生まれてくる産道の意味だ。産道をずっと歩いてくると何がある？　宮だ。宮は子宮の意味なんだ。つまりぼくらは神社に入ってくることによって、自分達の生を遡《さかのぼ》る儀式を行なっているのだよ。では宮の中には何がある……？　これだ」

ポケットを探る音が聞こえた。藤原の手によって、何かが高らかに差し上げられた。

その時、不意に雲間から現れた月が、地上に鈍い光を降り注いだ。

藤原の頭上で、血曇った銀色の物体がギラリと光る。

「ナイフだ！」

誰かがそう叫んだ。

「わっ」と大声が上がり、円陣の輪は飛び散った。

気がつくと東と藤原の二人を残して皆は走り去っていた。実は東も逃げようとしたのだが、体が動かなくなってしまっていたのだった。

「……何を言ってるんだ？　ナイフじゃない、これだよ」

藤原は憮然《ぶぜん》とした顔でそう言うと、東の鼻面に、光る物体を差し出した。

「……鏡だ……」

「そうさ、神社の宮の中にある物と言えば鏡じゃないか、御神体だよ」

藤原は怒った様子で素早く鏡をポケットにしまいこんだ。

「なんだ、皆、存外怖がりじゃないか、勇気があるのは君だけだ」

東は藤原の言葉に密《ひそ》かな誇りを覚えた。

藤原はぶつぶつと口の中で呟《つぶや》いた。

再び宮の中にいた頃の自分と出会うんだ、神社の中に封じ込められた呪詛《じゅそ》が蘇《よみがえ》る瞬間だ。

僕らは時間を遡って、存在の向こう側に通じる扉の前に立つんだ。

「待ってくれ、よく分からないよ、時間を遡るだって？　そんな事が可能なはずがないじゃないか」

「君、時間というものは時計の針が進むように一方的に直線の上を経過していくものじゃないんだよ。おや、不思議そうな顔をしているね？　そんなはずはないと言いたいのかい？

しかし、時間が過去から未来への一方向に流れていくだけの代物だなんて、水時計や火時計で時間を計りはじめた人類が陥った間違った観念さ。それ以前の何千年もの間は、ピタゴラスやプラトンが主張したように時間は循環していたんだ。

分かるかい？『循環』だよ。

彼らが言うには現在生じていることは、以前にも生じたことであり、また将来も繰り返されることなんだ。それに時間は人の意志によっても流れを変える、だから退屈な時間は長くて、楽しい時間は一瞬なのさ。あるいは、時間は観察者によっても変わってしまう……ほら、夜空の星は何万光年も離れたところにあるだろう？　この光年という尺度は君も知っての通り、光の進む速さを基準にしている。光の速さと時間の速さは同じだ、だから、何万光年も離れた星の光を見ている僕等は、何万年も前の星の光を見ているわけだ……。さて、ではここに素晴らしく精度の良い望遠鏡があったとする、どれほど精度が良いかと言うと、覗《のぞ》けば星に住まう生態系が一目のうちに見えるほどにだ……その望遠鏡で覗くと、僕等は何万年も前の星の住人の姿形を見ることになる。もうとっくに死んでしまったはずのだよ……。

このことはね、時間はある条件の下にある限りの物体には平等に経過するが、条件の外に存在する物には平等に経過しないということを示唆している。だからね、時間を決定するのは僕らの意識や観測上の位置なんだよ」

「なんだか詭弁《きべん》ぽいな」

「詭弁でもなんでもありゃしない、君が勉強不足なだけじゃないか」

そう言われると、いつも難しいドイツ語の本を片手にしている藤原に対して、東はしっかりとは反論出来なかった。

「ともかく、時間は意識によって決定する。つまり、僕等の意識が生まれる前の瞬間を再現した時に、神社という空間は一つの巨大な異界の扉となるんだよ。この扉は強力かつ巨大だ、あらゆる異界に繋《つな》がっているし、あらゆる異界から物どもが彷徨《さまよ》い出てくる。神社にいるのは神や精霊ばかりじゃあない、魑魅魍魎《ちみもうりょう》や鬼だって出現する。丑《うし》の刻参りなんぞは、神社に彷徨い出てくる物どもの力を借りる呪詛なのさ」

東は蠟燭の薄明かりに照らされた境内を見回しながら、風や木立の音にやけに敏感になっている自分の耳に気付いた。

「おーーい、おーーい、藤原！　東！」

鳥居の向こうから斉藤達の呼び声が聞こえてきた。

「俺たちはもう店の方に行くぞ～」

東は藤原の機嫌を窺《うかが》いながら立ち上がった。

「皆で先に行っててくれ、角海老屋なら僕の顔がきく。表の門を叩《たた》いて鉄鋼の藤原の紹介だと言えば入れてくれるだろう、店で合流しようじゃないか」

「分かった」

それだけ言うと、東は立ち上がって参道を歩き始めた。

「東、何があっても鳥居を出るまで振り向くんじゃないよ」

藤原が背後で囁《ささや》いた。まるで、振り向くことを期待するかのような、意味深な口調だ。

東は黙って頷《うなず》いた。そして、鳥居の前に立ったその時——

ぎ……ぎぃーーっ、ぎぎぃーーっ

重い木戸を開く軋音《きしみおん》が聞こえた。異様なざわめきが耳に満ちてくる。東はもう、振り向かずにはいられなかった。

振り向くと、社殿の前に藤原が立っていた。

そして、開かれた社殿の向こうには、もう一人の藤原が立っている。到底、人ではないモノと共に……。

二人の藤原が東を振り向き、笑っていた。

「これは、僕らだけの秘密だよ」と言うように。

東は凍り付いた。


「おい、東、藤原はどうしたんだ」

級友達の声が鳥居の外から聞こえてきた。東は冷静を繕って鳥居を潜り、石段を下りる。

学生服の白いシャツが闇の中で光っている。三人の級友は青白い顔をして立っていた。

東は侮蔑《ぶべつ》の瞳《ひとみ》で彼らの顔を眺めた。

「藤原が、角海老屋で待てと言ってる、顔がきくらしい、名前を言えば開けてくれるそうだ。後で合流しようと言っていた」

東が藤原の伝言を伝えると、皆、押し黙ったまま歩きだした。

藤原の勝ちだ。いつもは威勢のいいことを言って藤原を小馬鹿にしている友人達を、彼は一瞬の恐怖を手玉に取って黙らせたのだ……。東はそんな事を思った。


それにしてもあれは何だったのだろう？　何かの啓示だろうか……。

東はふと鳥居を振り返った。くっきりとした赤色がやけに艶《なまめ》かしかった。
あらゆる道、あらゆる建物が、そこに向かって吸い込まれていくように感じられた。
子宮……しかし、その子宮は何も生み出しはしない。
ただ全てを異界の中へと吸引するだけなのだ。
辺りが不穏なざわめきに満ちていた。
東も歩き始めた。

第一章　逢フ魔ガ時

1

　昭和九年　浅草

　文字書き屋の沼田平助は、毎朝四時になると自慢の紀州犬を散歩させる。

　この日も真っ暗なうちに沼田は外に出た。どぶ板の上のみかん箱に植木を入れてとば口を飾り立てているだけの、庭もない棟続きの長屋なのに、軒下の犬小屋だけがやたらと立派だ。

　滑りの悪い玄関を軋ませて開けると、軒先では心得たように太郎が尻尾《しっぽ》を振って待ち構えていた。

　桃の節句も間近とは言え、朝は吐く息も白い。

「ああ……さびい、さびい、おめえはいいなぁ、呑気《のんき》に上等の毛皮きててよ」

　ぶつぶつ言いながら歩き始める。

「早起きは三文の得」が沼田の口癖だ。と言って、四十歳になるこの年まで早起きをして得をした覚えは無い。

朝から店を開けていても、不景気で滅多と客はこない。それどころか去年の市電の賃金争議の時には、早くから店の前に出していた看板が、興奮した暴徒に割られてしまったりしている。

朝早く起きていて違うことと言えば、青年兵達が野外訓練をしている姿を他人よりよく見ることとぐらいだろうか。怖そうな上官の掛け声にあわせて行進する幼顔の青年達は、酷《ひど》く緊張した様子で、中の数人は顔に痛ましい青痣《あおあざ》を作っている。


なんだか、そうしなきゃなんねぇ事があるんだろうがよ……。


沼田は呟《つぶや》いた。沼田も若い時分には二年の徴兵をつとめた。その時は軍隊といってものんびりしたものだったが、昨今では大分と事情が違う様子だ。暗殺だの汚職事件だのが相次いで、世の中がなんとなくざわつき始めているのは沼田にも分かるが、教養がないので具体的にどういうことかは皆目分からない。

ともあれ、沼田の早起きは奥方や娘にはすこぶる評判が悪かった。「お父さんのせいで夜の芝居見物にもいけやしない」と娘は言うし、「朝ご飯が早すぎて、食欲がわかない」と奥方は愚痴を言う。

だが実家が豆腐屋だった為に子供の頃から身についた習慣で、毎晩九時になると眠くなってしまうし、四時にはパッチリと目が覚めてしまうので仕方もない。犬の糞《ふん》取り道具を持って、のろのろと沼田はいつもの道を行った。

昨夜の雨は、日当たりの悪い棟長屋の瓦《かわら》の上にまだ水たまりになって残っていた。じめっとした土を踏みながら横丁を出ると、ようやくお天道《てんと》さんの光が注がれる。

横丁を出たところに丁度吉原の勝手口がある。女衒《ぜげん》らしき茶色い鳥打帽の男が泣きじゃくっている少女を二人、その中へと追い立てていく姿があった。

軍需景気で世の中良くなってきたと言われているが、儲《もう》かっているのは機械や鉄鋼を扱う大企業ばかり、このところの米や野菜の値崩れで、農家では相変わらず娘を売りに出す家が多いと聞く。しかし、食品が安くなったからと言って、自分達だって少しも潤いはしない。食卓は相変わらず貧しく、町中にも欠食児童が増えているのだ。

そこのところの理屈も沼田にはよく分からなかった。

「ちぃ、また朝っぱらから嫌なもん見ちまうよ……本当にもうちっと寝ればいいんだがよ……」

ぐずぐずと言いながら歩くと、また日陰になった。吉原の川堀、お歯黒どぶに張りつくように並ぶ一層陰気な長屋横丁の通りである。長屋の外壁に取り付けられた鳥籠《とりかご》の中の十姉妹《じゅうしまつ》さえ、まだ夜が明けたことに気づかず眠ってしまっている。

やがて吉原のお歯黒どぶが途切れる際になってくると花魁弁財天《おいらんべんざいてん》の裏門が現れた。沼田は太郎に引きずられて、古い神社の中に入っていった。

ここはことのほか太郎の気に入りの場所だった。
太郎は本堂の裏の草むらをかぎ回り、片足を上げて小便をした。いつものことながら誰が見ているわけでもないのに沼田は少しばかり気が咎《とが》める。

弁天さん、勘弁して下さいよ。

ぽそりとそう言った。下町の生まれで信仰心が厚い沼田は、どうもばちが当たるような気がして仕方がないのだ。それならそれで弁財天に入らなければいいのだが、立ち上がると自分の胸の辺りまで顔がくる大犬の太郎が馬鹿力で引っ張るので止められない。

ばち当てるなら、この馬鹿犬にしてくださいよ。

なんまいだぶなんまいだぶ、と唱えながら、相変わらず太郎に引きずられて、本堂と稲荷祠《いなりほこら》の間の路地を入っていった。ここを抜けると境内の表に出る。
「参道に糞《くそ》だけはしてくれるなよ」
そう太郎に言い聞かせながら路地を抜けた。
路地を抜けたすぐ右手には「触れずの銀杏《いちょう》」と名付けられた神隠しの因縁がまつわる銀杏の古木がある。その横にみくじを結ぶ植木棚がある。

銀杏の前を通りすぎ、植木棚にさしかかった。

どきっ、とした。

足元にぐったりと老人が座っている。

だが、様子がしごく異様だ……。

顔がこちらを向いているのに、同時に背中もこちらを向いている。つまりは顔が体の裏表逆さまについた老人なのだ。

沼田は体の格好がまるっきり出鱈目《でたらめ》な老人の姿に、ぱちくりと目を見開いて立ちすくんでしまった。

悲鳴を上げて逃げだせなかったのは、老人の顔に見覚えがあるような気がしたからだ。

ぼうっと佇《たたず》んだ沼田の方へ向けて、老人の手がゆらりと動いた、と思うと、おいで……おいで……と、逆手で沼田に手招きをした。

ざっと音を立てて、沼田の額に勢い良く汗が噴き出した。

次の瞬間、ぽとりと老人の腕が力なく地面に落ちた。同時に、上体もぐらりと崩れて動かなくなった。


……し、死んだ？

訳が分からぬままにそう感じた。途端に、沼田は恐怖に駆られて一メートルも飛び上がった。

「ぎゃあ!」

沼田は蒼白《そうはく》になって犬の手綱をなげうち、参道を駆け抜けて境内を飛び出した。

ぎゃん、ぎゃん

無我夢中で通りに飛び出した瞬間、沼田の背中に甲高い獣の遠吠《とおぼ》えと、愛犬の凄《すさ》まじい悲鳴が響いた。

け――――ん

こ……こりゃあ……きっ……狐だ……。

肝が凍りついた。沼田は全力で走った。

け――――ん

又、背後で狐が鳴いた。沼田はまたも飛び上がった。沼田は視野に飛び込んできた小さな家の玄関を叩《たた》いた。が、誰も出てこない。

ちくしょう!!　寝てやがる……おきろよ……おきろ……。

力任せに扉を叩くが、一向に人が出て来る様子はない。得体の知れない何者かが背中から襲いかかってくるような気がして、沼田は体をこわばらせた。

その途端、ぞっとする事に思い当たった。

一寸《ちよつと》まてよ……、あの顔、どっかで見たことがあると思ったけど、藤原の社長じゃねえ《え》のか……？

沼田は、先日道で挨拶《あいさつ》した時の藤原の様子を思い浮かべた。確かに同じ顔だ、そうだ、そうに違いない。それに、あの死体の腕がおいでおいでをした時、いつも社長がつけていたのと同じ金むくの腕時計があった。金持ちはいいのをしてやがる、と思いながら普段から見ていたから間違いない。だが藤原の社長は三十半ばの恰幅《かつぷく》のいい旦那《だんな》だ……それがあんな奇妙奇天烈《きてれつ》な姿になった上に爺《じい》さんになっちまって、どうしたってんだい！

沼田の頭の中は滅茶苦茶《めちやくちや》に混乱した。

と、とにかく間違いねぇ!!……どっどっ……どうしたらいいんでぇ?
そっ……。
そうだ警察だ……警察……。

沼田は大通りを目指して又走った。雷門まで走れば派出所がある。
薄闇の残る町中で、路脇《みちわき》に並んでいる柳並木が笑うように体をしならせた。
長いざんばら髪を乱した女の亡霊がそこかしこに立っているように見える。
走る沼田の頭の中に、次々と嫌な噂話が蘇《よみがえ》った。

投げ込み寺で死んだ女郎どもがな……まだ成仏してないんだよ。
おう、円タクの運ちゃんが、この辺りで幽霊を乗せたって話だ。
見るのは男ばかりだ……。
なにせ男を祟《たた》って死んだ女どもだからな……。
あちこちを彷徨《さまよ》ってる……。

「やめろよ……俺にとりつくのは止めてくれよ……俺は生まれてこのかた悪いことは一切してねぇ、母ちゃんだって幸せだって言ってる……まてよ……」
そう言えばやんちゃしていた若い頃に、遊廓《ゆうかく》の女に子供をおろさせたことが一度だけあったと思い出した。

額から血が引いた。にやり、と亡霊がほくそ笑んだ。沼田の全身に、ぞくぞくっと悪寒が走った。泡を食って手前に見えた細い路地に回りこむ。

遠回りになる……だが、亡霊が立っているような道は御免だ。

走った……走った……。大通りが開け、派出所が見えた。

沼田は塹壕《ざんごう》に飛び込む兵隊のように、派出所の中に飛び込んだ。

「た、助けて！」

「どうした！」

血相を変えて入ってきた沼田を見るなり、警官が怒鳴った。

「大変です！　神社の境内で人が死んでます！……こっ、こう、首が逆さまに胴体についちまって……」

沼田は自分の首を思い切りねじりながら警官に必死で説明をした。場所を言おうと思うが頭が空白になって名前が出てこない。

「神社？　どこの神社だ」

「あの、ほれ、吉原の裏口近くの弁天様だ」

沼田は唾《つば》を飛ばしながら、やっとそれだけを言った。

「花魁《おいらん》弁財天か？」

沼田は、こくこくと真っ赤な顔で何度も頷《うなず》いた。

「待ってろ、本庁に連絡する」

警官はそう言うと、ジコジコと電話のダイヤルを回し始めた。

もしもし、雷門派出所の伊藤です、今、殺人事件の報告を受けました。

はっ、発見者はこちらに待機しております。


警官が居丈高な口調で質問を浴びせ、縮こまった沼田がしどろもどろに答えているうち、数人の刑事らしき男達が現れた。

「貴様が沼田だな、俺は警視庁捜査一課の馬場《ばば》だ、さあ、現場に案内しろ」

振り向いた沼田の前に、派出所の中を覗《のぞ》き込んでいる強面《こわもて》の顔があった。じろりと沼田を睨《にら》む剃刀《かみそり》のような一重瞼《まぶた》。柔道選手のようながっちりした体軀《たいく》だ。

「こっちです、こっち……」

沼田は前方を指さしながら刑事達を花魁弁財天へと誘導した。馬場は鳥居を潜り、くまなく境内を一望した。

「おい、死体は何処なんだ？」

「その『触れずの銀杏』の下です」

沼田が指さした。

黒い靴が一足、昨夜の雨で湿った地面の上に置かれている。

靴の他には……何も無かった。

沼田は呆然《ぼうぜん》として大口を開けたまま立ち止まった。

「お前、警察を嘗《な》めてるのか!!」

「うっ……嘘じゃないですよ」

沼田は青い顔で狼狽《ろうばい》しながら銀杏のもとに駆け寄った。

しかし、植木棚の前にも後ろにも、死体は無かった。

「無い……無い……なんで無いんだ……!」

2

うろたえながら懸命に死体発見の状況を説明する沼田の様子を、馬場は訝《いぶか》しげな顔で窺《うかが》った。蛸《たこ》坊主に似た人の良さそうな顔を赤くしたり青くしたりして大汗をかいている。質《たち》の悪い冗談を言いそうな輩《やから》でもないし、慌てぶりが真に迫っているところを見るとどうやら本当のことらしいと馬場は判断した。

「刑事さん、狐です、狐の鳴き声がしたんですよ、ここには妖狐《ようこ》が出るって昔から噂があったけど、俺ぁもう恐ろしくって……それも、二度ですよ、二度鳴いたんです、その前に太郎が、ぎゃんぎゃんって吠《ほ》えたのも聞こえました……あれ？　そう言えば太郎もいねぇ……おおい！　太郎!!　太郎!!」

沼田は不安そうに辺りを見回して、「太郎も消えちまった……」と呟《つぶや》いた。

馬場は銀杏の木に歩み寄り、鋭い目で周囲を観察した。

立て札があった。


以前より、花魁弁財天には妖狐が住むと言い伝えられし噂あり。

明治五年、明治八年、この銀杏の枝落としをしていた職人が神隠しとなること二度。

明治十九年には職人亀吉、一蔵、当時七歳、綾子、当時三歳が、一蔵の双子の弟、二蔵の目の前で神隠しにあい、警察必死の捜査にもかかわらず、杳《よう》として行方知れずとなる。半年後に、一条男爵令嬢綾子だけが忽然《こつぜん》と邸宅の門前に現れる。

以来、この銀杏には異界への入口があるとして、触れずの銀杏と名付け、花魁弁財天の神木の一つに加え、触れることを禁じたり。


「神隠しだと？」

馬場は、ふんと大きく鼻を鳴らして腕時計を見た。

報告から現場に到着するまでに二十分が経過している。死体を運んでいく時間は充分にある。銀杏の根元の芝生には、其処《そこ》に人が座っていたことの証拠に、尻《しり》の形にへしゃげた跡があった。馬場は、大きな石灯籠《いしどうろう》に付着した黒いタールの塊のように見える血痕《けっこん》に気づいて屈《かが》み込んだ。

「そ……そうだ！　刑事さん、確認して下さい」

背後で沼田が思いついたように言った。

「確認……？」

「ええ。死んでたのは、ここから十分もいかない先にお宅のある社長さんなんですよ、藤原隆《たかし》さんっていうこの辺一帯の地主さんです。その人が、こう、妙ちきりんになってたんでさぁ……首が胴体とあべこべにくっついてんですよ……髪が真っ白で、こっちへおいでおいでって手を振って、そいでもってぱったり死んだんです」

「なんだって？　首が何だと？　おまえ寝ぼけてんのか？……まあ、いい、それで……その藤原ってのは、白髪のご老人なんだな？」

「とんでもない！　まだ三十過ぎですよ、普段見かける時の髪は黒々してました」

沼田は怪談話をするように声を潜めて言った。体がぶるぶると震えている。

「自宅は知ってるのか？」

「ええ……」

「よし、じゃあ案内してくれ」

取りあえず確認だ……。馬場は鑑識を呼ぶ手配を巡査に命じると、沼田の案内で藤原の自宅へ向かった。小汚い木造住宅が犇《ひし》めくように並ぶ湾曲した道をどんどん奥へと歩いていく。角を曲がっても同じ造りの家があるばかりだ。馬場は自分も狐に化かされているような気がして内心、落ちつかない思いがした。

十分ほど歩くと、突然目の前に蔦《つた》が絡み合った高い石塀が出現した。

じめじめとした冷気が周囲一帯に漂っている。

「ここです、藤原さんの家です、あそこが玄関ですよ」

沼田が指さした先には門らしき物が見える。馬場達のいる場所からゆうに百メートルは距離があった。実に場違いなところにある大邸宅だ。

藤原邸の玄関は改装中らしく、門の片側の鉄格子は錆《さ》びつき、片側は艶《つや》やかに黒く光っていた。よく見ると、門を過ぎた向こう側の石塀は、蔦も小ましに刈りそろっている。つまり、丁度改装の半分が終わったという状態だ。門の正面に立ってみると、左右のアンバランスさに平衡感覚が狂いそうな気がした。

（……陰気な屋敷だ、気に入らねえ）

馬場はちっと舌打ちをして、鉄格子の隙間から中を見た。邸内の庭は、うっそうと蔓《つる》の絡まった木々に覆われ、視界が利かない。地面には甘草、そして奇怪な形の庭石がある。馬場は金持ちの趣味は分からないといった不快気な様子で顔を顰《しか》めた。邸宅の玄関の辺りはすっかり木陰になっていて見えないが、木立の上にのぞく二階部分には窓が二つ、まるで髑髏《どくろ》の眼孔のように開いている。こうも寒々とした印象を受けるのは、屋敷の色のない外壁のせいかも知れない。ともかく人の心を潤すどんな要素も其処には存在していない。

寒々しい不活発な空気が満ちたその光景を見て、馬場は先月窃盗の罪で捕まえた重症の阿片《あへん》患者が語った悪夢の話を思い出した。

門の横にある呼鈴を立て続けに十回近く鳴らして、ようやく応答が聞こえた。

「はい、藤原でございますが、どなた様ですか？」

硬質な女の声だった。

「朝早く申し訳ありません、警視庁の捜査一課の刑事で馬場という者です、おたくのご主人はご在宅でしょうか？」

「刑事さん……ですか？　主人は昨夜から家を空けておりますが」

馬場は手短に沼田が見たことを伝えた。声の主は絶句して、「そんな馬鹿な話信じませんと答えた。確かに馬鹿げた話であるから無理もなかった。次に馬場が木の根元に置かれた靴のことを確認して欲しいと申し出たところ、「では、そちらに伺います」との答えが返ってきた。

馬場は待った。声の主はなかなか姿を現さなかった。二十分ほどして中の玄関が開く音が聞こえた。やがて姿を現したのは毛皮を纏《まと》った長身の女であった。

女は、ちらりと沼田を見ると軽く会釈した。沼田も小さくなって会釈している。

「貴方《あなた》は？」

「藤原の家内です、貴子《たかこ》と申します」

「そうですか、ご主人からの連絡はいつありましたか？」

「連絡はありません、出張中に電話をしてくるようなことはございませんから」

「どちらにご滞在かは？」

「知りません、そういうことは言わない人なんです」

「そうですか……ではご主人の所在は摑《つか》めないということですね？」

貴子は頷《うなず》いた。馬場は貴子をともなって現場に帰ってきた。道すがら、貴子の様子をじっくりと見た。

美人だ。切れ長の涼しい目元とつんと高い鼻。唇は薄く形が美しい。なにより品がある。今も大邸宅に住む社長夫人だが、少女の頃から上流の家庭で育ったお嬢様に違いない。女優と言っても通用しそうな美貌《びぼう》の上には、しっかりと化粧が施されていた。馬場達が待たされたのは、そのせいだろう。亭主が死んだかも知れないってのに、気丈な女だ、それともそれが上流の身だしなみって奴なのか、と馬場は舌打ちした。

しかし、服までは注意が行き届かなかったとみえ、毛皮の下から覗《のぞ》いているのはネグリジェだった。


「すいませんね、朝早く……」

現場に着くと、馬場はそう言って貴子を銀杏《いちょう》の方へと誘導した。

「ここらしいんです」

貴子は蠟《ろう》人形のような蒼白《そうはく》の顔で、小さく唇を震わせた。その背後では鑑識がしゃがみこんで、石灯籠に付着した血痕を採集している。

貴子の瞳《ひとみ》は大きく見開かれ、一点を凝視していた。馬場はその視線を追った。視線は銀杏の下にそろえられた靴に注がれていた。

「見覚えがありますか？」

貴子は、はっとしたように馬場を振り返った。

「確かに……主人のものです」

「一目で分かるんですか？」

「ええ、私が買ったものですから。イタリア製で日本では売ってないものなんです」

貴子はそう言うと、再び馬場から視線を逸《そ》らせて靴を見た。

「それから、もうひとつ、ご主人の髪は黒色でしたか？」

「……え？……ええ……」

「白髪を染めていらっしゃったというような事は？」

「……いいえ……ありませんわ……」

突風が吹いた。銀杏がざわざわと揺れた。蒼白の貴子の立ち姿に、馬場は何処かで見たことのある絵を思い出した。有名なヨーロッパの画家の絵だ。白昼夢の中に生きているような不可解な表情の女の絵……名前までは出てこない。

貴子の傍らから鑑識の白い手袋をはめた手が靴を奪い取り、ビニール袋におさめた。

(ともかく……生死は定かでないにしても、沼田が言うとおり藤原が此処《ここ》にいたことは確かなようだな……。そして、消えた……)

馬場は胸ポケットからゴールデンバットを取り出して、火をつけた。

（後は沼田の証言をどこまで信じるかだが……。まずは周辺の聞き込みか……）

空が白みはじめている。人通りはまだ無かった。近くの住宅の窓が開き、刑事達の物騒がしい動きを、何事かという顔で覗いている女がいる。

「残っていた血痕の血液型が出たらご連絡します、明日もご主人がお帰りになられなかったら連絡して下さい」

マネキンのように微動だにもせず立っていた貴子は反応を示さなかった。やはり、かなり動揺しているのだろうと馬場は思った。

「すいません……奥さん、聞いてますか？」

「……聞こえてますわ」

余り動かない唇から、凍えたか細い声がそう答えた。馬場は黙って頷いた。

かなり冷え込んだ寒い朝であった。

3

柏木《かしわぎ》は、迷路のように入りくんだ道を歩いていた。

道の両側にあるのは棟続きの長屋ばかりである。頭上には夜だか昼だか分からない不思議な光を宿した細長い空が続いていた。

子供の頃、近所に丁度こんな感じの長屋があった。朝早くから着物にたすきをかけたかみさん連中が、共同のポンプ井戸の周りにたむろして、泥のついた大根や芋を盥《たらい》で洗っている姿を見かけたものだ。

懐かしいような気もする……しかし見知らぬ場所であった。

しばらく歩き続けていると、長屋の一角に朱塗りの鳥居が忽然《こつぜん》と現れた。

柏木はその前で立ち止まった。

俗信嫌いで、初詣《はつもうで》すら何年も行っていない柏木だったが、ふと、散策でもしてみようかという気になって鳥居を潜れば、突然、目の前にぱあっと雪景色が広がった。

いや……舞っているのは桜の花びらだ。まだ三月の初めだというのに、満開の桜の枝先から無数の花びらが散っているのだ。花びらは風を受ける度に宙で向きを変え、きらきらと陽光を反射してプリズムのような虹《にじ》を浮かばせている。

奥の社殿へと延びていく参道は、低い桜並木のトンネルだ。

人影は柏木の他に無かった。

参道の突き当たりには黒い賽銭《さいせん》箱、賽銭箱の後ろ脇には注連縄《しめなわ》のかかった奇怪な姿の巨木があり、さらにその横に巨大な石灯籠《いしどうろう》が立っている。それらの後ろには、色を塗り替えたばかりのように艶《あで》やかしい朱の本殿があった。右脇は朽ち果てかけた稲荷《いなり》の祠《ほこら》である。木肌がすでに黒く変色している。

何処か不気味で、何処か霊妙な雰囲気が漂う光景に、柏木は不思議な胸騒ぎを覚えた。

うふふふ……くすくす……

鮮烈な静けさの中に、女の秘めやかな笑い声が木霊した。目を遣《や》ると、灯籠と銀杏の間に動く人影がある。柏木はゆっくりと参道を歩き始めた。

木陰から箱提灯《はこぢょうちん》を持つ法被姿の若者が姿を現した。その後ろから、三枚重ねの広袖《ひろそで》姿の小さな女童が二人、続いてやって来る。片や煙草盆を、片や長いキセルを恭しく掲げている。

次に……花魁《おいらん》が現れた。

四枚重ねのあでやかな緋《ひ》色の着物の裾《すそ》を右手で握って、黒塗三枚歯の高下駄を履き、外八の足さばきで参道を歩いてくる。花魁の左手は、脇に付き添う男の肩に軽く置かれている。一番後方の男が、長柄の紅傘を花魁の頭上にさしかけている。

柏木は突如現れたこの一行に幻惑された。このような寂しい場所で、時代がかった花魁道中に出くわすとは、何と不思議な事だろう。

花魁が歩みを進める度、ころろろ……かららら……と華やかな足音が響いた。女の笑い声と思ったのは、この足音だったのだろうか。

柏木は吸い込まれるように境内の半ばまで来ると、脇の桜に寄り掛かるようにして一行の道行きを眺めた。

桜のスクリーンの向こうから、箱提灯の明かりが揺れながら近づいて来た。着飾った二人の女童の髪で、飾り簪《かんざし》がしゃらしゃらと鳴っている。まだ十歳かそこらだろうか、背格好も顔立ちも双子のようによく似た美童である。

続く花魁は、毅然《きぜん》とした表情でまっすぐ前方を見据えながら、一歩一歩近づいて来る。

その姿は神々しさと威厳に満ち、柏木を圧倒した。

すっと通った鼻筋から小さな顎《あご》、華奢《きゃしゃ》な首へと続くなだらかな輪郭線から、淡い月光が放たれているように見える。潤んだ瞳に落とす長い睫毛《まつげ》の影が揺れる……。

すれ違いざま、ちらり、と花魁の視線が柏木を掠《かす》めた。

くすっ……と小さな笑いが女の口元から漏れた。

「あっ！」と、柏木は短く叫んだ。


高瀬《たかせ》美佐だ！


「君、高瀬君、高瀬君だろう？」

柏木は思わず大声でそう言いながら、参道へ足を踏み出した。だが、花魁はもはや柏木には目もくれず、鳥居の方へと歩き去って行く。

柏木はすっかり気が動転した。美佐の顔を見間違うはずはない。それにあの声も！

あの花魁は、高瀬美佐なのだ！

柏木の脳裏に、二年前の出来事が走馬灯のように蘇《よみがえ》った。だが……。

……待て……美佐は死んだはずじゃなかったのか……？


そう思った途端、ぞくぞくと背筋に冷気が走った。

行列の最後尾で紅傘をさしかけていた人影がふと立ち止まり、そんな柏木の方を振り向いて、にっこりと笑った。背広姿の、見事な白髪の老人である。

柏木はその老人の顔にも見覚えがあった。慌てて記憶を手繰ったが、名前は浮かんでこなかった。


私、これから蓬萊山《ほうらいさん》に行くんです。だから、後のことは頼みました。


夢見るように幸福そうな声で老人が言った。

「え？　ご老人、あなた一体誰なんです？」

老人の肩を捕まえようとする柏木の手が空を切った。花魁道中と老人の姿が、まるで陽炎《かげろう》のように揺らめきながら、鳥居の向こうへ消えていく。

「ちょっと、ちょっと待って下さい！」

小走りで鳥居に駆け寄った柏木は、愕然《がくぜん》として立ちすくんだ。鳥居の外に道がない。道どころか空も、ついさっき見てきた家々も消えてしまっている。

虚空がぽっかりと鳥居の向こうに口を開けていた。

冷たい汗が噴き出した。しかし、他に出口はない。

柏木は半ばやけくそな気持ちで、虚空の中へと身を躍らせた。

白い閃光《せんこう》がくねりながら彼の視界を駆け抜けた。

落ちているのか、上がっているのかさっぱり分からない。上も下も右も左も分からない。

自分の体が回転しているようにも思うし、そうでないような気もする。体が輪郭を失い、
アメーバのように光に溶け出してゆく。

気が遠くなる……。


煎餅《せんべい》布団の上に、柏木は飛び起きていた。

全身がじっとりと汗で湿っている。


美佐の夢を見たのは何ヵ月ぶりだろうか……。

柏木は醒《さ》めやらぬ頭のまま、夢の場面を回想した。

目の前を通り過ぎて行く美佐の横顔は、柏木にとって美佐の印象そのものだ。

伸ばせば手の届く所にいる彼女を、夢の中ですら呼び止める事ができなかったとは、

何と情けない、ふがいない男なんだろう……。

美佐の夢を見た日の目覚めには、いつもこうした虚無感に襲われる。足元にぽっかりと開いた穴に吸い込まれ、脱力して目覚めるのも、いつもと同じだった。

もう、二年になるのだな……なのにまだ、僕は彼女にこだわっているらしい……。

柏木が感傷に浸っていると、突然、乱れ太鼓のような勢いで部屋の扉が叩《たた》かれた。扉の向こうから管理人が大声でがなりたてる。

「柏木さん、社から電話ですよ、起きて下さい！　柏木さ……！」

柏木は黙って扉をがらりと開けた。驚いた顔で突っ立っている管理人の脇をすり抜け、不快そうな足音をがんがん響かせながら階段を下りていく。

三面記事を担当し始めてから、毎度この調子である。

事件というのは夜中でも朝でもお構いなしに起こる。その度に新聞社からの電話を受けた寮の管理人がたたき起こしに来るのだ。会社の寮なので、私生活などあって無きが如しである。

管理人室の窓口に転がされている受話器を手に取った。

「はい、柏木……」

「洋介、すぐに吉原弁財天へ行け、読者が飛びつきそうなネタだから、しっかり取って来い、急げよ！」

「吉原？　何……」

編集長の境からの電話は、「吉……」のあたりで思いきりガチャリと切れた。朝の電話はいつもこうだ。この不機嫌さからすると、境は昨晩も社に泊まり込みだったのだろう。

吉原で情死事件でもあったのだろうか……だとすれば最も苦手な部類のネタであるが、社命であるから仕方ない。

そんな事を思いながら部屋に戻った柏木は、素早く背広に着替え、電車よりこの方が早いとばかりに、玄関先の自転車を勢いよく漕《こ》ぎはじめた。ペダルを軋《きし》ませ、天然パーマの髪を豪快に乱して、柏木の壮健な身体が朝の町並みを駆け抜けて行く。

ひんやりとした風の中を三十分ばかり走り、額にうっすらと汗がにじんだ頃、吉原の門が見えて来た。

ところが、その門の真ん前に珍妙な男がぽつねんと立っている。

まず目についたのは男の持っている大きなコウモリ傘だ。柏木は思わず空を見上げたが、見事な青空が広がるばかりで、雨など金輪際降る気配はない。

男の格好も今時のものじゃない。黒い着物に黒い羽織、縦縞《たてじま》の袴《はかま》をはき、頭にはグレーの山高帽をのせている。

洒落《しゃれ》ているつもりなのか、ただの悪趣味なのか、判別不可能な出《い》で立ちだ。

背は随分と低く、ちんちくりんと言ってもいいほどである。

男は、柏木の自転車が近づいて来ても、一向に門の前から動こうとしない。

それどころか、スピードを緩めた自転車の前につかつかと歩み寄って、柏木の目前にぬっと顔を突き出すと、細い目をなおさら細め、反っ歯の口元で、にかっと笑った。

その顔は、マントヒヒに似ていた。

「ほうっ、面白い顔やなぁ」

まったりとした関西弁でそう言った。

「面白い顔は、どっちですか」

柏木は、自転車を止めながらむっとして言い返した。

はっはっはっ、と愉快で堪《たま》らないように男が笑う。

「まあ、何でもええわ、あんたに間違いない、こっちや、こっちや、早《はよ》うきいや」

言うなり男は柏木の手をむんずと摑《つか》み、つかつかと歩き始めた。その力が異様に強い。

柏木は体軀《たいく》のいい若者である、そうやすやすと引っ張られるはずがないのだが、まるで足に駒でもついているかのように男に引きずられていく。

柏木は小男の怪力ぶりに驚いた。

「ちょっと、一体何なんですか？　人違いですよ、僕は貴方《あなた》なんか知りませんよ」

「わしも知らんわ、ただここで待っとれいわれたんや」

「あ、てことはあなた、社の人間ですか？」

「シャ？　そんなけったいな輩《やから》はしらん、わしは神さんの遣いや」

どっちがけったいか分かったもんではない。

「ちょっと待って下さい！」

柏木が男の手をはね上げようとした途端、男の歩みがぴたりと止まった。

「あそこや」

男の指先を目で追うと、身を寄せ合うようにして続く木造住宅の流れの一角に黒山の人だかりが出来ていた。野次馬の中には軍服姿の男達まで混じっている。

どうやら境が取材してこいと言った事件現場の様だ。

「……何があったか、貴方ご存じなんですか？」

「境内で人が死んでたみたいやな」

「死人？」

柏木は走り寄ると、勢いよく人込みをかき分けた。と、途端に、朱塗りの重ね鳥居に渡された厳重なロープに突き当たった。こぢんまりとした境内では、警官や刑事らしき人物が、忙しく動き回っている。

鑑識の一群がしゃがみ込んでいる石灯籠《いしどうろう》の辺りが現場なのだろうか。

側に、見覚えのある奇怪な銀杏《いちょう》の古木があった。その隣には植木棚、奥には朱塗りの社殿と古びた稲荷祠《いなりほこら》が見える。

見たところ、死体らしきものは何処にもない。

ロープから思いきり体を乗り出した柏木は、境内の中で不機嫌そうに腕組みをして立っている馬場刑事の姿を捜しあてた。何度も事件現場で会って話した、顔馴染《かおなじ》みの刑事だ。

柏木は大きく手を振りながら叫んだ。

「すいませーん！　馬場刑事！　馬場刑事ですね、柏木です！　朝日新聞の！」

柏木の大声は百メートル先にでも響くので有名である。馬場が顔を向けた。小うるさそうに耳の穴を小指でほじりながら歩いてくる。

「死人と聞いたんですが、殺人事件ですか？　被害者は誰です？」

「殺人事件とも、死人が出たとも確定してない、まだ作業中だから邪魔するな、後で警察において事件経過は発表する」

ロープ際まで来た馬場は、顔を顰《しか》め小声で言った。

「ハッキリしてないとはどういうことです？」

「死体があったという目撃証言だけで、肝心の死体が消えてしまったんだ」

「死体が消えた?!　被害者は誰です？」

「馬鹿声を出すな。害者はな、どうやら藤原鉄鋼の社長、藤原隆らしい」

藤原鉄鋼と言えば、株式市場が出来た途端、上場した株が高値に沸騰して突然巨大化した鉄鋼会社だ。日本刀と銃身の市場八十％を独占している。

「ともかく目撃者が死体を発見して、我々が到着する僅《わず》か二十数分の間に死体が運び去られたらしい、残されていたのは靴だけだ。しかも発見者の話では、死んでいた藤原社長は首が捩《よじ》れて背中側についていたと言うし、その上、三十半ばの男なのに、すっかり白髪の老人になっていたと言っているんだ、こんな事件のことがそうやすやすと説明できるか‼　今分かっているのはそれだけだ」

馬場は低い声で吐き捨てるように言うと、くるりと背中を向けた。

「ちょ、ちょっと……それじゃ全く訳が分からんじゃないですか！」

どうやって記事にしたものかと頭を抱え込んだ柏木の耳に、野次馬の会話が飛び込んできた。

まったく因果なこった。

本当に……。因縁のきつい弁天様だよ。

「ちょっと、すいません、今の因縁ってのは何なんです？」

「なんだ、記者さん知らないのかい？　ここの弁天様では昔から何度も神隠しがあったんだよ」

「神隠しだって？」

呆然《ぼうぜん》と社殿へ視線を走らせた柏木の背後に、いつの間にか先程の珍妙な男が立っていた。

男は柏木の目をのぞき込むようにして言った。

「せや、神隠しに間違いない、その社長はんが急に年寄りになってたことといい、明け方の失踪《しっそう》、木の下にそろえられた靴、何もかも神隠しの典型や……」

「そんな馬鹿な……」

「神さんが言うてた、これはただの事件やない、神霊の糸がからまっとる」

男はしごく真剣な顔で柏木を見つめている。

「あんたがこの事件の鍵《かぎ》を握ってるはずや、なんか身に覚えはないか？」

「待って下さい、人違いですよ。僕の……」

身に覚えなどあるはずがない、何を言ってるんだ、と言いかけた柏木の脳裏に今朝の夢が蘇《よみがえ》った。


そうだ……この神社……老人の顔……！


頭を殴られたようなショックを受けた。

「……ああ！……あの老人は藤原鉄鋼の社長だ！　写真と違って白髪だったから……分からなかった……」

柏木は呻《うめ》くようにそう呟《つぶや》いた。

「あんた、白髪になった社長はんを見たんか？」

「いえ……夢を見たんです。夢の中で、藤原鉄鋼の社長が花魁《おいらん》道中につれられて、神社の境内を歩いて行くのを見ました」

「そうか、それで、あんたその死んだ人となんかしゃべったんか？」

男が神妙な顔で頷《うなず》きながら尋ねた。

「しゃべったと言うより、これから蓬萊山に行くから後を頼むと……」

それを聞くと、男は一瞬、口を閉ざした。

「やっぱり、ただの事件やないやろ？」

男は催眠術師のようにゆっくりと囁《ささや》いた。

「その花魁は……異界のモノやろう、フジワラいう人は異界の女に連れ去られたんや。確かにモノの匂いがぷんぷんしとるわ、この辺りは……」

男は鼻をひくひくと動かして周囲を見回した。柏木は何故か、どきりとした。

「待って下さい、ただの夢でしょう？　僕には霊視とか予知とか、そんな力はありませんし……第一、僕は、藤原社長とは会った事もありません。偶然夢を見たからって、そんなもの、事件とは何の関係もありませんよ」

そう言いながら、胸のどこかに男の言葉が引っかかっていた。

何だろう……それを知るのが怖いような気がした。

柏木はもう一度「関係ありませんよ」と呪文《じゅもん》のように繰り返した。

しかし、男は執拗《しつよう》だった。

「いや、ある……あんた、その女の顔を見たやろ？」

「見ましたが、彼女は犯人じゃない、全然関係のない人です、第一、とっくに死んでしまった人なんですよ」

柏木はそう言いながら笑おうとしたが、顔がこわばって笑えなかった。

「死んだ女が男を連れ去ったか……、その女、心中か？」

「やめて下さい！」

柏木がそう叫ぶのと、人込みから現れた三人の青年将校が柏木を取り囲んだのは同時だった。

「おい、そこの男、何を見たと言った？　詳しく話せ！」

背後から険しい声が柏木を怒鳴りつけた。柏木は、突然目が覚めたような気がした。

振り向くと、背の高い、鰓《えら》の張った将校が鬼のような形相で柏木を睨《にら》んでいる。

「僕は……ただ、死んだ藤原社長の夢を見たと言っただけです」

「何！　怪しい奴め、貴様、犯人じゃないか？　名前を名乗れ」

将校が柏木に詰め寄った。

「朝日新聞の記者、柏木洋介です」

「なんだ、ブンヤか」

将校は唾《つば》を吐き捨てると、思い切り蔑《さげす》んだ目で柏木を見た。

それが柏木の頭に血を上らせた。声を大にして言うほどの硬派ではないが、柏木はデモクラシー時代の申し子である。学生時代はロマンチックな英国文学を読みふけり、ビスマルクやプロ文学を通読した。尊敬する政治家は原敬《はらたかし》である。

そんな柏木にとって、昨今頻発する政治家暗殺の糸を引いている軍部、原敬を暗殺した右翼集団は嫌悪すべき存在であった。

軍人に屈伏する事は、暴力に筆が屈伏する事だと柏木は信じていた。


お前らに、これ以上でかい顔されてたまるか！


柏木は挑戦的な態度で将校を睨み付けた。

「なんだ、その反抗的な目は！　貴様、問に答えんか！」

「無礼な質問に答える必要はない！」

「何っ！」

三人の将校が長剣に手をかけ、柏木に詰め寄った。

四人の周りに出来ていた野次馬達の輪が、どっと広がった。

柏木の額に冷や汗が噴き出した。

昨今の軍人は、まるで血に飢えた野獣である。新聞記者が半殺しにされたって、今のご時世、誰も止めやしないだろう。

ちらりと境内の警察官を窺《うかが》ったが、皆、遠巻きに知らぬ振りを決め込んでいるようだ。

（くそうっ!!　僕は屈伏はせんぞ……）

柏木が覚悟を決めて身構えた時である。

「やめろ!!」

地の底から聞こえるような低い叱責《しっせき》の声が飛んだ。

「あ……東《あずま》少佐」

いつの間に現れたのか、数名の配下を引き連れ、死人のような青白い顔をした年配の軍人が側に立っている。将校達は剣から手をはなし、オモチャの兵隊の様に、同じ動作で敬礼した。

鰓の張った将校が、東少佐と呼ばれた年配の軍人の前に進み出、仰々しく敬礼すると、柏木を指さして叫んだ。

「こやつ、藤原社長殿の殺害に関して何か知っているようであります」

「勝手な事を言うな！　夢を見ただけだと言っただろう！」

柏木が食ってかかる。

「軍が口を挟む問題ではない、警察に任せておけ」

東は冷やかに言うと、目配せで将校らに散るように合図した。将校らは未練ありげに柏木を一瞥《いちべつ》すると後方へ退いた。

「どんな夢を見たのだ？」

東が柏木を凝視していた。爬虫類《はちゅうるい》じみたぞっとする光がその瞳《ひとみ》に宿っている。

「この境内で藤原社長が、花魁道中と一緒に蓬萊山に行くと告げる夢です」

柏木は胸を張って大声で答えた。東の薄い唇が僅《わず》かに歪《ゆが》み、笑ったように見えた。

「東はん、この男はわしの連れや、事件とはなんの関係もあらへんて」

今までどこへ雲隠れしていたのか、突如、あの珍妙な男が柏木の後ろからひょっこり顔を覗《のぞ》かせると、軽い調子の関西弁で、東に向かってそう言った。

（東はん……だって？）柏木は驚いた。

東は柏木の肩越しに男の姿を認めると、不思議そうな顔をした。

「これはこれは……大本《おおもと》の出口《でぐち》聖師か……。よろしい、この件は内田君に免じて不問にしよう」

そう言って東がくるりと踵《きびす》を返すと、後ろの軍人達も整然と続いて立ち去った。

凍りついたような沈黙が去り、時が戻ってきたように、野次馬達がまたざわざわと騒ぎだした。

柏木はほっと安堵《あんど》の息をついて、額の汗を胸ポケットから取り出したハンカチで拭《ぬぐ》うと、マントヒヒに似た出口の顔を凝視した。

大本教と言えば軍国主義の危険な宗教と言われている。出口王仁三郎《おにさぶろう》はその教団のナンバーツーで、第一次世界大戦も見事に予言したと評判の霊能者だ。宗教に疎い柏木も、それ位のことは知っている。最近では、出口のシンパとなった軍人や華族の信者も多いと聞いていた。

「あなた大本の出口さんなんですね、あの軍人と知り合いなんですか？　内田と言うのは右翼の親玉、内田良平のことですか？」

驚きのあまり礼の言葉も忘れて、柏木は矢継ぎ早に質問を浴びせた。

出口は面倒そうに顔を顰《しか》めた。

「せや、その内田や、べつに二人とも知り合いでもなんでもあらへん、わしのとこの教団に食いさがっとるだけや。それよりあんた、えらい無茶するなぁ、あんな時はもっと穏便に話さなあかんがな、あんなことしてたら今に殺される、あんた……ほんま、わしみたいな人やなあ……」

出口はそう感慨深げに言ったかと思うと、

「ま、それはどうでもええわ」

と軽い調子で言葉をついだ。

「ところで、ここの神社は震災の大火があった時までは、敷地内にあったはずなんや。なんで今は外にあるんやろ？」

どうやら出口の興味はもうそっちの方に移ってしまったらしい。

礼を言うタイミングを逸した柏木が、ぼりぼりと頭を掻《か》きながら出口の視線を追って神社脇の路地に目をやると、確かにすぐ奥に吉原の高塀が見えた。

そう言われれば、花魁弁財天という名前からして、吉原の敷地にあった方が自然である。

「験《げん》が悪いから外へ放り出したんでさぁ」

出口の問に、嗄《しゃが》れ声が答えた。

振り向くと、黒半纏《はんてん》に坊主頭、がっちりと体軀《たいく》の良い老人が、いぶし銀の地に紺の細縦《たて》縞《じま》の着流しを着込み、見るからに素人ではない粋《いき》な風情で立っている。

深い皺《しわ》の刻まれたその顔も、若い頃は相当にいい男っぷりであったことを物語っていた。

それにしても、老人の発する気は並ではない。周囲の野次馬が誰からともなく後ろに引き、老人と柏木達は面と向かい合う格好になった。

柏木はぐっと緊張して、拳《こぶし》を握りしめた。

だが出口は、臆面《おくめん》もなく老人に歩み寄り、またにっかりと歯をむきだして笑った。

「おや、あんた吉原で見た顔やな、どなたさんや？」

「これは出口先生、あっしの方はよく先生のことは存じております、あっしは吉原三者組合の頭をしている銀鮫《ぎんざめ》というもんでさぁ」

「ああ、そうやったんか、それで験《けん》が悪いとはどういうことや？」

銀鮫は切れ長の茶色い目で柏木を牽制《けんせい》しながら、答えた。

「昔っから神隠しの事件が多くてね、不吉な噂が絶えなかった所なんですよ。縁起でもねぇから、大火で全焼しちまった時に、いっそ建て直しを機に外に出しちまおうってことになったんでさぁ。もともとこの辺りは吉原の中じゃ場末で、店らしい店は無いってのもありやして、弁財天にかかっているところだけ並びを削ったわけで……」

「なる程なぁ……」

そんな二人のやりとりが、柏木には納得出来なかった。

「神隠しだなんて、この文明の世にそんな事があるわけないでしょう！」

「信じようと信じまいと、現にこうして起こってるんだよ」

大声でわめいた柏木の態度が余程気に入らなかったらしく、どすのきいた声で一言答えた銀鮫は、ひらりと赤い龍《りゅう》の裏地を翻し、背中を向けた。

その後、警視庁に立ち寄った柏木を待っていたのは、事件が特高の預かりになったので、一般の記者会見が無くなったという不可解な知らせであった。

4

新聞社は、人の健康を害するために存在しているような場所である。

電話のベルは一日中鳴り響いているし、誰もが青筋を立てて机と机の間の狭い空間をせわしなく走り回っている。〆切《しめきり》は毎日、分刻みでやって来る。

窓から差し込むうららかな日差しに漂っているのは春霞《はるがすみ》ではなく、愛煙家達の煙草の煙だった。

柏木は、鼻先に漂ってくるエアーシップの煙をうるさそうに手で散らしながら、資料が山積みになった机の上に、でん、と肘《ひじ》をついた。

彼は大体において図体《ずうたい》が大きい。好奇心に満ち溢《あふ》れた少年のように目が大きい。声も大きければ、いちいち立てる物音まで大きい。だから柏木の一挙一動は数多い記者の中でも実によく目立つ。

堂々とサボタージュ宣言をするかのような柏木の不貞腐《ふてくさ》れた様子に周囲はぎょっとしたが、当の柏木は一向に気にする様子もなく大あくびをして、祇園小唄《ぎおんこうた》を口ずさみはじめた。ばかばかしくて、仕事などする気にならなかったのだ。

昨日、柏木が吉原から戻って来ると、異例の人事異動が発表されていた。突然、柏木の担当が、三面から花柳界へ変更されたのだ。

将校達と一悶着《ひともんちゃく》起こしたことが上に聞こえたのだろう。それ以外特にミスをした覚えがないから、原因はそれしか考えられないのだ。柏木は実に不愉快だった。

日本は激動していた。

急進派の陸軍の連中は、統帥権干犯の物議を醸しだして、『軍の方針は軍が決める』とばかりに民主議会による外交政策を無視・独走し、昭和六年、満州を武力制圧した。

参謀本部の圧力で軍部の独立政権こそ成立しなかったものの、満州国皇帝溥儀《ふぎ》が、関東軍の傀儡《かいらい》であることは明白である。

関東軍の独走を戒める振りをしながら、その跳ね返りぶりを利用して、陸軍中央部は国内にも睨《にら》みをきかせ、武力を盾に民衆不在の軍国政治を行おうとしている。

民主立憲主義を破壊せんとしている不逞《ふてい》の輩《やから》共だ。

政治家の暗殺事件も相次いでいる。二年前に日本ファシズム連盟が結成され、井上準之助、団琢磨《たくま》、犬養毅《いぬかいつよし》の命が奪われた。この二月には伊東巳《み》代治《よじ》も暗殺された。

そんな今こそ、軍部の野望を暴き、国民の総意に基づくデモクラシーの力を示すべきだと考えていたにもかかわらず、紙面担当を花柳界記事に替えられてしまったのだから、柏木が腐るのも当然であった。

軍部が思想統一へ並ならぬ力を注ぎ始め、新聞社にはとりわけ憲兵や特高のマークが激しい為、軍人と悶着を起こした自分を無難なところに移動させたのに違いない。

筆を執る者が、軍の機嫌を見て人事を決めるなど柏木にすれば許せぬことであったが、宮仕えの身では何を言っても始まらない。天下国家を真剣に論じなければならない時に、女の尻《しり》を追わねばならぬとは、なんと虚《むな》しいことだろう。

柏木は聞こえよがしのため息をついた。

(しかし待てよ……、花柳界記事にも制約が出始めたというから、いずれ部門が縮小されて異動があれば、一寸はましな記事を担当出来るかも知れない。もっとも、解雇かも知れないが……)

そんなことをつらつらと思いながら、嫌気顔で机の上に並べられた女達の写真を見た。

どの写真も、首まで白く塗った化粧顔で、上目使いの媚びるような視線をこ《こ》ちらに向けている。そんな媚《び》態《たい》に腹が立つのは、権力に媚びる人間の仕《し》種《ぐさ》を柏木が最も嫌っているせいかも知れなかった。

柏木にとって、愛や性なるものは純粋で美しくあるべきものである。だから愛を道具として性をひさぐ商売などは到底理解しがたかった。

もっとも中で働く女は、貧しくて売られてきた可哀相な身の上であるから軽蔑《けいべつ》してはならぬ。それは承知だが、かかる悪所での出来事を筆を持って追い回すかと思うと頭が痛かった。柏木は、うう、と呻《うめ》きながら頭をかきむしった。

そんな柏木の様子を見ながら、横で笑いを堪《こら》えている者がいた。

「どうした洋介、嬉《うれ》し泣きか？　くだんの別嬪《べっぴん》に毎日のように会えるんだものな」

くわえ煙草のままで冷やかすように言った隣席の本郷《ほんごう》記者を柏木は横目で睨んだ。

ポマードでぴっちりと頭をオールバックにした本郷は、女達が色っぽいと噂している垂れ目で柏木を見つめている。

彼が掌《てのひら》で弄《もてあそ》んでいるのは、女の股《また》ぐらにカクテルグラスが添えられた絵柄の燐寸《マッチ》だった。好色燐寸というやつだ。どこかのカフェーのものだろう。

先日まで、花柳界記事は本郷の仕事であった。

「嫌にもなりますよ、本郷先輩。先輩はどうか知りませんが、白粉《おしろい》を塗りたくった娼婦《しょうふ》を取材して、何が面白いというんですか？　僕は記者ですよ、記者らしい仕事をしたいです。本郷さんはいいですよ、政治欄の担当になったんですって？」

「政治欄の記者なんて何がいいものか、制約が多くてまともな記事など書けやしない。軍部批判などすればすぐに摘発が入るんだからね、下手すれば暗殺だってされかねない。今や記者は軍部が送ってきた原稿をそのまま書き写すだけじゃないか。それぐらいなら、花柳界記事の方がよほど楽しみがあるさ。こんなご時世に政治を論じても意味がない、僕は花柳界記者のままの方が良かったのだがね……。それはそうと、君、花柳界記事を担当するのだから、先に挨拶《あいさつ》に行っておかなきゃいけないよ」

「挨拶といっても、あれだけ店があるのに、どうすればいいんです？　まさか一軒一軒、頭を下げて回るんですか？」

本郷は短くなってきたエアーシップをジュラルミンの灰皿でもみ消しながら、うっすらと笑った。

「いやまさか、それはない、しかし最低でも吉原には事前の挨拶は必要だ。引手、貸座敷、芸者、幇間《ほうかん》達をまとめている新吉原三業者取締事務所という所がある。そこの偉いさん連中には顔見せしておいた方がいい。吉原というところはなかなかにそういう礼儀には厳しいんだ。特に組合頭の銀鮫という古老には気にいられておきたまえ、めっぽう気難しいが、一度気にいった人間のことは肉親同然に扱ってくれる」

「銀鮫！」

吉原で出会ったあの凄《すご》みのある老人だ。もう遅い、会った途端に怒らせた、と柏木は絶望的な気分になった。全く、泣き面に蜂とはこの事だ。

「それと車組《くるまぐみ》の頭にも挨拶に行っておきたまえ」

「え？　まだあるんですか？　何です、その車組というのは？」

「うむ。一言で言うと吉原の自衛組織のような物だよ」

「なんだか面倒な話ですね」

柏木は胡散臭《うさんくさ》そうに眉《まゆ》を顰《ひそ》めて、頭をぼりぼりと掻《か》いた。それを見ると本郷は、とんでもないというように人指し指を鼻先で揺らして舌打ちをした。

「必要なんだよ。吉原というのはああ見えてもただの娼館じゃない、外目には分からなくとも、実に完成された自営都市としての伝統と機能を持っているんだ。吉原に入ってつつがなく仕事をこなすには、他国に行って取材するぐらいの心構えを持たなければならんのだよ、君。どうも君はその点では認識不足のようだ、今日は僕が吉原のことについてやり方を伝授してやろう。どうだ、仕事が引けたら銀座のカフェーで一杯やりながら話そうじゃないか」

興味も湧かぬ仕事内容をあれこれ聞く必要も感じなかったが、うさ晴らしに酒を飲みたい気持ちはあった。暫《しばら》く考えてから、柏木は「そうですね」と本郷に同意した。

柳とアーク灯の並木を三十分ほどぶらぶらと歩き、尾張町《おわりちよう》の交差点付近に来た時、本郷が「ほら、あれだよ」と言った。

きらびやかな建築物の屋根には英文字で『Ｃａｆｅ　Ｔｉｇｅｒ』とチューブネオンの看板が出ている。巨大なモガの横顔の電灯装飾もある。

さらに屋上から下げられた『淑女給大募集、満員御礼』の垂れ幕を数百というスポットライトが煌々《こうこう》と照らし、建築物そのものが巨大な光の塊でできているかのように輝いている。

柏木は目を細め、手を翳《かざ》しながら辺りを見回した。軒並みカフェーで埋め尽くされた銀座大通りの夜は、七色のネオンの輝きに溢れている。

本郷はタイガーの玄関前でソフト帽を脱ぐと髪に素早く櫛《くし》を入れ、ネクタイを締めなおした。そうして、隣でぼんやりしている柏木を、嘗《な》めるように見た。

「どうにもむさくるしいなぁ……」

そう呟《つぶや》いて、柏木の皺《しわ》になったネクタイを締めなおすが、よれたネクタイは一向に形が定まらない。

「仕方ない……。今日の所は仕事で徹夜した後だとでも言っておきたまえ、次はせめて帽子くらい用意して来いよ……本当に君は不精なんだから、早いところ女を作って面倒見てもらうことだ」

諦《あきら》めた声で言った本郷に、柏木は赤くなって反論した。

「僕の髪はこの通りあちこち無造作に向いているから、帽子を被《かぶ》るとざんばらに髪がはみ出してかえって変なんです。それに人間は見かけじゃありません。第一、心底愛し合ったならまだしも、ネクタイにアイロンをかけてもらうためだけに女性と付き合いたいなんて思ってませんよ」

いかにも真っ直ぐな気性丸出しのセリフを聞いて、本郷は愉快気に笑った。

ステンドグラスの扉を開けると、むんとした熱気が顔面に襲いかかる。

店の中から、客達の喧騒《けんそう》とジャズの音楽がどっと流れ出す。

店内には、床一面に赤とオレンジの水玉模様の絨毯《じゅうたん》が敷かれ、豪華なシャンデリアが天井から幾つも下がっている。

壁にそって続く長いカウンターには、それぞれに最新の洋装で着飾った女給達の姿がある。

柏木は、町中のカフェーとは全く違う豪華な様を物珍しげに眺めながら、本郷の後について歩いた。銀座にほど近いところに勤めてはいても、高級カフェーに出入りするのは初めてだ。

中央の螺旋《らせん》階段を登りきった途端、黄色い声を上げて駆け寄ってくる女がいた。

髪にパーマネントをかけ、ウエーブした額の辺りに硝子《ガラス》細工の髪留めをつけている。

ピンク色のチャイナドレスから覗《のぞ》く手足はころもちふっくらした感じであるが、スタイルはいい。流行《はや》りの歌手・李香蘭《りこうらん》を真似ているらしい。

女は片手を上げて挨拶した本郷の首に飛びつくように身を擦り寄せると、奥の空席を指さした。

「其処《そこ》が空いてるわ、お飲み物、何がいい？」

「僕はいつものハイボールだ、君はどうする？」

「僕は……僕はウイスキーのロックを」

女は愛想よく笑って頷《うなず》くと、「すぐに来るわね」と言い残して螺旋階段を駆け降りていった。持ち上がったヒップが左右に揺れている女の後ろ姿を見送りながら、本郷は赤いビロード張りの椅子に背凭《せもた》れて、下がった目尻《めじり》をますます下げた。

「お京と言う僕の馴染《なじ》みの女だ、なかなかのいい女だろ？」

柏木は、真っ赤な唇とかん高い声しか印象になかったので答えようもなく、頭を掻いた。しかし本郷は別に柏木の答えを気にする様子もなく、例の好色燐寸を背広の胸ポケットから取り出し、エアーシップに火をつけたのだった。

「洋介、昨日の神隠しは君が現場を担当したんだろう？　何か変わったものでも見なかったかい？」

「変わったものって……何の事です？　神隠しだ、因縁だと騒いでる野次馬はたくさん見ましたけどね」

柏木は出口の顔を思い浮かべながら、精一杯の皮肉を言った。

「因縁と言うと、亀吉と一蔵の神隠しだね、それで他には何か聞かなかったかい？」

「待って下さい、藤原隆の失踪《しっそう》は神隠しじゃありません、殺人事件ですよ、先輩も物好きですね」

そう言えば本郷は最近、暇な時間になると小栗虫太郎《おぐりむしたろう》を読んでいる様子だった。

流行りの怪奇小説にでもかぶれてしまったのだろうか？　と柏木は訝《いぶか》しんだ。

「なにしろ、目撃者の話によると忽然《こつぜん》と消えた藤原隆は、首が逆さまになって、百歳にも見まごう老人になっていたということだし、境内で狐の鳴き声を聞いたと言うじゃないか。それがただの殺人事件かい？　君だって真実を知りたいだろう？」

個人主義で事勿《ことなか》れ主義の本郷が「真実」などと言いだすには裏がありそうだったが、柏木とてあの事件は気がかりだ。あの夢は一体何だったのか？　出口という男は何を言おうとしていたのか？　それに、考えてみればあの事件のせいで花柳界に飛ばされた訳だから、恨みだってあるくらいだ。

「そりゃあ、僕だって気にはなります。でも、特高預かりの事件を調べる訳にもいかないでしょう？」

「これは君らしくないことを言うね。熱血漢のくせに突如投げ遣《や》りになるのは、君の悪い癖だよ。何を怖がってるんだい？」

本郷は挑発的にそう言った。

「怖がってなどいません。しかし、なぜ特高が事件を持っていったんでしょう、やはり藤原鉄鋼がらみでしょうか？　現場にも軍人が大勢いましたし……出口王仁三郎もいました。先輩、彼も右翼とは親しいのでしょう？」

「何だって？　大本の出口聖師が？……妙だな、軍が超能力の研究をしているとか、大本の集人力を狙っているという話は聞くが、あの先生は平和主義者の宗教家だぞ……」

本郷は、出口が言った「軍が教団に食い下がってる」というセリフを裏付けるような言い方をした。だが、そもそも宗教家とは何なのか、柏木にはよく分からなかった。第一、あの風貌《ふうぼう》と、人を食ったような喋《しゃべ》り方が気にいらない。まともじゃない。おおかた、当てずっぽうに怪しげな事を吹き込んでまわる狂人か、或《ある》いは捜査を攪乱《かくらん》させようという犯人の一味かも知れない。下手に関わると冤罪《えんざい》ものだ、二度と近づくまい、と柏木は思った。

「それで、彼は何か言ってたか？」

「……事件には神霊の糸がからんでいるとか何とか、怪しいもんです」

「ふむ、やはりな」

本郷は柏木の意見など全く聞いていないようだ。柏木はむっとした。

「あら、昨日の神隠しのお話ね」

お京がテーブルにグラスを置きながら、好奇に満ちた丸い瞳《ひとみ》を見開いて会話に参加してきた。

「私なんか新聞を四つも買って、全部読んだのよ、不思議よねえ」

「お京、紹介しよう、こいつは後輩の柏木だ、君が読んだ記事を書いた本人だよ」

「よろしくね、柏木さん。私、これでも読書家なのよ、乱歩先生や虫太郎さん、高太郎さん、全部読んでいるのよ、最近は四郎さんの鉄鎖殺人事件に凝っているの」

お京は流行作家達をまるで知人のように親しげに呼んだ。実際、知人であるのかも知れない。カフェー・タイガーは文士の客が多いことで有名だ。

「本といえば、面白い資料を見つけたんだ、洋介、見せてやろう」

本郷はそう言うと革鞄《かわかばん》から取り出した一冊の本を柏木に手渡した。

「時代出版社が出している『浅草時代物語』という本だ。物書き好きな素人随筆家の投稿を寄せ集めて浅草の風俗を綴《つづ》ったものなのだがね、これの百六十ページを読んでみたまえ」

言われるままにページを繰った柏木は、『妖狐の化けた僧・随筆家　加瀬英二』の題に目を奪われた。

5

花魁弁財天には本当に気味の悪い噂が多いのです。

あれは明治三十六年頃のことだったと思います。酷《ひど》い金融混乱がありました。巷《ちまた》の世相にも暗雲が垂れ込めておりまして、翌年には日本がオロシァに宣戦布告をしたのです。

私はその当時、浅草寺雷門の近くで、どんぐり飴《あめ》屋を営んでおりました。

丁度、年の瀬も迫った雪の降る寒い朝、灰色の重たい雲とともに戦火の到来を告げる使者のような一人の托鉢《たくはつ》僧が門の傍らに立つようになりました。

何年着古したか分からないほど煤《すす》けてぼろぼろになった袈裟《けさ》を身に纏《まと》い、口髭《くちひげ》と長い顎《あご》髭《ひげ》を生やしています。ことに気味悪いのは、その袈裟に髑髏《どくろ》の紋が入っていたことでしょうか……。

　僧は夜明けになるとどこからともなくやって来て、一日中同じ場所で佇《たたず》んでいました。暑い日も、寒い日も、雨の日も晴れの日もです。店の中から僧の立姿が見えるのですが、赤い日が東の空からぬっと昇り、僧の頭上を掠《かす》めてやがて西の空に落ちていくまでの間、ただ俯《うつむ》いたまま低い声で蓄音機のように同じ経文を唱えているのです。それも聞いたことが無いような不可思議な響きのお経なのです。

　時々、その僧も自分が生き物であることを思い出したように、南の空に輝く天道を横切る鳥の群れを、ふと見上げるようなことがありました。

　しかしすぐに、ため息とも苦悶《くもん》の声とも聞こえるような微《かす》かな音声を唇から漏らし、俯いてしまいます。そして夜になるとどこへともなく消えていくのです。

　真《まこと》に不思議な僧でありました。

　当然、日中托鉢をしていますから、往来の心ある人が鉢の中に銭を投げ入れることがあります。そんな時がまた不気味なのです。僧は頭を深々と下げ、一際大きな声で経を唱えながら、かならずその人物の顔を食い入るように覗《のぞ》きこむのです。

　ですが、その経文を最後まで聞ける者は一人もいませんでした。それどころか大抵の者は僧が顔を上げた途端、まるでいけないものを見たかのようにそそくさと立ち去ります。

　私は、人々が恐れたように僧の前から立ち去るのを見て不思議に思い、自分も僧の鉢に銭を投げ入れてみたのです。そうして理由が分かりました。何故かといいますと、誰もが僧の顔を見た途端、幽霊を見た様なうそ寒い気持ちになるのです。

僧の顔面はほとんど髭で覆われています。髭が濃い質《たち》なのでしょう、揉《も》み上げのあたりからぼうぼうと伸びる髭が顔面の三分の二を覆ってしまっているので、容姿はほとんど獣染みています。よく見ると耳の先も尖《とが》っています。

なんとなく、人間ではないような印象を私は抱きました。

しかしなんと言っても、僧の二つのがらんどうのような瞳が私の心を凍えさせました。それは明らかに人間の瞳ではありません。もし人間の瞳だとしたら恐ろしいことです。一体、この僧はどんなことを経験し、そんな瞳を持つようになったと言うのでしょうか？

瞬きもせずに中空を見つめる瞳の奥には、とても見るに堪えないような膨大な虚無が塗り込められている感じなのです。

本当にどう言えばいいのでしょうか？

おそらくこの僧は何一つ感情を持っていないのではないのか？　泣くことも、笑うことも、怒ることすらないのではないのか、痛みすら感じないのではないか？　そんな風に感じさせる瞳なのです。一切の感情とか、心とか、そういうものが失われてしまった瞳です。

もしかするとそれは、人知を超えた別世界に続く二つの空洞なのかも知れませんが、といって無の境地に到達したというような厳かな平安がありそうには見えません。もしこの僧に感情があるとするなら、それは無限の絶望と名付けてよいものではなかったでしょうか……。そんな瞳にじっと見つめられたら、誰もが矢も楯《たて》も堪《たま》らなくなって逃げだすのは当然です。

　僧の表情はほとんど動きませんでした。喜怒哀楽を忘れた能面のようなものが首の先についているだけなのです。

　夕暮れ時、長い影法師を伸ばして僧が彫像のように佇んでいますと、その姿は人波の中で一際異様に目立ちました。見えない磁界が僧の周りに張りめぐらされて、不吉な霊気が噴出しています。世の中がこんなに暗いのも、僧の持つ霊場が影響しているのではないかと思わせられる程です。

　日常の風景の中に紛れ込んでいてはいけない物、あきらかにこの世のものではない異質な物体のようでした。僧の方もそれが分かっているとみえ、佇む姿は身を硬くして最大の防御の姿勢を取っているようにも感じられました。

　私はこの托鉢僧のことを、姿を現した当初から訝しんでいました。

　それに、いつも私の店の店頭に僧が立つので、人が薄気味悪がって避けて通ります。商売の邪魔になって仕方がありません。しかし寺の境内で托鉢の僧を追い立てるわけにもいかないのです。

　そんな鬱憤《うっぷん》も日々蓄積されていたのでしょう。

　僧が私の店の前で托鉢をするようになった三年目の冬の或《あ》る日、私は門を出ていく僧のあとをつけてみたのです。

その日は、昼間から酒が入っていましたし、とても寒くて「こう寒くちゃ、じんきゃくもこねぇ」と周囲の露天商も店々も早くから店じまいを始めました。

そこで私も暇を機に、怪しい僧の尻尾《しっぽ》を摑《つか》んでやろうと考えたのです。

不埒《ふらち》なことを考えたせいで、あんな奇怪な出来事に遭遇するはめになったのだと、今にして思います。

門を出てどんどんと寂しい人家の方へ歩いていく僧をつけていた私は、しめしめと思いました。そのままずっと歩いていくと吉原に行く道だからです。

吉原などに通っているなら、破戒僧だと因縁をつけて境内から追い立ててやろうと考えたのです。そうすれば明日から店頭もすっきりとします。

僧の黒い衣が闇夜に溶け、何度も見逃しそうになるのを、私は懸命に追いかけました。

僧はとても足が速く、私は小走りであとをつけていかなければなりませんでした。

うっすらと汗をかきつつ追っていくと、僧は突然、吉原も間近に迫った細い路地にある赤い鳥居の前で立ち止まりました。そうして、周囲を用心深く見回して中に入っていくではありませんか。

(なんだぁ？　花魁弁天に入っていったぞ)

私は忍び足で弁財天の鳥居に近づきました。と……突然。

け————ん

闇を切り裂くような鋭い獣の声が響き渡ったのです。顔から血の気が引きました。弁財天で囁《ささや》かれる忌まわしい噂話が、突然私の頭の中を閃光《せんこう》のごとく駆け抜けました。

（よっ……妖狐《ようこ》だ……）

鳥居から見える境内に人の姿はありません。ついさっき、托鉢の僧が入っていったばかりなのにどうしたことだろう？　こんなわずかな隙に裏口から通り抜けたとも考えられない。

狐だ。あの托鉢僧は狐が化けていたのに違いない。だからあんなにも不気味で、人間離れしていたのだ。

私は腰を抜かしそうになりながら、泡を食って夜道を逃げだしたのです。

不思議なことにその翌日から、托鉢僧の姿は見えなくなりました。

私が妖狐が化けた僧のことを言っても、信じる者はいませんでしたが、正体がばれたことに気付いて逃げたに違いありません。

なにはともあれ、私はほっとしたのでした。

そうして僧の姿が見えなくなってから突然、日本の戦局が一挙に好転してオロシァに勝利したのも不思議なことでした。

6

柏木は呆然《ぼうぜん》として本を閉じた。

「どうだい、どう思う？　なんとも不気味な話だろう？　それに今回の事件だ、やはりあの弁天様には何かあるのだよ」

本郷は柏木から本を受け取ると、見たくてたまらぬ風情でもじもじとしていたお京に、ページを開いて手渡した。

柏木は考え込んでしまった。宗教や迷信を信ずるのは著しく信条に反することである。幻惑されているような気分であった。

「なんだか変よね」

お京が呟《つぶや》いた。

「何が変なんだ？」

本郷が尋ね返す。

「だって、弁天様って女の神様でしょう？　それもしごく美しいというじゃない。なのにどうして小汚い僧に化けたりするのかしら？　私なら絶対にそんなことはしないわ」

「うむ……確かにな……しかし神は変幻自在だと言うし……弁天様自身じゃなくて、お遣いの狐が化けてたのだろう？」

本郷が真顔で言った。お京はまだ首を傾げている。

(違う、問題はそんな事じゃない……)

柏木は霧のかかったスクリーンを見ているような苛立《いらだ》った気持ちになってきた。

「ときに洋介、君の兄上はまだ見つからないのかい?」

やにわに本郷が言った。一体、何を言い出すのだろう……柏木は戸惑った。

「ええ……あれきりです」

「当時は有名商社部長の不倫心中などと随分騒がれたものだが、真相はどうなんだろうね、結局、行方不明から一年以上経って引き上げられた車からは死体が消えていた。解せない話じゃないか……一緒に行方不明になった女性、なんて言ったっけ?」

「……高瀬美佐です」

柏木は口にするだけで心臓が止まりそうになるその名前を告げた。

「刑事の話では、夜半の事故で目撃者がいなかったことが発見を遅らせたと言ってました。見つかったのも、偶然、潜水夫が車を発見したからで……かなり沖に流れていたんです。台風で流れが荒れた後だったから、死体は波にさらわれてしまったようです。海底をすべて掬《すく》って調べるわけにもいきませんからね」

柏木は、機械的にそう答えた。

「まあ、何のお話?」

お京が目を輝かせる。

「いえ……おもしろい話じゃないです」

柏木はぽつりと言った。

「僕が代わりに話そう」と本郷が身を乗り出す。

興味本位に怪奇物語に脚色されてはたまらないと、柏木は慌ててそれを制した。

「いえ、僕が話します。二年前まで、僕は伊藤万という商社に勤めてました。十歳年上で既婚者の兄が本社にいたのですが、これは僕と違って仕事にも家庭にも遊びにも精力的な男でね、僕のこともいろいろ面倒見てくれていました。僕らは、その頃同じ会社の受付にいた美佐という女性と三人で、よくドライブやら食事やらに出かけてました。美佐というのは両親を早くに亡くした可哀想な身の上の女性でね、ちょっとした事で子供のようにはしゃぐものだから、僕たちはすっかりナイト気分だったものです。だけど、兄にはニューヨーク転勤の出世話が持ち上がった、義姉の妊娠も重なって……さすがの兄も疲れていたのでしょう……美佐とドライブに出かける途中、運転を誤って車ごと海に転落してしまった……」

「ねえ……それって、二人はつき合っていたのよね」

お京が言った。

「そりゃあそうだろう」

本郷が答える。

「じゃあ、もしかして偽装心中じゃない？　今頃どこかで二人で暮らしているのかも」

「それはあり得ない。兄は仕事人間だった。栄転間近だったたし、義姉の妊娠の事もとても喜んでいたんだ。それに二人とも生きていればどんな事があっても僕には連絡を取ってくるはずさ。万が一、僕にも言えない理由があって偽装するなら、もっと心中したことを分かりやすく演出するはずだ。色々な憶測を書き立てられて当時は義姉も僕も随分参ってしまったけれど、実際、あれは単なる事故だよ」

「まあ、そう……お気の毒だったわね……」

お京が眉《まゆ》を顰《ひそ》めて頷《うなず》いた。

柏木は空になったグラスの氷をからからと回して、かわりを催促した。お京が席を立つ。

「そんな事よりも、吉原取材の訓示をしてもらえるんでしょう？　本郷先輩」

「うむそうだな、話がそれてしまったようだ、何の話をするんだっけか？」

「吉原に取材に行くには、他の国に入るくらいの心構えがいるということです」

ああ、と言いながら本郷は椅子に背凭《もた》《せ》れた。

「吉原のことについて君はどれぐらい知っているね？」

「僕ですか？　そうだな……一六一七年頃に日本橋のほうに出来たのが初めってことぐらいかなぁ……」

「なんだ、そんな猫でも杓子《しゃくし》でも知っているようなことしか知らないで吉原に行く気だったのか……いいかい、吉原ってところは特殊な信仰地なんだよ」

「信仰地ですって？　娼婦《しょうふ》街がですか？」

「そうとも。吉原というのはね、その昔、伊勢《いせ》や伏見や熊野《くまの》などから流れてきた神殿娼婦達が築いた信仰地なんだ。昔の社寺はね、かならずそうした娼婦達を抱えてたのさ。彼女らは春をひさいで神徳を参拝客にふるまう巫女《みこ》の一種だったんだ。今でも客を大神《だいじん》と呼び、連れを末社と呼ぶのは、彼女等が信仰の集団だった頃の名残だよ」

嗄《かす》れた黒人の歌声が、一転して破天荒なホンキートンクのピアノ演奏に変わった。

「それは初耳です」

「そうだろう」

本郷の隣に腰を下ろしたお京は、商売柄、嫉妬《しっと》したのか「吉原の話なんてつまらないわ」と小さく呟いた。

「まぁまぁ、今日の本題は吉原だから仕方ないだろう？　なにしろ明日からこの柏木は花柳界担当になったんだ、僕が先輩としていろいろ教えてやらねばならんのさ」

本郷はそう言うと、お京の持ってきたハイボールをちびりと飲んだ。

「幕府の威光がいよいよ輝き、朝廷側がいよいよ斜陽になってきた頃だ。朝廷は抱えていた多くの宗教人口を養っていくことが出来なくなった。そこで、地方の社寺に所属していた土着の宗教勢力は、新しい生業《なりわい》を見つけるために江戸に流れ込んだんだ。

時は一六一七年、集合した宗教人口は幕府に売春地帯を作る許可を願い出た。そして、水戸藩が江戸に持っていた土地を彼らに借款することになった。こういうことが出来たのは、彼らがある種の圧力団体的性質を持っていたからだ。その頃は花魁《おいらん》を買うと一晩で三百両の金が飛んだそうだ。それも三日つづけて通い、花魁に気に入られなければ寝床に入ることも許されない、当時としたら家一軒が買えるほどの金額を払ったわけだ。そうまでして花魁を買うのはね、たんに女に貢いでたんじゃない、吉原の組織に貢いでたんだ。そして神徳を与えてもらおうと言うわけさ」

「それで、報酬として吉原は何をしたと言うんです？」

「スパイさ」

「スパイ？」

「ああ、身分の区別なく高きも低きも吉原に男達が流れ込んでくる、睦言《むつごと》の枕言葉は彼らの口を軽くする、そうした情報のいっさいがっさいを吉原は仕切っていたんだ。だから『吉原はくの一の隠れ家だったんじゃないか』なんて推論する研究家もいるぐらいだ。

それと大江戸の治安維持にも吉原の協力が必要だった。例えばだね、岡っ引きという組織があるだろう？　彼らなどは原則的に給料を幕府から貰《もら》っていない。何処から給料が支払われているかと言えば、吉原だったんだ」

「しかし幕府配下の同心だっているでしょう？」

「いいかい、同心なんて大江戸全域で僅《わず》か二百名ほどしかいないんだ。しかも同心が担当してるのは司法だけじゃない、行政の仕事もあった。その中から市内パトロールに割ける人数はたったの十二人だ」

「十二人？」

柏木は目を丸くして聞き返した。

「そうさ十二人だ。その人数で江戸五十万人の生活を守ることなど不可能に近い。江戸の捕り物のほとんどが同心の下にいた五百人という岡っ引きの手柄だ。そうしてこの岡っ引き達の大スポンサーが吉原だったんだ。大捕り物が吉原で多いのはそういうことさ。犯罪の巣窟《そうくつ》になりやすい娼婦街だからね、自衛の為にも……それから幕府に恩を売って、存在の必要性を感じさせるためにも、政治的取引をするためにも、吉原は江戸の犯罪捜査を負担したんだよ。

それに君、知ってるかい？　吉原は元来幕府の定めた法の下にない世界なんだ、吉原で起こった犯罪、事件、それらは全て吉原独自で解決されることになっていた」

たかが娼婦街とたかをくくっていたが、聞いてみるとなかなかに興味深い。

「面白いじゃないですか、国の政府と対等に渡りあってたわけですね」

本郷はふふっと笑って、煙草をもみ消した。お京は殆《ほとん》ど白けた様子で、女給を三人ばかり侍《はべ》らせている向かいの席の年配客に愛想を振りまいている。

「もちろん今の吉原が昔のままとは言えないが、依然、内部では特殊な組織と決まりがあるんだ、車組というのは吉原の自衛組織だ。もとは廓《くるわ》組と言ったらしいが、『く・る・わ』というよりも、『く・る・ま』の方が言いやすい、それに車の方が文明開化らしい響きがあるというので車組になったんだ。吉原内部で起こった犯罪や事件は、ほとんど外部に出ずにその組織で処理されてしまうことになっている。やくざも道を避けて通るような猛者《もさ》達が構成員だがね、彼らの前身は廓の門番・四郎兵衛《しろべえ》配下の男衆《おとこし》——つまり、忘八者《ぼうはちもの》だ」

「ぼ、忘八……ですか」

柏木は聞き慣れない言葉に、首を捻《ひね》った。

「ああ、『孝・悌《てい》・忠・信・礼・義・廉・恥』という八つの人の道を忘れた外道ということさ。だがまあ、安心したまえ、流石《さすが》に今はそうそう荒っぽい事ばかりは起こさんよ。その代わり、彼らの組織の『頭』には、世間の法と渡り合う為に、代々エリート検事や弁護士を法外な給料で引き抜いてきて座らせている。彼らを味方にしときゃ、ごたごたに巻き込まれた時には重宝するのさ。僕は前任の桂《かつら》という男とは親しかった、桂は帝大法学部卒の弁護士だったんだが、実家が没落して、長男の彼が十人もの兄弟の面倒をみなきゃならんかったために、吉原に転職したんだ。ところが前月になって肺病を患い入院してしまった、だから新任の頭には僕も会ったことがない。桂の話では、彼の後輩の一風変わった男だそうだ、実家が奈良の密教寺とか言っていたな……」

「坊主に吉原……、随分と不釣り合いな組み合わせですね」

「坊主じゃないさ、その男も元検事だそうだ。ただし、ある事故で退職を余儀なくされたらしい」

「ある事故？」

「なんの事故だか知らないよ、『ある事故』としか桂は言わなかったからね、その事故で視力を失ったんだそうだ」

「それは……」

気の毒だと言いかけて柏木は口を閉ざした。なにやらそんな軽い同情は、えせヒューマニズムのような気がして嫌だったからだ。柏木は暫く置きっぱなしにしていたグラスを摑《つか》んで喉《のど》を鳴らした。ホンキートンクの音楽は一層大音響になっていた。下のフロアーでは女給と絡み合いながらダンスの真似事をしている客達の姿があった。


朱雀十五《すざくじゅうご》。


本郷の静かな声音が流れた。

「えっ？」

「新任の頭の名前だよ、朱雀十五というらしい、これが大変な曲者《くせもの》だというから気をつけろよ」

「どんな男なんです？」

「桂の言葉をそのまま借りて言うならこうだ。朱雀という男は何しろ滅法頭が切れる、帝大の法科を首席で卒業して検事のエリート街道を真っ直ぐに進んでいたほどの男だからそれは分かるだろう？　しかしながら人がしごく悪い、慇懃《いんぎん》無礼で、詮索《せんさく》好きで、気分屋で、その上、酷《ひど》い多弁症だ、しかも、のべつ幕なし舌を動かしている中で、本当のことなど十に一つもありやしない、まったく道徳心のない嘘を平気でつく、目が見えなくなったなどと言っているが、それも本当のことだか分かったもんじゃない、奴の話を真に受けると手ひどい目にあうから気をつけろ、しかしそう言うと何でもかんでも奴の言葉を疑ってかかっておけば間違いないと思うだろう？　ところが時には嘘のように話をしていることが全て本当だったりもする、そこが手に負えないところなんだ、あんな人を食った男はそうそういるもんじゃない……とね」

「なんて奴だ、それじゃあ最低ですよ」

「まさしくそうだよ、エリートは恐ろしいねえ」

銀鮫といい……、前途多難とはこのことだな……。

いつの間にか新しいグラスがテーブルの上に置かれていた。鼓膜に突き刺さるように鳴り響く高いピアノの音と、もうもうと紫煙に曇ったフロアーのせいか、柏木は酔いが一遍に回ってくるのを感じた。

「ねぇねぇ、本郷さん、今度の休みにレビューにいきたいわぁ、つれてってぇ」

ついに退屈に業を煮やしたのだろう、お京がそう言うと、本郷の首に両腕を巻き付けた。

「満州重工業開発計画の発足を祝って万歳！」

突然の騒ぎに振り返ると、四つテーブル向こうに十数人の社用族らしき男達が立ち上がって乾杯のビールを高々と掲げていた。カーキ色の軍服が数名混じっている。その中に一際目立つ恰幅《かっぷく》のいい海老茶《えびちゃ》の背広を着た男がいる。見た顔だった。

本郷が、お京の背中に手を回して抱きながら、ふんと鼻先で笑った。

椎名《しいな》悦三郎だ。

商工省文書課長・岸の側近の椎名である。

「お京あれは、何の会だ？」

本郷が目配せしながら耳元で尋ねると、お京は周囲の視線を気にしながら小声で囁《ささや》いた。

「日本産業の偉いさんたちと、関東軍の少佐さんよ。『満州開発五ケ年計画』というのを始めようって相談していたわ。何でも対露戦争を睨《にら》んでね、国力をつける為に、民間企業と軍が組んで、満州の重工業を育てるんですって。それを日本の資源供給基地にしようということらしいの。この間から、ずっと椎名先生が取り持って接待をしてるのよ」

「関東軍は満鉄の経営する会社の大部分を横領して満州の富を集めただけではあきたらずに、溥儀執政を無理やり満州の皇帝に就任させた機に乗じて、今度は日本産業を巻き込んだコンツェルンを作る気だな。いよいよ民主政治とは名ばかりの陸軍独走体制が整いつつあるようだ……。日本産業か……。新興財閥だから、旧財閥の三井や三菱《みつびし》より御しやすいと軍は見たのだろう」

本郷が口早に言った。

柏木は軍に対する不信感渦巻く胸で拳《こぶし》を握った。

「まったく……、いくらお国のためとはいえ、他の国を無理やり占領するなんて、どうにも僕には解せないんだ、人間性の蹂躙《じゅうりん》だよ。奴等、国民を家畜のように思ってるんだ、脅せば思い通りになると思ってる。そんな脅しでたとえ何かを手に入れても、長持ちなんかしやしない、僕なら恥ずかしくて死にたくなるね、厚顔無恥とは奴等のことさ」

柏木の声が聞こえたのだろうか、背中を向けていた軍人の一人が後ろを振り向いた。

色の白い、鋭い目の軍人である。

「あっ」と柏木は叫んだ。吉原で見た男だ、確か、東少佐と呼ばれていた。

声に反応して、東が柏木を見つけた。濁った底無し沼のような目の奥に、凍りつくような冷たい光がある。柏木はぞうっとしてグラスを手から落としそうになった。

「おっと、そこから先は柏木君、見ざる、聞かざる、言わざるだよ」

しい――っと言うように、本郷が唇に人指し指を立てた。


用心しろ、あれが陸軍特別参謀の東泰治少佐だ……。

本郷の唇が声もなくそう動いた。

（東泰治……奴が東泰治だったのか……間諜《かんちょう》活動や危険分子撲滅には滅法凄腕《すごうで》と噂される男だ）

柏木は二つの沼に視線を奪われたまま酒を飲み干した。

本郷はひやひやした様子で、お京に耳打ちした。

「お京、柏木の奴をダンスにでも誘ってくれ」

お京は小さく頷《うなず》くと、甲高い嬌声《きょうせい》を上げて、いきなり柏木にしなだれかかった。

「もう、冗談が好きなんだから柏木さんたら。ねぇねぇ、下の広いところでダンスしましょう」

多少わざとらしかったが、お京の声に救われて柏木は螺旋《らせん》階段を下りた。ホンキートンクに合わせるステップは柏木の目を眩《くら》ませた。

お京はもたつく柏木を笑いながら、執拗《しつよう》にリードして柏木を踊らせた。

真っ赤な床や眩《まばゆ》い蜘蛛《くも》の巣のようなシャンデリアや、厚化粧の女給達の顔が視界のあちこちを縦横無尽に飛び回っていた。

第二章　覚メテ見ル悪夢

1

二日酔いの頭に、ずきずきと鈍い痛みが走った。柏木は顔を顰《しか》めて後頭部を抱えながら立ち上がった。柱時計は八時を指している。彼はゆっくりした動作で部屋を出た。

社員寮の小部屋が並ぶ廊下を歩いていくと、突き当たりの便所の横に共同洗面所がある。窓から入ってくる四角い光の中で、蛇口から垂れる水滴が小さなリズムを刻んでいた。

柏木はスリッパを引きずりながら洗面所に向かった。目一杯に栓を捻《ひね》って廊下まで飛び散る水しぶきを上げながら顔を洗っていると、かちゃり、と音がして背後のドアが開いた。

「なんだ洋介か……、どうりで朝から物々しいと思ったよ」

水滴の伝う顔で振り向いた柏木に、本郷が眠そうな目を向けていた。

「いたんですか、先輩。昨夜はお京さんと消えたから帰ってないと思ってました」

本郷は肩で笑いながら、「女と朝まで一緒なんて野暮なことはしないさ」と答えた。

そして、手にしていたエアーシップに火をつけ、旨《うま》そうに煙を吸い込んだ。

「桜祭りの取材に行くんだろう？　昨日言ったように、先に挨拶《あいさつ》してから中を案内してもらえよ。やにわに花魁《おいらん》を捕まえて取材などすると、たとえ新聞記者でも半殺しにされるからね。写真家は誰なんだい？」

「村川です、九時に大門《おおもん》で待ち合わせしてます」

「村川か……彼は人物写真はどうもあまり得意じゃないのにね。どうせなら多田の方がよかった……まぁ、仕方ない、頑張れよ、僕はもう少し眠るとしよう。ところで何で行くんだい？　市電かい？　地下鉄かい？」

「地下鉄はどうも生き埋めにされそうで好きじゃないんです、腹が立つから経費を使って円タクで行ってやろうと思います」

柏木がタオルで顔を拭《ふ》きながら答えると、本郷は腹を押さえて笑った。

「経費を使ってうさばらしかい？　まったく可愛いね。だがくれぐれも初日から吉原の中に車で乗り付けるなんてことはするんじゃないよ、礼儀を知らない奴だと思われてしまう。出来たらそう……見返り柳ぐらいから歩いていきたまえ」

そう言うと、本郷は煙草の煙だけを残してドアを閉めた。

歯を磨き、髭《ひげ》そりをすませた後、柏木は部屋に戻って珍しく箪笥《たんす》の引出しを開いた。昨夜本郷に言われたばかりだ。ただでさえ自分に好意を持っていないだろう相手に対して一週間着っぱなしのよれたシャツで挨拶に行くのは不味《まず》いと思い、真新しいシャツに着替えなおす。ネクタイも締めなおした。

社員寮を出ると数寄屋橋が見える。その向こうに聳《そび》えるのが、柏木の勤める朝日新聞社であった。

どんよりと雲が重く垂れ込めた灰色の空の下、七年前に出来たばかりの真新しい煉瓦《れんが》造りの建物の上で昇る朝日の旗が翻っていた。上階部分に並ぶ洒落《しゃれ》た半円形の窓は巨大な山に開いた石窟《せっくつ》の入口のように見える。さながら自分達は厳しい検閲の試練に耐えて石窟の中で苦行する僧侶《そうりょ》だろうか？　かつて新聞社に就職出来た時の誇らしさの分、柏木は忌ま忌ましさを感じるのだった。

その隣には、鈍い太陽光を反射して光る白い円筒形の建物がある。日本劇場だ。水端に佇《たたず》む姿は巨大な灯台のようだが、いったいこの灯台は人民を何処に導くのだろう？

最近ではプロ文学で育った新劇作家や役者が、次々と特高のアカ狩りで逮捕されている。作品を発表する度に検挙が入るのだから、まるで日本劇場はアカ退治の為の鼠とりだ。

ふうっと老人のような疲れた息継ぎをして、柏木は川沿いの通りを歩き、本社前の大通りに出ると丁度やってきた円タクを拾った。

「旦那《だんな》、安くしとくよ、東京の端まで五十銭でもいいよ」

「いや構わないんだ、経費落としだから一円ちゃんと取ってくれ」

「そいつはありがたい、今時まっとうな料金くれるなんて豪気だねぇ」

ばたんと重い鉄製の扉を閉めると、頭は真空の中に放り込まれたように無防備な思考を始める。

どうにでもなればいい、僕の干渉出来ることじゃない、そうとも本郷先輩は正解だ、青二才の正義感なんて、こんな鉛のような社会構造に、歯がたつわけないんだ。

柏木はフロントガラスから見える高層ビルヂングの波と、屋上を飛ぶ飛行船に目を見張った。窓の外の景色は後部に向かって飛ぶように疾走していた。新しい建物も行き交う人々の姿も、瞬《まばた》きの間に後方へ駆け抜けていく。

時代の流れから見れば、僕の人生も残した言葉も塵《ちり》のような物なのだ、たとえ頑張ろうと頑張るまいと……。くそう……吉原か……。

柏木はまだ断続的に痛みが襲ってくる頭をシートに倒して目を閉じた。

二十分ばかり走り、衣紋坂《えもんざか》の見返り柳の前で車を止めた。

『見返り柳』は、相当な名所のように知られているが、実際はがっかりするほどみすぼらしい柳が、風によろめくように立っているだけである。『五十間道』と呼ばれる、これといって見るべきものもない退屈な九曲がりの道を、柏木はだらだらと歩いた。

やがてお歯黒どぶが見えてきた。村川との待ち合わせは大門の前ということになっていたが、まだ姿は無かった。

時々鈍い稲光が走る灰色の空を背景に、吉原がある。

まるで別世界への入口のように巨大な大門が口を開け、そこから真っ直ぐに仲之町通《なかのまちどお》りが延びていた。人気が全く無い。ゴーストタウンか張りぼての映画のセットのようだ。

今の今までラッシュ時の往来の中を走ってきた柏木は、余りの違和感に為《な》す術《すべ》もなく暫《しばら》く立ち往生していたが、腕時計を確認して、九時までまだ二十分もあることを知ると、仕方なく一人大門を潜った。

大門を入ったすぐに、昔、女郎達の出入りを監視していたといわれる『四郎兵衛番屋』の跡がある。その前に緋毛氈《ひもうせん》を敷いた縁台があったので、其処《そこ》で腰を下ろして村川が来るのを待とうと思ったのだ。

春のけだるさが漂う縁台に腰掛け、柏木はぼんやりとしていた。おそらくそのまま船を漕《こ》いで数分うたた寝してしまったのだろう。

がくりと前に崩れそうになる衝撃に目覚めた柏木の前に、黒い背広の胸があった。

少し顔を上げると、サングラスをかけた青白い顔が柏木を見下すようにして向けられている。ゆうに二メートルの身長があるのではないだろうか？　まるで巨人である。

男の顔は四角く、ぴったりとオールバックに整えられた頭髪の上に、窮屈そうにボギー型のソフト帽を被《かぶ》っている。活動写真でよく見るギャングの殺し屋そっくりだ。男の放つ異様な殺気に、柏木は唾《つば》を飲んで目をしばたたかせた。

「君、朝日新聞の記者の柏木君ですね？」

甲高いよく通る声が、巨人の後ろから響いた。背後から現れたのは、女とみまごうばかりの麗しい長髪の青年である。ぴったりとした白い背広の上下を着ているので、驚くほど華奢《きゃしゃ》な体のラインが見える。手足はすらりと長い。

六区の劇場では男装の麗人が毎夜華麗なレビューを繰り広げていると言うが、この青年にも、英国映画に出てくる聖歌隊の少年に似た性別不明の色気があった。

青年は彫りの深い、整った顔立ちを心持ち俯《うつむ》かせながら柏木に近づき、にっこりと笑った。

男と分かっていても、その優雅な笑顔に、柏木は一瞬どきりとした。

筆で描いたように形の良い眉《まゆ》が弓なりに反って広いこめかみへと流れている。

小柄なので若く見えるが、年齢は柏木と同じ位だろうか。

(役者くずれかな……さすがに、吉原には色んな人間がいるものだ)

柏木は感心した。

男がつと顔を上げて、柏木を見た。その瞳《ひとみ》は不思議な光を帯びている。

柏木は男の双眼に捕らえられた瞬間、軽いめまいを覚えた。

世に邪眼なるものがあると聞く、魔術的な力を宿す瞳をそう呼ぶのだというが、それはこのような瞳を言うのだろう、見つめると吸い込まれそうな蠱惑《こわく》的な瞳だ。

「あなたは一体……?」

「あ、これは失敬、人にものを尋ねる時はまず自己紹介からでしたね。私は相崎《あいざき》という者です。車組から君をお出迎えするようにと言われて来たんですよ」

男は小気味のいいテンポでそう答えた。意外に軽薄そうな喋《しゃべ》り方である。

柏木はほっと胸をなで下ろした。そうとも、魔などこの世にあるはずがない。

「車組の相崎さん……ですね。どうも、柏木です」

柏木が握手の手を差し出すと、相崎もにっこりと笑いながら、いかにも舞台映えしそうな長い指を差しのべた。

「さて、確か今日は桜祭りの取材と聞いてます、先に組合の方に挨拶《あいさつ》に行った方がいいですね、もしお連れの方をお待ちなら、後ほど私がお迎えに上がりますので、ご心配いりません。ささ、頭の朱雀《すざく》さんがお待ちです、私についてきて下さい」

柏木はそう言われるので男に並んで歩き始めた。男は小声でジャズめいた歌を口ずさんでいる。外見に似合わず、随分と陽気な男らしい。

「ねえ、君はいつ吉原へ来たんだい？」

男の横顔に見とれているのも間が悪いので、柏木はそう話しかけた。

「一年ほどになります。その前には新劇などもやっていましたが、明るい性格が災いして、追い出されたんですよ」

そう言って相崎はげらげらと笑った。

「なるほどね……実は君にひとつ、聞きたいんだけど……」

「はい、なんでしょう？」

相崎は、眉を上げて愛想のよい笑みを浮かべた。

「その……朱雀という人はどんな人かなぁ？」

「おやおや、事前調査ですか？」

「そういうのじゃないんだ……ほら、君だって初めて吉原へ来た時はうまくやれるかと心配だっただろう？　そうじゃないかい？　とりわけ、彼は随分と癖のある人物だと聞いているから……」

「癖のある？」

相崎は不思議そうに首を傾げた。

「朱雀さんは最近こちらに来たばかりの人なので、僕もそんなによくは知らないんですが……結構平凡そうな役人タイプの人ですよ」

「へえ、そうなのか？　随分と聞いている話と違うなあ」

「そう……癖があると言えば、容姿は癖があるなぁ……」

言いながら相崎はぷっと噴き出し笑いをし、あたりをはばかるように柏木の耳元にそっと耳打ちした。

「なにしろ禿《はげ》でね、でっぷりと太って相撲取りみたいなんですよ」

「禿の相撲取りか……確かに変わってるが……」

変わった容姿といえば、役者に巨人というこの二人の取り合わせも相当変わっている。まるで太陽と北風、正月の凧《たこ》と重石《おもし》のようだ。柏木は黙って後ろを歩く無表情な巨人を振り返り、名を尋ねたが、男の無表情は変わらぬままだ。無言の男に代わって相崎が答える。

「ああ……彼は車組の番頭で近藤さんです」

「近藤さん、よろしく」

男は答える代わりに柏木の掌《てのひら》を摑《つか》んで、二、三度乱暴に振った。


なんや、お揃いで何処いくんや？　わしも付き合うわ。


唐突にぬっと柏木の前に差し出されたのは、忘れもしない出口の顔であった。

面食らっている柏木をよそに、美貌《びぼう》の男はにこやかに笑った。

「やあ先生、今お目覚めですか？」

「そうなんや、昨夜は随分吞《の》んでもうて、気がついたらもう朝や」

「柏木君とはお知り合いですか？」

「二日前に知りおうたばっかりや、又会えると思うてたけど、こないに早いとはなぁ」

出口は親しげに柏木の肩に手をかけた。

「ちょっと待って下さい、僕はあんたと知り合いになった覚えはないぞ。これは仕事なんだ、遊びじゃない。なんで、なんであんたが僕に付き合うんです、関係ないでしょう？」

出口はぶるぶると大げさに首を振った。

「関係ある、関係ある、あんたは事件の糸口や」

「事件、とおっしゃいますと？」

相崎が不思議そうに尋ね返した。

「花魁弁財天《べんざいてん》の事件や」

「おや、弁財天の？」

就任早々、きな臭い男だと思われでもしたら大変である。不思議そうに自分に瞳を向けた相崎に向かって、柏木は慌ててかぶりを振った。

「人聞きの悪いことを言わないで下さい。僕は事件には全く関係ない、あの時は三面の記者だったから取材に行っただけのことで、その他の事はこの人が勝手に言ってるだけです」

丁度その時、大層な写真機を抱えた村川が大門から一直線に走り込んでくると、柏木の背中にすっとんきょうな大声で呼びかけた。

「柏木君！　待ってくれ！」

「誰かな？」

相崎が尋ね、立ち止まった。

「カメラマンの村川です」

柏木が短く答えた。相崎はそれ以上追及しなかった。

「じゃあ、皆さんそろったところで組合に急ぎましょう」

五人は再び通りを奥へ向かって歩き始めた。すぐに三者組合の前に着いた。

相崎が「お邪魔しますよ」と格子戸を開けると、すぐの敷居に胡座《あぐら》をかいて座っていたのは銀鮫《ぎんざめ》であった。慌てた柏木が愛想笑いを作る前に、銀鮫がひょいと口を開いた。

「なんでぇ、朱雀先生自ら連れてきていただいたんですかい」

「ええ、暇だったものでね」

相崎と名乗った美貌の男が平然と言った。


朱雀だって⁉


柏木は呆気《あっけ》にとられて、何事もないように微笑んでいる男を見た。

「待てよ、あなた本当に……」

「そうだよ、そう言わなかったかい？　僕は朱雀十五、隣が秘書の後木《ごき》です」

視力が無いという朱雀十五なのか？　と尋ねようとした途端まるで心を読んだかのように朱雀が返答をした。そして舞台が終わった後のバレエダンサーのように腰を屈《かが》めて優雅な挨拶のポーズを作った。

柏木はあきれ顔で朱雀を観察した。

禿ででぶとは大違いだ。

ゆっくりと顔を上げた朱雀の瞳は、明確な力を持って柏木を捕らえていた。この目に視力がないのだろうか？　現に、ここまで道案内をしている間にも、不自由な様子などは微《み》塵《じん》も感じられなかった。

「ここに来て二週間だからね、道のだいたいは記憶しているんだ」

「記憶？」

「そうだよ、僕は目は見えぬが、そんなことはちっとも不自由なんかじゃない、むしろ余計なものを見ずに済んでせいせいしているくらいだ、ちっとも不便などではないんだ、だから変に気にしないでくれたまえね。君らは視力というものに大きく依存しているだろうが、殆《ほとん》どの人間の目は節穴で出来ている、人が生きていくのに大して役に立ってはいないんだよ」

　鼻がかった気取った声で朱雀が言った。

「どういう意味です？」

「そう……例えば君、烏を見たことはあるかい？」

「そりゃあ、あります」

「そうだろうね、この辺りじゃ烏なんぞ毎日でも見る。悪食な彼らにとって、大量のゴミを生産してくれる都会はパラダイスだ、思うがままに繁殖している。ところで君は毎日目にする烏を描くことが出来るかい？」

「多分、描けると思う……」

「それは嘘だ、確かに烏らしき物を描いて黒く塗りさえすれば、ほんの二つの子供が見たって、それを烏だと答えるだろう。しかし、本当は黒い烏なんて山程いる。僕が言ってるのはだね、正確に烏というものを描けるかどうかと言うことさ。例えば烏の嘴《くちばし》、足、翼の形がどうなっているか、答えてみてくれ」

「そこまで詳しいことは良く分からないな」

柏木は、ぼりぼりと頭を掻《か》いた。

「それは実に怪しい答えだよ。嘴や翼の形、足の爪、こういうものは鳥類の分類で最も重要なポイントだ、それがちゃんと描けなければ黒く塗った鳥が鳥であるはずがない。僕が言ったのはつまりそういう意味さ」

「だからどういう意味なんです？」

朱雀は少し苛立《いらだ》ったように眉《まゆ》を顰《ひそ》めた。いかにも愚鈍な奴めと言いたげである。

「頭が悪いねぇ、君。いいかい、人間の視覚などは毎日見ている鳥すら正確に描けないほど不確かなものなんだと言うことだよ。特に、前もって認識しているものに関しては恐ろしく観察力が鈍くなる、逆にそのことで人の認識は欺かれる場合すらある、例えば、手品師などもその類《たぐい》の引っかけを利用しているわけだ。目を通して物を認識しようとすれば、光彩の加減、空気による歪《ゆが》みも考えに入れなければならない。人は物を見ることによって間違える場合が多々あるんだ。特に視覚は五感の中でも思考と直結している、人は視覚に脳の中の情報処理能力の殆どをさいてしまっているだけに、視覚によって思考が欺かれる。もっと分かりやすく言えば、男子の婦女子に対する好みもそうだ。心の優しい醜女《しこめ》と性悪な美女がいるとする、こういう時は大概、男は後者を選んでしまう、心の美しい人がいいなどと言うのは建前で、十中八九、男は美女を選ぶさ、そうだろう？」

朱雀は驚くべき早口で一息にまくし立てると、少女のような薄桃色の唇に皮肉めいた笑みを湛《たた》えた。

「ようするに目など見えるから男は女の本質を見損なってしまうということではないかな？　察するに君は童貞のようだから、まだこの理屈は分からないだろうがね」

朱雀はそう言うと、今度はぷっと噴き出して腹を捩《よじ》った。柏木は、機関銃のように繰り出される朱雀の言葉を呆気にとられて聞いていたが、すっかり馬鹿にされていると知って、猛然と腹が立ってきた。美麗な容姿に惑わされていたが、まったく本郷から聞いた通りの性根の悪さだ。この容姿にこの性格では、ほとんど存在自体が詐欺である。

「あなた、噂以上に嫌な奴だな！」

怒る柏木に村川が焦って顔をひきつらせる。出口はとっぽい顔で二人の会話を聞いている。

銀鮫は業を煮やしたように柏木をどやしつけた。

「おいブンヤ、つまんねぇこと言ってないで、用があるなら早いとこ挨拶《あいさつ》の一つもして用件を言いな！」

くっと柏木は奥歯をかみながら、銀鮫を振り向いた。

「初めまして、朝日新聞の柏木です、今日は桜祭りの取材をしに来ました」

随分と憮然《ぶぜん》とした物言いだった。銀鮫は視線を逸《そ》らせて腕組みをした。

「どの店に行きてぇんだ？」

「一応、大店《おおだな》は全部回りたいのです……」

「なら萌木楼《もえぎろう》、大文字楼、不二楼、それから最後にうち……銀嘗楼《ぎんしょうろう》に寄りな、順番は間違えねぇようにな」

そう言うと、朱雀と後木とともに銀鮫は奥の部屋に消えた。残った出口はにこやかに笑いながら、写真機を担ぐ村川の手助けをし始めた。

「出口さん、本当に僕達と回るつもりですか？」

「見学や、ええやろ？」

出口はとっぽい調子でそう答えた。

2

見世に入ると、三人は恐ろしく長い時間を待たされた。

村川は丸眼鏡を人指し指と中指で摘みながら正面の写真場に行き、ガラスケースに入った花魁《おいらん》達の写真に見入っている。時々、小声で女達の写真の眉や唇を指さしては、「これこれ、えらく修整してますよ、実物がどんなだか見物ですね」などと出口に囁《ささや》いたりもしていた。

柏木は奥に了承を取りにいった牛太郎《ぎゅうたろう》が戻ってくるのを待って、一人呆然《ぼうぜん》と暖簾《のれん》越しに通りを眺めていた。

本当に本郷先輩の言う通りだ……、来た早々なんて所だ……。


仲之町通りに作られた植え込みには桜が植えられている。

五分通り膨らみ始めた新芽の間から、桃色の花びらが顔を覗《のぞ》かせているのが見える。

もともと桜並木があるのではなく、季節が来ると植木職人によって桜の木を植えるという豪快な演出をするのだと聞いた。青竹で出来た植木柵《さく》には、引手茶屋の屋号を書いた雪洞《ぼんぼり》もかけられている。夜になれば、明かりが桜を照らして、さぞや美しいのだろう……。

しかし、こうして見ると吉原は全くに一つの都市である。豆腐屋、台屋、下駄のすげ替え屋、生活に必要なものは何でも揃っている。


本当にここから一歩も外に出なくても生活していけそうだな……。


自分が知らなかった世界がここにある。外を知らない人々がここにいる。

そう思うと、確かに別世界にいるような気がしてきた。

「どうぞ、お上がりなさって」

店の許しが出たようだ。牛太郎が帰ってきた。三人は牛太郎に連れられて奥へと上がり込んだ。黒光りした廊下を入るとすぐに広い座敷が見えた。突き当たりの壁に立派な神棚が飾られている。二つの神棚を挟んだ中央には、木彫りの男性器がそそり立っていた。座敷の横手には階段がある。柏木達は黒光りする段を上り、小さな部屋に通された。

長火鉢の前に皺《しわ》だらけの老婆が座り、電話をしている。文字通り梅干し婆《ばばあ》というやつだ。染みの浮き出た手や首筋が妖怪《ようかい》じみて見える。皺の中に埋もれた目がじろりと三人に向けられた。顎《あご》で前に座れと合図する。

「直しさん五組だよ、いそいどくれ」

直しとは夜から居つづけて、延長する客を言う。どうやら朝飯を台屋に注文していたところのようだ。

婆は受話器を置くと、座布団の上で硬くなっている柏木と村川を見てため息をついた。それから、にこやかに笑いながら茶を飲んでいる出口には、目配せをして微《かす》かに愛想笑いをした。えらい態度の違いである。

「まったくブンヤさん、あんたらには常識ってもんがないのかねぇ、毎度、毎度早い時間にきなさって。花魁は普段ならこれから眠りなさる時間なのに、髪を結わせて着物を着せて、写真を撮ろうだなんて……ゆっくり休めなきゃ、花魁の体に障るじゃないか」

呆《あき》れた口調でそう言うと火鉢にキセルを近づけて、歯の無い口で吸いつける。

「これからは気をつけておくれよ。先生もなんですよ、お知り合いなら教えてやって下さいな」

妙に色気を含んだ声で婆が言う。

「すまなんだな、さいぜんそこで会《お》うてな、それで見物させてもらおう思うて、ついてきたんや、あかんか？」

「そんなことはありゃあしません、先生はうちのお大尽様ですからね、さてっと」

婆はキセルを置いて、ゆっくりした物腰で立ち上がると、「こちらへ、こちらへ」と廊下に出ていった。柏木は憤然と鼻息をついて、婆と出口の後に続いた。

「顔が利きますね」

「いやいや、ほんの二、三度遊びに来ただけや」

「あなた、宗教家なんでしょう？　女遊びをしてもいいんですか？」

「色気のないことという人やなあ、心配せいでも交わりはいたしておらんわ、女と楽しく過ごしてるだけや」

「な、なまぐさだ！」

「信じんのは、あんたの煩悩や」

出口はしゃあしゃあと言って、悪びれた様子はない。

〽よろづを有漏《うろ》と知るりぬれば
　阿鼻《あび》の炎も心から
　極楽浄土の池水も
　心澄みては隔てなし

細い歌声が風の音のように聞こえてきた。

「ほうっ、珍しい今様やないか」

出口がぽつりと言った。

不思議な節回しだった。誰が歌っているのだろう、何処か懐かしいような、それでいて、ぞっとするような歌声だ。柏木の意識は、歌の聞こえてくる部屋に集中した。

「ここです」

やり手婆が、丁度その部屋で立ち止まった。

「花魁、開けますよ」


どうぞ、入ってくんなまし。


花魁とおぼしき声が聞こえた。両の耳に固く力が入った。霊妙な力に満ちた声だ。柏木はその声に胸をつかれてたじろいだ。

襖《ふすま》が開いた。

不思議な光景が見えた。座敷の中央には、見事に華開いた満開の桜がある。

鮮やかな色彩と強い雅《みや》びな香りが、瞬時にして柏木の目と体を金縛りにしていた。

いや……桜じゃない。

動揺から気を取り戻した柏木が見たのは、鏡台の前に一人座っている花魁の姿だった。
しかし確かに今、桜が見えたような気がしたのだ。

「これは別嬪《べっぴん》だ！」

村川が思わず感嘆の声を上げていた。柏木も依然目を剝《む》いたまま立ち尽くしていた。

部屋に置かれた多くの京人形、巨大な歌舞伎絵の羽子板、漆塗りの琴……。

美麗な装飾品の海の中に佇《たたず》む、透き通るように白い手足、細く長い首、またこれ以上造りようがないほど整ったその顔……。

それは硝子《ガラス》で出来た恐ろしく繊細な芸術品のように見えた。見る者の感情や汚れを受け付けない無機質で透明な美の結晶である。

無垢《むく》とも言うべき、冷やかな瞳《ひとみ》が真っ直ぐに柏木達に向けられていた。

花魁は、勝山髷《かつやままげ》に七本の鼈甲《べっこう》の簪《かんざし》を刺し、艶《あで》やかな桃色に、桜吹雪を散らした柄の着物を着ていた。桜が二重写しに見えたのはそのせいだったのかも知れない。

これは……この花魁は桜の精そのものだ、これは巫女《みこ》だ!!

柏木は心の中で叫んだ。

悲惨な境遇におとされた哀れな女の姿を見るのだろうと覚悟していた柏木は、みじめさなど一切超越してしまった花魁《おいらん》の美貌《びぼう》にひたすら驚愕《きょうがく》するしかなかった。

柏木達の驚きを見て、さも小気味よさそうに、やり手婆が笑った。

「そうでござんしょうとも、この光代太夫《みつよだゆう》は、そんじょそこらの花魁じゃありません、萌木楼の初代花魁光代太夫、その純潔の血を大事に大事に育《はぐく》ませてもらった末に授かった花魁です。吉原で生まれ吉原で育ち、この吉原最高の教育を施された生粋の花魁ですからねえ……」

光代太夫がしっとりと笑った。

「花魁の始まりは、神徳を身をひさいで提供する巫女なんだよ」と言った本郷の言葉が、柏木の脳裏に蘇《よみがえ》った。柏木は唾《つば》を飲み込み、軽い咳払《せきばら》いで動揺を抑えた。

「今の歌は……花魁が歌っていたのですか？」

光代太夫は、ただ首を縦に振っただけだった。

綺麗《きれい》なからくり人形だ。

「変わった歌ですが、どういう意味です？」

言い寄る柏木に、花魁はいやいやするように首を振った。

「どうして喋《しゃべ》らないんです？　まさか口がきけないわけじゃないでしょう？」

花魁は大きく目を見張って、聞かれたこともない質問に暫《しばら》く戸惑った様子だった。

「姉様が、そのまた前の姉様から聞き覚えた歌でありんす」

「姉様？」

「先代の光代太夫のことさね」

柏木の狼藉《ろうぜき》に見かねたやり手婆が言った。

「自分の母親のことを、姉様と呼んでいるのか？　なんと哀れな」

柏木はつい語調を強くしたが、光代太夫はまったく無表情だった。

「ブンヤさん、ここには母様なんて言葉はないんですよ、そんな野暮ったらしい言葉は外の世界のもの……。その歌はねぇ、ずっと前の光代太夫も歌ってましたよ。なんでも昔、傀儡女《くぐつめ》が、月に一度、鼓を打ちながら花魁弁財天でその歌を吟じていたらしくてね、ここで育った花魁は子守歌など知りませんから、せめて聞き覚えた歌など赤子に聞かせてあやしたんですよ。さぁさぁ、つまらない話で時間をとらせないどくれ」

それを聞くと、村川はさっそく写真機の準備に取りかかった。花魁の前に、雪洞《ぼんぼり》やヒナ霰《あられ》の入った皿を並べて被写体を整える。

柏木はまるで白昼夢を見ているような気分で、窓辺に凭《もた》れ、巨大な女雛《めびな》のような光代太夫を眺めた。

出口がそっと側に来た。

なぁ、あんたまだなんか思い当たる節はないか？

なんのことです？

事件のことや、なんかまだ思い当たる節があるやろ？

思い当たる節……。

突然、柏木の脳裏に花魁姿の高瀬美佐の夢が蘇り、光代太夫と重なった。

「嘘よ！　私を愛してると言ったわ」

美佐が、泣きそうな瞳で訴えた。柏木は思わず顔を背けた。

「奥さんとは上手《うま》くいってないと言ったのよ」

それは方便だよ、じゃあ、何故兄は僕をこうして別れ話の遣いによこしているというんだ？　ほとほと困り果てているからじゃないか……君にすれば言い分があるのだろうが、所詮《しょせん》、妻帯者との恋なのだ、こうなることくらい、聡明《そうめい》な君には初めからよく分かっていたはずだろう？

美佐は強くかぶりを振って黙り込んだ。兄から美佐へ別れの説得を頼まれ、彼女の家へ何度も足を運ぶ間、美佐はずっとその調子だった。柏木はいい加減疲れ果てていた。何故、美佐はこんなに聞き分けがないのだろう、そう思った。

美佐は妊娠していた。妻と別れる気など毛頭ない兄の子供を。用心深い兄は偽名で美佐を病院に通わせていた。だから美佐の妊娠の事は誰も知らない。

愚かな女だ、なぜ一度でもそんな男を信じたのか、この期に及んでも、まだ信じようとしているのか？　そう思った途端、美佐の純情に対する憐《あわ》れみの感情が、激しい不快感を伴って怒りにすり替わったのは真《まこと》に奇妙なことであった……。

いい加減にしたまえ！　いいか、よく聞くんだ、兄は君など愛していない、義姉も妊娠中なんだ、兄は君の子を望んでやしないんだ！　お腹の子供をおろすんだ、おろせ!!　そして兄とすっきり別れてくれ！　兄はそう望んでいるんだよ！

……そんな風に言うつもりはなかった。そうではなかった。自分が一番、美佐と兄とが別れてくれることを望んでいた……。

兄は分別を無くした美佐を露骨に軽蔑《けいべつ》していた。そんな打算的な兄の姿は僕を苛立《いらだ》たせたが、何より、そんな兄との別れを拒む美佐の姿が僕を嫉妬《しっと》に駆り立てたのだ。

子供は二人で育てても良かった。美佐が初めて会った頃のように笑ってくれれば、それで良かった……。

あの日、本当はそう言うつもりで出掛けたのに、狂おしいまでの何かが、僕の言動を狂わせてしまった。

聞き分けのない美佐……兄を狂わんばかりに愛していた美佐……それでもいいから、何故力になってやれなかったんだろう、せめて自分だけは最後まで美佐の味方をしてやるべきだったのに……！

あの日、美佐は本当に……たった独りぼっちになってしまったのだ……。


雨音がぽつりぽつりと耳に届いた。柏木の目に涙が滲《にじ》んでいた。

どうしたんや、あんた、大丈夫か？


出口が柏木の肩を揺すった。

「別に……過ぎたことです……一瞬、昔の夢を見ました……」

「ただの夢やないかもしれんで、あんた、わしと一緒で異界のモノを見る人やないか」

「な、何を言い出すんですか……」

「ちょっと……窓の外、見てみ」

振り返ると、小雨が降っていた。窓柵《さく》の木目に、黒い水玉が増えてゆく。

霧がかった景色の向こうに、兄の紺のロードスターがあった。前部座席の二つの影は、兄と美佐だ。身じろぎもしない、青褪《あおざ》めた二人の前をフロントガラスのワイパーが二度三度横切っていく。ぐん、と車がスピードを上げた。助手席の美佐がハンドルに飛びかかって、運転を妨害した。タイヤの軋《きし》む音が雷鳴のように響きわたり、紺の車体が柏木の視界一杯に迫ってきた。ライトに目がくらみ、恐怖のあまり、柏木の足は凍り付いたように動かない。車は猛スピードで柏木に突進し……柏木の体をすり抜けて、ふっ……と消えた。

くらりと体の重心が傾いた。

パシャッ

閃光《せんこう》が走った。

その拍子に足元がよろめいて、柏木はがくりと膝《ひざ》をついた。

「はい、次、横を撮ります」

村川の声が聞こえた。

くすっ、くすっと密《ひそ》かな笑いが聞こえてくる。人形の赤い唇の両端が、可笑《おか》しそうに持ち上がっていた。

「なんや、大丈夫かいな」

出口が心配そうに隣にしゃがみ込んだ。

「……僕に……何をしたんだ……」

柏木は切れ切れにそう呟《つぶや》いた。

「柏木君どうしたんだい？」

村川が振り向いて声をかけた。

「何でもない、すまん」

柏木は立ち上がり、窓枠に腰を下ろした。出口はぼんやりと窓の外を眺めている。

「あんた、一体何を知ってるんだ？」

「なんも、知りゃあせん、ただあんたを助けるように言われてきたんや」

「助ける……だって？」

「せや、けどそれにはまずわしを信用してもらわな、話にならん……わしも忙しいさかいな、今日はもう帰るわ」

ニッカリと例の笑みを浮かべて、出口はすたすたと部屋を横切り、出ていった。

柏木はため息をついて、窓の外に目をやった。

雨は止んでいた。それとも最初《はな》から降ってなどいなかったのだろうか？

碁盤目に切って走る通り、その空間を囲む川、季節毎に植え替えられる木はいつも若々しく、光代という名の女が永遠に存在している場所……時を知らないこの町は、確かに人の時間まで狂わせる異界なのかもしれない。

僕はもう……異界に取り込まれているのだろうか？

高塀のすぐ外では、藤原隆の異様な神隠し事件が起こり、さらに外の世界では、軍部という得体の知れない異物が日本を侵食しようとしている。

柏木の胸中に、ざらついた不安感が広がっていった。

3

「それじゃあ、柏木君、僕は次が押してるから」

写真機を小脇に抱えた村川の背中が、慌ただしく階段を駆け降りて行った。

最初の光代ほどの美貌《びぼう》にはお目にかかりはしなかったが、いずれの店でもお職を張っている艶《つや》っぽい女達の色香にあてられ、最終、銀誉楼の撮影と取材を終えた柏木は、ふらつく足取りで狭い階段を下りていった。

年季物の階段は一足ごとに、ぎしぎしと脳味噌《のうみそ》に響く音を立てる。

柏木は階段の手すりを握りしめた。

「て……訳で、ここんとこ吉原中で年寄り連を無視した奇妙な動きがあるんでさぁ」

階段を下り終えた途端に聞こえた呟きに振り向くと、大座敷の襖《ふすま》の間に皺《しわ》の深い銀鮫の横顔が見えた。ブルドッグの様に垂れ下がった頬の肉が、不快そうに揺れている。

「なる程……。しかし、それは法的に阻止出来る物でもなさそうですし、下手に動いてもバックの出方が面倒ですね」

朱雀の声だ。襖の陰になったところに座っているらしい。

「何とかしませんとね、こちとらも困るんですよ」

銀鮫は腕を組みながら煮詰まった声を上げたが、朱雀はいっこうに涼しい様子で答えている。

「正攻法じゃとうてい無理だから、なんとか相手の弱みを見つけて取引しませんとね」


何やら物騒な事を話しているらしい。弁財天の事件の話だろうか？

数日前まで三面記者をしていた習性で、ついつい耳がそばだつ。

焦って踏み出した足音が銀鮫の耳に聞こえたのであろう、襖の向こうで不意に振り向いた銀鮫の鋭い目が柏木を捕らえた。

「なんでいブンヤ！　仕事が終わったんなら声をかけねぇか!!」


しまった……。

小さく舌を鳴らした柏木は、すぐに気を取り直して座敷の銀鮫に向かって頭を下げると、足音高く大座敷に歩み寄り、がらりと襖を左右に大きく開いた。

勢いよく大座敷の襖が全開になった。

生来こそこそとするのが苦手な質《たち》なので、バツの悪いところを指摘されると、俄然《がぜん》立ち居振る舞いが芝居がかって大げさになってしまうのだ。

大胆に開け放たれた襖と仁王立ちになっている柏木を見て、銀鮫は目を丸くした。彼が威嚇すれば、殆《ほとん》どの者はそのダミ声の威圧に縮み上がってしまうものなのに、まったく逆の反応を示されたのは初めてだったからだ。

「なんでい……すっとんきょうな野郎だなぁ、まぁ……此処《ここ》に座んな」

気の抜けた声で銀鮫が言った。

柏木は銀鮫と朱雀に向かい合うように憮然《ぶぜん》と胡座《あぐら》をかいた。いかにもその様子は、やんちゃをした子供が叱られるのを覚悟したような風情であった。

それを見た銀鮫の眉間《みけん》の深い皺が緩んだのは無理もないことであったが、柏木の様子を知る由もない朱雀までもが可笑しげに口の端を持ち上げたのを見て、いよいよ柏木は不気味に思った。

銀鮫は勿体《もったい》ぶった渋い顔をしながら、皮の厚そうな手の上で火のついた煙草の固まりを数回転がして火種の勢いが良くなったのを確認すると、胡座を組み直し、長いキセルの先にそれをこじ入れた。

「おい柏木さんよ、その態度はいただけねぇな。本郷に聞かなかったのかい？　吉原では余計なことに口出ししたり、詮索《せんさく》するのはご法度だってね。いいかい見ざる、聞かざる、言わざるの吉原法に従ってもらえねぇなら、あんたのことは受入れられねぇよ、ましてや人の内緒話をコソコソ立ち聞きしてもらっちゃあ困る」

蚊帳《かや》の外でおとなしくしていろと言われて納得出来る気性でない柏木は、太い一文字眉《まゆ》を不服そうに動かした。

「話を聞いてしまったのは悪かったですが、僕は記者です、どんな所にいようと起こっていることを正確に知り、民衆に伝える義務があります。吉原の決め事に盲目的に従う気はありません」

おとなしく言うことを聞くふりをしていればいいものを、ついついムキになって反論してしまう。そんな己の性癖を自分でも『しまった』と悔やみつつ、柏木が言った。

銀鮫はむっとした様子で、いきなりキセルを火鉢に打ちつけ片膝を立てかける。

緊迫してにらみ合った二人の間で、朱雀は争い事など何処吹く風といった様子で渋茶をすすると、いきなり、けらけらと高い声で笑い始めた。

おおよそ笑いが出るような時ではないのに、いかにも可笑しくてたまらないといった様子で顔を上気させ、腹をひくつかせ、肩まで揺すっている。

この男……脳病か？

柏木は疑念した。

銀鮫もさすがに呆気《あっけ》に取られている。

朱雀はひとしきり笑い終えると、まだ笑いの余韻が残っている息で言った。

「ああ……可笑《おか》しい、まったく皆さん短気で滑稽《こっけい》だ。いやいや失礼、僕は昔から他人がムキになっている姿を見ると、どうにもこうにも可笑しくて笑いが止まらなくなるんですよ。まぁ、銀鮫の頭、柏木君は暗闇から牛を引いてきたような鈍い男ですから、この歳になっても未だ青臭い正義感を抱えているのですよ。しかしながら、僕が察するにそう悪い人物ではなさそうだ、帰りの道々よく言い聞かせますから、ここは穏便に……」

実に滑舌良い冷静な口ぶりに毒気を抜かれたのか、銀鮫は自分の坊主頭をなぜ回すと、ため息をついて再び座り込んだ。

「さぁさぁ、柏木君、君はこれ以上余計なことを言うよりも、早々に退散した方がいい。僕が大門まで一緒に送っていこう」

すいっと音も無く立ち上がった朱雀である。どうもこの男に舵《かじ》を取られるのは虫が好かないが、実際、このまま言い争っても、いつものごとき失敗をするだけだと観念した柏木は、白い背広の背中に続いて銀甞楼を出た。

夕暮れの空には一条の茜色《あかね》の帯が流れ、仲之町通りに人力や車が混み合い始めていた。

植え込みや店の軒下に桃色の花暖簾《のれん》、行灯《あんどん》、提灯《ちょうちん》の明かりが揺れている。

店を出ると、往来する客の波を割って巨大な影法師が近づいてきた。後木だった。

後木は物言わぬまま朱雀の横に寄り添って歩き始めた。何故か大門とは逆の方向に歩き始める。美貌の小男と、鬼のような巨人の組み合わせを通りすがりの顔が振り返っていく。

「さっきは何か物騒な話をしていたようですね」

物議を醸しだす口調で柏木が朱雀に尋ねた。

「物騒な話とは人聞きの悪い、ただの仕事の会話だよ、企業秘密というものがあるだろう？　何にでも顔を突っ込もうとするのは悪趣味だよ、柏木君」

「あなた方、遊女解放運動の邪魔をしようと言うんじゃないですか？」

「解放運動？　ははぁ、君はプロ文学の読みすぎだよ、アカなのかい？　君ね、解放などというが、此処で働く女達はみんな里では食えないから来たんだ。帰っても邪魔者扱いされてもっと酷《ひど》い待遇の岡場所に流れていく女も多いんだよ。此処にいるのは一度は離れても、皆自分の意志で此処に戻ってきたものばかりだよ」

しゃらりと何気なく朱雀は答えた。その涼やかな横顔からは一向に考えていることが読めない。視力が無いせいなのだろうが、動かない瞳《ひとみ》も曲者《くせもの》である。

「よく言うな、労咳《ろうがい》の病にかかって哀れに死んでいく女郎も多いというじゃないか」

「無論、そういうこともあるさ。しかしいい旦那《だんな》を見つけて、里にいたんじゃ願うべくもない玉の輿《こし》に乗る女だって多い。第一、ここでご飯が食べられたから彼女らは命を永らえているんだ。親が捨てた子供に綺麗《きれい》な衣服を銭にならないうちから与え、飯を食べさせ、芸事を習わせ……今の世にそこまで面倒を見てくれる資本家が他にいるかね？　むろん高級店もあれば、ひどい所もある、しかし外の世界も不平等があるのは同じだろう？　それとも君は外には労咳の患者がいないとでも言い張るのかな？」

なにやら、吉原は慈善事業をしているとでも言いくるめられそうな勢いである。

だが、騙《だま》されるまい、さっきの話の様子はただ事ではなかった。もしかすると、弁財天の事件と何か関係があるのではないか？　いや、そう考えた方が自然だ。

（年寄り連に対抗する勢力が何か企《たくら》んでいるとか言ってたな……藤原隆はその勢力のスポンサーか何かだったのか？　すると銀鮫や朱雀達が殺人犯ということになるが……）

柏木は朱雀と後木の様子を横目で窺《うかが》った。

暫《しばら》く歩くと突然人込みが割れ、道は寂しい風情を見せはじめた。闇が濃くなった。

「ところで、僕としても一昨日《おととい》の事件は吉原の近くで起こったことだから気になっている、首が逆さについた死体とは実に愉快でもあるしね。そうだ、丁度いいから弁財天に寄ってはみないかい？」

柏木の思考を読んだかのようなタイミングでそう言うと、朱雀は弁財天の方へと抜ける撥《は》ね橋に向かって踵《きびす》を返した。

こいつ……何を考えている……。

柏木は警戒しながら朱雀と後木の後に続いて撥ね橋を渡った。

暫く細い道を歩くと、薄暗闇の中に鳥居が見えた。

「左です」

後木が低い声でそう教えると、朱雀の杖《つえ》は石の階段を探りあてた。流石《さすが》に幅の狭い階段には慎重に杖の先を這《は》わせて探りつつ登っていく。その姿に柏木は奇妙な安堵《あんど》感を覚えた。

七段ばかりの階段を抜けると、石畳は真っ直ぐに奥の社殿へと繋《つな》がっている。参道の上には低い桜の枝が覆いかぶさり、月光に葉先が薄白く光っていた。人気のない境内は夕べの夢のように儚《はかな》く厳かで、どこか不気味である。

朱雀は静かに参道を奥に向かって歩きながら深く息を吸い込んだ。

「いい匂いだ。柏木君、知っているかい？　この参道の桜並木はもともとは銀杏《いちょう》の木だったのだが、大正元年に全部桜に植え直したらしい。吉原で大尽を張っていた酔狂な客が、花魁弁財天という美麗な名前に相応《ふさわ》しい植え込みにしようというので、金を出したんだそうだ。世の中には得にもならない風流をする人がいるねぇ……」

風流といわれても柏木にはピンとこない。第一この話も本当だろうか？　と柏木は疑った。

「昔から神隠しなどという奇怪な現象が相次いでいる神社の何処に風流を感じるというんだ？」

　柏木は、いかにも解しがたいという声で答えた。

「神隠しがあるからこそ此処《ここ》に本当の神霊が存在している証拠になるんじゃないか、その酔狂で女好きな御人も弁天様のご機嫌を取りたかったんだろう……。なんでも吉原の古い記録によればだ……この弁財天には神隠し以前から妖狐《ようこ》がいるという噂があったらしい」

「妖狐……？」

「そうだよ、大門が閉まって通りに人気がなくなる頃になると、決まって狐が鳴く声が聞こえたそうだ。普通、狐というやつは狸などと違って人には寄りつかない獣だよ、それがこんな賑《にぎ》やかな吉原に生息してるってことは実に奇怪しい。しかも狐の声は聞こえるが、姿を見た者はいないというんで、弁天様の眷属《けんぞく》の妖狐に違いないと吉原の住人達は思ったようだ」

「そんな馬鹿な話を信じるのか？」

「馬鹿な話？　それは妖怪や神霊の類《たぐい》の話ということかな？　そのことに関してはまだ答えが出せるだけの材料が揃ってはいないが、現実に神隠しが起こっているという事実だけは確かさ……それにしても見たまえ、いかにも魂が宿っていそうな奇観を呈した巨木じゃないか」

　確かに、緩い曲線をもった横広がりの幹の様子と五本の太い枝は、この世から異界へ人を攫《さら》っていく魔物の掌《てのひら》に見える。

「柏木君は此処で起こった一番最近の神隠し事件のことを知っているかい？」

「知ってる」

短く答えた柏木に、社殿の奥の銀杏の前で歩を止めた朱雀が立て札を指さした。

柏木は促されるように身を乗り出し、立て札に書かれた文字を暗闇の中で目を細めながら確認した。

「ことに常識では説明不能な特殊な事実がある、その神隠し事件で一人戻ってきた一条綾子が龍宮に連れ去られていたと証言していることだ。神隠しにあった本人がそう証言したというのだから、これはもう神隠しであることを否定しようがないわけだ」


神隠し……。


妖《あや》し気な銀杏の影に誘惑され、柏木は木の真下へふらふらと近づいて行った。岩のように堅牢《けんろう》な根が地表のあちこちに隆起している。

「おいおい、気をつけて、まだ何が起こるか分からんのだから、銀杏に余りよるべきじゃないよ」

朱雀の注意を促す声にぎくりとして後ろに飛びのく。

柏木は銀杏を凝視した。

(神隠し……神霊……妖狐……馬鹿馬鹿しい……)

そう頭で否定しながらも、確かに怪しい力を感じる。此処には妖狐が住み、時々この銀杏の陰から現れては人を異界に連れ去っていく……そのことが事実であるような幻想が陽炎《かげろ》い始めた。それは頭ではなく体が感じる生理なのだ。

（現実感が無くなってきた……、これもこの男の罠《わな》なのか……？）

柏木はおそるおそる横にいた朱雀に目を移した。


いない?!


一瞬、総毛立った柏木であったが、なんのことはない、朱雀はしゃがみこんで銀杏の側にある巨大な石灯籠《いしどうろう》の下にいた。

「何をしてるんだ？」

「ふーん、妙だなぁ……」

ぽつりと朱雀が呟《つぶや》く。

「妙？」

「大したことではないんだが、さっきこの手に触れたところに変わった紋が入ってたんだよ」

「紋……？」

目を凝らしてみるが暗くてよく見えない……。確かに丸い紋らしき浮き彫りがあるにはある。

「どこかでお目にかかったことがあるような紋なんだがなぁ……」

朱雀は首を傾げながら両手で灯籠をなぜ回した。


おん・だきに・さはは・きゃてぃー・そわか……。


呪文《じゅもん》のような言葉を呟いた朱雀は、はっとした表情で顔を上げた。

「陀吉尼天《だきにてん》だ！」

「陀吉尼天？」

「おん・だきに・さはは・きゃてぃー・そわか、つまりだね『おお、食人肉神とその眷《けん》属《ぞく》よ畏《おそ》れ申す』という陀吉尼天に捧《ささ》げる真言《マントラ》だ」

「なんだい、その陀吉尼天というのは？」

「陀吉尼天とは胎蔵界曼陀羅《たいぞうかいまんだら》外院南方の傍らに四天衆として侍座する大黒天の眷属夜叉《やしゃ》だ」

「タイゾウカイ……何だって？　そんな小難しいことを言われても分からない、もっと簡単に説明してくれ」

「人の死を六ヵ月前から予知する能力や通力自在を備えて空を飛び回り、人の肉、特に肝を食らうとされる凶悪な鬼だよ、だから食人肉神と呼ばれている。そのくせ姿形だけはどんな男も虜《とりこ》にするほど美しい女神だそうだ」

朱雀は手についた埃《ほこり》を払いおとしながら立ち上がると、深刻な顔で言った。

「食人肉神?!」

人の肉を食らう……聞いただけでも薄気味が悪い。

朱雀が頷《うなず》いた。闇の中に浮かんだ朱雀の顔の中に、また二つの暗い闇がある。その闇に見つめられて柏木は目眩《めまい》を覚えた。

「陀吉尼天は狐を眷属とすることから、後に同じく狐を眷属としている稲荷《いなり》神と同一視され、さらに稲荷と神仏習合によって同一神となった弁財天と同一視されるようになった。ややこしいことだが、A＝B、B＝CはA＝Cということさ、おそらくこの祠《ほこら》は最初、陀吉尼天信仰から興ったものだろうが、陀吉尼信仰といえば有名な邪教で体裁が悪い、それで後に弁天様を名乗ったに違いない。食人肉神陀吉尼天と神隠しか……どうにもおどろおどろしい組み合わせだよ」

一体どういうことだ？　この祠に宿っているのは弁財天ではなく人を食う化け物のような鬼神で、それが美しい女に化けて神隠しをしているということなのか？　では神隠しにあった者はその鬼神に食われたとでも言うのか？　いや戻ってきた者がいる……一条綾子だ……。

柏木の頭の中には、推理にもならない混乱した思考が充満した。

「もう少し歩くと本社がある、なにか手掛かりがあるかも知れないから行ってみよう」

「本社？」

「そうだよ、此処は末社なんだ。本社は此処から五十メートルばかり先にあった沼地の脇に祀《まつ》られていた弁財天の祠さ。鎌倉《かまくら》時代に創建されたものだが、江戸の後期に吉原内に蓮華《れんげ》寺という寺を建てた文照という僧侶《そうりょ》が、寺の守護神にと此処に移したらしい」

「確か二週間前から吉原に赴任してきたというけど、その割には詳しく知ってますね？」

「勿論《もちろん》、赴任先のことは事前に綿密な下調べをしておくからね、後木にそうした記録を担当してもらってるんだ」

てっきりガードマンかと思っていた巨体の男が、そんなことをしているとは、と柏木は少々驚いた。

朱雀が踵《きびす》を返して参道を戻り始めた。後木がその後に続いた。

鳥居を出て、木造長屋の低い軒の下を右へ左へ歩くうち、道は三叉路《さんさろ》に分かれて益々細くなった。三人の男は縦に並んで歩かねばならなかった。

暫《しばら》く歩くと突如ぽっかりと右手の長屋が途切れ、鬱蒼《うっそう》とした木立らしき黒い影が揺らいだ。木立の向こうには再び同じような長屋が続いている。

何もかもが家並みの間から不意に顔を覗《のぞ》かせるのである。区画整理に取り残された全く理不尽な迷路であった。

柏木は戦々恐々としながら、自分の前に出現した木立の影を仰ぎ見た。靄《もや》のかかった頼り無げな三日月が梢《こずえ》で揺れている。

4

「ここが本社だ」

朱雀の足がぴたりと木立の前で止まった。

柏木は黒い葉陰の奥を見つめた。

灯籠が二つ。ここに火が入れられることなどあるのだろうか？　明かり穴に張った蜘蛛《くも》の巣が月明かりに光っている。

朱雀と後木の体が、二つの灯籠の隙間に吸い込まれるように消えた。

慌てて柏木も後を追う。墨を溶かしたような漆黒に包まれた途端、線香の匂いが柏木の鼻をついた。

なんだ……？

目が慣れてくると、暗がりの木々の陰に石が置かれていることが朦朧《もうろう》と分かった。その周りに赤い小さな光が灯《とも》っている。線香の灯だ。

墓だ！　墓だらけじゃないか……。

闇の其処此処《そここ》に墓らしきものが点在していた。

「そうだよ、吉原の大火まではこの辺りはまだ吉原内にあったんだ、大火の折に大勢の女郎が火に炙《あぶ》られ、沼地に逃げて溺死《できし》した、その霊を弔ってあるのさ。今はご覧の通り沼も埋もれてしまっているがね」


すると、この足の下には女郎たちの遺体が眠っているのか？


地面から湧き上がってくる冷気を感じて、柏木は無性にいたたまれぬ気持ちになった。

「それで、何処に本社があると言うんだ？」

わざと大きな声で聞く。

「この奥だよ」


奥？


朱雀の白いステッキがゆっくりと弧を描き、木立の中央に一際聳《そび》える大木にそって湾曲した道の先を指し示した。

其処に、大人が屈《かが》んで潜れるほどの小さな鳥居があった。

「こっちだ」

朱雀は杖《つえ》で前方を探りながら鳥居へと歩いた。足元が見えぬので、その後を柏木は慎重に追った。

（なるほど、視力が人を欺くというのは確かなことだ。僕はすっかり暗闇や墓に動揺しているが、この男は涼しい顔をしているじゃないか……）

鳥居を潜ると石台の上に入れ子のような小さな祠があった。祠の周囲に敷かれた石畳が月光を白く反射し、隅々に刻まれた菱形《ひしがた》の模様が見えた。

「菱形の文様は蛇の鱗《うろこ》の表現だ、うろこ紋と言うんだ。弁財天の本体は蛇だからね」

「蛇？　蛇が本体なのか？」

「そうだよ、遣いは狐、本体は蛇、ほら」

朱雀の細く長い指が暗闇をまさぐり、祠の錠を探り上げると閂《かんぬき》を引いた。きゅっと首を締めるような小さな音をたてて祠の扉が開いた。

何だ‼　これは⁈

大きく目を見開いた柏木が、恐怖に打たれて立ちすくんだ時、突然、何者かの気配が祠から飛び出し、柏木の左脇を掠《かす》めて後方へと駆け抜けた。

ザザザーッ、ザザザアッと土を摺《す》る音が響いた。しかし姿が無い……。

柏木の額に冷や汗が噴き出した。歯の根がカタカタと音を立てた。

「今のは何だ!!」

柏木は恐怖のあまり、わめき散らした。

「弁財天の御本体だよ。君は運がいいね、めったと見る人もいないらしいのに」

朱雀が背後から冷静に答えた。


本体だって……?!


再び体にざあっと寒気が走った。

柏木の目の前に、数十体のおぞましい化け物共の絡み合う姿が浮かび上がった。

「うわぁ」と一声上げると、柏木は無我夢中で木立の中から走り出た。


祠の中にあったアレ、アレはいったい何なんだ?!

アレは……あれは、絵か?……細長い掛け軸……?

だが……あそこに描かれていたのは……。


中央には見たこともないグロテスクな妖怪《ようかい》が立っている。

ぬっと二匹の蛇の首が、妖怪の着ている南蛮服のフリル襟から突き出して左右を向いていた。それが妖怪の顔なのだ。その二匹の蛇の頭の中央には、牙《きば》を生やした獣の顔が首の上にのるでもなく、ぽっかりと浮かんでいる。恐ろしく気味の悪い姿だ。

妖怪の背後には三つの山が闇の中に描かれていた。

しかも山の頂には鬼火のような火が燃えている。

それから……妖怪の周りには、大勢の子供が戯れ、男と女が裸で抱き合っていた。

そんな人間達の間に、蛇頭の怪人と狐がひっそりと紛れている。

言いようもなく邪悪な、何かを呪うために描いたとしか思えぬ地獄絵であった。


柏木は、今にも止まりそうに苦しい呼吸をする胸を押さえ、全力で会社の寮まで帰りたい衝動を堪《こら》えながら、道の向かい側から二つの石灯籠《いしどうろう》の間を睨《にら》んだ。

何の為に？……よくは分からないが朱雀が戻ってくる姿を確認せずにはいられなかったのだ。

五分ばかり経過して、石灯籠の間から二つの人影が現れた。顔はよく見えない。

「なんだ、柏木君、君は命知らずかと思ったら、存外に怖がりなんだなぁ。こんなことで怖がっているようじゃ吉原にはこられないよ、これしきは序の口だ。嫌なら銀鮫の頭が言うように、余計なことに首を突っ込まないことだね」

涼やかな朱雀の笑い声が響いた。

しかし、柏木は暗闇の中から現れた二匹の鬼の吼《ほ》え声を聞いたような気がした。

第三章　合ハセ鏡ノ呪詛

1

気味の悪い夜だった……。


昨夜の毒気が抜けず、青い仏頂面をしてデスクに向かっている柏木に、事件取材から戻ってきたばかりの本郷が、にやけた顔で寄ってきた。

「どうした？　珍しく顔色が冴《さ》えないじゃないか、さては吉原で新任のもてなしでも受けたのかな？」

「ああ、受けましたよ、大したもてなしだ」

むっとして答えた柏木の剣幕に、本郷は短いひやかしの口笛を吹いた。

そうして隣の席に座ると自分の黒い革鞄《かばん》を膝《ひざ》の上に抱え込み、周囲を気づかいながら、その中から一冊の本を柏木に見せた。

鞄から三分の一ばかり顔を覗《のぞ》かせたオレンジ色の表紙には『夫婦に於ける受胎』と題がうってある。

「ようやく手に入れたんだ、僕が読んだら貸してやってもいいよ」

本郷はそう言いながら素早く本を引っ込めた。

「くだらないエロ本じゃないですか、僕は興味がありません」

柏木がにべも無く言った。

「なんだ愛想のない男だな、君が喜ぶと思って持ってきたのに、その口ぶりはないだろう？」

本郷ががっかりとした口調で言う。

「どうして僕がエロ本を喜ぶなどと思うんです！」

「エロ本とは酷《ひど》い言い方だ。君も知らない訳じゃあるまい、この本の訳者は平野馨《かおる》だよ。平野と言えば厳格なコミュニストで、常に急進的な革命を煽動《せんどう》している思想家じゃないか、その彼が禁断の書、ヴァン・デ・ヴェルデを一字一句伏字なしで完訳した画期的な三部作の、これは最後の作品だ、実に革命的な思想本なんだよ。それ故に一部の『完全なる夫婦』は共産党の非合法組織が加担して配付していたんだ。いいかい、性の解放と革命的な思想は常に無縁ではないんだ、自由な心は自由な恋愛に通じている。君の好きなゲーテやシェイクスピアだって、おおらかに愛を吟じているじゃないか」

「性の解放と革命は一緒だ……なんて考え方は詭弁《きべん》ですよ、それにゲーテやシェイクスピアはエロ本なんて書いてません。第一、本郷先輩、先輩はその革命的思想と性の解放のどちらに興味があって、その本を入手したんです？」

「僕かね？　そりゃあ勿論《もちろん》、性の解放の方さ」

本郷は鼻で笑いながら胸ポケットから取り出した櫛《くし》で髪を整え始めた。しょっちゅう髪をとかすのは本郷の癖である。柏木はその仕種《しぐさ》を見ると一寸苛立《ちょっといらだ》つ。鏡で己の顔を眺めて櫛ですくなど、柏木からすれば頭の軽い軟派のすることであるからだ。同じ明治大学出身の先輩に、そういうことをして欲しくはない。

「本郷先輩、そうしてしょっちゅう髪をとかしていますが、それほどに男ぶりが変わるもんなんですか？　自分の顔に見ほれるというのはどういう気持ちなのか、一度聞かせて欲しいですね」

ことに虫のいどころが悪い柏木は厭味《いやみ》を言った。本郷は全くそんな厭味など気にかけてはいない。櫛ときながら左右の横顔までも確認し、納得した様子で柏木を横目で見た。

「君ね、今どき男子は見かけじゃないなんて時代遅れだよ、人は見かけで判断される世の中なんだ。君も少しは格好に構った方がいい、髪に櫛ぐらい入れとくもんだ。その髪、一体いつ最後にとかしたんだ？」

ふんっと大きく鼻息で答えた柏木に、本郷はやれやれというため息をついた。

「機嫌が悪いじゃないか、吉原のもてなしが相当に君の自尊心を傷つけたようだな。まぁそう気にするな、あれはいうなれば慣習というやつだよ、僕も最初は散々に脅かされたもんだ」

「慣習ですって?!」

「ああ、そうさ、別世界に入るための通過儀式だと思えばいい。古い世界にはそういう仕組みがあるものなのだよ」

柏木は昨夜、祠《ほこら》の中から飛び出した何かに動転して逃げだした時のことを思い出して、忌ま忌ましげに舌を鳴らした。臆病《おくびょう》な奴と笑われているかと思うと腸《はらわた》が煮えるのだ。

「気に入らない！……吉原はともかくとして、朱雀《すざく》という男は実に気に入りません。はなから僕を脅しにかける気だったに違いない。巧みに墓地の中になんぞ誘い込んで、その上妙な手品まで披露して僕の肝を冷やしたんですよ！」

「手品？　へえ、そりゃあ人が悪い上に器用な男だな。ところで君も三面から移ったとはいえ、藤原の神隠し事件にはやぶさかではないだろう？」

「そりゃあ、何しろ途中で下ろされた事件ですから気になりますよ」

本郷は椅子に大きく背凭《せもた》れて、エアーシップを取り出した。

「藤原鉄鋼の社長の事件……あれは近年稀《まれ》にみる異様な事件だよ」

「神隠しだからですか？」

「それもある、しかしそれだけじゃあない。洋介、君も知っての通り以前に花魁弁財天《おいらんべんざいてん》でおきた神隠し事件があっただろう？　よくよく調べてみるとね、驚いたことにその被害者の一人が、行方不明の藤原隆の父、藤原鉄鋼の会長・藤原巧の双子の兄なんだ」

「なんですって?!」

「そこまではまだ君も調べてないようだな……不思議だろう？　神隠しを目撃した岡部二

蔵というのは、藤原巧の母親が再婚する前の巧の名前なんだ。神隠しにあったのは巧の兄の岡部一蔵と叔父《おじ》の亀吉《かめきち》だ」

「……それと一条綾子《あやこ》」

「そうそう一条綾子だ。さらにだ、その一条綾子の娘貴子が、行方不明になった藤原隆の妻でもある」

「どういうことです？」

「そりゃあわからん。偶然なのか、神隠しが取り持った縁でもあるのかな……それにしても一条男爵家と言えば皇族とも血縁があるし、代々一条総合病院を運営する名門だから、成り金の一般庶民と婚姻関係を結ぶというのは考えにくいのだが……。まだある、これは神隠しとは直接関係があるのかどうかは分からないが、行方不明になった藤原隆も双子だったんだ」

「双子だった？」

「双子の兄の方は、赤ん坊の時に布団で窒息死している。寝返りを打てずに赤子が窒息死するのはよくある事件だよ。それにしても呪われた家だろう？　僕は家にかけられた呪いか祟《たた》りだと思うんだが、当局は共産組織の犯罪だと睨《にら》んでいる様子だ」

「共産組織のですって？」

「まあね、藤原鉄鋼と言えば陸軍の御用達だし、会長の藤原巧は、あの東泰治少佐と高校の同級生という旧知の仲だ、それで反社会活動の的にされたんではないかという憶測らしい。だから、あの事件も特高の手に渡ったということだ。まあ特高の陰の大立者と噂なのが他ならぬ東泰治だから、友人の息子の弔い合戦でもやろうということなんだろう。しかしナンセンスだろう？　共産組織の犯罪なら、岡部一蔵の神隠しはどう説明するというんだ……。奴らの的が藤原巧というなら分かるがね。隆は社長とはいえ昼行灯《ひるあんどん》で評判で、肩書だけの社長だということは業界じゃ誰もが知っている」

東泰治……。それで事件現場に来ていたのか……。

「藤原巧会長に至っては、人から恨みを買う要因はいくらでもあるな、何しろ町金融から阿漕《あこぎ》なことをしてのし上がった男だ」
「金融屋か！　資本主義のまさに傀儡《かいらい》だ、胸糞《むなくそ》悪い話だ」
「同情すべき点もあるのさ。藤原巧は帝国大法学部を出て弁護士をしていたんだ。そもそもは一条家と藤原の関係も、藤原が弁護士をしていた時分に、綾子がその事務所に通い始めたところかららしい。何か法律相談をしなきゃならないことがあったのかどうか……まぁその辺の事情はよく分からないんだが、その頃の藤原は金儲《かねもう》けにも疎くて人の保証人になって借金を被《かぶ》った挙げ句貧乏暮らしをしていたが、近所じゃ学者肌の慈善家と評判の男だったそうさ。ところが大恋愛の末に結婚した奥方が、子供を産んでしばらくして死んでしまった。貧乏で医者にもろくろくみせられないありさまでね。以来、余程そのことがショックだったのか、一ヵ月近く狂乱した後に人が変わってしまった。弁護士事務所は辞めてしまうし、町金融を始めてからは病人の布団を剝《は》がしてまで取立をするというんで、『今金色夜叉』なんて呼ばれるようになったらしいよ」

「しかし、貧乏な男がどうやって町金融を始められたんでしょう？　相当な資金が必要でしょうに」

「それだが、義父から相続した家屋敷だけは手つかずのままにしておいたのを売り払って元手にしたらしい。藤原家はもとは日本橋に屋敷があってね、開発の時だったから法外な値段で売れたようだよ」

「それにしても随分と調べましたね」

「昨日、三面の担当者を僕の奢《おご》りで飲みに誘ったんでね、お京の店さ。なんでわざわざそんな事をするのかと言いたげだね、実は内緒だが僕は怪奇作家になりたいと思ってるんだよ」

「怪奇作家？」

「そうさ、収入だって今の何倍にもなるし、第一、怪奇作家は女にもてるじゃないか。こんな窮屈な新聞社で一生埋もれて過ごすなど愚の骨頂だ、それで作品の材料集めに余念がないわけさ」

本郷が最近、虫太郎などを読んでいた理由を柏木は納得した。

在学時代にはアカ運動のリーダー格でありながら、就職前になるとさっさとモボに転身してしまったという、世渡りに要領のいい本郷ならではの発想だ。

それにしても藤原巧はきな臭い。東泰治までもが絡んで、共産組織の犯罪の可能性があるとなれば無関心ではいられなかった。それにあの朱雀十五も吉原も、どうやら妙な動きをしているらしい。神隠しと言いくるめられるわけにはいかない……。

寡黙に考え込んでいる柏木を、本郷はしげしげと眺めていた。

「どうやら君も、この事件には興味があるようだね。どうだい、それじゃあ今日は僕と付き合わないかい？　事件の情報を貰《もら》う段取りになってるのさ」

「情報を貰うですって？」

「ああ、君の代わりに三面に移動した早川って奴がいるんだが、そいつのところに事件記事を見て連絡してきた女がいるんだ、確か名前は中村茅《かや》とか言うそうなんだが……」

「事件の関係者ですか？」

「いや、そうとは限らないんだが、不思議な事を言ってるらしい」

「不思議なこと？」

「新聞に出た藤原隆の写真を見たらしいが、自分の夫に間違いないと言うんだ」

「そんな馬鹿な！　他人の空似でしょう？」

「早川もそう言ったそうなんだが、絶対に間違いないと言い張るらしい。それにその夫……名前を中村正志《まさし》というのだが、その男も三日前から行商に行くと言って家を出たきり帰ってないそうだ。本人の写真も持参するから見てくれと言うことだ」

その女の言うことが確かなら、死んでいたのは藤原隆ではなく中村正志という男だと言うことになる。しかし、ならば行方不明の藤原隆は何処に行ったというのだろう？　ますますややこしいことになるではないか……。柏木は腕組みをして呻《うめ》いた。

「面白いだろう？　いよいよ事件は混迷してくる、まさに怪奇小説に打って付けの筋書きだ。それで早川に言い含めて、僕が彼の代わりに彼女と面談して話を聞くことにしたんだ」

「僕が思うに、その話は余りあてに出来ませんよ」

そうだ……あてには出来ない。新聞写真のぼやけた顔を見て、自分の夫だと錯覚したに違いない。よくあることだ……。

「では洋介は中村茅との面談には興味がないのかい？」

「いや、そんな事はありません、一応は聞いてみたいです」

「だろう？　そこで相談なのだが、僕はこのところカフェーに通いづめて財布が寂しい、といって、ゆっくり話をするなら食事の一つもしなきゃならん、そこで今日の面談は君の奢りということにするというのはどうだい？」

本郷が待ってましたとばかりに柏木に提案した。柏木は本郷の調子の良さに呆《あき》れ返った。遊び癖のない柏木の財布の中には十分な金が入っていることを本郷はお見通しなのである。

「仕方ないな……」

柏木は苦虫《にがむし》を嚙《か》み潰《つぶ》したような顔で承知した。本郷は邪気なく安心した笑顔を見せた。

ひがな一日、社内をぶらぶらとして時間を潰した後に、柏木は本郷とともに、待ち合わせ場所だという東京駅へ向かった。


「どうだい君、『鉄骨煉瓦《れんが》造りのこんな巨大な駅を国民の血税を削って建てて、本当に意味があるのか』なんてことが完成当初は議論になっていたが、今じゃ一年の乗客数が五千万人にのぼるということだよ」

往来の乗客達の姿を眺めながら本郷が感慨深く言ったので、柏木も左右を見渡した。

西洋モダン建築の旗手辰野《たつの》金吾《きんご》と葛西万司によって設計された東京駅は、二年前までだだっぴろい構内に客もチラホラ、駅員もパラパラという閑散たる状態であったのに、やがて中央線、京浜線、山手電車、横須賀《よこすか》電車、東海道線と相次いで路線が増えると、たちまち切符を買うのに並ばなければならなくなった。

柏木と本郷は人波を抜けて裏側の八重洲《やえす》口に向かった。

「相手は僕達のことが分かりますか？」

「一応、僕と君の風体は伝えてあるが、自動電話の側に立って朝日新聞が目印ということにしてある」

本郷はそう言うと八重洲口を出たところにある六角形の自動電話に背凭《せもた》れ、脇に挟んでいた新聞を大きく拡げた。

「七時十五分の電車で到着すると言うことだったから、もうすぐだろう」

「なるほど……」

改札口の上にある時計が七時になっているのを見て、柏木が頷《うなず》いた。


「あの……失礼ですが、朝日新聞の本郷さんではありませんか？」


一人の女が立っていた。

柏木は鮮烈な衝撃を受けた。

女を一目見た途端、心臓が飛び出しそうな程に波打ち、全身がかっと熱くなった。

美しい女である、だが、光代の美貌《びぼう》に惚《ほう》けた時とは全く違った感覚だ。

あの時は美しい絵画を見せられたような感動であったが、今は違う……。

光代が鮮やかな桜であれば、女はもっと地味な、そう、百合《ゆり》の蕾《つぼみ》に似ていた。

華奢《きゃしゃ》な線の細い肩から伸びたしんなりと長い首の上に、驚くほど小さな顔がのっている。

鼻筋の通った西洋人のような顔立ちで、くっきりとした桜色の唇、そして何より柏木が惹《ひ》きつけられたのは、女の伏し目がちな瞳《ひとみ》に揺れている悲し気な色だった。

どこかで会ったような気がした……懐かしいような、切ないような、胸を捕らえて離さない不思議な瞳の色だった。

胸の鼓動が静まらない、これを一目惚《ひとめぼ》れと言うのだろうか……。

紫色の着物の腰に巻かれた銀糸の帯が淡い幻覚的な光を放ち、儚《はかな》げな立ち姿のその女はまるで春のうららの夢の中から立ち現れたかのように見えた。

生来、美貌の女性には目のない本郷はいたく感じ入った様子で女の顔をしげしげと見たが、慌てて新聞を折り畳むと背筋を伸ばし、気取った声で言った。

「いかにも本郷ですが、貴女《あなた》は？」


　中村茅です。すいません、少し早く着いてしまったもので……。


ひとえに儚げな、少女のような声。柏木は、再び甘い疼《うず》きを胸に覚えた。

茅は本当にすまなそうに腺病質《せんびょうしつ》な細い眉《まゆ》を寄せて、黒目がちの潤んだ瞳で柏木と本郷を見ていた。

「いやいや、とんでもありません、こちらこそわざわざ来ていただいて有り難うございます。さてここでは何ですので、近くの小料理屋などでお話しすることにしましょう」

本郷はそう言うと、親しげに茅の肩に手をそえて裏口の円タクの乗り場を指し示した。

茅は小さく頭を下げると、柏木を気にしながらも本郷に誘導されつつ円タク乗り場に向かって歩き出した。

「本郷先輩、僕の紹介は？」

「そうだ、そうだ、これはすまん、茅さんこれは僕と同じ朝日新聞の記者で柏木といいます」

柏木……さん？

茅の声と瞳に不思議な力が籠《こ》もった。一瞬、全ての音がかき消え、柏木は耳の奥でざわざわと胸騒ぎの音を聞いた気がした。奇妙な雰囲気は本郷にも伝わったようであった。柏木の顔を捕らえて離さない茅の瞳と、口を真一文字に結んで緊張した柏木の顔を、本郷は交互に見比べた。

「どうしました？」

本郷が茅に尋ねる。はっ、とした様に茅は本郷を振り向いた。

「どこかでお会いしましたかしら……と、ふとそんな気が致しました、でも、そんな筈《はず》ありませんわね、きっと錯覚ですわ」

そうだ錯覚だ、会ったことなどない……、しかし僕もさっき何処かでこの女《ひと》を見たことがあるような気がした……。何故なんだろう……？

そうだ、この声や目元の雰囲気が高瀬美佐に似ているのだ……。

自分の胸騒ぎの原因が、高瀬美佐にどことなく似た茅の顔だちにあることに気づいた柏木は、少しほっとした。

違う……一目惚れなどではない、僕はそんな節操のない男じゃない、この人が美佐に似ていたから驚いたのだ。

美佐のことは今も後悔している……だから、あんな風に動揺したのだ……。

円タクに乗り込むと、本郷は浅草の寿司《すし》屋横町の奴《やっこ》寿司へと運転手に所望した。馬鹿高い高級寿司屋だ。

2

「これが主人の写真です」

運ばれてきた握り寿司を黙々と食べている本郷の鼻先に、写真が置かれた。それを見た柏木は、本郷と顔を見合わせた。

本郷が慌てて鞄《かばん》の中から藤原隆の顔写真を取り出す。社の資料室から拝借してきたものだ。二人は同時に、視線を二枚の写真の間で往復させた。

「そっくりだ」

「そっくりというよりも、これはどう見ても同一人物だろう……ほら見てみろよ、黒子《ほくろ》の場所まで同じだ」

本郷が写真に写っている男の口元にあった小さな黒子に気づいて指さした。茅もそろりと上体を乗り出して藤原隆の写真を覗《のぞ》き込んだ。

「やはり主人です、間違いありません」

茅が確信した声で言った。目の前の寿司には一向に手がつけられていなかった。

「しかし、つまりどういうことです？　この男は藤原隆です。藤原鉄鋼という大手鉄鋼会社の社長で、妻も子供もいる。それがあなたの……失礼、茅さんのご主人だということはあり得ないでしょう？」

まくしたてた柏木に怯《おび》えたのか、茅は唇をわなわなと震わせた。

「そんな……どういうことか私にだって分からないんです」

「そりゃあそうだろ洋介、そんなことでこの人を責めたって仕方ない。まずは詳しい事情を聞かせてもらわなけりゃ、我々だって判断出来るものでもない」

本郷はそう言うと、何を質問しようかと思い迷った顔をした。

「その……ご主人の中村正志さんと結婚されたのは何時のことなんですか？」

「七年前です、私が二十歳の時ですわ」

「七年前？　とすると茅さんは二十七というわけですね、何処で知り合われて？」

お恥ずかしいことですが……と茅は頬を染めてうつむいた。

「私は小さい頃に両親を亡くして親戚《しんせき》の間を回って育ったんです。学校を出てからは繊維工場で仕事をしていましたが、給金も安く、仕事がきついばかりで……それで十八になった頃から銀座の小さなカフェーで女給の仕事をするようになりました。主人はそこのお客でした」

カフェーで女給……とてもそんな発展家の女には見えないが、いろいろに事情があったことなのだろう。それにしても両親がいないとは、似たタイプの女はやはり似た境遇に生まれ落ちるものなのだろうか、と柏木は思った。

「ご主人と知り合われたのは東京ですか……で、どうして金沢に？」

「もともと主人は青森の生まれと聞いています。薬の行商の仕事をしておりましたので、転々と住居を変えていたようです。普段は一人であちこちのお宅を訪問して薬を商うのですが、夏場は徴兵前の若い方を雇って定斎屋もいたします」

柏木は天秤棒《てんびんぼう》を担いで薬の入った定斎箱を、カタッ、カタッと鳴らしながら行く、半纏《はんてん》、腹掛姿の定斎屋の姿を思い浮かべた。子供の頃は、あのカタッ、カタッと言う音がやたら怖くて、夕暮れ時など長い影を引いて定斎屋が通ると、慌てて家に逃げ帰った覚えがある。

親方となれば出《い》で立ちも違うだろうが、目の前にある楚々《そそ》とした女が、定斎屋の女房であるとは想像しにくかった。

「今は東京にいるが都会は好きじゃない、結婚したら田舎に住みたいなどと申しまして、それで金沢に……」

「なるほど、それで金沢に新居を構えられたわけですね。しかし、ご主人の仕事が薬の行商だったとなると、家を空けられることも多かったんじゃないですか？」

本郷が、寂しかったでしょうという色気の籠《こ》もった含みある調子で茅に尋ねた。

「ええ、それはしょっちゅうです。長期の出張に出ることもありましたし、普段でも週に二日ほど家にいればいい方でした」

「それはお寂しかったでしょう？」

案の定、本郷はそう言った。

「仕事ですから仕方ありません。主人は真面目な優しい人でしたし、何も不服はありませんでした」

「ちょっと待って、そんなによく家を空けてたんなら、なんで三日ばかりいないだけで行方不明だと決めつけられるんです？」

柏木が尋ねた。

「主人は、仕事で出ていく時は、何時出て、何時帰るというようなことはきちんと言って行く人なんです。それが四日前には突然夜遅くにいなくなってしまって、それっきり連絡がありません、それに……」

「それに、なんです？」

本郷が身を乗り出した。

「主人が出ていく日の夕方……私が買い物の帰りに家の近くの公園を通りがかると、変な黒服の男と主人が言い争っていたんです」

黒服の男？


「ええ、黒い背広の襟を立てて着て……それからサングラスにマスクをした……いかにも訳のあり気な風情の男です」

「かなり深刻に言い争っていた様子ですか？」

「ええ、主人はとても責められていた様子でした。ですから何か事件に巻き込まれたのではないかと心配で……」

「話の内容は？」

「分かりません……」

ため息まじりに答えた茅に、本郷は険しい表情で頷《うなず》いた。

「どう思う、洋介？」

「茅さんは、藤原隆の愛人とかそういうのではないんですね？」

余りにも中村正志という男の写真が藤原隆に瓜二《うりふた》つなことと、高瀬美佐にどことなく似ている茅の雰囲気が、咄嗟《とっさ》に柏木にそんな疑問を抱かせたのだ。

茅はそれを聞くと驚愕《きょうがく》したように目を見張った。

「おいおい、やにわに何を言いだすんだね」

本郷が泡を食った。

「いや、この人が自覚していないということもあり得るでしょう？　正志さんと出会ったのは東京だし、正志さんは殆《ほとん》ど家にいない。それならば藤原隆が虚名を騙《かた》って、この人と生活することも可能じゃないですか」

「……ああ、なる程……」

茅は突然激しく首を振った。

「違います。主人とはちゃんと結婚して入籍もしています」

「中村正志と間違いなく入籍をしたんですか？」

柏木が念を押すように尋ねた。

「勿論《もちろん》です。いくら女給をやっていたからと言って、私はそんなふしだらな女じゃありません。ですから私は戸籍上も中村茅です」

茅は随分と感情を害した様子であった。突然、愛人ではないのかと言われた妻の身にすれば当然のことだろう。

柏木は内心深く反省してしょげかえった。どういうわけか美佐タイプの女には妙に感情を逆撫《さかな》でされるようだ。

愛憎は表裏一体というが、そのせいだろうか？　美佐の時もそうだったが、いつの間にか言葉の端々がキックなるのだ。これではまるで子供じゃないか……。当の相手にすればいわれのない心外な敵意に違いない。

柏木は今にも涙を零《こぼ》しそうに瞳《ひとみ》を潤ませ、無言で俯《うつむ》いている茅を見た。

美佐の泣き方に似ているような気がした。胸がきしんだ。

「すみません、これは随分と見当違いなことを尋ねてしまったようだ……」

柏木にすれば精一杯の丁重な謝罪であった。茅は気を取り直したように顔を上げたが、その頬に一筋の涙が溢《あふ》れ出て、慌ててハンケチでそれを押さえた。柏木はいよいよバツが悪くなって黙り込んだ。胸苦しいような緊張を救ったのは本郷のヒラメキであった。

「……まてよ……確か藤原隆には双子の兄がいたな……」

「双子なら黒子《ほくろ》の位置まで似ているということもあり得ますね」

柏木は改めて二枚の写真を見比べた。

「しかし先輩、双子の兄の方は死んだはずじゃないですか？」

「ああそうだよ、しかしそうでも考えなきゃ、この二枚の写真を君はどんな風に説明するというんだね？」

「確かにそうですが……もし双子の兄が生きていたとして、何故死んだなどということにしなければならなかったのか、それに死亡届けを出すなら医師の死亡証明書というのも必要でしょう？」

「そこは金に物を言わせたということもありそうじゃないか……そうだ、それに藤原隆の妻、貴子の実家は病院だよ。以前から一条家と藤原巧が親しかったとしたら、一条病院が偽装したということもありうる……なんらかの事情があってね」

本郷がさして深い考えからではなさそうな無謀な推理をまくし立てた。

「それは変ですわ、もし主人が藤原さんという方の双子の兄なら、籍に養子と書かれてなければなりませんでしょう？　けれど主人の籍は実子です。それに主人の実家は貧しい漁師で、早くに父親が亡くなってお母さん一人で主人を苦労して育ててくれたということです。もし……うちの主人がそんなお金持ちの子供なら、そんな貧しい家に養子に出すでしょうか？」

柏木も茅の言うことの方がまともであるような気がした。

「それは通常の事情であった場合です。しかし、もしご主人が藤原隆の双子の兄だとしたら、初めから異常な事態が絡んでいます、そんな常識的な発想では通用しない」

本郷はまるで真実を見抜いた名探偵かのように言ったが、納得出来ぬという風情で茅は眉《まゆ》を顰《ひそ》めていた。

「本郷先輩、まだそんな風には決めつけられませんよ。ともかく双子の兄の死が確かなことなのかどうか探ってみなきゃ」

「うん、まあそうだね」

興が乗ってきたのに二人が便乗しないので、白けた本郷は軽い口ぶりで返事をした。

もともと好奇心が満たされればいいだけのことで、真剣に事件に取り組む気などなさそうだ。

（だが真剣に相談してきたこの人をどうしてあげればいいんだ？　なにしろ金沢から藁《わら》にも縋《すが》る思いで僕等を訪ねてきたのだ……）

柏木は一途《いちず》な瞳を自分に向けている茅を見るうちに、なんとかしなければと考えていた。

「まずはあたるなら一条病院からでしょうか」

「そういえば……そうだ！　確かお京の女給仲間の鈴江という女が、一年前まで一条病院の正看護婦をやっていたはずだ」

突然、本郷が嬉《うれ》しそうに言った。

「それなら、その鈴江という女給に話を聞いてみましょう」

「鈴江は今、銀座五丁目のカフェー・サンに勤めているはずだよ、僕も一緒に付き合うよ」

なんのことはない、カフェーに行けるのが嬉しかったらしい。あてずっぽうに聞き込みをするよりは確かな情報が得られるに違いないが、再びカフェーというのに柏木は躊躇《ちゅうちょ》した。どうもあの頽廃《たいはい》的な雰囲気は好きでないのだ。

「付き合ってくれるのは有り難いんですが、出来たら仕事場には行きたくないです。カフェーなどでは騒がしくて、まっとうな話が出来ない、何処かに呼び出せませんか？」

「なんだい野暮天なことを言うじゃないか」

「チップははずむから、そういうことにしてください」

「……ならば日曜がいいだろう、相手は夜の仕事だから昼間に時間を作らなければね」

本郷が渋々と承知すると、二人のやりとりを押し黙って聞いていた茅が口を開いた。

「すいません、もしよければ私もそのお話を一緒に伺わせてもらえませんか？　今日は急に出てきたので何の支度もしておりませんから、一旦《いったん》、金沢に戻ります。それで日曜日までに主人が家に戻らなければ、いよいよ奇怪《おか》しいことですし、そうなれば何日か東京の方に滞在できる準備を整えて……私も主人の行方を捜したいのです……」

今まで頼り無げな印象であった茅という女が、「主人の行方を……」と言った瞬間に、押し殺していた感情が迸《ほとばし》ったに違いない、柏木は目の前で蕾《つぼみ》だった百合《ゆり》の花が開いたように感じた。人形だったものに命が吹き込まれたかのように、中村茅は光を帯びて見えた。

柏木は茅の艶《なま》めかしさと悲壮さに心を捕らえられた。

加えて、中村茅は間近で見れば見るほど綺麗《きれい》な女であった。

（どうして僕は他の男を好きな女にばかり心を動かされるのだろう……？　なぜだか好きな男を一途に思う婦人の姿には弱いんだ。だがこの場合は不味《まず》いぞ、行方不明のご主人を捜そうという人妻なんだ……）

慌てて柏木は自分の不埒《ふらち》な動揺を叱咤《しった》した。

「いけませんでしょうか……？」

茅が自信なげに本郷と柏木に許しをこうていた。

「まあ、いいでしょう」

わざと動揺を隠そうとぶっきらぼうに返事した自分の態度が、不遜《ふそん》に見えはしなかったかと柏木は心配した。しかし茅はそれを聞くと、ほっとしたように頬を緩めた。

「有り難うございます、では夜も遅くなりますので、私はこれで帰ります。またお電話致しますので、どうぞ宜《よろ》しくお願いします」

茅は不自然なほど丁重に礼を言い、何度も頭を下げると席を立った。

「あっ、待って下さい、駅まで送りますよ」

本郷が焦って上着を手に取った。

「いいえ、まだお食事中ですし、お気を遣わないで下さい。お話を聞いていただいて、その上気を遣われたら、私が申し訳なく思います。どうぞそのまま」

はぁ……そうですか、と本郷が浮かしかけた腰を再び置いた。

茅は真《まこと》に鮮やかにその場を立ち去った。

はらりと風にめくれた暖簾《のれん》を潜る細い後ろ姿の淡い残像が柏木の目の奥に焼きついた。

3

昨夜は一晩中めまぐるしく夢を見ていたような気がする。

その夢の中に高瀬美佐や光代太夫《だゆう》や、中村茅が登場したような気がするが定かではない。

柏木は霞《かすみ》がかかったように混濁した頭を掻《か》いて布団から起き上がった。

日曜日までにはまだ四日もある。手持無沙汰《てもちぶさた》な気分で出社した柏木に、デスクの前で待ち構えていたように仁王立ちしていた境が命じた。

「おい洋介、すぐに吉原に行け！」

「何かあったんですか？」

境の面相は真剣であった。

「事件だ。どうやら陸軍の若い将校が、女を人質にとって遊廓《ゆうかく》に立てこもっているらしい。本来なら三面のものを遣《や》るところだが、吉原の中だと部外者が入るのを止められる恐れがあるから、面通しをしたお前が行け。詳しいことは分からん、場所は萌木楼《もえぎろう》だ」

（萌木楼？　光代太夫のところじゃないか……）

一瞬にして嫌な予感が襲いかかった。死神に手首を摑《つか》まれ舞台へと急《せ》かされるように、柏木は境の次の言葉を待たぬ間に踵《きびす》を返して走りだしていた。

急いでいる時に限って、かくも時の経過が緩慢なのはどうしたことだろう？

円タクの車内には、飴《あめ》細工のようなじれったい粘りけのある空気が立ちこめていた。

ようやく吉原の門が見えた。車から転がり出、吉原に飛び込んだ柏木は、ガランとした仲之町通りに漂う異様な緊張感に鳥肌を立てた。二百メートルばかり疾走すると、今度はいきなり寡黙な人垣に出くわす。人々は皆、萌木楼の二階を見上げて黙り込んでいた。

客とおぼしき男達、抱き合って声なく泣き伏している女郎達、その前列にはサーベルに手をかけて身構える警官が十人ばかり。その中にあって一人悲痛な声を上げている男がいた。

でっぷりと太った蝦蟇《がま》蛙のような男だ。その横には例のやり手婆《ばばあ》がいる。

（あれは、萌木楼の主人だ）

「光代〜〜〜！　光代〜〜〜！　大丈夫か〜〜〜！　無事なら返事をしてくれ〜〜〜!!」

男はおろおろとやり手婆に取りすがってそう叫んでいた。

すっかり平静さを失っている男の脇に駆け寄り、肩を抱き抱えた老人がいた。銀鮫《ぎんざめ》である。その横には朱雀と後木《ごき》の姿があった。

（やはり光代太夫だ!!　あれは、死神に好かれる美貌《びぼう》なのだ！）

柏木は、微動だにしない人垣を力ずくでかき分けて朱雀達の側にたどり着いた。

「何があったんだ？」

涙と鼻水でくしゃくしゃの顔をした萌木楼の主人を抱き抱えた銀鮫は、ぎょろりと鋭い視線を柏木に浴びせただけで無言だった。

「見ての通りの大騒ぎだよ。深夜から光代太夫に横恋慕した将校が光代を楯《たて》に閉じこもって六時間近くは経過している。何とか吉原の中で騒ぎを収めようとしたのだが、朝になって泊まり客が警察に連絡などしたから、余計に話が拗《こじ》れてしまった」

朱雀が冷静な声で答えた。

「光代さんは無事なのか？」

「今のところ怪我はない様子だ、しかし膠着《こうちゃく》状態が続いている」

むうっ、と柏木は呻《うめ》いて二階を見上げた。閉じた障子の向こうで人影が僅《わず》かに動くのが伝わってくるが、それが将校なのか光代なのか識別は不可能だ。

「どうにかしろ！　か弱い女性が酷《ひど》い目にあってるんだ、あなたここの自衛部隊の頭だろ！」

「それもそうだな、ともかく本人の希望とするところを聞くしかあるまい」

朱雀は鷹揚《おうよう》にそう言うと、二階の窓に向かって高らかな声で呼びかけた。

「そこの将校どの、話をしたい！」

よく通る声であった。さすがに、それを無視することは出来なかったようだ、二階の障子の奥から緊張に震えた声で返事があった。

「話すことなど、ない!!」

犯人も相当に興奮している。

(これは危ないぞ……)

柏木は何かあれば飛び込んでやろうと身構えた。

「話がないなどということはないでしょう？　そうして人質を取って立てこもっているということは、何らかの要求があって然《しか》りだ、ならば思うところを言いなさい。このままでは客を入れることが出来ない、吉原としては大赤字です。それぐらいなら警察と交渉して貴方《あなた》の要求を通した方がこちらとしては有り難い。さぁ、何を要求するのです！」

何を言うかという目つきで朱雀を振り向いた警官達を当然のことながら無視した様子で、朱雀は背筋をしゃんと伸ばして二階の窓に顔を向けていた。

無言の時が流れた……。

こめかみが痛くなるほどの沈黙に柏木が耐えかねた時、二階の障子がやにわに開いた。どよめきが起こった。人々が二階を指さしていた。

よろめきながら張り出し縁に出てきたのは、茶色い軍服姿の将校と光代太夫であった。光代の胴にはしっかりと将校の腕がまわされ、長剣が細い喉《のど》に突き立てられている。女達はそれを見ると小さな悲鳴を上げたが、当の光代は顔色こそ少し青いものの相変わらず人形のように無表情であった。慌てる騒ぐなどという情操教育を一切受けていない成果なのだろう。

「自分の要求に協力すると言うんだな！」

充血した目で声を張り上げた将校には見覚えがあった。花魁弁財天で柏木に因縁をつけてきた鰓《えら》の張った青年将校である。

「ああ、協力しよう。協力するとは言ってもどだい無茶なことは出来ない、加減して言ってくれたまえ」

朱雀がそう返事をすると、将校は当惑したように視線を泳がせた。とうてい彼の頭の中に整然とした計画がありそうには見えない。獰猛《どうもう》で単純な軍人頭なのだと柏木は思った。おそらくは本人も思いも寄らず大事になってしまった事態に浮足立っているのだろう。

「まずは……まずはこの光代をもらい受けたい！」

この期に及んで余り意味のないことを将校は要求した。しかしそれは彼にとっては最も重要な要求であるに違いない。朱雀は婉然《えんぜん》と笑って頷《うなず》いた。

「全く問題はない、光代太夫は君にもらい受けてもらおう。それから何が必要かね、よく考えて答えてくれたまえ」

（こんな時に、なにをその場凌《しの》ぎの収拾のつかない虚言を言うのだ!!）

柏木は朱雀の横顔を睨《にら》み付けた。しかし二階ではいきなり寛容な返事をされて、余りの呆気《あっけ》なさに一瞬惚《ほう》けた将校の動きが止まった。

二階の屋根の上に、ひっそりと音もなくまるで獲物に飛び掛かる機会を窺《うかが》っている猫のごとき数人の男達の姿が現れた。

誰も声を立てなかった。要求を呑《の》むと言って二階の張り出しにおびき寄せ、一気に上から押さえ込む気だと柏木は悟った。

（そうだ、それしかあるまい、これ以上待っても、四面楚歌《しめんそか》の奴が何をするか分かったものではない）

柏木は少し朱雀という男を見直した。男達の足が屋根瓦《がわら》の端にかかり、姿勢を低く身構えた。しかしあわや男達が犯人を取り押さえようとした次の瞬間、怒濤《どとう》のような叱責《しっせき》の声が全ての者の動きを止めた。

「貴様、日本陸軍の名を汚したな！　軍人らしく自決しろ！　それが嫌ならば軍法会議にかけて厳重処分する！」

不味《まず》い、誰だ、この大事な時に!!

声のする方に振り向いた柏木が、馬に跨《また》がった東泰治の姿を人込みの中に確認するのと、将校の平静を取り戻しつつあった瞳《ひとみ》が絶望の淵《ふち》に沈むのとは同時だった。沈黙を切り裂くような、高らかな音を立てて障子が閉められた。屋根の上の男達の当惑が伝わった。

「しまった‼　飛び込め、飛び込め‼」

男達は朱雀の掛け声に弾《はじ》かれたように張り出し縁に飛び下りると、障子を破って弾丸のような勢いで二階の部屋の中に消えた。凄《すさ》まじい物音が聞こえた。銃声が二発響いた。人垣の中から誰ともなく凄まじい悲鳴が口々に上がった。それから突然、静かになった。柏木は銃声が聞こえるやいなや警官達と一緒に萌木楼の中に飛び込んでいた。大勢の男が乱れ太鼓のような凄まじい音を立てて階段を駆け上がり、二階の部屋の襖《ふすま》を開く。

一瞬、きつい香の匂いがした。桜の花びらが乱れ散っていた……。

天井にも、襖にも、畳にも、箱火鉢の脇の朱塗りの行灯《あんどん》にも点々と赤い花びらが散っている。

部屋の中央には、男達に囲まれ、花びらに埋もれるようにして横たわる光代太夫の姿があった。首筋にあてがわれた白い手拭《てぬぐ》いがみるみる赤く染まっていく。それが花びらではなく血飛沫《ちしぶき》であることを柏木が確認するのに、数秒の時間が必要だった。

髪の一糸も乱れているわけではないが、朦朧《もうろう》と宙に見開かれた瞳が光代の容体の悪さを物語っていた。

ていた。

「医者を、早く医者を‼」

障子から上体を乗り出し、一人の男が見物人達に向かって叫んだ。

(奴は何処だ⁈)

将校の姿を探した柏木は、警官達の黒い制服の間から覗《のぞ》く裸足《はだし》の足を確認した。その足がどっぷりと畳の上に広がった血の海につかっている。血の海は警官達の足元にも広がっていた。

「こめかみを撃ち抜いてる、即死だな」

そんな呟《つぶや》き声が聞こえた。

「わざとだ、東泰治は、わざとその男を追い詰めたんだ！」

柏木の声に、将校の死体の側に群がっていた数名の警官が鋭い視線を浴びせた。

「君、君、不用意にそんなことを言うものじゃない。お歴々、申し訳ありません、その男は少々気が立っていますので……」

細い階段を後木に支えられながら登ってきたのは朱雀であった。その後ろには銀鮫と萌木楼の主人と白衣の男が続いている。

朱雀は警官とにらみ合っている柏木を押し退けて前に立ちはだかった。

「ご苦労様です、僕は吉原車組を預かる朱雀十五というものです。事件のあらましは分かっていますので、証人数名を待機させております」

朱雀がご丁寧に『元検事』とただし書きのついた弁護士名刺をきりながら警官達に自己

紹介をしている後ろで、萌木楼の主人と白衣の男は血相を変えて光代に駆け寄っていた。

白衣の男が光代の脈を取り、聴診器をあて、周囲の男に指示をとばして光代を運んでいく。萌木楼の主人はその周りをおろおろと徘徊《はいかい》しながら付き添って去った。

「これは丁寧に、ご協力有り難うございます」

わざとらしく警官の中の口髭《くちひげ》を生やした年配の男が進み出ると、銀鮫は頭を何度も下げながら、胸元から取り出した状袋を警官のポケットに押し込んだ。警官が仲間への合図のように咳払《せきばら》いをした。

「どうぞ、証人はこちらです」

銀鮫が渋い声で囁《ささや》く。現場検証もなおざりにして銀鮫の後ろに続いて階段を下りていく警官達の後ろ姿に柏木は啞然《あぜん》とした。


「今のは何です、ワイロでしょう?」

朱雀は答えなかった。静かに杖《つえ》で探りながら、仰向《あおむ》けになった将校の側に身を屈《かが》めると、血まみれになっている死体の胸の辺りに顔を近づけた。それはまるで、今から死体を食らおうとする食人鬼の仕種《しぐさ》に似ていた。

「な……何を……」

ありえない想像が柏木をたじろがせた。

しかし当然のことながら朱雀は牙《きば》を剝《む》いて死体に食らいつきはしなかった。

細い指先で持ち上げたのは、軍服の胸ポケットに入っていた小さな袋だった。朱雀は俊敏な動作でそれを自分の上着の内側にしまいこむと、立ち上がった。

「おい待て、何を取ったんだ？」

「しっ、静かに、東少佐が来る」

「東泰治が……？」


その通りだった。

朱雀が言いおわらぬうちに数名の足音が階段の方から響いてきた。

東が配下を連れて現れた。柏木は緊張した。

「吉原の役人か？」

囁くように東が尋ねた。

「そうです」

朱雀が答えた。

「内藤の遺体を引き取らせてもらう」

東は血の海に横たわった将校の死体を無表情に見た。

「この男は内藤と言うのですか……」

東は無言で配下に目配《めくば》せした。将校の死体が手足を乱暴に担がれて柏木の前を移動していった。その後に続いた東は柏木を一瞥《いちべつ》すると、冷たい微笑を浮かべたようだった。

東達が去った後には、将校の死体から流れ落ちた血痕《けっこん》が、もつれた赤い糸のように記されていた。

「なんなんだ一体、なんで奴らは死体を運んでいってしまったんだ？」

「軍の不始末を隠蔽《いんぺい》するためさ」

「それは証拠隠滅だ！」

「うーん、まさしく、その通りだね」

「違法だ！　僕は警察に行って証言するぞ、さっきあなたが何か取ったこともな！」

「まあ、その辺にしておくんだね。いいかい柏木君、君が警察に行ったって、軍から命令を受けた警察が取り合うはずがないだろう？　そんな事をすれば君が睨まれるだけだ。あの手合いを怒らしてはいけないよ、なんとでも理由をつけて、邪魔な分子を葬り去ることにかけては天才的な手腕を持っているんだからね。君が下手な動きをすれば特高や憲兵にねじ込まれるのが落ちさ」

「僕には筆がある」

朱雀は絶望的なため息をついて、いかにも気の毒げな表情をした。

「柏木君……現実を認めたくない気持ちは分かるが、自分でも分かりきっている気休めを言うもんじゃない、筆の力などは言論の自由が保障されている社会でだけ通用するものだ。君は今の世にそんなものがあると本気で信じているのかい？」

柏木は言葉を失った。確かに朱雀の言う通りに違いない、現に自分はこうして花柳界担当に配属されている。しかしだからと言って、不正を許せるものなのか？

　赤い顔で歯ぎしりをしている柏木に、朱雀が宥《なだ》めるように言った。

「柏木君、このことは君が考えているより、ずっと根の深い問題なのだよ」

「根が深い？」

「そうとも、これは君を信頼に足る男だと思うから言うのだが……君、秘密を守れる質《たち》かな？　そうでなければ、とても言えないが……」

　自分を試されるような言われ方に柏木は滅法弱い。

「誰にも言わない。何なんだ、その根が深いというのは？」

「うむ……実はだね……」

　朱雀は柏木に歩み寄って柏木の肩を抱き、耳元に口をつけて囁いた。

「従軍慰安婦計画というのがある」

「従軍慰安婦計画……？　何だそれは？」

「戦争が拡大することを想定してだね、前線に立つ兵士達の士気を高めるために、前線各地に慰安婦を送ることを陸軍は計画しているんだよ」

「慰安婦というのは……つまり……」

「兵隊達を慰める婦人だよ、分かるだろう？」

　ああ、と柏木は大きく頷《うなず》いた。

「それはつまり、吉原のような娼館《しょうかん》を侵略地に作るということか？」

ふっふ、と朱雀は愉快そうに笑った。

「正直者だね君は。しかし侵略地は不味《まず》いよ柏木君、植民地と言わなければ、いつどこから特高が捕まえにくるか分からないよ、気をつけたまえ……とにかく、娼館は現在でもあるにはあるが、それをもっと大々的に展開するために、経営に手慣れた吉原の店にこのところ粉をかけてたんだ、死んだ内藤もその一人という訳だ……それも吉原で中堅どころの三十軒の店に対してだよ、随分とご大層な話じゃないかね」

銀鮫達が話し合っていたのは、その事だろうか？　しかし……。

「……それと光代さんの事と、どんな関係があると言うんだ？」

「だからだね、あの将校は光代に岡惚《おかぼ》れして、自分の手元に置きたくなったわけだよ。しかし満州に帰ってしまえば到底、光代と会うすべがない、そこで光代にしつこく満州の娼館の女将《おかみ》にならないかと持ちかけていたらしい、軍が身請けすると言ってね。ところが光代は乗り気じゃなかった。昨夜は光代に身請け代を見せびらかしているのを禿《かむろ》が目撃しているから、大方、軍に大見得きって資金を預かった手前、あっさり断られて頭に血が上ったんだなあ」

朱雀はくっくっと喉《のど》で笑った。

「なる程、だから東泰治が……」

「そうさ、騒ぎをききつけて様子を見にきたんだ。軍の作戦がもとでこの騒ぎでは、隠蔽を決め込むしかないさ、絶対にこのことは公には出さないようにするだろうね」

「だから僕がいくら足掻《あが》いても無駄ってことか……それで、さっきあんたが将校から取った物は？」

「もしもの時の証拠品ってわけだよ。うちとしても光代の名に傷がつくような事件をおおっぴらにはしたくない、それに軍の機密をどこまで知っているか相手に知られたくない、下手に目をつけられても困るからね。だから君も大騒ぎしない方がいい、おそらく今頃本社に口止めの指令が軍から下ってるよ」

まったく……長い物に巻かれろとはこういうことを言うのだろうか？

柏木はなんとも釈然としない気分で階段を下りた。驚いたことに、階段に散っていた血糊《ちのり》は綺麗《きれい》に拭《ぬぐ》われ、早くも牛太郎《ぎゅうたろう》が戸口に立って客引きの用意をしている。

玄関を出ると、朱雀と話し込んでいる間に吉原者が見物人達を散らしたのであろう、さっきまでの騒ぎが嘘のような静けさだ。

だが、ただ一人厳《いか》めしい顔をした男が二階の窓を睨《にら》んでいた。馬場だった。

馬場は仏頂面で萌木楼の暖簾《のれん》を払いのけた柏木を見ると、猛然と歩み寄った。

「おい、柏木」

「ああ！　なんだ馬場さんじゃないですか、どうして此処《ここ》に？」

「今朝方の騒ぎをききつけてな」

「ああ……それで……」

得体知れずなことばかりがあるので、馬場が刑事だったことも忘れていた。

「ところが、ここのやつら捜査令状がなければ入れないとぬかしやがって、俺を足止めしやがるんだ」

「捜査令状がないんですか？」

「出んのだよ、俺は確かに連絡を受けたのに、令状を受取にいったら、そんな事件は確認されてないなんてぬかしやがった」


もう手が回っているのか……。


馬場はむしゃくしゃした顔で、五分刈りのゴマ塩頭をぶるりと振った。柏木にも気持ちは良く分かった、さっきまで同じような気持ちだったのだ。

「おい柏木、記者のお前がここにいるってことは……お前、見たんだな？」

心の準備が出来ていなかった柏木は戸惑った。ついさっき秘密を守れるかと念を押されたところだ。といって、根が正直者なので、知らぬ存ぜぬと強《したた》かな嘘をついてもつききれぬことも自分では分かっている。

（ようは何処まで話をするかなんだ……）

柏木は数秒、混乱していた。馬場は訝《いぶか》しげに柏木を睨み付けた。

「何をそんなに考え込む必要があるんだ？　貴様、奇怪《おか》しいぞ」

ずいっと巨大な顔面を柏木の鼻先に押しつけてくる。

「いや……見た聞いたと言っても、それほど詳しくもないので、どう話そうかと悩んでいただけで……」

「正直に言え！」

柏木の額に脂汗が流れてきた。

「何やら二階で揉《も》めていたことは確かだ」

「二階で揉めていた？」

「ああ、人がたかっていた」

(くそっ、どう言えばいいんだ)

呼吸困難になりかけた柏木を見て、牛太郎の一人が表に飛び出てきた。

「刑事の旦那《だんな》、その人に聞いても知りやせんぜ、さっき来たとこでさぁ」

「なんだ貴様、じゃあ何があったんだ！　言ってみろ」

牛太郎はいかにも言いづらそうに「つまんねぇ痴話喧嘩《げんか》なんですがね……」と口ごもった。

「つまらない痴話喧嘩で、俺が調査するのを邪魔するとはどういう事だ、ええ？」

「……ちょっと不味いことがあるんで……」

「なんだ！　言わん気なら無理やりでもねじ込むぞ」

「わかりました、言いますよ。うちの女と客が大喧嘩をしたんでさぁ、それだけならいいんですが、止めに入った客人にまでけが人が出ちまって……こんな物騒な噂が広まった日にゃ、どうにも水揚げに響きますんで……」

なんとも適当な嘘をつくものだと柏木は仰天した。

「それなら、その客は何処だ！」

「刑事の旦那ぁ、野暮は言いっこなしにしましょうよ、その客人だって女房殿に吉原通いがばれちゃいけねぇってんで、騒ぎが大きくなった途端、飛んで逃げたんですよ」

馬場は牛太郎が話し終わるやいなや、その体を突き飛ばして萌木楼の玄関にねじ込んだ。店の者があっけにとられる中を、土足のまま階段を駆け上がっていく姿が暖簾越しに見える。

「呆《あき》れた嘘をつくもんだな……それにしても上がらせていいのか？」

余裕然と馬場の姿を見送っている牛太郎に柏木は尋ねた。

「言わないで下さいよ、朱雀の旦那があぁ言えっていったんですよ。大丈夫、もうすっかり片してありますから、何があったか分かりゃしません」

まったく、吉原というところは……！

こんな得体の知れぬところからは、早く出てってやる！

背中に馬場の野太いがなり声を聞きながら、柏木は大門に向かって歩みはじめた。

4

息を切らして二階に駆け上がった馬場は、やみくもに二階の襖《ふすま》を開け回していた。

昼寝中の女郎が、その度に「ぎゃぁ」と叫んで飛び起きたり、まだ居残りの客が布団を被《かぶ》って部屋の隅に飛びのいたりする。

「旦那！　やめとくれ、商売の邪魔しないどくれ」

やり手婆《ばばあ》が大声で叫びながら、馬場の脚にかじりついた。

「どけどけ、公務執行妨害だぞ！」

婆の襟首を摑《つか》み引き剝《は》がそうとした馬場の肩を、ぎょっとするような巨大な手が揺さぶった。馬場は反射的に前に飛びのいて振り返った。

「誰だ！」

立っていたのは、黒服の大男だった。サングラスの目が馬場を睨んでいる。

「貴様、やる気か?!」

馬場は得意の空手の組手をきめた。

「おやおや、穏やかじゃないなぁ、僕の秘書に怪我をさせないでくれたまえ。馬場君、久しぶりですね」

この声は……。

静かに、馬場の目の前の襖が開いた。見覚えのある細身の白い背広が、まず最初に馬場の目の中に飛び込んできた。ただちに嫌な予感を覚えた馬場は唾《つば》を呑《の》んだ。

「……朱雀検事……？」

「そうです、馬場君！　もっとも元検事ですよ、今はこの吉原の組合で顧問弁護士をしているんでね」

立ち尽くした馬場の様子に、やり手婆はほっと安堵《あんど》のため息をつくと、よたよたと廊下を歩き、開けられた襖を閉めつつ、やり手部屋の中に消えた。

「馬場君、捜査令状は持っているのかい？」

獲物を見据える鷹《たか》のように高揚した朱雀の表情は、それだけで馬場をしり込みさせるのに十分な効果があった。

「いや……無い」

馬場は口ごもった。

こいつとは何度か大きな事件《ヤマ》を取り扱ったことがある。

事あるごとに俺の捜査の盲点をついては、底意地の悪いイジメを仕掛けるんだ。

忌まわしい記憶が馬場の脳裏に蘇《よみがえ》った。だから、この再会は有り難くなかった。

馬場は一瞬、神を呪った。

「ならばこれは職権乱用だ、即時止めた方がいい」

朱雀が長い指をポキリポキリと楽しげに鳴らしながら、にこやかに言った。

「俺は何があったのか知りたいだけだ」

「聞いた通りの痴話喧嘩だよ、痴話喧嘩と言っても一寸《ちょっと》騒ぎが大きかったがね……僕も事後処理の相談を受けたんだ。何か疑問でも？」

「いや……あんたがそう言うなら……」

（あんたがそう言うなら、嘘に違いないじゃないか……）

「なんだか苛々《いらいら》しているようじゃないか、そう言えば先だっての花魁弁財天の事件は君が担当していたんじゃなかったかな？　特高にヤマを取られたと聞いたが、大方それで荒れているんだろう？」

図星をさされた馬場は、荒い鼻息をついた。

「そうだ、あれは特高が扱うような事件じゃない」

「そうなのかい？　噂では共産組織が絡んでいると言うが……」

「考えすぎだ」

「ではやはり神隠しかな？」

「馬鹿な……あんたらしくもない……殺人だよ」

「殺人ねぇ……殺人鬼だとしたら、藤原の首をどうやって逆さにすげ替え、百歳の老人にしたと言うんだい？」

「首をへし折って、殺すことも出来る」

「ようするに馬場君は、物凄《ものすご》い怪力の持ち主が藤原隆の首を百八十度捩《ね》じり折って殺したと言いたいのかい？　しかし、首をへし折られた人間がおいでおいでをするかねぇ？」

そう言うと朱雀は眉《まゆ》を驚いたように上げてみせる独特の意地悪い表情を作った。

ちっと馬場は舌打ちをした。

「目撃者の沼田は奇怪な殺人現場に動転していたんだ」

「ようするに、おいでおいでをしたのも、百歳の老人になっていたのも錯覚と決めつけているのかい？」

「そうだ、殺人事件だ」

「何か根拠でもあるのかい？」

馬場はいかつい肩をゆすりながら朱雀の横を通りすぎ、部屋の中に入って行くと、おっくうそうな様子で胡座《あぐら》をかいた。朱雀はその後ろに続いて、馬場と向かい合った。

「この事件の鍵《かぎ》を握っているのは、多分、女なんだ」

「女？　それは又、どういうことだい？」

「藤原隆には、もう一つの家庭があったんだ」

「つまり愛人がいたということかね？　しかし僕もあの事件には少し興味を持って調べてみたが、藤原隆という男は絵の好きな芸術家肌の人物で、極めて真面目と評判だ、女遊びをするような好色な男のようには聞き及んではいないがね」

「確かにそうだ、だからその……なんだ……話は面倒なんだ」

「まぁ、馬場君、焦らず一から話してくれたまえよ」

口下手な馬場は、何から話そうかと考え込んだ。

「……枕売りと言うのを知っているか？」

「枕売り？　それは随分と懐かしい響きだね、知っているよ」


ええ、枕、枕はいらんかね？

高級枕だよ、いい夢見られますよ。


朱雀は笑い顔で枕売りの口上を真似てみせた。

「枕売りというのはあれだろう、枕と一緒に吉夢も売るという行商人だ。なにしろもともと枕の『ま』は魂という意味があって、寝ている間に魂を入れておく蔵という意味で『まくら』と言う。そういう大事なものだから、昔は見たい吉夢を書いた絵などを枕に敷いておくと良いなどと言われた、それで何種類かの錦絵《にしきえ》を枕と対で売るようなことがあったという話だ。しかし枕売りなど明治の初期に消滅したはずだ」

馬場はその通りと頷《うなず》いた。

「だがな、藤原隆は子供の時分に枕売りから枕を買ったそうなんだ」

「珍しいな……そんな時代まで生き残っていた枕売りがいたとは」

「ああ珍しい。その枕売りが売った夢というのが始まりなんだ」

「ほぉ……面白そうな話じゃないか、藤原隆は子供の時にどんな夢を買ったというんだね？」

「母親の夢だ」

「母親の夢？　なるほど藤原隆は二歳の時に母親を亡くしている。母恋しい子供が母の夢を願ったのか……」

「そういうことだ。ここからが俺には理解のしがたいところだが、本人の弁によれば十六年間母親の夢を見つづけたというんだ」

「藤原隆の口から君が直接聞いたのかい？」

「いや、実は藤原は花魁弁財天で見つけられる前の夜、隅田川の近くにある小さなバーに寄ったようなんだ、そこの店主が新聞を見て警察に連絡してきたんだ。そこで俺が聞き込みに行ったわけなんだが、その店主に藤原隆が長々とした不思議な話というのを聞いたんだ」

　ふうん、と朱雀は顎《あご》を摩《さす》って考え顔になった。

「どう思う？　本当に夢を買うことなど可能だと思うか？」

馬場は真剣であった。

「可能かもしれないね。心理的な効果もあるだろうが、まじないというものには意外な力があるものだ。僕の父は寺の坊主なんだが、実際、父の祈禱《きとう》で病気が治ったなんて村の人間が何人もいたぐらいだから」

「それを聞いて安心した。ともかく藤原隆の見つづけた母親の夢というのが、実に細部にわたってリアルなんだ。藤原隆は六歳の当時、仕事にかまけて自分を顧みない父親との仲もうまくいかず、住み込みだったお手伝いも里帰りし、孤独だった。そこに枕売りが来た。枕売りは藤原に母親の絵と枕を売った。その夢の中で藤原隆は十六年間の別人の人生を経験している」

「別人の人生？」

「そうだ、夢の中で藤原隆は青森の漁村で生まれた貧しい家の一人息子だったらしい。父親は漁で幼い頃に亡くなり、母親の手一つで育てられた」

「馬場君……それは本当の話なのかい？」

朱雀が疑わしげに尋ねた。

「そりゃあ信じがたい話だが、藤原隆がそう言ったというんだ」

馬場は身を乗り出して朱雀の顔をじっと見た。朱雀の鏡のような瞳《ひとみ》の中に自分の姿が見える。

もう一人の自分……。

馬場は事実を確認するように、頭の中で聞き込んだ不思議な話の内容を反芻《はんすう》していた。

5

とにかく、馬場は喋《しゃべ》った。

それは、古代ギリシャの吟遊詩人が語る物語のように膨大で長く、そしてしごく奇怪で幻想じみた物語であった。話すことが余り得意でない馬場にとっては大仕事であったが、どうにか馬場は最後まで語った。

馬場の話が終わるまで、仕切りにやたら「ほうっ」「へぇ、なぁるほど」としごく気楽な相槌《あいづち》を挟んでいた朱雀は、話し終わるやいなや愉快そうに笑いだした。

「それで？　つまり馬場君はその話を聞いてどう思うのかね？　まず、藤原隆が告白したという中村正志殺害が立証されているかどうかなんだが……」

「残念だが、隅田川周辺で見つかった死体の報告は未《いま》だにない」

「ふむ、しかしそれが本当の話かどうかなど、藤原家の金沢の別荘周辺に住んでいる中村正志、及び茅という人物を訪ねれば分かるんじゃないのかい？」

「探したが見つからないんだ。しかしその店主が作り話をする必要など全くない、藤原隆にしてもだ。冗談で殺人の告白をするのも妙な話だ。だから俺はその話は本当のことだと思う。俺はこう考えているんだ、負傷して隅田川に落ちたものの中村正志は死んでいなかった、そして奴が自分を殺そうとした藤原に報復した」

「なる程……では藤原の事件の犯人は中村正志という男ということだね。……だとすると、隆が幼い頃から『自分の影法師に追われる夢を見る』と告白したのは……どういう意味なんだろう」

朱雀の長い睫《まつげ》が重そうに俯《ふ》せられた。

「そんな事はどうだっていいだろう。中村正志本人か、せめて中村茅という女だけでも見つかれば、事件の糸口が摑《つか》めるはずだ」

馬場は自信ありげに答えた。

「だが現実には見つからないわけだから……ああ、そうか、そうか！　いやぁ分かったよ」

「何がだ？」

「ようするにその話は別世界で起こった出来事だな」

朱雀は明るい声で言った。

「別世界だと？」

「馬場君、藤原隆の事件があったあの弁財天で、過去何度も神隠しがあったことは知っているね？」

「知っている、戯言《ざれごと》だ」

「君、君、それは悪い癖だよ、君は思い込むと事実を無視してしまう傾向がある。たんなる戯言で人が居なくなったりはしないさ。ところであの弁財天がもともと陀吉尼天《だきにてん》だということは知っているかね？」

「陀吉尼天？　何だそれは？」

馬場は一重瞼《まぶた》をさらに顰《ひそ》めた険悪な目つきで尋ねた。

朱雀はにやにやと笑うと、そっと馬場ににじり寄り、耳元に囁《ささや》いた。

「人の肉を食らう鬼女だよ、陀吉尼天信仰というのは有名な邪教を生み出している」

「邪教だと？」

「日本屈指の邪教、立川《たちかわ》真言流……聞いたことはないかね？　南北朝時代に後醍醐《ごだいご》天皇につかえた文観《もんかん》という僧侶《そうりょ》によって始まった邪教だ。文観は東寺の座主まで務めた名僧だが、立川真言流の創始者ということで、随分と後の世の評判を落としたものさ」

「その立川真言流とやらは、どういう宗派なんだ？」

「まずね、人間の髑髏《どくろ》を本尊とするんだ。髑髏は一に智者、二に行者、三には国王のものがよく、父母のそれも又よいとされている。こういう髑髏を調達してきて、漆を塗り、歯を入れて、力を貸してくれるという美女とその前で性交をするんだ。さらに毎夜丑《うし》三つ時に真言を唱えながら反魂香《はんごんこう》を焚《た》き込めること千回、そして髑髏に美女との交合液で曼陀羅《まんだら》を描き、女性の経血で染めた綿で幾重にも包み収めておく……そうすると、その髑髏は凄《すさ》まじい呪力《じゅりょく》を持って願いを何でも聞き入れてくれると言うんだ。後醍醐天皇は関東調伏のために大いにこの方法を活用したと言うね」

「髑髏に経血だと？　そんな物が宗教であるはずがない」

「まあそうさ。僕はね、立川真言流というのは宗教を騙《かた》った暗殺集団だったんじゃないかと睨《にら》んでいるんだ」

「暗殺集団だって？」

「うむ、馬場君は中世のトルコにアサシンという謎の暗殺教団があったのを知っているかい？　名目は宗教なんだが、その教団に入ると麻薬と美女を与えられ、極楽のような生活をさせてもらえる。そして教祖は信者に、その経験を『天国での経験だ』と言い含め、教祖の命令を聞けば、再び天国に行けるんだぞ……と騙《だま》すんだ、そして目標となる相手に刺客として信者をさしむける。信者はもう怖い物なしだ、死んでも天国に行けるという思いが彼を最強の刺客にするんだよ。もし捕まったら口を割らされる前に自害してしまうとも聞いた」

「それでどうして立川真言流が暗殺集団だと言い切れるんだ？」

「うん、まず立川真言流が台頭してきたのが南北朝から戦国時代という乱世の時代なんだ。それに本尊の髑髏を調達するために殺人を犯した記録というのも残されている。快楽で釣って信者を刺客にしたに違いない……ところが江戸時代になると徳川幕府が空前絶後の弾圧を立川真言流に対して加えてね、根絶やしにしてしまったんだよ。平安の世に物騒な宗教はいらないということなんだろう」

「なるほど……暗殺教団か……それじゃああんたはその暗殺教団と藤原の事件が関係あると見ているのか？　つまりその暗殺者の集団が現存しているというのか？」

「そうさ。実はね、あの神社を建立した蓮華寺《れんげ》を調べてみたんだが、最後の住職には三人の弟子がいたんだよ、その一人が茨城の辺鄙《へんぴ》な山奥の住職に納まっていた。ところがその寺にあの車次久一《しゃじきゆういち》の生前位牌《いはい》が預けられてるんだ、あの愛人を殺して生首を持ち歩いていた男さ、なんでも牢獄《ろうごく》に入ってから本人の強い希望で収められたらしい。どうだい、車次久一の事件も陀吉尼天信仰と関係ありそうだろう？」

「それで、その住職は？」

「死んだよ、去年ね。寺も荒れ果てて酷《ひど》い状態だったらしい。何でも以前にいた寺男が寺の宝を盗んで出ていったことがあって、それからすっかり住職はやる気をなくして、病気がちだったらしいよ」

「寺の宝？　仏像でも盗んだのか？」

「さぁ、三十年近くも前のことらしいが、寺であんまり厳しい修行をさせられたらしく、逃げだして行方不明になったんだよ、その時に寺の宝を持ち逃げしたと住職が漏らしていたということだ。自分の名前もろくに言えないような頭の薄い男をどっかから拾ってきて、住職が育ててやってたのに、気の毒なことだと村人が言ってたよ」

「ふん、くだらん。しかし去年に住職が死んだんなら、藤原の件とどう関係があるというんだ？」

「だからだね、それだけ忌まわしい人の信仰心が凝り固まれば、壁に張ってある弁財天の絵にだって魂が宿るということさ。藤原隆は弁財天の妖力《ようりき》に惑わされて、ずっと以前から異世界に足を踏み入れてしまってたんだよ。その中村正志だって、茅という女房だって、異世界の人間さ、この世を探しても存在しないのだよ」

「それこそ陳腐な怪奇小説だ。切れ者のあんたらしくもない」

はぐらかされた気がして、大いに憤慨した馬場は毒づいた。

「いやいや理屈じゃあ説明不能なことがあるのを最近感じるようになったんだよ、この目が見えなくなって却《かえ》って見えてきたものがあるんだ。それにね馬場君、今や西洋の学者達だって魔術や心霊学や霊術を学問として研究している時代なんだ、わが国の文化人だって様々な研究本を出版しているし、エクトプラズムを撮影した写真も出回っているじゃないか、真っ向から神秘を否定するなんて却って文化人らしい振る舞いとは言えない。君は霊界廓清同志会が出した『破邪顕正《はじゃけんせい》霊術と霊術家』を読まなかったのかい？　それによれば不思議な技を使う霊術家が大日本帝国には三百人いると言うのだよ、霊術団体も百八十を超えている、それが全てまやかしとは言えんだろう？　現に帝国神秘会は霊術によって病院でも治らなかった病人の治療をしていると言う。彼らによれば人の心や念は肉体を離れても実在するということだし、それであれば魂が体を離れて異界を彷徨《さまよ》ったって何の不思議があると言うのかな？」

朱雀はそう言って立ち上がった。

6

柏木は朝から機嫌が悪かった。ここ二日は『深川の芸者遊び』を取材していたのだが、またしても吉原に出向かなければならなくなったからだ。『帝都の花街の広告美人特集』という馬鹿げた企画のためだった。

麗人ポスターなどという、活劇女優や芸者をモデルに起用した人工着色写真が巷《ちまた》で流行《はや》っていた。日本髪を結った美人モデルの背景に工場や空想の未来的機械、あるいは観光名所をでたらめに手描きした写真だ。カフェーやミルクホールに行けば、大概どこの店にも一枚や二枚は壁にこれがあった。

しかしながら観光名所はともかくとして煙突の聳《そび》える工場や未来的機械などを背景にするのは趣味がいいとは思えない。それどころか工場煤煙《スモッグ》や歯車の中で笑っている華麗な女の姿は不気味であるとすら感じられぬことはなかったが、それがモダンであると言う。この点に関して実に不可解だ。

取材の目玉は白粉《おしろい》広告のモデルになった深川芸者の千代と、整髪油広告のモデルになった吉原の玉緒だった。

品川、深川、日本橋と回り、カメラマンの村川と共に吉原に着いたのは夜だ。吉原になるだけ近づきたくなかったので、延ばし延ばして最後にしたために八時を回っていた。

青銅製の大門の上に取り付けられた巨大なアーク灯の光が、出入りする人々の顔をくっきりと照らしだしている。

四郎兵衛番屋前の縁台には、やはり朱雀と後木の姿があった。

往来客の二人に一人は、朱雀の姿に好色そうな視線を投げている。朱雀のことを今流行りの男装の麗人と勘違いしているのだ。華奢《きゃしゃ》な体つきといい、思わせぶりな美貌《びぼう》といい、女と言われれば疑う者はいないだろう。しかし、美しい薔薇《ばら》には刺《とげ》があるとの諺《ことわざ》は知っていても、朱雀に関わる者は針のむしろの上に置かれるにも等しいという法則を知る者は少ないようだ。

なるべく近寄りたくないが、無視するわけにもいかない手前、柏木は「柏木です、お邪魔します」と短く挨拶《あいさつ》した。

白いステッキに両掌《りょうて》を添え、その上に顎《あご》をのせて退屈そうにしていた朱雀は、柏木の声を聞くと、獲物を手に入れた猫のように嬉《うれ》しげな声を張り上げた。

「やあ、柏木君！　随分と遅かったじゃないか、君が取材したいといった女達は皆客入りしてしまっているよ、二時間もすれば撮影出来るように段取りをするから、暫《しばら》くここで待っていてくれたまえ」

そう言うと、朱雀は自分の隣を軽く叩《たた》いて、ここに座れと合図した。

又しても捕まったか……。

苦々しく思いながらも柏木は村川と共に朱雀の隣に腰を下ろした。後木が無言で立ち上がり、人込みの中に消えていく。朱雀の遣いにいくのだろうが、全く喋《しゃべ》らないのが不気味だ。

「ところで柏木君、出口先生に聞いたんだが、君、あの弁財天事件の予知夢を見たんだって？」

「本当かい？」

村川も驚いた声を上げて柏木を見た。

「ええ、ですが単なる偶然です」

柏木は不愉快そうに答えた。

「いやぁ、偶然ではないと先生は言っていたよ。先生が言うところによると君にはタンキーの素養があると言う、何しろ異界の女が藤原隆を連れていく夢だったんだろう？」

「タンキー？　なんです、それは？　僕が夢で見たのは異界の女なんかじゃありません、知り合いです」

そっぽを向いたまま柏木が答えた。

「知り合い？　誰なんだい、それは」

「あなたに何の関係があるんですか」

「関係はないが興味が湧くじゃないか。それは誰なんだい、答えてくれないのなら今日の取材は取消にするよ」

朱雀はまるで子供のようにふくれっ面をした。

「柏木君、それはヤバイよ」

村川が慌てた。

「まったく、あなたと言う人は詮索《せんさく》好きだな、今日の取材をゆするネタにするなど卑怯《ひきょう》じゃないか！」

「何とでも言ってくれたまえ、僕は事件と聞くと自分に関係があろうとなかろうと気になってしょうがないんだよ、さぁ、どうするんだね？　誰なんだい？」

朱雀が晴れやかな声で尋ねた。

「柏木君」

村川が不安そうに柏木の肘《ひじ》をせっついた。

「あなたの知らない人です、僕の兄の恋人だった女性です」

朱雀が大きく瞳《ひとみ》を見開いた。好奇の色が満面にたたえられた。

「ふふん、高瀬美佐かい？」

「何だって?!」

(何故、この男が高瀬美佐を知っているんだ？)

「驚いたかい？　君のことは事前に調べさせてもらってるんだよ、なにしろ専任で吉原に出入りする人物だからね、こっちだって身の上調査をしておかねばね……」

「人権侵害だ！」

「人権侵害というほどのものじゃないよ、前任の本郷という記者から君のことを少し尋ねただけのことさ、君だって僕のことを聞いただろう？　同じことじゃないか」

柏木は赤い顔をして黙った。そう言われると言い返すことが出来ぬが、どうにも小癪《こしやく》に障る。

「しかし君、そうだとすれば君のその夢はとても偶然だと思えないね」

言われて、どきりとした。

「何故だ？　何の根拠があってそう言う？」

「だって考えてもみたまえ、君の兄上の事件……一時は有名商社部長の無理心中などと騒がれた事件だったが、未《いま》だにその高瀬美佐の死体も兄上の死体も見つかっていないんだろう？」

微《かす》かに不審の種が宿っていたところをつかれて、不安の芽が突然大きくなった。

そこに朱雀の言葉が水のように注がれた。

「それだって、一種の神隠しじゃないか」

柏木は凍《い》てついた目で朱雀を振り返った。

「二度も神隠しに遭遇するとは、そうそう万人が経験することじゃない……神隠しはどうも君の周りで起こっているんじゃないのかね？　もしかすると本当に狙われているのは君なのかも……」

「本当ですか？」

村川が心配気に身を乗りだした。

(僕の周りで神隠しが起こっている？……そんな……そんな事はない)

柏木にも急に自信が無くなった。

(これだ……またも朱雀の術中に嵌《は》まってしまっているのだ……)

柏木は自分にそう言い聞かせた。

「柏木君は、君の兄上の事件と今回の事件には何の関係もないと思っているのだろう？ところがそうではないんだ、この二つの事件には重要な共通点がある」

再びぎょっとして柏木は朱雀を見た。朱雀は深刻な顔をしていた、しかしそれも朱雀得意の芝居かも知れない。

「僕は本郷君から話を聞いた時に、君の兄上の事件にも興味を持って、横浜の現場まで出かけていろいろに調べたんだ」

(そんな事までしたのか……？)

柏木は服の中に手を入れられて体をなぜ回されているような不快感に呻《うめ》いた。

「するとだね、高瀬美佐の住んでいた近くに一条病院なる病院があることを発見した、産婦人科だ。高瀬美佐は君の兄上の子供を妊娠していたんだろう？」

「それがどうした！」

「ほら、やっぱりねえ。だからさ、高瀬美佐は一条病院に通っていたかもしれんってことじゃないか。一条病院と言えば、藤原隆の妻、貴子の実家も一条病院だ」

あっ……と柏木は小さな驚きの声を心のなかで上げた。まんまと美佐の妊娠を認めた自分の愚かしさすら、その驚きの前には吹き飛んでしまっていた。出口の言った不可解な言葉の意味が、解きあかされるかもしれないのだ。

「藤原貴子の実家の一条病院と美佐の近くにあった一条病院とが、何か繋《つな》がりがあるのか？　どうなんだ？　教えてくれ」

「さぁ、それが僕も気になって色々に調べてみたんだが、実は……何の関係もなかった、全く関係なしだ、傑作だろう？」

朱雀は顔をしわくちゃにしてげらげらと笑った。柏木は呆《あき》れ返った。

「たまたま名前が一緒だっただけだったのさ。名前と言えば君の兄上は芳樹《よしき》という名だったね、実は一条病院の院長、貴子の兄のことだが、彼の名前も義基《よしき》なんだ、これも不思議な偶然だろう？」

なんだつまらぬ……と柏木はいよいよ舌打ちをした。

「確かに不思議な偶然ではあるが、ただの偶然じゃないか……」

「いやいや、これは霊的な偶然だよ、さらに藤原家で最初の神隠しにあった巧は双子だった、今回の隆の場合も双子だ。双子というのは家系的な遺伝もあるだろうが、それにしても不思議じゃないかい？　それに神隠しではないにしても、隆の兄も亡くなっている。藤原家の双子はまるで片一方が消滅する運命を背負っているみたいだ。それと隆が子供時分に面倒を見ていたお手伝いが中村茅《かや》という名前なんだが……」

「中村茅！」

思わず柏木の口から大声が飛び出した。

「どうしたんだい？　知っているのか？」

「……いや、知らない……」

柏木は白をきった。

「なんだそうか……つまらんなぁ、合わせ鏡の怪は此処《ここ》までか……」

「しかし確かに不思議ですよねぇ、そんなに同じ名前が柏木君のお兄さんの事件と藤原さんの事件に出てくるなんて」

村川が言った。

中村茅……お手伝いの名前が中村茅だと……？

朱雀が羅列した同名の怪が、中村茅にまで及んでいることに、柏木は少なからず不気味さを感じた。しかし今そんな事を言うと、朱雀が増長してカストリ話を盛り上げるだけのことなので、柏木はだんまりを決め込むことにした。

世の中、同じ名前などいくらでもある。現に朝日新聞社にも柏木という名字は二人いるし、洋介という名前の男も一人いる。

「そうだろう？　何事か霊的な基盤が一致しているんだよ。そして今日、めでたく新事実が発覚した、二つの事件には祝福されない妊娠が同様に絡んでいるんだ」

（祝福されない妊娠……）

そのお腹の子供だって兄貴は迷惑だと言ってるんだ！　おろせ、おろすんだ‼

柏木は美佐に叫んだ自分の言葉を思い出して、ぞくりとした。祝福されない妊娠が二つの事件には絡んでいる？　どういう事か分からない……。

「柏木君、君達もご存じのとおり、かの出口先生のところにはやんごとなき方々の信者も多い、その中に元男爵令嬢・貴子の女学生時代の同級生がいたとしよう。名前や身分は明かせないよ、なにしろやんごとなき方だからゴシップは困るんだ、ともかく伯爵家以上の身分の方と言っておこう……さて、その方が言われるには、貴子と隆の間の子供、秀夫《ひでお》君というそうだが……その子は二人の間に出来た子供ではないと言われる」

「そっ、そうなんですか？　じゃあ一条、もとい、藤原貴子さんに不義密通の事実があったってことですよね？　そうすると犯人はその相手とか……」

朱雀は村川の推理に、笑いながらゆっくりと首を振った。

「そんな俗悪な話ではないんだ、何しろ貴子にしても、その方にしても天子様と同じ血を引いているんだよ、その辺の下町の女房のようなことはしない……話によるとね、貴子は秀夫君を処女妊娠したと言うんだよ」


「しょ、処女妊娠!」


柏木は村川と顔を見合わせて大声を上げた。何人かの通行人の振り返る顔が見えた。

「ちょっと待ってくれ、処女妊娠というのはつまり、マリアがキリストを産んだようにということなのか?」

「うん、そういうことらしい」

朱雀は得意げにそう言った。

「口からでまかせを言うな!」

「おや、柏木君は僕の話を信じないんだね?」

その途端に朱雀は不快そうに眉《まゆ》を顰《ひそ》めた。さんざん人を騙《だま》している癖に、他人が自分を信じない時は臆面《おくめん》もなく不快そうな顔をする、朱雀という男は本当に身勝手な男らしかった。

「当たり前だ! 誰があなたなんか信じるもんか、さっきの偶然の話にしてもそうだ、まるでさも意味ありげにいくつか偶然をあげつらったが、人の不安をかき立てて喜んでいるのだろう！」

柏木は憤然と言った。

「そんなに疑うならば、今日のステージに君を招待するとしよう。実は出口先生が、そのやんごとなき方を連れてきてくれるんだ。いろいろと詳しく聞きたかったのでお願いしてるんだよ、もうすぐ来るはずだ」

どうやらそれは本当らしかった。それにしても胸糞《むなくそ》悪いほど詮索《せんさく》好きな男だ……と柏木は思った。

「またそうやって、関係のない人の事情に踏み入るんだな」

「僕の趣味だからね、君にとやかく言われることではないよ。さぁ、どうする？　一緒に話を聞く気があるのか、ないのか？」

柏木は答えに詰まった。中村茅から相談を持ちかけられている件もあるし、少しでも情報は仕入れておきたい。しかしまた朱雀に誑《たぶら》かされるのではないかとも心配だ。

「面白そうだよ、聞こうよ柏木君」

村川が言った。

「そうとも、きっと面白いよ、聞きたまえ」

唆すように朱雀が言った。

「よし、そのやんごとなき方とやらに会う場所は何処だ？」

「あの弁財天だよ。今、後木が見に行っている、やってきたら迎えにくるはずだ」

あの弁財天……。

柏木の胸に嫌な予感が走った。

第四章　狐面ノ女

1

ちらちらと、小さな稲荷《いなり》の祠《ほこら》の中で蠟燭《ろうそく》が燃えている。

その光に照らされた女の姿……。頭から腰の辺りまですっぽりと被《かぶ》った黒いショール、その隙間から、つり上がった目、尖《とが》った口元と髭《ひげ》が覗《のぞ》いている。

「狐……」

柏木の漏らした言葉に、長く伸びた影がわずかに頷《うなず》いた。

「この様な姿でお目にかかることをお許し下さい」

甲高い声がそう告げたが、口元は動かなかった。

　僕は幻覚を見ているのかな……。

捩《よじ》れた世界に呑《の》み込まれていく気がした柏木は、頭を左右に強く振って境内に立つ女の姿に目を凝らした。

よく見ると、ベールに包まれて立っているのは、狐の面を被った小柄な女であった。縁日で売っている張り子の白い狐面だ。

「顔や名前はあかせんいうから、こういう格好をしてもろうたんや、なかなか面白い趣向やろ？」

女の横に立っていた出口が口添えした。

「なるほど、僕はまた弁天様のお遣いの方がいらっしゃったのかと思いましたよ……さていろいろとお話を伺いたいのですが、名前がなくては不便ですから、今から貴女《あなた》のことを狐さんと呼ばせてもらうことにしましょう」

朱雀《すざく》はそう言うと、緊張している柏木と村川に目配《めくば》せをした。朱雀の言葉に、狐面の女はこっくりと頷いたようだった。

「狐さん、貴女と藤原貴子さんはどのようなご関係なのですか？」

「初等科からずっと同じクラスの親友です。私どもの学校はエドガー・ハウゼンというイギリスの牧師様が創立されたミッション系の女学校なのですけれども、初等科から大学までございまして、通常のクラス替えのようなものがございません。初等科でその年のクラスが一度決まりますと、高等科までそのまま持ち上がるのでございます」

「ではかなり長いお付き合いですね？」

「はい、初等科から高等科までで十一年、その後の大学でマリア様……失礼しました、私どもは互いにクリスチャンネームで呼びあっていたものですから……マリア様、テレサ様などと……」

「狐さんはテレサ、貴子さんはマリアというクリスチャンネームなのですか？」

「ええ、そうなのです。貴子様はご自分のクリスチャンネームを、聖母マリア様と同じだと、大変気に入っておられました。そのせいでしょうか、私どもの学校の礼拝堂には聖母マリア様のピエタ像がございますが、放課後にも熱心にお祈りされていたことを覚えていますわ。貴子様はとても信仰心のお強い立派な方でしたわ、初等科の頃からそれはそれはお美しさが際立っておいででしたし、お声も綺麗《きれい》で、聖歌隊の長もしておられたんです。貴子様が礼拝堂でお歌をおうたいになる姿はそれはもう素敵で、高等科になると下級生からもよく『お姉様になって下さい』と申し込まれておいででした。その方と親しいお友達なものですから、私も鼻が高《たこ》うございました」

「なる程……それで？」

「それで……貴子様は英文を、私は国文を選択したのですが、その後も周りのお友達よりずっと親しく交際していたのです」

「現在でも交流があるのですか？」

「いいえ、ご結婚なされて暫《しばら》くはいろんな相談を受けておりましたが、結婚されて三年目に実家のお母様が病死なさってから、すっかりご連絡がなくなっております」

「なる程……貴子さんのお母様のお葬式には貴女も出席したのですか？」

「勿論《もちろん》です、一条の小母《おば》様にはそれはよくしていただきましたから、私も自分の母が亡くなったような気持ちでございましたわ」

「親しいお友達と一切の交流を絶ってしまうということは、余程、貴子さんはお母さんの死にショックを受けたのでしょうねぇ」

朱雀の言葉を聞くと、狐面の女はすすり泣くようにショールで顔を覆った。

「ええ……それは……小母様が急死なさったものですから……。小父《おじ》様は英国の学会に出席されている最中で連絡が間に合わず、お兄様もドイツに留学されているところでしたから、お二人ともご臨終には間に合わなかったということです。貴子様一人が小母様の死を見取られて……それは心細くて辛《つら》い思いをなさったと思います……。お葬式の時などは、小さな秀夫様を胸に抱かれて、ひどく真っ青な顔をなされて、誰とも口をおききになれないような、それはお気の毒なご様子でしたわ」

「そうですか、それで貴子さんの処女妊娠のことなんですが、どのような経過で処女妊娠されたんです？」

「あれは……国文に進んで暫くしてからのことだったと思います、暑い夏のさかりに私の家に貴子様がこっそりと訪ねていらっしゃいました。そして、相談したいことがあるので是非話を聞いて欲しいと仰《おっしゃ》るのです。その内容というのが、近頃、毎晩金縛りにあい、金色に光り輝く男性が現れて……貴子様のお体を愛撫《あいぶ》されるのだと言うことでした」

「金色に光り輝く……ですか？」

「ええ、最初聞いた時は私も恥ずかしくて、いろいろと考えた末に、それは性夢ではないかとお答えしたのです。でも貴子様は、自分はふしだらな想像をしたこともないし、またそのような事をしたいという欲求もない、全く潔癖だから性夢を見ることなど考えられないと仰いました。実際、貴子様という方はその通りのお方ですし、嘘など決して仰らない方ですから、私も困ってしまったのです」

「で、貴子さん自身は、何と言ってたんですか？」

「貴子様は『毎晩現れる金色の男性は、天使様か、もしかすると聖霊ではないかと思う』と仰られました」

「天使か聖霊……不思議だなぁ、どうしてそこで誰か不埒《ふらち》な輩《やから》が部屋に忍び込んできたのだと思わなかったんでしょうかね？　変質者の仕業ではないかと怖がっても奇怪《おか》しくはないでしょう」

朱雀が意地悪なニュアンスで尋ねた。

「それは考えられないのです」

「考えられないとは？」

「ええ、当時、貴子様は子供の頃から可愛がっている犬と一緒にお眠りになっていたのです。貴子様のお父様が米国で買ってこられたセパード犬という珍しい犬なのですが、それがとても大きくて賢いのです。不審な者が侵入すれば吠《ほ》えたてるはずなのに、その犬が全く吠えない……だから人間の仕業とは思えないと、貴子様は仰いました。それですから、私も、貴子様がマリアという名を牧師様からいただいたことは偶然ではないかも知れないと考えました」

「つまりマリアという名は牧師様の予言のようなものではないかと思ったのですね？」

「そうです、そのような奇跡も貴子様にならいかにもあり得そうなことでした。それで私達は一緒に礼拝堂に行き、奇跡に感謝してお祈りをいたしました」

「妊娠なさったのは何時なんですか？」

「それから三ヵ月ほど経つ頃でしょうか。今度は私が貴子様を訪問したのです。お友達の恵子様のお誕生会が十一月の十日に予定されておりましたの。ところが、『案内状を出しても返事がこないから、貴子様に出席なさるのかどうか尋ねて欲しい』と頼まれて行ったように記憶しておりますわ……その時、貴子様から妊娠したようだと打ち明けられました」

「貴子さんの様子はどんな風でした？」

「それは……当然、戸惑われてもおられましたし、緊張なさってもおられました。でも頬などが桃色に輝いておいでで、何時にもましてお美しくすらあって……私には高揚されているように感じられました」

「聖霊の御子《みこ》を身ごもって？」

「そうです、勿論ですわ、私でも同じことが身に起こったら、それはそれは興奮しますもの……ですが、それから貴子様とは結婚なさるまで全く会えなくなってしまったのです。

……後からお聞きしたのには、ご両親が人目を憚《はばか》られて、貴子様を部屋に閉じ込めて外に出ることを許されなかったとか……ご両親には処女妊娠のことを信じてもらえなかったと……」

「一寸《ちょっと》待って下さい、貴子さんが藤原隆さんと結婚されたのは何時のことです？」

「翌年の二月です」

「では相当お腹も目立っているし、貴子さんが妊娠されていることも藤原さんは分かっていたということなんですか？」

朱雀の質問に、狐面の女は感情を高ぶらせた様子で大きく肩を震わせた。

「分かっていたというよりも、貴子様は付け込まれたのですわ」

「付け込まれた？」

「はい、貴子様のご主人のお父様、貴子様の義父となられている方ですが、その方が以前からしょっちゅう貴子様の実家に出入りなさっていました。貴子様の口から直接聞いた訳ではございませんが、私の父が申すことには、貴子様のお父さまが大変な借金を作られた時に、お金をその方に借りたそうなのです。それから随分と貴子様のお父さまに取り入って、その人脈などを利用していたようですの。なんでもその方の会社が株式上場をなさる時も、貴子様のお父さまの口利きがあったそうですわ……」

「なるほどね、成り金が華族様の名声を利用しようと近づいたわけですね」

「そうなのです。藤原巧という男は、貴子様の妊娠に戸惑っておられた小母様と小父様に、ご自分のご子息との結婚を勧められたそうです、そうすれば体裁がつくと言って……」

「なる程、金の弱みがある上に、妊娠さわぎに付け込んだのか……それで貴子さんはそれをどんな風に？」

「勿論嫌がっておいででした、藤原巧という人を嫌っておられましたから……なんだか邪悪な感じのする人だと言って……」

「狐さんも、その男を見たことがありますか？」

「ええ、お顔だちとかそういうものではなく、なんだか雰囲気がぞっとするような人なのです。父もあくどい事業家だと申しておりましたが、本当に……。貴子様の家で出会いました時も、黙って怖い目で私を睨《にら》みつけるものですから、思わず私はその方をサタンではないのかと疑いました」

「そうですか……でも貴子さんは結婚に抵抗なさらなかったんですか？」

「それは……。最初は小父様もお兄様も結婚には反対なさっておられましたけれど、小父様は藤原巧にお金を返すように脅されたようなのです。お兄様は最後まで反対されたので、そのせいでドイツに留学を……。でも貴子様は、そうした境遇を受難と思って克服すると語ってらっしゃいました、そんな健気《けなげ》な方なのです。それが今度のような事件にまたあわれて……私も酷《ひど》く心を痛めているのです」

触れずの銀杏《いちょう》の奏でる葉音が、異界の音楽のように響いていた。

怪木の影、その下で真っ白な狐面が淡い炎の光に浮かんでいる。

僕もこの人も夢を見ているのではないのか……？

女の無表情な狐の面を剝《は》がしても、その下にも狐の顔が現れるのではないか……柏木はそんな思いに捕らわれた。

「いや、こんな所までお呼びだてしてお話を伺わせていただき有り難うございます」

朱雀は狐面の女に向かって馬鹿丁寧なおじぎをした。

「もうええやろか？　余り遅うなってもこの人も迷惑や、わしは近くに待たしてある源氏車にこの人を送っていってそのまま帰るわ」

出口が言った。女は出口に手を引かれてしずしずと立ち去った。

「不思議なこともあるもんさ、ねぇ柏木君」

朱雀が言った。

背中を丸めて恐々と話を聞いていた村川は、冷や汗を拭《ぬぐ》いながら、

「と、と、言うことはですよ、藤原貴子のご子息はキリスト様なんですか？」

「さて、それは僕には分からんよ、神様のみぞ知るというやつさ。それにしても二つの事件の断片断片には、まるで歪《ゆが》んだ鏡が存在しているようだ、僕はドッペルゲンガーとかダブルとかそういう話を連想したよ。

『ドッペルゲンガー』――西洋では、自分の分身のことをそう呼ぶらしいが、互いが偶然に出会うと、二人とも死んでしまう運命だというよ。

最近の物理では、『物質界』とは別に、それとそっくり同じ『反物質界』というものがあると考えられている。この二つの世界が遭遇すると、プラスとマイナスのエネルギーが打ち消し合って、どちらも消滅すると言うんだが……。ドッペルゲンガーは反物質界から遣わされた『もう一人の自分』なのかも知れぬね。いや全く、藤原家は呪われているようだねぇ」

「ドッペルゲンガーの事は分かりましたが、何です、ダブルって言うのは？」

「ダブルってのは米国の妖怪《ようかい》さ、一種のドッペルゲンガーなんだがね、夜中トイレに行きたくなるようなことは村川君は余りないかい？」

また意地の悪いことを考えついたに違いない。朱雀の声が笑いを含んでいた。

「僕ですか……？　僕は小さい頃から冷え性でよく行くんですよ」

「そういう人は用心しなきゃいけない妖怪さ。なんでも夜中にトイレを開けると、自分と同じ姿をしたそいつが座っているらしい、そして大声を上げて笑うんだ、いかにも怖いだろう？　まだ日本には出たという報告は聞かないが、この妖怪に遭遇すると狂死すると言われている」

村川は青い顔をして辺りの暗闇を見回した。

では中村茅《かや》もドッペルゲンガーだというのだろうか？……誰の？

藤原のお手伝いだった中村茅か？……一体、それは何者なんだ？

柏木は眉根《まゆね》を寄せた。

「しかし家系という奴かねぇ、異界や異界の物と接触しやすい血というものが世の中にはあるんだろうね」

そう呟《つぶや》きつつ、朱雀は「これはまずいなぁ……」と首をひねった。

「何がまずいんです？」

柏木が尋ねた。

「いやね、こんなことを君と一緒に探っていると、今度は僕が神隠しにあってしまうような、そんな予感がふとしたんだよ」

また背筋がぞっとした。柏木は怒ったように叫んだ。

「そんなことがあるものか！」

「そうだね、神隠しされるとしたら、今度は君の番だものね……さてそろそろ花魁《おいらん》達も撮影の準備が出来た頃だ、柏木君行くかね？」

「僕は行かない」

怒りなのか恐れなのかよく分からない感情を持て余し、やけくそで言った柏木に、村川は「ええ？」と大声を上げた。

「何言うんだよ、おい、早く行こうよ」

「いや、僕は行かないよ。どうせたいした記事でもないんだ、写真と名前さえ掲載してりゃいいような代物だ、僕などいてもいなくてもかまわん、こんな茶番劇にこれ以上つきあってられるもんか。村川君、適当にやっといてくれ」

「そんなぁ」

憤然とした村川の体を押し退け、柏木は参道を駆けだした。

暗闇の中を柏木は走っていた、何処までも続く細い道……。時々、犬の遠吠《とおぼ》えが聞こえた。生ぬるい風と冷たい風が交互に肌を撫《な》ぜる。

ドッペルゲンガー現象だって？　異界だって？　異界の物とは何なんだ？　河童《かっぱ》だ天狗《てんぐ》だ、やれ魑魅魍魎《ちみもうりょう》だ、神だ、そんなものは江戸時代の暗闇の中にだけ密《ひそ》かに生息を許されてたもんじゃないのか？　いにしえの迷信は文明開化の音とともに消滅したはずだ、それとも最近の霊学の流行で、また息を吹き返したとでも言うのか！

2

「なんだって？　藤原貴子は処女妊娠で子供を産んだだって？」

本郷は吸っていたエアーシップを指から落としかけた。

「そうなんです、貴子の学生時代の同級だったという狐面の女がそう言ったんです」

柏木があいまいな調子でそう答えた。

「これはますます奇怪だな。だいたいにおいて名家や旧家や金持ちの家には、因縁が絡み合った奇怪な話がつきものだと言うが、藤原家は親子二代にわたって、双子の片割れが神隠しにあっている。一条家にしても綾子《あやこ》の神隠し、次に貴子の処女妊娠だ。異界の物に魅入られた一族か……。それにしても、朱雀の言うこともまんざら悪くはないな」

「朱雀の言うこと？」

「ああ、ドッペルゲンガー現象だよ」

「馬鹿をいわないで下さい、双子や名前が同じ人間なんて世の中に山ほどいますよ」

「それならいいんだけどね」

本郷は深呼吸するように煙を吸い込み、ゆっくりとくゆらした。

柏木は嫌な気分だった。こういうわざと人の神経をつつくような小意地の悪さにおいて、朱雀と本郷はどこかしら共通点を持っている。要するに苦手なタイプなのだ。第一、朱雀に自分の情報を漏らしたことも正直言って気に入らなかった。

「ああ、そうだ。お京の友人の元看護婦ね、日曜に時間をとらせてある。十二時に帝国ホテルのロビーだ」

「帝国ホテルですか……」

柏木はビリリと取材ノートの端を破くと、「十二時帝国ホテル」と書きつけ、ズボンのポケットにしまいこんだ。

「それはさておき、君は大本の出口とよく吉原で会っているようだが、何か聞いてないかい？」

「何をです？」

「このところの軍部の動きをだよ、なにしろ軍部の偉いさんが信者に多いだろう？　われわれじゃあ知らないことも、知ってるんじゃないのかい？　つまり特ダネがないかってことだよ」

「そんな話までしませんよ。あれは生臭です、どうしてあんな男が霊能者として高い評価を受けているのか理解できません、年中、吉原に入り浸っている」

「そうかい？　しかし噂では大変な予知能力を持っているというよ、軍人達もそのお伺いをたてて動いているらしい」

「はん！　軍事作戦まで神がかりとは嘆かわしい」

「そういうが、だいたいにおいて今の軍を引っ張っているのは、大本や日蓮《にちれん》正宗の軍人信者だよ。僕も馬鹿げているとは思うが、確かに彼らの唱える日本選民思想はカリスマティックで人を魅了するに足りるさ。それを軍人が本気で真に受けているのか、宣伝工作として利用しているかは別だけどね」

「奴らは狂ってます、奴らに煽動《せんどう》される輩《やから》も狂ってる、日本中みんな狂ってるんだ！」

大声を張り上げた柏木に、本郷は顔を顰《しか》めた。

「おい、そんな事を大声で言ってはいけないよ。このアメリカさんが作った世界恐慌を打破するにも、大日本帝国のさらなる発展のためにも、植民地を増やしていくことこそが良策だと信じている者が多い世の中なんだ」

「本郷先輩はどうなんです、このまま立憲政治が崩壊し、軍が国を動かしてもいいというんですか？」

「僕かい？　そうだねぇ、今さら植民地政策など世界から見れば旧時代的な発想だけど、仕方ないかもしれぬ……ぐらいに思っているよ。それに『軍の統帥権は天子様にあり』と言われたんじゃ、反論のしようがないじゃないか」

「それじゃあ結局、軍国主義じゃないか！」

「そんな事はないさ、僕はこれでも進歩的な方さ。ところで中村茅はあれからどうしたんだろうな？」

その通りだった。明日は約束の日だ、何か連絡があってもよさそうなのに……それとも結局、夫は戻ってきたんだろうか……？

ぼんやりと考え込んだ柏木に電話の呼び出しがかかった。

「中村茅です。ようやく今日、東京の方に出てまいりました、今東京駅の自動電話の中ですの」

電話口の声は風の囁《ささや》きに似ていた。

柏木は思いも寄らず自分に直接かかってきた電話に動転した。てっきり本郷に連絡を取ってくるものと思っていたからだ。

「茅さんですか……やはりご主人は帰ってこなかったんですね」

何処に泊まっているのか尋ねようとした柏木であるが、なんだか女性一人の泊まり先を尋ねるのは誤解を招くような気がして尋ねるのを止めた。

「ええ、連絡もございません、あの……この間のお話の看護婦さんの方は？」

「明日の十二時に帝国ホテルのロビーで待ち合わせてあります、帝国ホテルのロビー、分かりますか？」

「帝国ホテルのロビーですね、ではお伺いいたします」

電話が呆気《あっけ》ないほど簡単に切れた。柏木は物足りない空白の中に放り込まれたような気持ちでデスクに戻った。

「今、中村茅から連絡がありました」

「中村茅から？　君にか？」

本郷が不思議そうに言った。

「明日の待ち合わせ場所に直接来るそうです」

「僕を差し置いて、君に連絡してくるとは、なんとも腑《ふ》に落ちん話だな、僕にではなく君に電話とは……普通女性なら君より僕に好感を抱くはずなんだが……。どうやら彼女は君の方がタイプらしい」

「何を言ってるんです、人妻ですよ」

「人妻でも男の好き嫌いはあるさ」

女慣れした本郷のその言葉に、柏木は少しばかり照れくさい思いがした。

「それで、何処に泊まっていると言っていた？」

「そんな事は聞きません」

「何故だい?!」

本郷は信じられぬという表情で、目を丸くした。

「女性が一人で泊まっている宿を聞くなんて、失礼です」

「考えすぎだよ、そんな事を思うなど、君も多少は彼女に興味があるんだね？」

「そんなんじゃありません、礼儀ですよ」

むきになって言葉尻《じり》を強くした柏木に、本郷はにんまりと笑った。

3

帝国ホテルのロビーで、柏木はぽつねんと座っていた。

約束の十二時を過ぎているのに、本郷も、元看護婦の女性も、誰一人姿を見せない。柏木は苛立《いらだ》たし気に天然パーマの頭をひっかいた。

「柏木さん、遅くなって申し訳ありません」

声に振り向くと、茅が待合ソファの後ろに立っていた。柏木は慌てふためいてよろけながら立ち上がった。

「これはどうも、座って下さい」

茅は緩やかにお辞儀をして柏木の隣に座った。柏木も座り、そのまま二人は黙り込んだ。

「すいません、肝心の二人がどうやら遅れているようです」

「構いませんわ、他に用事があるわけではありませんから」

優しいのか、そっけないのか分からないような言葉が薄桃色の唇の先から漏れた。

柏木はそれ以上会話する材料ももたず、前方を見つづける茅の横顔を盗み見た。

舞台のセリフを棒読みしているような抑揚のない受け答えが、茅のどことなく虚《うつ》ろで儚《はかな》げな容姿によく似合っていた。

白い横顔……最初、柏木は茅を百合《ゆり》に似ていると感じた。それは類稀《たぐいまれ》な色の白さのせいだった。改めて見直して今度は白磁器のような白さだと思った、しかしすぐに骨の白さだと考え直した。人の体の奥に眠る堅い無垢《むく》な結晶の白さだ。


似ている……。

茅の横顔が、大理石の柱にぼんやりと映っていた。ぼやけたその横顔が、思った以上に美佐に似ているので柏木は目を瞬《まばた》かせた。

朱雀が言った「歪《ゆが》んだ鏡」という文句が、ふと浮かんだ。柏木は自分自身も歪んだ鏡の世界に放り込まれたのではないかと不安な気持ちになった。

少しずつ、神隠しや異界の存在が確かなことのような気がしはじめている。

死んだ藤原隆のお手伝いだった中村茅が、死んだ美佐に似ている……。それは何か忌まわしい符合のようにも思われる。骨のように白い白い茅……死の符合だ……。

「茅さんの生まれ育ったところは何処なんですか？　やはり東京ですか？」

茅の確かな存在を確かめたくて思わずそう尋ねた柏木に、茅は戸惑った顔をした。

そして暗い表情で俯《うつむ》いた。

「余り……いい思い出はありませんの……」

しまった、両親を早くに亡くしたんだった……子供の時には辛《つら》い思い出しかないと聞いたじゃないか、いや全く普通なら話したくないに違いないじゃないか……。

どうも自分はつまらない疑心暗鬼から、ちぐはぐでトンマな質問ばかりして茅を傷つけてしまう、そんな風に感じて柏木はうなだれた。

「柏木さんこそ、生まれ育ちはどちらですの？」

「ああ、僕は横浜なんです」

「横浜……いいところですわね、西洋人が泊まられる高級なホテルも多いのでしょう？」

「ええ、そういう場所もありますが、僕が生まれ育ったのは本当に下町で、上品などとは程遠いところです」

「上品なんてお高く止まっていて嫌ですわ、下町の方が親しみやすくて裏表がなくていいものではありません？」

ついつい無遠慮な事を口走ってしまう自分のことを気づかって、茅がそう言ったように柏木は感じた。夫が行方不明なのだから、それは内心辛いはずである。それであるのに不作法な自分を責めもせず、気づかってくれる。それに比べて己はなんと気配りの無い男なのだと益々二重に反省した。

柏木は酷《ひど》くすまない気持ちになりながら、「遅いですね」と、また言ってしまった。

「ゆっくり待ちましょう」

茅が穏やかに答える。

「はぁ……」

なんだか窘《たしな》められている子供のような気持ちだ。情けないようで、奇妙に甘ったるい、くすぐったいような感触だ。

時が流れる……。

いやぁ、すまない、待たせてしまっただろう？

疲れた顔の本郷が、女をともなって現れた。

「待たせたじゃないでしょう、遅すぎます」

柏木は腕時計を見た、十二時を半時間も過ぎている。茅が横で頭を下げていた。

「なにしろこいつが、待たせてくれるものだから」

本郷が横の女に流し目を使った。

「だって、昨日の夜は遅かったんですもの、すっかり寝坊しちゃったのよ」

拗《す》ねたように言った女は、雑誌『東京クッパ』の表紙絵そのものの黄色いツーピースを着て、網のかかった鍔広《つばひろ》の帽子をかぶっていた。浅黒い小柄な女だが、今流行の肉感的な体つきをしている。肉体美人《にくシャン》というやつだ。

日本髪を結い、襟をつめて和服を着た茅とは正反対の印象だ。

いずれにしろお京と同様、柏木がもっとも好まないタイプの女には違いなかった。

「紹介するよ、こちらが一条病院の看護婦をしていた鈴江さんだ」

「よろしく」と小首を傾げるような仕種《しぐさ》で鈴江は帽子を取った。

「鈴江、こちらが同僚の柏木で、隣が話をしていた中村茅さんだ。さて……どうしよう、何処で話をしようかな……、ホテルの前の喫茶店あたりに行くかな？」

本郷はそう言うと、眩《まぶ》しげにホテルの表玄関に視線を移した。

四人は通りを渡って、一年前に出来た『田園』という三階建ての豪奢《ごうしゃ》な喫茶店に入った。

「立派ねぇ、うちの店よりずっと立派よ」

鈴江が大理石の螺旋《らせん》階段を見上げながら言った。

田園は砂糖入れ放題ということで人気のある喫茶店だ。本郷は角砂糖を五つコーヒーに入れて勢いよくかき回し、付き出しの落花生を口に放り込んだ。

「ここは随分と儲《もう》かってるようだよ、なにしろ日の売上が百円は下らないと聞いている。日本人もコーヒー好きになったもんだ」

「まぁ、百円！　本当かしら？　私なんかどんなに頑張っても月に百円稼ぐのが精一杯よ、随分な違いよねぇ」

「ここの社長から直接聞いたんだから本当の話さ。だが大卒の初任給が八十円だぞ、鈴江だって大したものじゃないか」

「まだまだ足りないわ、欲しいものが沢山あるんですもの。本郷さん、そんなに偉い人と知り合いなのに、どうしてお店に連れてきてくれないのよ」

「仕方がないさぁ、僕も何度か誘ったんだが、ここの社長はカフェー嫌いなんだ、吉原専門だよ、カフェーは情緒がなくて嫌だという」

「まぁ、吉原なんて黴《かび》くさいところがどういいのかしら？　吉原にはそんな偉いさんが沢山通ってるの？　それだったら私もいっそ吉原に行ってしまおうかしら……」

席に座るなり始まった二人の長い世間話に、柏木は思い切り不快気にテーブルを叩《たた》いた。

「おい、なんだい大きな音をたてるなよ」

「くだらない話ばかりしているからです、こっちはずっと待ってたんですよ」

「ああ、分かった、分かった。鈴江、一寸《ちょっと》、柏木《コイツ》の話を聞いてやってくれ」

「あら何？　ダブルデートじゃないの？」

鈴江は運ばれてきたカルピスを飲みながら、意外そうな顔で柏木を見た。

「一条病院のことです、鈴江さん一年前まで勤めてたんですよね？」

「一条病院？　あ、分かった、藤原さんの神隠しのことで探ってるんでしょう？　あの事件が新聞に出た時は、やっぱりって思ったわ」

鈴江が、はしゃぎ声で目を見張った。

「やっぱりって、何か知ってることが？」

「知ってるって言うより、一条病院でも気味の悪いことがあったのよ」

「おいおい、なんだよそんな事は僕には言わなかったじゃないか、水臭いなぁ……それで、どんな事があったんだ？」

それまでのんびりとコーヒーを呑《の》んでいた本郷が泡を食って尋ねた。

「だって、本郷さんはこの人みたいにチップをくれるなんて気前のいいことを言わないからよ。あのね……みんな、誰にも言わない？　私が言ったなんて喋《しゃべ》られたらいろいろと問題あるのよね、私にも顔ってものがあるでしょう？　一条病院の医者達って、今では結構いいお客さんになってくれてるのよ」

疑わしげに柏木と本郷を下から見上げた鈴江は、答えを待つように身構えた。

「誰にも言わないと約束する、何なんだ？」

柏木が答えた。鈴江は再びカルピスを吸って、小さくため息をついた。

それから姿勢を低くすると囁《ささや》くように言った。

「一条病院には女の幽霊が出るのよ」

柏木は頭を抱えた。

本郷が、惚《ほう》けた顔でコーヒーカップをガシャンとテーブルに置いた。

「女の幽霊？」


またこんな話だ！　まともな話が何一つとしてありゃしない！

一体どうなってる?!


柏木は茅の様子を窺《うかが》った。白い顔がなおさら血の気を失ったように透き通って見えた。

「嘘じゃないのよ、病院側では隠してるけどね。それで去年、二人も若い新人医師が取り殺されたの。私、この目でその幽霊を見たことがあるのよ！」

鈴江がテーブルに身を乗り出して言った。

「よしよし分かった、信じるからその話を一からしてくれよ」

本郷はいつの間にかメモとペンを用意していた。

「そもそも一条病院には使われていない地下室があるの」

「地下室？」

「そうなの、廊下の突き当たりに地下へ下りる階段があってね、その辺りまで変な匂いがして、薄気味悪いのよ……あの病院に入って半年目ぐらいのことかしら？　先輩に聞いてみたのよ、あの地下室はなんですかって……その先輩が言うには、そこはかなり以前は伝染病患者の病棟で、大勢患者さんが隔離されていたんですって。東京でペストが大流行した昔にも沢山の人が担ぎこまれてきて、其処《そこ》でろくな治療も受けられず酷《むご》い死に方をしたというの、だから今でも定期的に地下室を消毒するのよ。死んだ人の浮かばれない霊を地下室の階段付近で見たっていう看護婦も多いから、夜はあんまり近づいちゃ駄目よっていわれたの」

「病院にはよくある類《たぐい》の怪談だな」

本郷はメモにペンを走らせながら呟《つぶや》いた。

「まあ、初めはね。ところが私見ちゃったのよ、夜勤の見回りの時に地下室の階段のところで若い新人医師……小山さんという人なんだけど、その人が綺麗《きれい》な女の人と一緒にいるのを……。それが変なの、その女の人、ウェディングドレスみたいなひらひらしたドレスを着てるのよ、どう見ても患者さんじゃないわよね、見たこともない顔だったし……思わずぞっとしたわ……なのに小山さんは一向にそんな事気にしない風で、必死で女の人に話しかけてるの。それがひどく深刻な感じだったから、私、気になって廊下を曲がった所から様子を見てたわ。そしたら暫《しばら》くして、小山さんが一人で帰って来たの……もし、女の人が外から会いに来たなら私の前を通るはずだった……でも……」

「消えてしまったのか？」

「ええ……きっと結婚を目前に死んだ女の人なんだ……って思ったわ。しかも、それが一晩だけのことじゃないの。小山さんの当番は火曜と金曜で、私の夜勤と重なってるんだけど、小山さん、昼間は普通なのに、夜になるとそわそわ落ち着かなくなるのよ、行き先も言わずにふっと姿を消してたりしてね……だから私、彼をつけてみたの」

「意外と覗《のぞ》き見趣味なんだなぁ」

「その時はね、本当に心配だったのよ……彼、病院の廊下を奥へ奥へ吸い込まれるように歩いて行ったわ……声をかけても全然気づかなかった……本当、取り憑《つ》かれた風だったわ、ぶつぶつ独り言を言いながら地下室の方へ歩いて行くのよ。そりゃあ怖かったけど、好奇心に負けたのね。その時、物騒な話をしているのを耳にしたわ、二人で死ぬしかないとか、死ぬならどんな方法で死のうとか……」

「心中の相談か？」

「そうらしいの、誰かに相談しようかと思ったりもしたんだけど、詮索《せんさく》好きに思われても困るし、他言したら取り憑かれそうで怖かったし……そうこうしているうちに、小山さんがやってしまったの」

「やってしまった？」

「ええ、朝方地下室の辺りが騒がしいので見にいったら、副理事長や院長先生が集まって、何か話をしているのよ。よく覚えてるわ……またやったのか、とか、このままだと妙な噂が広まって病院の沽券《こけん》に係わるとか……。私が、『何があったんですか？』って尋ねると、副理事長が『小山君が地下室で自殺未遂をした、今応急手当てをしている』って言うのよ。私驚いてね、思わず『女の人と一緒ですか？』って尋ねたの、そうしたら副理事長の顔色がさっと変わったのよ」

　女の人？　いや小山君一人だよ、睡眠薬を呑んだ上にナイフで胸を突いたんだ、一体その女の人って言うのはなんだい？　君は何か小山君の事情を知ってるのかい？

「しまった口をすべらせたと思ったんだけど、仕方ないから、見たことをすべて副理事長にお話ししたの。そしたら副理事長がその女の人の容姿なんかを詳しく尋ねてね……その後ぽつりと言ったの」

　地下室で死んだ患者の幽霊だ……。

「その副理事長が、幽霊だって言ったのか?!」
「そうなのよ、なんでも以前から同じ幽霊の姿を何度も見た人がいるらしいの。副理事長に、口止めをされたわ。ちょっぴりお金も頂いてね」

こんなことが外に知れると、病院の名前に傷がつくから黙っておいてくれ。

「それで小山という男はどうなったんだ？」

柏木が尋ねた。

「結局、亡くなったの。でもその後先輩から、私が入ってくる少し前にも若い医師が地下室で自殺したって聞かされてね……。ああ、話をしてるだけで気味が悪いわ」


なんて……恐ろしい……。


そう呟いた茅が身を捩《よじ》って、テーブルに崩れるように手をついた。

柏木は慌てて茅を支えた。

「どうしました？」

「……すいません、お話を聞いていたら貧血を起こしたようなんです」

細い声で茅が答えた。

「大丈夫ですか？」

「ええ、少し静かにしていればよくなりますわ」

茅はそう言うと姿勢を立て直し、血管が浮き出た薄い瞼《まぶた》を閉じて椅子に背凭《せもた》れた。

それは何処か恍惚《こうこつ》としたエロティックな表情だった。柏木はありもしない妄想が陽炎《かげろ》い出すのを押し止《とど》めた。

「それから夜勤の度に、もう気持ち悪くって寝られなくなっちゃったのよ。まぁ、それが病院勤めを辞めたきっかけねぇ……」

あっけらかんと鈴江が言った。

「若い医師を取り殺す女の霊……そして神隠し、処女妊娠……うむ豊富に怪奇小説としての材料は揃っているが……支離滅裂で話がまとまらんなぁ……」

本郷がメモ帳を一から見直しながらそんなことを小声で言った。柏木も同じことを考えていたところだった。

「ところで一条病院の中で、藤原さんの話は何か聞かなかったかい？」

柏木は核心的なところを素早く尋ねようとした。

「藤原さん？　どんな話？」

「……例えば、藤原隆の双子の兄弟の話とか……」

ちらり、と茅を見ると、茅はうっすらと目を開けていた。

「あら、藤原さん双子だったの？　知らなかったわ、そんな話は全然聞かないわね。藤原さんと言えば病院からお薬を届けているけど、来たことはないし……」

「何処か悪かったのか？」

「肝の臓が弱いらしかったわ。理事長の運転手が定期的に藤原さんのお家へ薬を届けに行ってたの、社長さんだから忙しいんでしょうね。薬だけをもらいに来るような患者さんって多いのよ。でも理事長の運転手の磯部《いそべ》って男は、嫌な奴、理事長の前じゃいい子ぶってるけど、デバガメなの、覗き趣味があるってもっぱらの噂よ。一条病院の裏が理事長のお屋敷で、磯部も其処に住み込んでるんだけど、看護婦寮の下着泥棒は、きっと磯部だって皆が言ってたわ。時々、お屋敷の庭から双眼鏡で看護婦寮を覗いたりしてるのを、先輩達が見たことあるらしいの」

「そりゃあ羨《うらや》ましい、白衣の天使達の寮が近くにあったら僕でも覗いてみたいと思うだろうな」

本郷が鼻の下を伸ばした。

「まぁ助兵衛《すけべえ》ね、お京さんにつげ口するわよ」

鈴江は含み笑いを込めて本郷を見た。茅が再び目を閉じた。

柏木は茅の周りにまた一つ、死にまつわる忌まわしい話を重ねてしまった事を後悔した。それにしても、幽霊の心中とは驚いた。出口の言った通り、これこそは男を連れ去る異界の女の話である。先の事件と何かの関係があるのかも知れない。だが、藤原は病院には来ていないという……ならば、偶然か？　最早《もはや》そうとも思えなくなっていた。

確かに藤原の事件は自分にとっても歪《ゆが》んだ鏡に映る過去のようだ。

心中……その言葉が胸に引っかかる。光代太夫《みつよだゆう》の部屋に飛び散った血の跡が頭をよぎる。

藤原の過去に何があったのだろう……？

ただ、これでは中村正志の手掛かりは出てきそうにない。

「どうも、直接、茅さんのご主人に関係があるような話はなかったですね」

柏木は、ようやく背凭れから身を起こした茅を気遣いながら言った。

「仕方ありません、すぐに分かるとは思っていませんもの」

「病院より藤原隆の周辺を聞き込んだ方がいいかも知れない」

「そうかも知れませんね」

「おや、いよいよ本格的に探偵をしようと言うのかい？　随分と熱が入ってるねぇ」

本郷が冷やかした。

「そういうわけじゃないですが……」

確かに自分は少し肩入れしすぎているかも知れぬと柏木は思った。

だが、どうしても茅をこのまま放ってはおけないと思い始めていた。

4

本郷は朝から席を空けていた。満州国依蘭《いらん》県の土龍山《どりゅうさん》付近で、関東軍の支配に不満を持つ中国農民達の蜂起《ほうき》があったという。それに対する軍部の正式発表の取材に出掛けているのだ。

最近は、海の向こうの出来事が多いので、実際に何が始まっているのかよく摑《つか》めないのが実情である。新聞や雑誌社はこぞって関東軍称賛の意見を上げているが、直接見聞きする限り、マスコミ内部には柏木と同じく軍の行動を疑問視する声が多い。

決して自分一人が特殊な意見の持ち主だと思わぬ柏木であったが、それにしてもそうした声がただの一度も意見として表面化しないのも不気味であった。

社内は朝から極端に人の動きが少ない。誰もが用心深く行動している。

嵐の前の静けさだ……。雷が鳴れば皆避難しようと身構えているのだ。

柏木は窓から日本劇場の白い巨影を眺めた。

視線をはじき返すような白さに、中村茅の白い横顔が二重映しになる。

昨夜の二時頃であろうか……、不機嫌な管理人の声に起こされた柏木は、茅からの電話を受け取ったのだ。

すいません、こんな深夜に……。眠れないんですの……今、ホテルの自動電話からかけていますの。

いいえ、よく分かりますよ、そのお気持ちは。僕も出来るかぎり協力しますから、どうぞ心配しないで下さい。

ごめんなさい……本当に、つい柏木さんには甘えてしまって……どうしてかしら？　とてもお話をしやすいものですから……。

大丈夫です、お気遣いなく、僕でよければ何でも聞きますから。

しかし茅はそれ以上は何も言わず、ただ何度も謝って電話を切った。深夜の女からの電話は柏木をなんとなく寝苦しくさせた。

彼女が眠れないのはもっともだろうが、何故、自分を選んで電話をしてきたのだろう？　他に友人もいるだろうに？　そんな風に考えると、電話口の声は特別な含みを持っていたような気もしてくる。しかしそんなハズはないのだ、考え過ぎというものだ。

それにしても何故、自分はこれほど中村茅が気掛かりなのだろう？

よくよく考えてみれば、昨日で二度、それも僅《わず》か数時間しか会っていない。個人的な話も一切していない。それなのにこの気持ちはどうしたというのだろう。

おかしいな……。

柏木は中村茅の残像を心に描きながら呟《つぶや》いた。それからまた、昨日鈴江が語った女の幽霊について考えを巡らせた。

若い医師を心中に誘い込む女の霊……。

美佐に似た茅、祝福されない妊娠、そして心中……。

確かに二年前の出来事が、歪んだ鏡に映ったように展開されている。いや、歪んだというのは正しくない。それは割れ鏡だ。一つの出来事を細かく砕いて、そのかけらを別の出来事に映したような感じだ……。

確かに奇妙な感じなのだ……見聞きする全ての出来事が現実かどうか判断できない。もしかしたら本当に藤原隆は神隠しなのかも知れない……。

ころん

三枚歯の高下駄の音が耳の奥で響いた。

「やあ洋介、今日はどんな予定になったんだい？」

夢見るような気分でいた柏木は、不意に呼ばれてびくりと振り向いた。

浮腫《むく》んだ顔の本郷が立っている。

「……帰ったんですか、顔、腫《は》れてますよ」

「言うなよ、このところ飲み過ぎなんだ」

「軍の発表はどうです？」

「首謀者は謝文東という農夫らしい。匪賊《ひぞく》の勢力はじょじょに拡大していて、第二次移民団に執拗《しつよう》な攻撃を繰り返しているということだ……」

「なにが匪賊だ、日本のやってる事は労働者弾圧だ……」

柏木は小さな声で呻《うめ》いた。

「これでまた国際世論を敵にまわすね……」

本郷は力なく笑って、小さな声で答えた。

「それより中村茅との今日の予定は？」

「夕方、社が終わってから日本橋の駅で会う約束をしました。隆が生まれた当時の藤原邸が日本橋なんです、双子の兄について近くの住人が何か記憶しているかもしれないと思って……。本郷先輩も来ますか？」

「いや、僕は忙しいし、調子も悪いので遠慮しておくよ。また何か分かったら聞かせてもらえればいい」

「分かりました」

「じゃあ僕は会議があるので失礼しよう」

本郷は気だるげな様子で立ち去った。最近は報道の度に会議を設けるようだ。

柏木はと言えば、若干暇であった。お国の大事に兵隊達が奮戦している時に、娯楽記事を掲載することはならないという命令が下った為に仕事が無い。

空白とした時間が頭に靄《もや》をかけていくように感じられる。

居ても立ってもいられない、何かひとつでも解決の手がかりが欲しかった。

柏木は吉原へと向かった。


『ヨシハラと片仮名で書きたいモダン振り』

今朝読んだ『大東京写真案内』には吉原のことがそう描写されていたが、吉原がモダンなどとはとんでもない。柏木は、時代を超えて存続する吉原内部の特殊な構造、異様な結束、外部と吉原の内部が別世界とでもいいたげな排他主義を充分に思い知らされていた。大門を潜る時には思わず緊張が走る。

吉原は、満州国の農民蜂起など素知らぬ顔で、相変わらずの鮮やかな出《い》で立ちを見せていた。各引手茶屋には木綿地に桜の花を置き染めした花暖簾《はなのれん》がかけられ、通りに沿って桃色の帯を靡《なび》かせている。最後に来た時とは連の飾りも違っている。

『連』とは、杉板を並べて、塀のようなものを作り、この板一枚に三つ以上の品物を吊《つ》るして判じ物をするものだが、酔狂に興味のない柏木はしっかり心に留めて見たことがなかった。

しかし今日は奇妙なものが目につく。星のバッジ（おそらく軍帽についているものだ）、キセル、満州国と書かれた扇。

満州国での事件にひっかけての連だろうか？

柏木はまだ人通りのまばらな仲之町通りを奥に向かった。大通りを突っ切り、水道尻の手前を左へ曲がる。

車組の詰所は京二通りの突き当たりにあった。

この辺りにはもう引手茶屋はない。花暖簾もなく植木柵《さく》もない道は、突然、春の日差しの中から真冬に放り込まれたような寒々しささえ感じさせた。

突然、闇が出現した。

柏木は立ち止まった。昼のさ中に出現した一点の闇のような建物、その外壁から襖紙《ふすまがみ》までもが黒い、なにもかも黒い。車組の詰所である。

「御免、入らせてもらいます」

柏木は黒い引き戸を開けた。

薄暗かった。昼だと言うのに、瓦斯《ガス》灯がふたつ、灯《とも》っている。『車』と白抜きされた黒い法被姿の男達が五、六人、とば口の板間で柏木を睨《にら》んだ。

「突然お訪ねして申し訳ない、朝日新聞の柏木というものです、朱雀さんはいますか？」

黙って柏木を睨んでいる男達の後ろの障子から、明るい朱雀の声が響いた。

「これはこれは柏木君かい？　丁度いい、奥に入ってくれたまえ」

男達は無言のまま移動し、奥へ通れる道を作った。柏木は靴を素早く脱ぎ捨て、板間を足音高く歩いていって障子を開いた。

にこやかに笑う朱雀と向かい合って、茶を啜《すす》っている男がいる。肩を持ち上げたゴリラのような背中とくすんだ茶の背広には見覚えがあった。馬場刑事だった。

「馬場刑事……何しにここへ？」

馬場はうるさそうに柏木を振り向いた。

「何でもいいだろう、お前こそ何をしにきた？」

「まぁまぁ、君達は職業柄知り合いだとは思っていたよ、実は馬場君、この柏木君とは最近親しくしているんだよ。柏木君、馬場君は僕の元職場での知り合いなんだ。こうして偶然集まったことだし、みんなで仲良くしようじゃないか！」

朱雀は一人上機嫌らしかった。大声で板間にいた男達に呼びかけた。

「おおい、お客さんにお茶を入れてくれたまえ、そうそう茶菓子もね、暫《しばら》くは誰か訪ねてきても、混み合っていると断ってくれたらいいよ……さてこれでゆっくり話が出来る」

柏木は畳に上がって、馬場や朱雀と間をおいて座った。

「それで馬場君、僕の上げた情報で藤原邸に乗り込んだわけだね」

朱雀が楽しそうに馬場に尋ねた。


藤原邸に……？


馬場がちらりと柏木を見た。

「捜査情報を部外者に聞かせる気か？」

朱雀は愉快そうに笑った。

「何を言ってるんだね馬場君、これは君の担当している捜査でもなんでもない話だろう？　それどころか警察の捜査範疇《はんちゅう》でもなくなった事件だ、何の支障があるというんだね、僕も君も単なる個人的興味から事件の話をしているだけのことじゃないか、誰が聞こうと構やしないよ。それにこういうことは大勢であれこれ話した方が面白い、いや間違えた、知恵が湧くというものさ、堅いことは言いっこなしにしようよ。それに貴子の処女妊娠のことは柏木君はもう知っているんだ、柏木君が僕を嘘つきよばわりするものだから、例のやんごとなき人に会わせたのさ、そういうわけで隠すことなどなにもないんだ」

朱雀は全く無責任に事件の詮索《せんさく》を楽しんでいる風情だった。

「柏木、今から話すことは人に漏らしてはならんぞ」

馬場が念を押した。柏木は頷《うなず》いた。

「勿体《もったい》ぶらずに早く言いたまえよ馬場君、藤原邸と言えばこの辺ではお化け屋敷だと噂されているが、どんな様子なんだね？」

「お化け屋敷か……」

馬場は雑草の生い茂った庭や、木立にすっかり日差しが遮られる暗い邸内の様子を思い起こした。

大体において、町には一軒ぐらい、お化け屋敷と噂される家屋敷があるものだ。お化け屋敷の条件はさまざまだ。まずはそれなりの門構えの家であること、家人が狂死した、あるいは立て続けに代々若死にした、奇怪な事故にあったなどという事実が過去にあること、現在は家が斜陽で家屋などがどことなくうらさびれた様子であること、そして大概はそうした家には子供や若者がいず、老人だけが住んでいる。お化け屋敷はただ忌み嫌われているだけではない、近所の子供達は其処《そこ》を格好の冒険場として育ったりする、いわば親しみのある存在でもある。

しかし藤原邸は例外だ、あの屋敷の近くに子供の姿を見たことがない。本当に人を近づきたくない気持ちにさせる場所なのだ。

「あれはお化け屋敷というよりも牢獄《ろうごく》に近いな、とにかく堅固な石塀で周囲を取り囲んであるんだが、それが俺の背よりも高い塀なんだ。庭の雑草も伸び放題だし、庭木の枝払いもしないいんだろう……薄暗い」

「へぇ、藤原家は大層な金持ちではないのかい？　庭の手入れもしないとは変な話だね、藤原隆は余程不精な主《あるじ》なのかな？」

「さぁな、屋敷は藤原の父親、つまり藤原鉄鋼の会長・藤原巧が建てたものだそうだ」

「では藤原夫婦は父親と同居しているのかい？」

「いや二年前までは同居していたらしいが、現在、巧は満州にいる。満鉄の下請けの貨物会社を経営している様だ」

「ふうん、相変わらず壮健という訳だ。で屋敷の中の様子は？　さぞかし豪華な美術品や調度品が揃っているんだろうねぇ？」

「そうだな、それなりというところだろうな……俺には美術品のことはよく分からんが、応接間にはやたら大きな絵があった……婦人の絵だ。その絵の婦人が丁度、藤原貴子によく似ているんだ。それで自画像かと尋ねると、兄の一条義基が貴子に送ってきたものだそうだ。ヨーロッパのなんとかという画家の絵で自分とは何の関係もないと言ってた」

「ふん、なにやら自家中毒じみた話だね、それはきっとクリムトの絵だよ。夢二のような有名な画家でね、実に華麗で耽美《たんび》的な絵を描くんだ。僕もなかなかにクリムトは好きさ、うっとりと夢見るように神に犯される乙女の絵などはね……一条義基はクリムトのコレクターとしてかなり著名な男だ」

「なるほど……お貴族様はさすがに趣味が違うというわけか……」

馬場は、苦々しく笑った。

一条義基は見るからに貴族という感じの男だった。貴子とそっくりの色白で細面の顔立ち。神経質そうで気位の高い雰囲気を醸しだしながら、少し高い声で丁重な喋《しゃべ》り方をする。手にはいつも白い手袋をしていた。

「僕が聞いた限りでは、一条義基という男はかなりの道楽者さ。絵だけではない、和蘭の栽培でも名を上げている。和蘭と言えば一鉢で一万はくだらぬ品物だよ、高いものなど数十万してしまう、小さな家なら一軒は買えるような物だから、大層高価な趣味だよ。それだけじゃない、鯉の飼育家としても結構なものらしい、それじゃあ幾ら金があっても足りないだろうにね。現に一条義基の趣味は父親の趣味をそのまんま受けついだらしいが、それであそこの病院は経営破綻《はたん》して藤原に金を借りたと言うんだ、今はどうやら立ち直っているようだが……」

くっくっと朱雀は喉《のど》で笑った。

「もう一つ、一条義基には噂がある、彼は男色家だということだ。あの年まで女に見向きもせず一人でいるのは、男が好きなんだからだとさ」

馬場は男色家と聞いて、気味悪そうに顔を歪《ゆが》めた。

「ふん、そうか……。しかしなんだな、いくら高価な絵を飾ってもあれほど暗くちゃ、鑑賞価値も下がるだろうに、変わった家族だよ、庶民とは違うのだろうよ」

「暗い？」

「ああ、暗いんだよ、とにかく暗かったということしか記憶にない。金が余ってるはずなのに使用人もいないし、気の滅《め》入《い》る家だった」

随分長らく考え込んだ挙げ句に、馬場が説明出来たのはそれだけだった。

「ふうん……」

法被の男が茶を運んできた。柏木は受け取って一口呑《の》んだ。

「僕は一条病院には女の幽霊がでると聞いたが……」

昨夜の話の真偽を確かめるべく柏木が尋ねた。馬場は露骨に嫌な顔をした。

「女の幽霊？」

「そうだ、一条病院の看護婦だった鈴江という女から聞いた話だ。伝染病病棟だった地下室に女の幽霊が出るというんだ、それで若い医師が二人取り殺されたという話を聞いた」

柏木は昨夜の鈴江の話をかいつまんで話した。

「へぇそうなのかい。柏木君、君もそんな事を調べてるなんて、好奇心が疼《うず》くんだね」

朱雀は実に嬉《うれ》しそうにふんふんと鼻を鳴らした。

「そんなんじゃない」

柏木はムッとして答えた。

「だが、僕は違う話を聞いたよ。地下室は以前、精神病棟だったということだ」

「精神病棟？」

「ああ。まぁこれも確かな話ではないが、山口巴に足しげく通っている客が一人いてね、どうやら以前は一条病院の事務長をしていたらしい、何故か突然解雇になったので一条病院には恨みを抱いている様子だったらしいがね。その男が今回の事件の後に得意になって吹聴していたのには、一条病院は体裁を気にして隠しているが、地下に秘密の精神病棟があったんだと言うんだ。何しろ精神病患者というのは酷《ひど》く儲《もう》かるらしいんだ。しかし、病院としては看板は掲げたくない、兼業しても精神病患者がうろついているとなれば他の患者がこなくなる、それで秘密経営してたんだね。貴族や金持ちの家で出た精神病患者が連れてこられていたらしい。病院側が病棟があることを秘密にしているので、人目を憚《はばか》る名家には丁度いいのだそうだ。一旦《いったん》は破綻していた病院経営が持ち直した理由はそれだってね……」

「今でも地下には精神病棟が？」

薄暗い地下の部屋に監禁されている患者達のことを想像し、柏木はぞっとして尋ねた。

「さぁ……どうなんだろう？　何しろその男も直接見た訳じゃない、多少の悪意も入ってるだろうしね。ともかく一時期、使いもしないはずの精神病治療器具……電気ショックの機械とかそういうものを病院側が買いつけた後、しばらくして経営が急に潤いだしたことが根拠らしい。一条病院はもともと華族の御用達《ごようたし》だった病院だから、余程儲かる患者が入ったと考えたようだよ……。一条義基のようなマニアと言われる類《たぐい》の人間は、自分の道楽の為には多少のことなら平気ですると言うから、まぁ悪くない推理だ」

「では、若い医師を殺した若い女というのは患者か？」

柏木が聞こうとしていた疑問を馬場が口にした。

「そういうパターンを繰り返す患者かも知れないね、神経病みにはいろんなタイプがいるからね。此《こ》の推理でいくならば……だ、病院側では業務上の過失を知られたくなくて、幽霊とかそんな風に言いくるめたということになる、だが飽くまでも推測は推測だ」

穏やかならぬ話だったが、本当の幽霊話ではないらしい目処《めど》がたって、柏木は少しほっとした。

「そんなことより、馬場君、処女妊娠のことは僕が言ったように質問してくれたかい？まさかそのまんま話をしなかったろうね？」

「ああ、誰かから聞いたと言うなってんだろ、だから子供が生まれた月と結婚の月の勘定が合わないのはどうしてかと尋ねたよ」

「いいぞ、で彼女はどう言った？」

両膝《りょうひざ》を握り、身を乗り出して尋ねた朱雀に、馬場は渋い顔で答えた。

「婚前交渉があったと言いやがった、お恥ずかしいことですが……だとよ」

「ほうっ、真っ向から白を切られたのか……処女妊娠だとは言わなかったのかい？」

「そりゃあ、女学生の頃ならいざ知らず、あの年でそんなことが通用するとは思っちゃいないだろう、だからやはり貴子は怪しいな」

「怪しい？」

「情夫だ、邪魔になった亭主を情夫と共犯で殺したんだ」

「へえ、そうかなぁ？」

朱雀はいかにもそうではないと言いたげだった。

「じゃあ、隆の方はどうなんです？　彼の浮気の線は？」

柏木も気になる疑問を口にした。

「なんだい、君達は痴情のもつれという線に固執しすぎてやしないかい？　この事件に限ってまず常識の色眼鏡は通用しない、紋切り型の推測はやめたまえ、まずは材料を揃えようじゃないか」

朱雀はそう言って、答えを焦る二人をたしなめた。

「ところで、馬場君、貴子の息子は可愛い子だったかい？」

「体の弱そうな軟弱なガキだ、母親似だな」

馬場は藤原邸に訪ねた時、母親のスカートを握りしめて泣きべそをかいていた秀夫の姿を思い出しながらそう言った。

「体の弱そうな子か……そりゃあ可愛いだろうね、手のかかる子は可愛いもんさ、僕も幼い頃は体が弱くてね、両親に溺愛《できあい》されたものだよ。察するに、馬場君や柏木君はそういうことはなかろうね」

そう言うと、朱雀はげらげらと馬鹿笑いをした。馬場はそっぽを向いた。

「だが、貴子が処女妊娠したと嘘を言ってたのは確かだ」

柏木は自分に言い聞かすように言った。

「嘘とは限らないよ」

急に真面目な顔をして朱雀が答えた。

「じゃあ何故、馬場刑事が聞いた時には婚前交渉があったなんて言ったんだ」

「狐さんが言ってたじゃないか、貴子は両親にも処女妊娠を信じてもらえなくって、無理やり結婚させられたんだ、そんな苦い思いをしたら、下手に話をしなくなるさ。ましてや主人が行方不明だ、其処《そこ》で処女妊娠なんて言えばどうなるね？　いくら貴族の呑気《のんき》なお嬢様でもそれぐらいの智恵《ちえ》は回るものさ」

「嘘だ！」

「また嘘つき呼ばわりかい？　むきにならない方がいいよ柏木君」

朱雀はそう言うと、手元の皿から茶菓子を摘《つま》み、ぱくりと食べた。

「仮に犯人が貴子の情夫でないとすれば、次に怪しいのは会社の派閥争いの線だな」

馬場が朱雀の反応を窺《うかが》うように見た。しかし朱雀は、それこそ笑止千万と言いたげに、はっと噴き出した。

「ナンセンスな話だ、藤原隆は本当に名前だけの社長だよ、業界では有名な話じゃないか、ねぇ柏木君」

（そうだ、それは本当だ、本郷先輩も言っていた）

柏木は頷《うなず》いた。

「いくら名前だけと言っても、社長になりたい奴は他にもいるだろう」

馬場が鼻を膨らまして反論した。

「いいかい、藤原鉄鋼には派閥なんて存在しないんだよ。藤原鉄鋼は陸軍の銃身を作って巨大企業になったんだ、その要《かなめ》となっているのは藤原会長と東泰治の太いパイプ、実に個人的な付き合いなんだ。筆頭株主には陸軍関係者の名前が連なっている。だから藤原鉄鋼は今のところ会長の完全なワンマン経営だ。この体制は、会長が死ぬか、東が死ぬか、あるいは全く違う部門で藤原鉄鋼が巨大利益を得るようになるかしないかぎり変わらないんだ。重役の首のすげ替えはすべて会長の胸三寸で、この一年の間だけでも役員の半分が入れ替えられた。社長の座を実力行使で手に入れるどころか、誰もがいつ会長の逆鱗《げきりん》に触れて首にならないかと戦々恐々としているのが現実だ。第一、あの会社の社長には何の実権もない、会長以外は名前ばかりで実情は全員平社員も同然なんだ、そんな所で社長になるのに危険を冒す馬鹿がいるはずもないだろう？　それとも役員の中に藤原隆の首をネジ折って百八十度回転させてしまうような馬鹿力がありそうなガタイの大きな男でもいたのかい？」

「じゃあ、隆をやったのは誰だ！」

　馬場が怒鳴った。馬場はますます鼻息を荒くして朱雀を睨《にら》んでいた。

「殺されたとは限らないよ、なにしろ死体がないんだから」

「生きているのか?!」

　柏木と馬場が目を丸くして同時に言った。

「その可能性はあまりなさそうではあるね」

　人ごとのように朱雀が答えた。無論、人ごとではあるが、二人を怒らせておいて随分と突き放した言い方であった。

「犯人が誰かなんて僕が知っているはずがないだろう？　僕は君達と同じ土俵で話をしている一個人なんだよ。だいたい君達は単細胞で単純でよく似ているよ、柏木君はあれこれと事実を確認しているだけで斬新《ざんしん》な創造力というものがまるで無い、察するに君は将棋などは下手だろうねぇ。馬場君は事実がどうあれ最初に思い込んだことを梃子《てこ》でも曲げようとしない。全く……少しは脳味噌《のうみそ》を使ったらどうなんだい」

「朱雀さん、昔からあんたはそうやって知っていることを隠して、人をからかう嫌な癖がある、勿体《もったい》ぶった言い方をする時は必ずそうだ、なにか知ってるんだろう？」

馬場が詰め寄った。朱雀は愉快そうに鼻で笑った。

「いやいや、知らないよ、実際僕にもよく読めていない部分があるんだ。確かにここに居るかぎり巷《ちまた》のいろんな情報は君達より入ってくるがね。例えばさっきの精神病棟の話や、義基の男色の話などは皆ここの女達が見聞きした話さ、老いも若きも東京中の男達がここに来て、無責任な痴話をしていくものだからさ……」

「それを聞き込んだのか?」

柏木が尋ねた。

「聞き込まなくても、通りの縁台に腰をかけていれば、暇をしている綺麗《きれい》どころが寄ってきて、なにやかにやと世間話をしていってくれる……ああ、こんな話も聞いたよ、藤原巧と東は高等学校の時の同級なのだが、何故か東は異常なほどに藤原を尊敬していて、まるっきり腰巾着《こしぎんちゃく》だったということだ、東も相当に不敵な男なのに藤原は余程のカリスマなのだろうね。東は陸上選手の花形で当時なかなかファンも多かったそうだよ、無論、男のね」

そこで朱雀はまたゲラゲラと笑った。

「藤原隆に関しては残念ながら余りこれという話は聞かないな、ここで噂を聞かないってことはゴシップらしきものはほぼ無しとみていいだろう、彼はあまり個性的な男ではなかったようだね。子供の頃は絵本ばかり見ていたというよ、これは藤原の家に出入りしていた魚屋・魚しげの父《と》っつぁんが言ってたことだ、もっとも出入りしていたのは女中が藤原家にいた頃までで、その女中も巧が気まぐれで首にして以来、仕出屋が隆の食事を届けていたという……子供の食事を仕出屋にまかせるなんて、藤原巧は子煩悩ではないようだね、隆の葬式にも彼は顔を見せなかったんじゃなかったかい？　もっとも、巧は満州の会社の立ち上げの最中だ、抜けられない事情もあったかもしれん。あと隆は以前からまるっきり仕事に意欲がなかったが、特にここ三ヵ月ばかりは会社に顔をみせても小一時間ほどで帰宅してしまうような状態だったらしい、余り会長が隆を無視した采配《さいはい》ばかりするので、不《ふ》貞腐《てくさ》れてたと言うことだ。またこんな事も聞いた、貴子の嫁入り道具の総額は三百円ぽっちだったとね、貴族様にしちゃあ少ないね、これは一条家御用達《ごようたし》の家具屋の店員が話してたそうだ。それと貴子の飼っていたセパードは実家に残って六匹の子供を生んだそうだが、蘭を荒らすというので義基が全て処分してしまった、どうしたか知ってるかい？　六匹とも猟銃で撃ったというんだよ、彼は相当に残忍な性格さ。それから隆の事件の後で、不埒《ふらち》なことに一条義基の運転手が勝手に車を乗り回して事故を起こしたあげく、血だらけで病院に駆け込んできて、只《ただ》でさえ気が立っていた義基が激怒して首にしたとかいうことだ、柏木君が話を聞いたあのデバガメの磯部という男だよ、この男は水道尻の安店の常客だそうだが、他の部屋を覗《のぞ》き見するので店主から出入り禁止にされている、なんとも質《たち》の悪い男だそうだ、だからその下着泥棒は磯部に間違いないね、浅草溜《だめ》の賭博場《とばくじょう》にも時々顔を見せていたらしい、これもちっとも負けた金を払わないので、侠客《きょうかく》に愛想をつかされて追い出されたということだ、相当性根の腐った奴だ。ちなみに今度入った運転手は大変な美男子だと言う、どうも義基の男色の相手だという噂だ、だが義基の男色には異論があってね、本当は内緒で屋敷内に女を囲っているという噂もある、女装趣味という説もあったっけ。そうそう柏木君の会った鈴江という女給は、実は患者をすぐに誘惑するので病院を首になったということだよ。まだある、一条貴子の母親、綾子の好物は人形焼きだったらしい、いつも一条家の手伝いが買いにきていたそうだ、お貴族様でも庶民的な物を食べるんだと仲見世の人形焼き屋のおやじが嬉《うれ》しそうにいっていた、この男は、ふじ屋の玉緒のところに通いづめて、今やあわや女房と離婚騒ぎだ、僕のところに慰謝料の相談に来た、なにしろ養子なものだから立場が悪いんだ、まだまだある……」

柏木はよくもこれだけ噂話から他人の事情を知り尽くせるものだと呆《あき》れ返った。ただどれも事件と関係する話とはほど遠い噂話であった。

「ああ、もういい！」

馬場は聞いていくにつれ、苛立《いらだ》ちで顔を赤くして立ち上がった。

「おや、参考にならなかったかい？　それはすまないね、まぁ、短気を起こさず語り合おうじゃないか、柏木君、君もだよ」

その時、柱時計が六つ鳴った。柏木は慌てた、茅との待ち合わせがあったからだ。朱雀の言葉に気を取り直して居住まいを正した馬場と交代するように、柏木は立ち上がった。

「用があるのでこれで失礼する」

「おや、随分と急じゃないか、つれないね」

柏木は答えず、小さく一礼して車組の詰所を出た。大門へと急ぐ。

吉原は仕事始めの刻《とき》だった。貸座敷の見世先には、数人から十人程度の花魁《おいらん》が並びたち、番頭が火打ち石を持って側に行き、一人一人に火打ちを打っている。かと思えば石を打ち終わり、「おはやく」と威勢よい声と共に花魁達が一斉に見世の中へ戻っていく後ろ姿がある。

柏木は混み合い始めた通りを走って吉原を飛び出した。

5

待ち合わせ場所は、日本橋の白木屋百貨店の前と決めていた。白いドーム屋根が目印だと伝えておいたが、果して分かるだろうか？

柏木は土地勘のない茅のことを心配しながら円タクを降りた。

日本橋の交差点は巨大ビルヂングが目白押しだ。巷のデパート熱で急成長した三越が、西洋の巨大な白亜の城を思わせるルネサンス様式でそびえ立ち、その側に丸善、白木屋、西川、高島屋といずれもおとらぬ錚々《そうそう》たる建造物が並んでいる。

通り向かいにはまだ昔ながらの瓦《かわら》屋根の問屋などもあるが、あと五年もすればそれも全てビルヂングに変貌《へんぼう》するだろうともっぱらの噂であった。

白木屋の前を三十度の角度でカーブして、最新型の市電が走り抜ける。その緑色の車体は青虫を想像させた。

丁度すれ違った二台の電車の隙間から、ほっそりとした立ち姿がかいま見える。柏木はその影に向かって手を振った。どうやら心配は無用だったようだ。

「茅さん、ここです」

茅も柏木を見つけたらしく、ゆっくりとおじぎをした。柏木は電車が通過するやいなや、茅の側へと走った。

「すいません、遅れましたか？」

「いいえ、私が早かったので……」

茅は相変わらず気づかったように言うと僅《わず》かに首を振った。柏木はポケットから旧藤原家の住所をしたためたメモを取り出した。住所からすると白木屋の裏手の筈《はず》だ。柏木は茅を誘導しながら、並び端にある西川商店の角を曲がった。

「随分と大きな建物が多いですわ、こんなところに昔からの人がまだ残っているでしょうか？」

茅が心配そうに言った。通りはすべて商店ばかりで、家など一つもありそうにない。

「ちょっと待ってて下さい、僕がこの辺の店に尋ねてみます」

柏木は傍若無人に周辺の店に入り込み、藤原家のことを尋ね回った。しかし反応は薄かった。無理もない、新しく出来た店の店員が知るはずもないのだ。

八軒目の喫茶店で諦《あきら》めかけた時、カウンターの奥から顔を覗かせたマスターが言った。

「この通りを左にいった角に、小さな煙草屋がありますよ、其処《そこ》の婆さんは昔っから店をやってるから知ってるかもしれません」

「そうか、煙草屋か！」

「ええ、三坪程の本当に小さな煙草屋です」

柏木は頭を下げて店を出た。

「どうでした？」

茅が尋ねる。

「どうやら、この通りの角の煙草屋が古くからの店だそうです」

柏木がそう答えた時、体の重心がぐらりと揺れた。このところ何度か経験していた奇怪《おか》しな感覚だ。

(何か……また良からぬ事が起こらねばいいが……)

咄嗟《とっさ》にそう思った。

「大丈夫ですか……？」

茅が心配気にそう言いながら細い指を柏木の肩に添えた。

茅の体からほのかな香の匂いがした。柏木は慌てて背筋を伸ばした。

「大丈夫です、今までこんな事は一度もなかったんだが……」

「大事にしてくださいね。お医者様には診て頂いたんですの？」

「いえ、やわな仕事ばかりだから、精神が鈍っているだけです」

「嫌ですわ、男の方って皆さんそう……お医者様がお嫌いなのね」

茅がそう言って微笑んだ。

やがて煙草屋の看板が見えた。なるほど古そうな店だ。いまにも倒れそうなあばら家に寸尺の縮んだ人形のような老婆が座っている。軒の下に出た『煙草』の看板は色落ちしてセピア色になっていた。柏木は小走りで煙草屋の前に立ち、背後の茅を振り返った。茅は道の中央で所在なげに立ち尽している。

「茅さん、茅さんどうしたんです?!」

柏木は茅に向かって大声を上げた。茅は、はっと気づいた様子で、ゆっくりと向かってきた。何やら妙な反応だった。

「茅ちゃん……?　茅ちゃんが来てるのかね?」

嗄《しゃが》れた声が聞こえ、煙草屋の窓口から丸髷《まるまげ》を結った老婆が顔を突き出した。

しかしすぐに、「なんだ……人違いか……」と呟《つぶや》きながら奥へ引っ込もうとした。

柏木は慌ててそれを引き留めた。

「ちょっとすいません」

「はいはい、煙草ですか?」

「ええと……そうだな……エアーシップを一つ」

「エアーシップね」

エアーシップ……エアーシップ……と反芻《はんすう》しながら、老婆が煙草を手にとった。

「お婆さん、今間違えたのは、藤原さんの家にいたお手伝いの茅さんのことかい？」

「おや、お前さん、茅ちゃんを知ってるのかね？」

「知っている訳じゃないが、藤原さんのことを少し聞きたいんだ。僕はこういう者です」

柏木は朝日新聞の名刺を老婆に差し出した。老婆は受け取ると、老眼鏡をかけなおし、名刺をぐっと顔から離して見つめた。

「へぇ、記者さんねえ、お若いのに立派だねえ……」

「いえ、まだまだですよ。それよりお婆さん、藤原さんの事件を知ってますよね？」

「藤原さんの事件……？　なんですそりゃあ」

「参ったな、新聞を読んでないんですか？　藤原隆が行方不明、というより、隆の死体が行方不明なんですよ」

「ええ！　隆ちゃんが……」

老婆は暫《しばら》く絶句して、可哀相に……と呟いた。

「あたしゃ新聞なんてめったと見ないからねぇ、知りませんでしたよ」

「お婆さんは藤原隆をよく知ってるんですか？」

「知ってるもなにも、おむつだって替えたんですよ」

柏木と茅は黙って顔を見合わせた。

「藤原隆の双子の兄のことは？」

「ああ、博《ひろし》ちゃんのことですか？　ありゃあ本当に可哀相でした、藤原さんとこの奥さんが気づいた時にはすっかりぐったりしてたってことです……」

「その時の詳しい事情は分かりませんか？　何とか思い出してみて下さいよ」

　老婆は暫く小首を傾げて黙った。

「さぁてねぇ、とにかく生まれて二ヵ月目のことでしたね。茅ちゃんから事情を聞いたところによると、その日は博も隆もよく眠ってて、藤原先生が『たまには子供が寝ているうちに皆で外食でもしよう』と言い出したんだそうです。茅ちゃんは、使用人の自分が食事をご一緒するのはいけない、それに赤ん坊がいつ目を覚ますか分からないから……と最初断ったんだそうですが、先生っていうのはそりゃあ優しい御人でね、それじゃあ茅が休む暇がないだろうと、白木屋の屋上の洋食屋に無理に食事に連れていったんだそうですよ。なんでもカレーライスを食べたとか……。そうして帰ってきたら博が寝返りを打って布団に突っ伏していてね、窒息って言うのかねぇ……」

「茅さんという人がそれを見たんですか？」

　柏木が勢い込んで尋ねた。

「食事から帰ってきて、茅ちゃんが最初に見つけたんですよ。棺桶《かんおけ》なんかも小さくってねぇ、可哀相だった……奥様なんかはもう泣いて、泣いて……。ご主人はもっとショックだったようでしたよ、葬式の日は部屋に閉じこもっちまって……。それで喪主はうちの亭主が代わりに務めたんですよ」

老婆は細めていた目をしばたたかせた。

「……やっぱり呪われてるのかねぇ……」

「呪われてる？　ど、どういう意味ですか？」

「いえね、もうそりゃあ怖いことがあったんですよ、藤原先生の奥様の葬式を浅草寺でしていた時にね」

「何があったんです？」

「あんときゃあ梅雨時だったから、じっとり暑くて、雨が降ってたねぇ……先生はご人望があったから、葬式には弔問の方が大勢いらっしゃった。黒い列がずっと……こう雨の霧で見えなくなるぐらい並んでました、私は受付の手伝いをしてたんですよ。そん時です、顎髭《あごひげ》をぼうぼうに生やした汚らしい乞食《こじき》坊主が髑髏《どくろ》の紋の入った袈裟《けさ》を着て、葬儀場に立ってたんです。本当に何処から来たのか分からなかったんです、霧雨の中に突然、こう……ぬっと立ってたんですよ。右から来たのか、左から来たのか、もしかしたら前から歩いてきたのか……本当に誰一人気がつかなかったんです」

浅草寺の怪僧……『浅草時代物語』のあの怪僧だ！

あの物語は現実だったのか！

柏木は衝撃を受けた。

「あたしゃ、その姿を見た時に心臓が止まっちまうかと思いました。何故ってあんた、その坊主のことを先生から話に聞いたことがあったんです」

「どんな話を……？」

「先生は寡黙な方で普段めったと喋《しゃべ》らなかったけど、一度だけうちの亭主とお酒を飲んでて、子供の頃にお兄さんが神隠しにあわれたことを話されたことがあったんです、ええ。その時にねぇ、髑髏の坊主の話をしてらっしゃいました。なんでも神隠しの後、人骨をね、それも人の頭蓋骨《ずがいこつ》をこう……コツコツと叩《たた》きながら、髑髏の袈裟を着た坊主が先生のことを暫く見張ってたんですって……。葬儀場に現れたその乞食坊主ときたら、先生の話されていた坊主とそっくりじゃありませんか。しかもね、幾つか見当はつきませんけど、ともかく若いんですよ。先生が子供の頃に会ったとなりゃあ、普通考えたって爺《じじい》になってなきゃおかしいでしょう？　それが先生が見たという風体通りの姿で、何十年も経ってから現れるなんて……そんなもの人間じゃないに決まってるじゃありませんか。それでその坊主がね、参列してる人達の顔をじっと一人一人見ていくんで皆が気味悪がってたんです。あたしゃ話を聞いてたもんだから、もう足が震えて震えて……丁度、喪主の挨拶《あいさつ》をしていた先生もその坊主を見るなり蒼白《そうはく》になって立ち往生されちまったんです、そしたらその坊主、真っ直ぐに先生の前まで歩いてきて立ち止まったかと思ったら……あんた、突然げらげら大声で笑い出したんですよ！　あたしゃ、ああいう笑い声ってのは初めて聞きましたよ、嗄れた気味悪い声でね、思わず肝が縮みあがっちまうような声ですよ。物の怪《け》ってのはあんな風に笑うんですよねぇ、今でも思い出したらぞっとします」

老婆は土色の顔をして、震えていた。まるで、今そこに怪僧が立ってでもいる様に……。

「そっ……それで藤原さんはどうしたんです？」

「そりゃあもう棒立ちのまんまでしたねぇ。それで怖いもん知らずのうちの亭主や若い連中が、その坊主を追い払ったんです。その後も先生は具合悪そうでね、『大丈夫ですか』って尋ねたら……」


ヨネさん……、私は呪われているのかもしれない……。


「呪われてるかもしれないって、藤原巧がそう言ったのか？」

「そうですよ、それで『先生みたいないい人が呪われるんだったら、もっと先に呪われなきゃならない奴らが世の中には一杯いますよ』って慰めたんです。でもその後は本当に、先生は変になっちまいました。貧乏人には金もとらず相談に乗ってやるし、養子の自分の代で財産を減らしちゃあ、亡くなった義父や藤原家の御先祖に申し訳ないって、奥様が病気になった時も手をつけなかった家屋敷を売って、金融屋なんか始めちまってさ……子供さんを亡くして二年しない間に奥様まで亡くされたんですから、人が変わるのも無理ないけど、あたしゃあの坊主の何かの呪いと思えて仕方ないですよ」

呪い……。

柏木は絶句した。無言のまま老婆に謝礼金を渡すと、茅と共に帰路についた。

浅草寺の怪僧は実在した！

すっかり作り事だと思っていたが、藤原巧は二度、髑髏の怪僧を見たという。二度目は葬式の参列者も目撃している。

一方、あてにしていた藤原博の生存説は完全に否定されてしまった。

すると、茅の夫・中村正志は偶然に藤原隆と瓜二《うりふた》つだったのであり、そして偶然に時を同じくしていなくなったのである。そこに人の世の因果法則を探すのは難しい、ただ不気味な一致としかいいようがない。朱雀が言うように、ドッペルゲンガーめいた心霊現象が起こったのだ。

何故、自分はこんな事件に関わってしまったのか……それは最早分《もはや》からなくなっていた。

強いて言えば、夢である。だが、夢を信じるならば、隆を殺したのは既に死んでいる美佐という事になる。だがそれでは霊現象だ、たとえそうだとしても、隆が取り殺される必然性がない。美佐と隆には何の接点もない。そして、藤原巧は呪われていたのだという。が、彼は未《いま》だ健在だ、そこで代わりに息子が……否、藤原を狙っているのは髑髏の僧なのだ。

では、あの花魁《おいらん》は美佐ではなかったとしよう……もしかするとあの夢の女は茅なのだろうか？　未だ見ぬ茅を夢の中で美佐と取り違えたのだろうか？　まさか、それはあり得ない。中村茅というお手伝いが藤原家を恨んでいた可能性はあるが、茅とは別人だ、それは煙草屋の婆さんも言っていた。第一、殺人犯が新聞社に現れる訳がない。論外だ。

それともただ、あの夢が示していたのは、犯人が花魁の一人だという意味なのだろうか？

馬鹿気ている……殺人鬼は隆の首の骨をへし折ったのだ……。

いや、むしろ怪しいのは中村正志かもしれない、彼は一体何処へ行ったのか……藤原隆と同じ異界に旅立ったのか？　それとも、夢の老人は中村正志だったのだろうか……。

様々な思いが交錯した。と同時に自分の手に余る事件だと思わざるを得なかった。しかし、関心を持たずにはいられないものでもあった。いや、関心というより、その事態に魅了されているといった方が正しかった。

柏木は自分を、大好物の餌をしかけられたワナの前に立つ獣のように感じた。

ワナにかかるのは怖いが、出来るかぎり餌の近くによって匂いを嗅《か》いでみなければおさまらないのだ。だが、何処にワナが仕掛けられているのか？

それは、もしかするともう足元にあるのかも知れなかった……。

ちん・ちん・ちん・ちん・ちん

路面電車の灯が脇を通りすぎた。一瞬、一つ目のヘッドライトから放射される昼間のような光が網膜を焼き、その後一層辺りが暗くなった。

「主人は藤原さんのお兄さんではなかったんですね……」

横を歩いていた茅が残念そうに言った。

柏木は惚《ほう》けた顔を上げた。

考え事をしながら知らぬまに随分歩いてしまっていた。

「残念ですがそうですね。でも焦らず調べましょう、そのうち社にも何か情報が入ってくるかも知れません」

「ええ。見も知らない私のためにご足労をおかけします」

「いいえ、遠慮はしないで下さい」

茅の姿は闇の中に溶けて滲《し》み、はっきりとしなかった。見覚えのある女の輪郭がその中にあった。

「ご主人を愛しているのですか？」〔兄貴を愛しているのか？〕

「それはそうですわ」〔勿論《もちろん》よ〕

馬鹿な質問をしたと柏木は後悔した。

「どうしたんです、そんなに見て……」

不思議そうな茅の声が響いた。柏木は赤面した。

「いや、すみません……実は茅さんがある人によく似ているもので……」

「お知り合いの方?」

「まぁ……知り合いというか……僕の兄貴の恋人だった人です」

「その方のことがお嫌いですのね」

「え?」

何故、急に茅がそう言ったのか分からなかった。

余程、今までつっけんどんな応対をしてきたのだろうかと柏木は反省した。

「いえ、嫌いではありません、むしろ……好きだったんです」

柏木は酷《ひど》くしどろもどろになって言った。自分が茅に悪印象を持っていると思われては困るという気持ちと、正直な感情を美佐に似た女に言う気恥ずかしさがない交ぜになったからだった。

「…………」

茅は何も答えなかった。柏木はまた酷く緊張した。美佐を好きだったと言った言葉が、茅を誘惑しているように聞こえたのではないかと心配になった。

「いっ……今のは変な意味ではないんです」

「ええ、分かります……ただ意外な気がしたものですから……」

「え? 何故です?」

「ただ……なんとなく……」

茅はそのまま黙り、柏木も黙った。

日本橋の鉄橋の上から、黒く光る川面《かわも》が見えた。

スポットライトに照らされた三越の高塔が白く輝き映っている。魔女の長い三角帽のようだ。

夜の景観が美しいので、日本橋は逢《あ》い引《び》き・密会の名所であった。何組かの二人連れが橋から川を見ながら語りあっている。すれ違いの女学生らしき一群が、ちらりと柏木達を見て密《ひそ》やかな笑い声を立てた。

「こうして二人が歩いていると恋人同士に見えるでしょうか？」

〔こうして二人が歩いてると、恋人同士に見えるのかしら？〕

茅が突然そう言った。柏木は以前、美佐とも同じような場面があったのを思い出した。

「さぁ……どうでしょうか……」

柏木は言葉を濁した。

「本当に私も、柏木さんのような方と早く出会えばよかった……」

〔私も洋介さんみたいな人と先に出会ってればよかった〕

柏木は切ない気持ちに襲われた。

不意に、すぐ一センチ先にある茅の手を握りたい衝動に駆られた。その瞬間、事件のことなど頭から吹き飛んでしまっていた。自分が失ってしまった大切なものを、取り戻す……偶然であれ何であれ、それが茅と出会った理由なのではないだろうか、そう思った。

なのに、柏木は躊躇《ちゅうちょ》した。何故かはよくは分からない、恐らく茅に対するけじめなのだろう、美佐に似ているという理由ではあまりに不純な気がした。中村正志に対してもフェアでないような気がした。柏木は拳《こぶし》を握りしめた。

赤ちゃん……死んでしまって可哀相……。


橋を渡る車の喧騒《けんそう》に紛れて、茅がそんな言葉を呟《つぶや》いた。藤原博のことを言ったのだろう……柏木の胸がずきりと痛んだ。そんな切ない声だった。

「柏木さん、私はこれで帰ります……、またお電話しますわ」

黒い車が一台止まった。茅の体がそれへと吸い込まれるようにして、目の前から消えた。

6

黒い闇の中でごそごそと人が動き回る気配がしている。

時々、青白い光が瞬き、電気椅子に座った男が悲鳴を上げている姿が浮かび上がる。男の頭に嵌《は》められた金属の輪から沢山の電線がぶら下がっている。男は白目を剝《む》いて痙《けい》攣《れん》を起こしていた。

『仕方ないのです、こうしなければ病気が治らないのですから』

狐面の女が立っていた。

ふと気がついた時、柏木は見覚えのある煤《すす》けた天井を見上げていた。

鈍い頭痛がする。

（昨日は茅と別れてから、どうやって家へ帰ったんだろうか……）

〽日本一のようかの薬剤は、親切、律儀を旨とする、
オイッチニ、病の根をほり、葉をさすり、オイッチニ
売薬屋たる責任を……

わらべ歌に似た物悲しいメロディのアコーディオンを弾きながら、『ようかの薬売り』がステップを踏んでいた。その後ろ姿をぼんやりと覚えているということは、ぶらぶらと歩いて帰ってきたのかも知れない。酒を飲んだ記憶もないから、季節の変わり目で風邪でも引きかけているのだろう。目覚めに体が重いというのは、高血圧気味の柏木には珍しい事だった。

柏木は緩慢な動作で布団から起き上がった。

上着のポケットから『改良風邪薬ヘブリン丸』と書かれた風邪薬の錠剤を取り出して二

錠飲んだ後、柏木は管理人室の電話を借りて社に休暇の連絡を入れた。

そうして部屋に戻ると、布団を被《かぶ》って眠るでもなく、起きるでもなく昼過ぎまでうとうととしていた。

三時過ぎ、柏木は寮の近くで十銭の支那《シナ》そばを食った後、市電に乗り浅草へと向かった。朱雀に会うためだ。得意の詮索《せんさく》で何かを摑《つか》んでいるかもしれない。

車窓から曇り空を眺める。雲の合間には、工場の煙突が三本見えた。その空高く聳《そび》えるさきっぽに、人がへばりついている。

ははぁ、またもや煙突男だな、しかも今度は三人も……派手な賃金闘争をやらかしているらしい、それにしてもあんなに高い所で目が眩《くら》まないいんだろうか？

「違いますよ、あれは煙突男じゃありません、昆布を採ってるんです」

隣で手すりを持っていたソフト帽の男が言った。

「昆布？」

「ええ、ほらあのように網を投げますと、雲と一緒に漂っている昆布がかかるんですよ」

男が指さすのを見ると、なるほど煙突にへばりついている男達が網状のものを空中に放り投げている。

「もっと以前は高い木などに登っても採れたのですが、最近は乱獲で昆布が減ってしまって、あの様な高い煙突に登らなければ採れなくなったらしいのです」

「よくご存じですね」

「ええ、僕は昆布採りの親方に騙《だま》されて梯子《はしご》を外されたもので、十五年間というもの木の上で昆布を採って過ごしましたから。勿論《もちろん》、弁当などは親方が木の下から僕の垂らすロープに括《くく》りつけてくれましたので、高くて怖い以外にはそう悪いものでもありませんでしたよ」

「それは酷い、労働者弾圧だ」

「どうせ下にいても酷い飢饉《ききん》で、父も母も何処かへ食べ物を探しにいったままのたれ死んだようですし、そうして働けただけでも幸いです。それにお金も溜《た》まったので、これから僕は大学に入学しにいくのです」

男はそう言うと、次に止まった駅で電車を降りていった。

柏木が大門にたどり着いた頃、灰色の雨雲は地表近くまで重く垂れ、辺りは夕方のような暗さになっていた。

ぽつり——。

案の定、門を潜ると一滴の雨粒が空から滑り落ちてきた。

引手茶屋の見世先を飾っていた花暖簾《はなのれん》が次々と消えていく。

「あれ、旦那《だんな》、朱雀先生に用事ですかい？」

萌木《もえぎ》楼《ろう》の牛太郎が丁度暖簾を取り込もうとしているところだった。

「今から行くところです。それより、光代さんはどうなったんです？」

「命に別状はないってこってす、喉《のど》んところに小さな傷は残りやしたがね……しかし旦那、朱雀先生はいやせんぜ」

「いない？」

「それが妙なんですよ……」

「どうしたんだ？」

「昨日の夜、後木さんとあの花魁弁財天に入っていったのをうちの若い衆が見たっきりで、その後すっかり消えちまったんでさぁ……。先生は詰所で寝起きされてやすから、寝にも帰ってこねぇなんて妙だってんで、さっきまで銀鮫の親方も捜し回ってたんです」


消えた……？


心臓が乱れた音をたてた。

「まさか朱雀先生まで神隠しにやられたなんてことはねぇでしょうねぇ……」

「そんな、まさか……」

冗談じゃない、昨日まで僕をからかって神隠しにあうなどと言っていたあの男が消えただと……？

「また人を担ぐ気だな！　おい、本当の事を言え！」

柏木は牛太郎の襟首を摑んだ。

「と……とっ……とんでもない、あっしは嘘なんぞ言いませんよ！」

牛太郎が目を白黒させて首を振った。

「ほんまやで、わしも朱雀に会おう思うて来たんやが、見つからんのや」

見世から女ものの着物姿でひょっこり顔を覗《のぞ》かせたのは出口だった。

「窓からあんたの姿が見えたからおりてきたんや。まぁ外で立ち話もなんやから、部屋へ上がらんか？」

柏木は牛太郎の襟首から乱暴に手を離すと、女を真似てユーモラスに腰を振りながら奥に入っていく出口に続いた。

細長い階段を上がり、光代の事件があった部屋を通りすぎ、柏木と出口は一番奥の布団部屋に入った。やにわに雷の音が鳴り響いた。障子を通して稲光が光った。

「本格的に雨が降りそうやな……」

出口が、積み重ねられた布団に背を凭《もた》せながら言った。

「急にいなくなるなんて変じゃないですか……出口さん、朱雀はあなたに何か言ってなかったんですか？」

「いやぁ、昨日の夜にはちらっと会《お》うたんや、ほんでわしが朝起きた時にはもうおらんかったんや。とにかくさっき牛太郎が言うたように、皆で捜しまわっとるわ……弁天さんと話にでも行ったんかな……」

(本当に神隠しにあったのか?)

柏木は落ちつかなかった。出口は観察するような鋭い目つきで柏木を見た。

「それより、あんた……えらい顔色が悪いで……なんかに取り憑かれてるんと違うか?」

「僕が何に取り憑かれたと言うんです、確かに体調は悪いが、ただの風邪です」

「そうか……」

出口は短く答えただけだった。治らない病人に、告知を断念した医者のような態度である。柏木はなおさら不安になった。

(この男……霊能者だったな……、何か見えるとでも言うんだろうか?)

「それよりあんた、新聞記者やろ、これから大変なことになるで」

「大変なこと……?」

「そうや、もうちょっとしたらクーデターが始まりよる、軍事政権を作るためのクーデターや」

「それも予言ですか?」

「違うがな、陸軍のやつらが計画しとるんや。わしの所にしつこう、クーデターの資金をカンパしろ言うてくるんや、たまらんわ……それでわしは逃げまわっとるんや。クーデターを起こしてな、徹底的に反戦主義の政治家の口封じをした後は……米国に奇襲攻撃をかける気なんや」

「なんだって?!」

これは大変な情報だ……、柏木は熱を帯びて熱くなっていく額に手をあてた。耳の奥までもが、じんじんと熱い。

「無謀やろう？　あんた、相手は米国やで、どないな頭でそんな狂ったこと考えるのか、わしには理解できんわ、かなうはずはない」

「敗戦すると言うんですか？」

「当たり前やないかあんた、米国と日本の国力の差なんか歴然や。敵さんは武器にしても兵糧にしても、日本の数倍……いや数十倍……下手したら何百倍も持ってるんやで、満州国を手に入れたぐらいでええ気になってたら大間違いや」

「そんな事を僕に漏らしてもいいのか？　あなた右翼なんでしょう？」

「わしが右翼！　とんでもないわ、わしは右翼でも左翼でもなんでもあらへん、神さんの遣いをしとるだけや。軍はわしの教団に食い込んで、わしんとこの神さんの力を利用しようと思うてるようやけど、あんた……素人が神仏に触ったら、えらいしっぺ返しを食らうだけや。神仏はな、人の都合では動かへん……人の心を試しはる」

「そんだけ知ってるなら、なんとか阻止は出来ないのだろうか？　各社にこの情報を持ち込んで、いっせいに軍を叩《たた》けば……」

「無理やな……。なんの証拠もないし、もう動き始めてる」

どぉぉぉぉぉぉぉん

爆弾を投下されたかのような巨大な落雷音が響いた。近くに落ちたようだ。人が騒いでいる気配がしていた。

障子にちらちらと光が揺れている。落雷で火が出たのか……。

しかし堆《うずたか》く積み上げられた布団に阻まれ、窓を開けて見ることは出来ない。

朱雀もいなくなった……、日本も戦渦に巻き込まれようとしている。

ほんの近くで危険な事が始まっている。なのにその正体が見極められない。不安感に潰《つぶ》されて圧死しそうだ……。


出口が何かに気づいたように鼻を鳴らした。

「あんた……この香の匂い……？」

「え？」

柏木は慌てて自分の肩口に鼻を近づけた。そう言われてみれば、まだ茅の移り香が僅《わず》かに残っている。

「これは一寸《ちょっと》頼まれ事をしているご婦人の香の匂いが移ってるだけです……何か？」

「そうか……頼まれ事なぁ……まぁ体に気をつけや」

「……気になる言い方ですね、何です？」

「別になにもないがな、珍しい匂いやと思うただけや。そういや、昨夜朱雀からこれを頼まれてたんや……あんた宛の手紙や、朱雀に用事いうのはこれのことか？」

「手紙……？」

出口は『柏木君へ』と愛想なく書かれた茶封筒を柏木に手渡した。

（あの男が僕に手紙だって？　どういうことだ……そうだ……、朱雀がいないとなると、これは馬場刑事を訪ねてみるしかないな……）

「あなたに尋ねても仕方ない用件なので、これで失礼します」

「ちょっと待ち、わしもあんたに言わなあかんことがあるんや」

「なんです……？」

「女や、女に気をつけや、あんたがよう知ってる女や、向こうの世界から迎えに来てる、近寄ったらあかんで、そんだけや」

ぞっと背筋が凍った。


なっ……なんだこの男、やっぱり気味の悪い奴だ！


柏木は逃げるように踵《きびす》を返した。

一階に下りた柏木は首を傾げた。雨が止んでいる。

火が出た気配もないし、野次馬も見当たらない。

「出口先生とのお話は終わりやしたか？」

先程の牛太郎が声をかけてきた。

「……ああ……終わったよ、ところで落雷は何処にあったんだ？」

「落雷……？」

牛太郎は黙り込んで答えようとしない。柏木は不思議に思いながら警視庁へと向かった。

殺人を専門に捜査する一課は六階にある。これより上の階は泣く子も黙る特高が牛耳っている。

柏木に呼び出された馬場は、殺人犯と見紛《みまが》いそうなほど人相の悪い刑事達がたむろしている部屋の中から、眉《まゆ》をつり上げて出てきた。

「おい！　朱雀は何処だ！」

開口一番に叫んだのはそれだった。

「僕は知らないですよ。さっき吉原に行ったら、いなくなったって言うんです」

「お前もか、俺が電話をした時にもそう言いやがった。一体、どうなってんだ……それで、お前は何の用事だ？」

「藤原事件のことをもっと詳しく聞きたくて」

馬場は周囲に目を配ると、柏木の腕を摑《つか》んで歩き始めた。

「ここじゃまずい、俺がまだあの事件を嗅《か》ぎ回ってることが上に知れたら面倒なことになる、表で話そう」

馬場は柏木の腕を摑んだまま警視庁を出て桜田門の通りを歩きはじめた。

「お前もあの事件を嗅ぎ回ってるようだが、どういうことだ？　花柳界の担当になったんなら関係ないだろう？」

「確かにそうなんですが……単なる個人的な興味ですよ……あの事件で三面を下ろされたもんで納得出来ないんです」

「そうか……で、なんだ聞きたいことと言うのは？　俺から何か話を聞き出すつもりなら、お前も交換に見合う話を持ってきたんだろうな……」

鋭い一重目が柏木に睨《にら》みをきかせた。

「参考になるかどうか分かりませんが、花魁弁財天の怪僧のことはご存じですか？」

「怪僧？　なんだそれは？」

馬場は立ち止まった。

「時代出版社が発行している『浅草時代物語』という本があるんです。素人随筆家の投稿集のような本なのですが、ここに『妖狐の化けた僧』という思い出話がありました。なんでも明治三十六年頃に、浅草寺に奇怪な僧侶《そうりょ》が出没していたというんです。著者自身が僧の後をつけていったところ、僧は花魁弁財天に入って行き、狐の鳴き声が聞こえ、それきり僧の姿が消えてしまったということでした」

「それで、その僧が弁財天の狐だと言うのか？」

馬場が眉をひそめた。

「それだけじゃないんです。その僧はどうやら岡部一蔵の神隠しの時にも現れているし、藤原巧の妻が死んだ時、その葬式に現れたらしいんです」

「なんだと⁈」

「葬式に現れた怪僧は、藤原巧を見るなり、気味悪い声で、げらげらと高笑いした……それを聞いた藤原は『呪われている……』と呟《つぶや》いた。以前の藤原邸の近くで煙草屋を営んでいる婆さんから聞いた話です」

馬場は真剣な顔で首をひねった。

「怪僧……そう言えば朱雀が立川真言流のことを言っていたぞ」

「立川真言流？」

「ああ、信者を暗殺集団に育て上げて、人の髑髏《どくろ》を取ってこさせる邪教だそうだ。花魁弁財天を建立した文照て坊主は、その立川真言流だったんじゃないかと言っていた……」

「そう言えば、婆さんの証言でも、『浅草時代物語』の投稿にも、僧が髑髏の紋の入った袈裟《けさ》を着ていたと……」

「なんだと！……そりゃあ、間違いないな……朱雀が言ってたことには、文照の弟子の一人が茨城で小さな寺の住職をしていたらしい。そこに車次久一が強く要望して生前位牌《いはい》を預けてるってことだ」

「車次久一？　愛人を殺して、生首を水瓶に入れて持ち歩いていた、あの女形《おやま》ですね」

「そうだ……文照はもう死んでしまっているが、きっとその怨念《おんねん》は生きてるなんて朱雀は言っていたが……立川真言流か……そんな江戸時代の邪教が今の世に関係しているわけはないと、その時は一笑に付したが、これはもしかすると……」

「怨念……ですか」

「おい、しっかりしろ柏木、怨念などあるわけがないだろ、事件の犯人は暗殺集団の方だ。藤原鉄鋼の巨大利益を妬《ねた》んだ同業者の犯行か……あるいは私怨《しえん》か……」

「暗殺集団だとすると、怪僧が時代を超えて現れた事に説明はつきますが、逆に巧の子供時代に既に現れている事は説明できませんよ」

「うむ……まずは僧侶姿の男を当たってみるか……それで、お前は何を知りたい？」

「何か新しい事実は？」

「これといってはな。ああ、お前に中村の一件は話したかな」

「中村！　なんですそれは？」

「まだ裏は取れていないんだが、藤原は中村と名乗って、茅という女と二重結婚していたらしいんだ」


二重結婚?!

「く、詳しく話してくれませんか……？」

「あん？　ちょっと長くなるぞ」

馬場刑事は歩きながら話し始めた。

第五章　異界ヘノ招待状

1

弁財天《べんざいてん》の事件から数日後、馬場は一本の電話を受けた。

事件前夜に藤原隆を目撃した男が、新聞を見て連絡してきたのだ。男はバーのマスターだった。馬場は男の経営する店へ、事情聴取に向かった。

「何だって、そんなことが信じられるか！」

思わずいきり立った馬場に、店主は激しく首を振った。

「本当ですよ刑事さん、あれは絶対に作り話なんかじゃありませんよ。あの日は夕方から夜半まで雨だったから他にお客さんがいなかったんです、それで私はじっくりその人の話を聞くことができたんです。その人、亡くなった藤原さんて言うんですか？　本当に懐かしそうにお母さんの話をするんですよ、こと細かくね、作り話であれほど話せるもんじゃありませんよ」

「懐かしそうにだって？」

「そうですよ、あの人は夢の中のお母さんを愛してたんでしょうね」

「馬鹿な……夢は夢じゃないか、頭の中で作りだした妄想だ！　妄想で生まれた人間を愛するなんて馬鹿馬鹿しい」

そうだ、夢は夢なのだ、夢と現実を混同するなど馬場には理解出来ないことであった。

それを聞くと店主は開店準備のグラスを並べながら、微《かす》かに微笑んだ。

「そりゃあ刑事さん、考え方の違いですよ。私も最初はそう思って、同じことを言ったんですがね、藤原さんって人はこう言ってましたよ」


「マスター、貴方《あなた》、夢について考えたことがありますか？」

「夢ですか？　さぁ……私はめったに夢を見ない質《たち》ですし、毎日の生活の方が大変で、それどころじゃ……」

奇怪《おか》しなことを言う客だなと思いながらも愛想よく答えた店主に、男は残念そうなため息をついた。

「それは気の毒だ……」

「気の毒？」

「ええ、私は昔から不思議に思っていたんです……こんな覚えはありませんか？　夢の中で怖いことや、楽しいことがあるでしょう？　その時、目が覚めている時より、ずっと印象的で鮮烈な感覚があるなんて事は」

ああ、と店主は頷《うなず》いた。恐ろしい夢を見て、心臓が破裂しそうになって目が覚める、そして目覚めて夢の内容を思い起こしてみると、それほど怖い夢でもないのに、何故あれほど恐ろしかったんだろうと不思議に思うような……確かにそんな事はある。

「あるんですね？」

男は嬉《うれ》しそうに聞きながら、ロックグラスを一気に空けた。よく呑《の》む客だなと思いながら、店主は次の酒を注いだ。

「私は子供の頃、悪夢ばかり見てうなされる子供だったんです。嫌な悪夢です、思い出しただけで身震いがする」

男は体を震わせた。

「私は黒い影法師に追いかけられるんです。逃げても逃げても追ってきて、私の胸にナイフを突き立てる。私が断末魔の叫び声を上げる……するとね、その影法師の姿が、私そのもののの姿に変わるんですよ……その時の恐ろしさはもう、とても口では言い表しようもありません」

「なるほど、気味が悪そうですね」

「ええ、それでこんな風に思いませんか？　夢は現実よりずっと現実的だと……。夢が現実より現実的ならば、どうして現実の方が現実だと言えるでしょう？

……子供の頃読んだ童話でこんな話がありました。ある国の王様は、とても贅沢《ぜいたく》な暮らしをし、民衆にも慕われているのに毎日憂鬱《ゆううつ》な顔ばかりしてるんです。ところがその国に住んでいる乞食《こじき》がいて、その乞食は毎日食うや食わずなのに、いつも幸せそうに笑っています。たまたま通りがかった旅人がその理由を王様と乞食に尋ねるんです。すると王様がこう言います、私は夜が来るのが怖い、夢の中の私は乞食で、いつもひもじい思いをして過ごさなければならない。それとは反対に乞食はこう言うんです、私は幸せです、夜になれば私は夢の中で王様なんです、美味《おい》しいものをお腹一杯に食べ、ふかふかのソファに囲まれて過ごします、だからこの生活が苦しいなんてちっとも思いません……。ねぇ、マスター、この二人のどちらが幸せだと思います？」

「さあ……お客さんはどうなんです？」

「私はやはり、幸せそうな乞食が幸せなんだと思いますよ。第一、私は今夢の中にいるんでしょうか？　それとも現実の世界にいるんでしょうか？　マスターは答えられますか？」

「それは勿論《もちろん》、現実ですよ」

「何故、そう言い切れます？　これが貴方の見ている夢ではないと言い切れますか？」

店主は首を傾げた。そう言われると妙な気分になってくる。夢の中でそれが夢だなどと分かるわけがない、だからこれが夢でも、今の自分に分かるわけがない。何だか混乱しそうになって、店主は誤魔化し笑いをした。

「そうですねぇ……例えば、いつも寝室に入って寝て見るのは夢なんです、起きればいつもの生活に戻るでしょう？　でも夢はいきなり話が途切れて、目覚めると布団の中にいるんです。だから現実と夢の区別はつきますよ」

「ところが私の場合そうじゃないんです。夢の中で寝室に入って眠ると現実で目覚め、現実で眠ると夢で目覚めるんです、どっちが現実とはいいませんがね……」

店主は唖然《あぜん》とした。なるほど、それでは確かにどちらがどちらか分からなくなるに違いない。


と……言うことは、この男は今この時を夢だと思っているんだろうか？


店主はうすら寒さを覚えた。男が自分やこの店のことを夢だと思い込んでいるのでは……と考えると、突然、自分の存在自体があやふやなもののように感じられたからだ。

男は店主の戸惑いをよそに、幼い日に枕売りから母親の絵と枕を買ったこと、その夢の中では、自分が青森の漁村で生まれた貧しい家の一人息子で、名前を中村正志と言ったこと、幼い頃に亡くした父の分まで、母親が愛情を持って自分を育ててくれたこと、その母親の美しかったことなどを夢見るように語った。その話しぶりには澱《よど》みも途切れもなく、ただ切なく甘い母への思いが溢《あふ》れていた。

店主はいつか雑誌で読んだ前世の記憶を持つ男の物語や、一つの肉体に宿った二つの魂の話などを思い出しながら、目の前の男を見つめた。

話の内容には半信半疑ながらも、話の行方を知りたくなった店主は、催促するように男に尋ねた。

「……それで……お母さんはどうしたんですか？」

「私が十六になった時の事です、母は肺病を患ってしまい、五年間、病に苦しんだ挙げ句に死んでしまいました。それっきり私の母の夢はぷっつり途切れてしまったんです」

店主はそれを聞いて安堵《あんど》のため息をついた。思いの外、あっさりと男が現実に戻って来てくれたと思ったからだ。やはり、こんな寂しい雨の日に夢の話などばかり聞かされたのでは、自分の現実感が奇怪しくなってしまう。

「どんな気持ちか分かりますか？　自分の生きてきた人生が突然無くなるんですよ。まるで悪夢です。何しろ目の前にあると信じて疑わなかった風景が、壁紙をはがすように消えてしまったのですから。貴方はこれを現実だというが、私にとっては悪夢の中に取り残されたような気分でした」

「へえ、そんなものですか……」

「ええそうです、そうして私は現実との違和感を感じながら過ごしていたんです……。

ところが、家同士の思惑から今の家内と結婚して暫《しばら》く経った頃です。仕事の用事で、青森の鉱山を視察に行くことがあったんです。そこで私の運命を変える出来事に遭遇したんです」

「運命を変える？」

「ええ」

男は強く頷いて、テーブルの上で手を組むと、感慨深い表情になった。

「夜でした……雪が降っていて、予約していた旅館に行く道は人通りもなくひっそりとしていました。辺り一面が雪景色で、とても綺麗《きれい》でした。道の脇に高く盛り上げられている土手が青い影を作っていて……胸が痛くなるほど静かな風景なんです。不思議なことにそれは夢の中で私が過ごした故郷の景色とそっくりでした……。坂道をずっと歩いて、遠くに旅館の灯が見えはじめた頃に、瓦斯《ガス》灯の下に立っている男がいたんです」

「その男がお客さんの運命を？」

「ええ。男は黒っぽい半纏《はんてん》を着ていました。帽子を深めに被《かぶ》って、マスクをして、顔はよく分からなかった……私はその男の側を通りすぎた時に、なんだか不思議な感じがしたんです……。暫く歩いて、私は男を振り返りました、そうすると、その男の方も私が気になる風情で、じっとこっちを見てるんです。私達は向かい合って、長い間見つめあっていました。そのうち男の方が私に近づいてきたんです」

話が面白くなってきたので、マスターは夢中で自分でも水割りを作り、ちびりと呑んだ。

「その男がこう言うんです。旦那《だんな》、東京から来た人だね、実は俺は今から東京に出稼ぎに行くところなんだよ……ってね、それから聞いてもいないのにぼそぼそと自分の身の上話なんかを始めました。なんでも男は父を早くに亡くし、今また自分を女手一つで育ててくれた母親が長い病を患った末につい一ヵ月前に死んでしまったところだと言います」

「なんですって、本当ですか？　それはお客さんの夢の話と……」

「そう、夢の中の私の生い立ちとそっくりなんです。それで私はその男のことが他人とは思えなくなって同情したのです。それから男はこう言いました『母親の長い病院暮らしのせいで借金もかさんでね、東京に出るというのに切符を買う金以外に余分な金は一円だってないんですよ、さすがに心細くって……それで旦那に買って欲しいものがあるんだ』と」

「何だったんです？　買って欲しいものって……」

「男は自分の戸籍謄本を買ってくれと言ったんです」

「戸籍を売るって言ったんですか？」

「ええ、自分にはこれ以外何も残ってない、だからすまないがこれで金をくれとね………勿論、そんな物を貰《もら》ったってどうしようもありません。私は、それなら何かの縁と思って、今持っている金を貸してあげるから、いつか返せるようになったら返しにくればいい……そう言って、有り金の全てと自分の名刺を男に手渡したんです」

「へぇ、お客さんいい人ですね」

「その時は感傷的な気分になってたんですよ……ところが男は、それじゃあ俺の気がすまない、何もなしに人から金をもらうわけにいかない、そう言って、無理矢理私の上着のポケットに戸籍らしきものを捩《ね》じり込むと走りだしました。むろん私はその後を追いました。しかし男は雪道になれているせいかとても足が速く、途中で私は雪に脚をとられて転んでしまったんです……起き上がってみると、ほんの数秒の間なのに男の姿は見えなくなっていました。……それから私は仕方なく旅館に向かい、部屋に入ってからポケットで皺《しわ》だらけになっている男の戸籍を見てみたんです……中村正志……驚いたことにその戸籍には夢の中での私の名前が記されてたんですよ」

「なんですって?!」

店主は口をあんぐりと開いて、男を見つめた。

「しかし……そんな偶然があるもんなんですかね……」

「ええ、驚くでしょう？　私も本当に驚きました……夢の中の自分と同姓同名の人間に出会い、その戸籍を売られるなんて、何億分の……いや何百億分の一の確率だと思います？　奇跡ですよ。私は呆然《ぼうぜん》と中村正志の戸籍を見ているうちに、それが失った人生を取り戻す引換え券のように思えてきたんです」

店主は男のグラスに再びウィスキーを注ぎながら、男の顔を覗《のぞ》き込んだ。


この客、本当のことを言ってるんだろうか？


疑わしかった。しかし男はしごく真面目な顔をしていた。

「暫くは、その戸籍を使うことはありませんでした。けれど段々に私は中村正志を名乗って……もう一人の自分になって、差し障りのないバーやカフェーのような場所に遊びに出掛けるようになったんです。そこで一人の女と出会って恋におちました」

「そりゃあ……バーやカフェーの女と恋愛するのはよくあることですけど……」

「いえ、そんな軽いものじゃありません。その女……茅《かや》と言うんですが、茅は顔だちや気性が母にとても似ていて、私はすっかり一目《ひとめ》惚《ぼ》れしてしまったんです……それで、結婚したんです」

「ちょっと待って下さいよ、お客さんは結婚されてたんでしょう？　それじゃあ重婚じゃありませんか」

「理屈ではそうです、でも私は中村正志なんです、中村正志は独身です」

「生活はどうしてたんです？　結婚されてたんじゃ一緒に住めやしないでしょう？」

「いろいろと苦心しました。まず東京では人目に触れてまずいので、金沢市内に家を借りました、其《そ》の近くに別荘があるんです。茅には私の仕事は薬の行商だと言ってましたから、殆《ほとん》どは出張ということにして週に一度、二度家に帰るようにしました。疑うことを知らない女ですから無邪気に納得したんです。家内はもともと私のすることに干渉することはありませんから、特に弁解は必要ではありませんでした」

「それでずっと二重生活を？」

「ええ、そうです」

「ずっとそれで通されるつもりなんですか？　いつかはバレるでしょう？」

「そうなんです、そんな当たり前のことも私は考えていなかったんです……中村正志であることが余りに普通のことでしたから……でも仰《おつしや》るとおり、そんな生活が永遠に続くことなんてあり得ませんでした……最近、あの男がやって来たんです」

「あの男……というと……？」

「あの男……本当の中村正志ですよ、真夜中に何度も電話がありました」

「それは不味《まず》いんじゃないですか？　つまり脅かされてるってことでしょう？」

男は頷《うなず》いて、思いあぐねた様子で白髪頭を掻《か》きむしった。

「どうして今更あの男が現れたのか……茅になんと言えばいいのか……」

「警察に行った方がいいですよ、そんな輩《やから》はしまいに金を要求してきます、きっと一度や二度じゃなく頻繁にね」

「マスターもそう思いますか……」

「ええ……」

男は、はーっと全身の細胞から空気が抜けてしまうような溜息《ためいき》をついた。

「私もそう思いました、実際、奴は法外な金を要求してきたんです」

「やっぱり……」

「私は随分と悩みました。そうして私は一つ肝心なことをしていなかったことに気づいたんです」

「肝心なこと？」

「そうです、私が本当の中村正志になるための必要不可欠な儀式です。つまり奴を消滅させる儀式です」

「ちっ……ちょっと待ってくださいよ、物騒だなあ、お客さん、それは殺すってことじゃないんですか？」

「殺す？　そうなるんでしょうか……？　ともかく私は金を渡すからと其処《そこ》の隅田川の橋の袂《たもと》で奴と待ち合わせしたんです」

「い、何時？」

「ついさっきです。奴はあの日と同じように黒ずくめで立っていました。黒いジャンパーを着て、黒い帽子を被って……それからマスクをして……。私は奴に気づかれないように近づいていって……奴の頭を手に持っていた石で殴りつけました」

「何ですって？……それでどうしました？」

「奴は叫んで、よろめくと川に落ちたんです」

自分は何を聞いているのだろう？　これは殺人の告白ではないのか……店主は震えてグラスを落としそうになる両手に力を込めた。

「その時、私は見たんです……本当に何故、早くに気づかなかったのか……奴と出会った時に気づいていれば……」

男は悲鳴とも嘆きともつかぬ声を張り上げたかと思うとカウンターに突っ伏してしまった。

「一体、何を見たっていうんですか？」

店主はごくりと唾《つば》を飲み込んだ。

「男が橋から落ちる瞬間に、マスクが剝《は》がれて……その顔が私の顔だったんですよ、あれは私だったんです。あの悪夢、幼い時から怯《おび》えていたあの悪夢とまるっきり同じだ……私は自分を殺してしまったんです」

店主はぞうっとして言葉を暫く失っていた。だが何処かで聞いたような話のようにも思われてきた。そう言えばエドガー・アラン・ポーの小説に似たような話があった。

そんな絵に描いた怪奇小説のような話が現実にあるのだろうか？　男の小刻みに痙攣《けいれん》している肩は、実は笑いを押し殺しているせいではないのだろうか？

店主は思わずそんな疑いを抱いた。

「お……お客さん、まさかそれも夢っていうんじゃないでしょうね？」

「夢？……ああ……なる程……そうかも知れない……夢かも知れませんね」

男が気の抜けた声で答えた。

「なんだ、人が悪いなぁ、脅かさないでくださいよ」

そう言って、店主が額の汗をハンカチで拭《ぬぐ》った途端、男はやにわに立ち上がり、呑《の》み代にしては多すぎる札束をカウンターの上に置いて出ていってしまった。

2

語り終わると、馬場は煙草に火を点《つ》けた。

柏木は無言だった。

茅の為に中村正志を捜し出す……確かにそれが朱雀《すざく》を訪ね、馬場を訪ねた理由だった。

だが……この奇妙な物語は一体、何なのだ？

中村正志は二人いた。一人は藤原隆に戸籍を売った男、もう一人は戸籍を手に入れた藤原隆そのものだ。この二人は同じ顔をしていると藤原隆本人が証言している。

（一体、茅が捜しているのはどっちなんだ……？）

茅は夫が黒服の男に責められている現場を見たといっていた。とするとその黒服の男は中村正志だ、茅の夫が藤原隆だ。茅は戸籍も入れたと言っていたから、茅の夫は中村正志の戸籍を持っていた藤原に間違いない。

（なんてことだ、それじゃあ茅は実質的には藤原の愛人じゃないか……）

柏木は、中村茅が藤原の愛人だったのではという、最初の予感どおりの結果が出たことに驚いた。茅の境遇は驚くほど美佐に似ている。柏木の中で、茅は美佐とまるで見分けがつかぬほどソックリな女に変貌《へんぼう》していた。

「だが……それにしても奇怪《おか》しいんだ……藤原隆の話も現実のこととは思えんような話ではあるし、藤原が告白した奴の金沢の別荘周辺をどんなに尋ねても、中村茅なんて女はいない。変だろう？　限られた地域だぞ、土地の人が知らぬことはあるまいに……」

「余り……世間と交流が無かったのでしょうか？　藤原はほとんど家に居なかった訳ですし、ご婦人も目立たない生活をしていたのかも」

「近所づきあいがなかったにしても、米屋や酒屋ぐらいは出入りしているはずだ。その米屋も酒屋も口を揃えて、そんなおたくは知らないといいやがったんだ」

「では、別荘の付近というのではなく、別の場所かもしれませんよ。いくら何でも別荘の近くじゃ、妻の貴子に浮気が知れてしまうでしょう？」

「ああ、だがそこを疑うなら、他も疑わなきゃならん、それなら初めからこの話は藤原の妄想だと考えた方が納得がいく。何しろ、川に落ちたという男の死体も発見されていない。中村正志が実在した証拠はないんだ。茅という女もな」


　そんな事はない、中村茅は僕の目の前にいる……。


柏木の握りしめた掌《てのひら》がじっとりと汗ばんだ。

いずれにしても、事態は急転したのだ。

茅は正妻ではない、騙《だま》されて結婚したのだ。

夫を捜し出したとしても、見知らぬ藤原隆という男に突き当たるだけだ。

なんということだろう……。つくづくに気の毒な人だ。

早く茅に知らせてやらなければ。その上で彼女が名乗りを上げるかどうかを決めた方がいい。それでなくても世間の目を引いている事件だ。名乗りを上げれば好奇の目が一斉に彼女に向くだろうし、警察の取り調べもあるだろう。

馬場刑事が探している家、即ち中村正志と名乗って藤原隆が住んでいた場所は、茅に聞けばすぐに分かる。だが、馬場が藤原の別荘周辺しか洗っていない事は、茅にとっては幸運だったかもしれない……いっそ所在を摑《つか》まれていないのを幸いに、このままひっそりと暮らしたほうが幸せなのかも……。

(僕さえ黙っていればいいことなんだ……)

「お前、何を考えてる？　なんで藤原の事件にそうこだわるんだ？」

馬場が刑事特有の疑い深い口ぶりで尋ねた。

「いや……気になるわけじゃありません、ただ面白い話なんで……」

身の縮む思いで言い訳した柏木に、馬場は、けっ、と唾を吐いた。

公園の角で馬場と別れた柏木は、軽い目眩《めまい》を感じ、座る場所を探して公園へ入った。

今日は六時に社の前で茅と待ち合わせをしている。

彼女の夫についてどう説明したものだろうか……と柏木は頭を抱えた。

目の前で取り乱されたらどうすればいいのか？　泣かれたらどう慰めればいいのか？

美佐のマンションに向かう道でも同じことを悩んだ覚えがある。それなのに大失敗をしてしまったのだ……。あの時、ああまで言わなければ、美佐も死に急ぐことなどしなかったろう……。

今度こそ、茅に対しては慎重に話をしなくてはならない。


ベンチを見つけて腰を下ろすと、ポケットに異物感があるのに気づいた。

「そうだ、確か朱雀の手紙を渡されて……」

柏木は不器用に茶封筒を破ると、便箋《びんせん》を取り出した。

朱雀のものなのか、秘書の後木《ごき》のものなのか、そこには几帳面《きちょうめん》な字でこう記されていた。


やぁ、柏木君、元気にしているかね？

この手紙を君が見る頃には、僕は異界に旅立っていると思う。

一つ、君に大事な忠告をしておこう。これはとても重要なことだ。

僕達の周りにはさまざまな異界が存在している。君が信じる信じざるとにかかわらず、この僕達は異界に囲まれて生活しているのだ。

異界とは何ぞや？

それは龍宮城や福の神の将来に示されるが如く憧憬《しょうけい》と繁栄の一面を持ち、同時に、橋の上に出没する鬼のような危険と畏怖《いふ》の一面を持つ世界だ。

だから、異界のモノとの間に交わした約束は特に厳守せねばならない。

あるいは自ら経験で得た戒めは守らなければならない。

憧憬と繁栄の幸運にめぐり合うのは選ばれた人間だが、その幸運を確保しようとする者に、異界は人の心を問うのだ。

それ故に異界と接触する時は、まるで己の姿を鏡で見るような現象が起こるのだ。

つまりはドッペルゲンガーだ。

人がドッペルゲンガーを何故恐れるのか？

それはまごうことなき自分の姿を見てしまうからだ。無節操で、未熟な自分の姿をだ。

柏木君、現世に生きる人の心は戒めや約束事を守ることが出来ないものだね。

何故なら僕等は時間と空間、さまざまな現実とのかかわりの中に捕らわれているからだ。

一方、異界に住まうものは時間と空間を超越してしまっている。この両者はまるきり違うのだ。だから異界との関係はとりとめがなく、破局に向かうしかない。

このような忠告をするのは、ほら、耳を欹《そばだ》ててみたまえ、異界の足音が君のすぐ側まで迫ってきているのを、僕は知っているからだ。

手紙はたったそれだけだった。

柏木は何度も読み直したが、朱雀の意図は一向に知れなかった。

ただ、朱雀が自分自身の神隠しを予言している事と、異界のモノに不用意に関わったり約束を違《たが》えてはならないという忠告が書かれてあることは分かった。

己の分身を殺したという藤原は、異界の住人であった中村正志との約束を違えたが故に破局に陥ったのだろうか。ならば、中村正志とは正真正銘の死んだ藤原博なのか！

では僕はどうなのだ？……自分でも知らぬ間に、異界の物と約束を交わしたというのか？　僕は何をすればいいんだ？

思わずぞっとして辺りを見回した柏木は、公園の入口に備え付けられた自動電話を見つけ、本郷に連絡を入れる事にした。

頭がどうにかなりそうだった。こんな事なら無理をしてでも会社に行った方がましだった。後悔しながら本郷を呼び出し、藤原の二つの人生を語った。

「そうか、茅さんも気の毒に……だが、夫が実際いないとなれば、いよいよこれで君の出る幕があがるね」

本郷の無責任な話しぶりに怒りを感じないばかりか、ほっとした柏木だった。

「だけど……どう話していいのか、今夜会うのが不安ですよ」

柏木は言った。だがどうもこうもない、正直に話すより他にないのだ。だが、そう覚悟を決めた柏木の耳に、本郷の奇妙なセリフが飛び込んできた。

「ときに洋介、昨日君が駅前のミルクホールで話し込んでいた男は誰なんだい？」

「駅前のミルクホール？」

駅の向かいに、こぢんまりとしたミルクホール・ランタンという店がある。観葉植物を窓際にずらりと並べた店だが、其処《そこ》のことを言ってるのだろうか？　柏木は本郷の話がピンと来ずに頭を掻《か》いた。

「随分と深刻に話をしていただろう。何の話だったんだい？」

「いえ……昨日、僕は真っ直ぐに寮に戻って、体調が悪かったのですぐに寝ましたよ」

「なに言ってるんだ、僕は十分ばかり君が出てくるのを待って中を覗《のぞ》いていたんだよ、ちょうど窓の正面に座っていた君の顔を間違えたりするもんか」

本当にそんな覚えはない。柏木はじわっと鳥肌が立つのを感じた。

「本当です！　僕は本当にそんなところには行ってません」

「なんだって？　確かなのかい？……どういうことだ、あれは確かに君だったぞ、間違いようもない、背広だっていつも君が着ているのと同じだったんだよ、あれが君じゃなきゃ、一体誰だって言うんだ？」

本郷の声が微《かす》かに震えた。柏木もいよいよ酷《ひど》い目眩に襲われた。

「なんだか訳が分からんぞ……」

本郷が暗い声で呟《つぶや》いた。

「先輩、ついに僕とそっくりの男が現れたんですね……次の餌食《えじき》は僕なのでしょうか……本当に事件は人の仕業なのでしょうか？　本当にこんなことが現実に起こるものなのでしょうか……？」

柏木は震えながら電話を切った。

いつもと変わりない場所に立ち、いつもと変わらない生活をしているのに、自分の信じていた世界が壁が剝《は》がれるように崩れ落ちていく。その背後から現れた見知らぬ光景の中を柏木はいつの間にか彷徨《さまよ》っていた。

3

か――――ん

鹿威《ししおど》しが鳴るたびに、空気が緊張していく。

中村正志の一件は人前で安易にする話ではないと思ったので、柏木は社の近くにある料亭の個室に茅を案内した。時々接待に使う料亭だが、それほど豪華な店ではない。八畳ばかりの飾り気のない和室に早咲きの桜の枝が生けられてある。

柏木は仲居が銚子《ちょうし》を運んでくるなり、勢いづけの為に手酌でぐいっとのみ干した。茅は話が始まるのを待っているのか……黙り込んでいる。

「突然のお話に驚かれるかも知れません……」

茅の瞳《ひとみ》が柏木を縋《すが》るように見た。柏木はまた手酌をして杯を空けた。

「実は……茅さんのお耳に入れると、さぞかし胸を痛められる話を聞きました」

そう言うと、茅の唇から震える息の漏れる音がした。もはや話し始める前から何かを察したのか、悲壮な表情が浮かんでいる。柏木は何ともやるせない気持ちになった。


こんな顔を見ずにすむなら、僕はなんでもするのだが……。


「どういうことです？」

茅が身を乗り出して、柏木を見上げた。

「つまり……貴女《あなた》が捜してらっしゃるご主人、中村正志という人物は、一言で言うならば幻だったのです」

か――――ん

鹿威しが鳴った。静寂が部屋に満ちた。茅は身じろぎもせず、そのまま凍ってしまったように見えた。柏木は落ちつきなく茅の様子を窺《うかが》った。

暫《しばら》くすると茅はようやく息を吹きかえした病人のように青白い顔で言った。

幻とは……どういう意味ですの？

柏木は覚悟を決めた。

「つまり、貴女のご主人は実在していないのです。ご主人の写真が藤原隆に瓜二《うりふた》つだったのには訳があったんです……貴女は騙《だま》されていたんです、いや騙されていたというような言い方は貴女を傷つけてしまいますね、騙されていたわけじゃない、おそらく貴女のご主人であった人もそんな気持を持っていたわけではなかった……」

柏木は、なるべく茅の気持ちを傷つけることがないようにと言葉を選びながら、藤原隆の二つの人生を語った。

人形のように座ったままの茅を相手に喋《しゃべ》りつづけるのは、恐ろしく長い時間のように感じられた。鹿威しが何回も鳴り、西日で赤く染まっていた畳の色がやがて薄れ、障子の円窓からは小舟のような下弦の月が見えていた。

「どうでしょうか……貴女がこのままご主人を捜し続けても詮《せん》ないことだと思いませんか？　こんな言い方をしては何だが、この事件はきっと貴女が真実を知るべくして起こった事件なんです。貴女はまだ若いんだからやり直しはいくらでもきく、全て忘れて一からやり直すんです」

魂が抜けてしまったように肩を落としていた茅の瞳がみるみる潤み、涙が溢《あふ》れだした。

柏木はうろたえて顔を背けた。

でも、あの人は私を愛していると言いました。

勿論《もちろん》、勿論そうだったんでしょう、けど、何を言っても相手は妻も子供もある男だったのですから……。

とてもこのまま諦《あきら》めるわけにはいきませんわ、もう一度、もう一度会うまでは……。

しかし、もしかすると藤原隆さんは死んでいる……いやきっと死んでいるのです、死んだ相手とどうやって会うというんですか？

そうかも知れません、ですが貴方《あなた》のお話だけで、あの人の気持ちを疑うなんてこと、私には出来ませんもの……。

柏木は頭の隅で、はっとした。どこかで聞いた文句だ、そしてどこかで自分も言った文句だ……。思い出そうとする間もなく、茅は声を殺して身を突っ伏した。

ジレンマともどかしさで、柏木は頭を掻きむしった。

「茅さん、いい加減に目を覚ましなさい！　どんなに藤原隆が歯の浮くようなことを貴女に言ったか知らないが、貴女は現実には愛人なんだ、顔を上げて、現実を見るんだ！」

言いながら冷たい汗が額に滲《にじ》んできた。茅は身を突っ伏したまま、首を振っていた。

「いいえ、いいえ信じません」

身を縮める仕種《しぐさ》が誰かと重なる。柏木の胸に突如、怒りがこみ上げた。

「分からず屋なことを言うんじゃない、方便でいくらでも女性にいい加減なことを言う男が、世の中にはごまんといるんだ。けど、そんな男に限って子煩悩で愛妻家だったりするんだよ。きっぱりと自分自身の未練と別れてしまうんだ‼」

そう叫んだ瞬間、どきり……とした。

これはまるで、あの美佐との最後の夜の会話だ……。歪《ゆが》んだ鏡だ……。

柏木はにわかに不気味になって、あの夜の美佐と同じように泣き伏している茅を見た。

何かの力が、過去の亡霊を呼び覚まそうとしていた。

柏木は、しきりに頭を振って覚醒《かくせい》を促し、自分に言い聞かせた。


僕は何を感情的になってるんだ……これは美佐ではないぞ、茅さんだ。


「どうしましたの？」

いきなり黙り込んだ柏木を茅が見つめている。

「大丈夫ですか？　顔色が随分と真っ青ですわ……ああ……ごめんなさい……私が聞き分けのないことを言って、泣いてしまったからですね。貴方には何の罪もないことなのに、詰《なじ》ってしまったりして……」

「……いいえ、いいえ無理もありません、突然こんなことを聞かされた気持ちをお察しします。僕もつい言いすぎてしまって……本当に申し訳ありません」

ようやく冷静に物が言えた。だが、まだくらくらと目眩《めまい》がしていた。

茅はバッグからハンケチを取り出すと、涙と鼻水を拭《ぬぐ》って居住まいを正した。少し気を取り直したようだった。

「気持ちを整理してよく考えますわ……柏木さん、本当に言いにくいことを聞かせていただいて有り難うございます……ただ……一つだけお願いがあるんです」

「何ですか？」

「その……藤原隆さんのお宅を教えてもらえないでしょうか？」

「どうしてです？　まさか訪ねたいと仰《おつしや》るんですか？」

「いえ、そういうわけじゃありません、ただその人の家庭やご家族を見れば……少しは私も現実がハッキリと分かって心の整理がつくかも知れません、その為に……」

茅が静かな声でそう言った。

ああ……！　よかった！

「そうですか、辛《つら》い決心をなさったんですね。いいでしょう、事件があった弁財天はご存じですか？」

「はい……なんとなく」

「吉原の近くです。弁財天からそう遠くないので、すぐに分かると思いますよ。地図を描くには道が面倒ですが、その辺りで尋ねれば誰もが知っているはずです」

「有り難うございます……一度だけ……一度だけ、訪ねてみます」

現実を見たいと言った気丈な茅の言葉に、柏木は安堵《あんど》のため息を漏らした。

茅と別れて料亭を出た柏木は、茅のこれから先の身の上に思いを馳《は》せながら寮に向かった。瓦斯《ガス》灯の並ぶ大通りから外れて暗い道に入ると、低い瓦《かわら》屋根の上に出ていた月が輝きを増した。

悪い夢からようやく覚めた気分で、柏木は煌々《こうこう》とした黄色い月を見上げた。

何処かで盛りのついた猫が、あぉううう、と鳴いていた。

4

翌朝の目覚めは、やはりよくなかった。鈍い動作で洗面所に立ち、風邪薬を飲んで歯磨きをしていると、背中でカチャリと音がした。

「早いな洋介、まだ出社まで二時間もあるぞ」

寝ぼけ声は本郷だった。

「すいません、よく眠れなくて……」

「確かにこれだけ気味の悪い事件が重なれば精神だって参るだろうが、君、滅入《めい》っちゃいけないよ、体が資本なんだからね……それで？　昨日はどうだった？」

「話が話だけに、冷や汗をかきましたよ」

本郷は頷《うなず》きながら洗面所の蛇口をひねり、二、三度顔を濯《すす》いだ。

「まぁもっともだな。そうそう、昨日は妹が来ていたからスキヤキの残り物がある。洋介、食べていけよ」

「先輩、妹さんが居るんですか？」

「ああ、今日で十六になるので、初めて髪を結うのさ、その時に着る洒落《しゃれ》た着物が欲しいというので銀座の呉服屋につきあったんだ。さぁ上がれ」

万年床で必要最低限の生活道具があるだけの柏木の部屋と違い、本郷の部屋は、インテリアに工夫が凝らしてある。窓には市松模様のカーテンがかかっているし、その脇の一輪ざしにはかならず花が飾られている。

本人の弁によれば、いつ女が訪ねてくるか分からないので、女の好む様子にしているそうだ。

本郷は割り箸《ばし》を柏木に渡し、部屋の中央にあるサロンストーブを指さした。真鍮《しんちゅう》の大きな灰皿の上に西洋鉄兜《てつかぶと》が置かれたような、奇妙な意匠《デザイン》の小型ストーブである。上の鉄兜を取り外せば、そのまま灰皿部分が鍋《なべ》に早変わりするという便利かつ安直な品物だった。熱放射がよいので、よく部屋が温まるという触れ込みだが、実際には巨大な鉄の固まりが赤く燃えているわけであるから、うかつに触れると火傷《やけど》するという危険な代物だ。

柏木はサロンストーブの前に胡座《あぐら》をかいた。丁度正面の壁には伊藤晴雨の責め絵が貼られている。水色の着物の襟をはだけた女囚が縄をうたれ、背をそらせながら恨めしげな顔を柏木に向けていた。柏木の心配は、本郷の猟奇趣味がスタイルだけではなく、実行にまで及んでいるのではないかと疑わしいところにあった。

本郷は寝ぼけ眼で布団の上に仰向《あおむ》けに転がり、煙草を吸っていた。

柏木は、鍋に残っている崩れた豆腐や茶色い白菜を僅《わず》かばかりつついた。

「我々には相変わらずまともな仕事はなさそうだよ、昨日の発表では土龍山《どりゅうさん》の匪賊《ひぞく》は数を増す一方で、関東軍はかなり苦戦しているようだ。数日のうちに戦線で負傷した兵隊の第一団が帰国する予定らしい」

「そうですか……」

「で……茅さんは話を聞いて何と言ってたんだい？」

「ええ、最初は取り乱してましたが、すぐに冷静になって藤原隆の家を見に行きたいといってました」

「家を？　何故？」

「しっかり現実を見て、気持ちを整理してみるということです」

「そうか……ギヤマン細工のような見かけに似合わず気丈な婦人だな、中村茅というのは」

「そのようです……最初はひどく動転した様子で泣き出したものですから、一瞬、早まった真似をするんじゃないかと思ってしまったんですが、考えすぎだったみたいです」

しみじみとそう言った柏木を、本郷は不思議そうな顔で見た。

「早まった真似って、何だい？」

「いえ……藤原隆はもうこの世にいない訳だから、心中はないんでしょうけど……なんというか……ふとそんな気がして恐ろしかったんです」

言いながら柏木は苦笑いをした。

「それで、中村茅の連絡先とか、泊まっている旅館のことは聞いたのかい？」

「いえ聞きません、そんなことを聞く雰囲気でもありませんでしたから」

「何故だい、これで彼女が納得して故郷に帰ってしまったら、連絡のしようがなくなるじゃないか、それでいいのかい？」

「連絡する気になれば、僕の名刺を渡してあることですし……。こういう時にこちらから付け込むようなことは……」

「なんだ、全くじれったい男だな君は……」

「そうかも知れませんが、僕にはご婦人を口先で誘惑するような器用な真似は出来ませんから……」

「それじゃあ僕がいつもそうしているみたいじゃないか」

「いや、そういう意味じゃないです……そうだ先輩、例の出口からとんでもない話を聞きました」

「とんでもない？」

「ええ、先輩も忙しそうでしたし、僕も中村茅のことで動き回ってたから言う暇がなかったんですが、軍がクーデターを起こそうとしていると言うんです、それから米国を敵に回して戦争を始めようとしていると……」

「なんだって?!」

一瞬、撥《は》ね起きた本郷の顔色が変わったように見えた。しかしすぐに元の不埒《ふらち》な口調になる。柏木は少しばかり本郷に期待したが、本郷の口をついて出てきたのはにべもない言葉だった。

「皇道派と親交の厚い出口王仁三郎《おにさぶろう》がそう言うんなら本当だろうな……軍内部は統制派と、昭和維新を叫ぶ皇道派に分かれているというが、いよいよ皇道派が隠密で動きだすということだろう……米国相手じゃあ総力戦だな……これじゃあ怪奇作家になったとしても、飯の食える時代があるかどうか問題だ……。第一、最近はどうも小説を地でいくような訳の分からぬことが多いものだから、何を書いても怪奇ではなくなって来ている。君、足立区に出来た怪建築のことを知ってるかい？　風変わりな前衛芸術家が作ったものらしいが、『日本』と名付けられたその建物と言うのが、装飾華美な和洋中チャンポンの建物に、入れない門があったり、登れない梯子《はしご》があったり、秘密の覗《のぞ》き穴が無数にあったりしてまるで迷宮なんだよ、芸術作品としてより催しとして見物料まで払って見にくる野次馬も多いらしい。しかし確かに日本てのはそんな感じさ、何にでもかんにでも、いかさまが隠されている。新宿のハリウッドってバーのこと知ってるかい？　その店には店の表通りと裏通りに一つずつ入口があって、それぞれ別の名前がついてるんだ、裏通りの方はニューヨークとね、客の方じゃそれを別の店だと思い込んでて、うっかり同じ店を梯子してしまうなんてことになってるらしい、世も末だねぇ」

「しかし僕等も、政治のいかさまを担がされている側ですよ、どうします先輩？」

「どうするって、どうしようもないだろう……。余程の材料を摑《つか》んでいないかぎり、こんなネタをすっぱ抜いたら下手すりゃあ牢獄《ろうごく》行きだよ。それにいかさま政治なんてこれからは当たり前になるんだよ。だって文明化というのは突き詰めりゃ、機械化さ、巨大な機械文明に身を委《ゆだ》ねるってことだよ。巷《ちまた》は軒並み機械と科学に称賛の拍手を送っているがね、機械ってのは昔言葉で言えば、『か・ら・く・り』じゃないか。機械などと新しい造語で呼ぶから分からないだけで、からくりに身を委ねるってことさ。だけどみんなその、『か・ら・く・り』を分かって使用しているのかってとこが問題なんだよ。僕なんぞいまだに電話機に不信を持つことがあるよ、本当にこれは遠くにいる相手の声が聞こえているのか？　もしかすると僕は機械の中で合成された声に向かって話をしてるんじゃないかとね。今に遠近《おちこち》、機械で埋め尽くされて、何もかもの真偽が分からないような世の中が来そうじゃないか。そうしてこの機械化を促進しているのが富国強兵政策なんだからねぇ。からくりがなけりゃ、国が豊かにならないというのが日本上層部の一致した見解なわけだ」

「では見て見ぬふりですか？　日本が軍事国家になってもいいと言うんですか？」

「じゃあ、君はどう立ち向かうと言うんだい？」

柏木は言葉に詰まった。

「下手なことはしないことだ。僕達は少なくとも政治家ではないからね。時代は流れる、何が正しかったか、間違っていたかなんぞ、世の終わりになって分かるもんだ、それまでは誰も分からんよ。とにかく僕らは今の出来事を公衆に伝える……それだけの役目さ。だがこいつは大きなネタだが、大き過ぎるね。もう少し小さなものがいい、それぐらいのことしか取り扱えないね、身の程ってことさ」

「そうなんでしょうか？」

「なんだ熱血だな。いいかい、『雉《きじ》も鳴かずば撃たれまい』だよ、鳴いて打たれても何も変わらないさ。鳴かずに、打たれずに、生きることさ。しょせん僕らが立ち上がったって、蟷螂《とうろう》の斧《おの》でしかないだろう？」

「つまり先輩はそう思って左翼運動を止めたって言うんですか？」

本郷は柏木ににじりより、やにわに耳を引っ張った。

「痛い、何をするんですか！」

「やっぱり……やたら耳を掻《か》いてると思ったら、耳垢《みみあか》が溜《た》まってるじゃないか、こんなんじゃ中耳炎になってしまう。暇なんだろ？　耳掃除ぐらいしろよ。ついでに吉原にも行ったらどうだ？」

「吉原に？」

「そうだよ、朱雀があのままかどうか気にならないかい？」


日劇、朝日新聞社、邦楽座と立ち並び、すっかり巨大なビルヂング街になった数寄屋橋周辺であるが、大正時代に建てられた瓦《かわら》屋根の家がその隙間をぬって立ち並んでいる。

柏木達の寮はモダンアパートである。だが、アパート正面に建つ泰明《たいめい》小学校の裏手へ向かって五分も歩くと、軒先に盆栽などを置いた硝子《ガラス》引き戸の低い家が並ぶ横丁が出現する。

横丁には細い川が流れ、井戸端があった。赤錆《あかさび》のついた手押しポンプがある。洗い場の石囲いに色を添えるのはうっすらと生えた青苔《あおごけ》だ。付近の家々の格子窓の下や玄関脇には、コールタールを塗った黒いゴミ箱、塵取《ちりと》り、箒《ほうき》、金じょうろといった日用品が、まるで自慢の陳列物のように並べられている。

頭よりほんの少し高いだけの軒、ひょいと背伸びをすれば瓦の上まで見渡せそうだ。

嵌《は》まりの悪いどぶ板は、歩く度に靴の下でガタガタと具合の悪い音を立てる。

古い一軒家の障子戸に『みみかき、いたします』と書かれた和紙がひらりひらりと揺れていた。茶と紺の地味な生地が二枚、張り板に張られて玄関口にたてかけられている。

「御免ください」

から　から　から　と糸車が回るような軽い音を立てて引き戸が開いた。

丸髷《まるまげ》を結った老女が首を覗かせる。

「ちょっと、早かったでしょうか？　耳をかいてもらいたいんだが……」

頭を掻きながらそう言った柏木に、老女はひっそり笑った。

朱を入れた口元から、ぴかぴか光った黒い歯が見えた。

「ようございますよ、さぁ、上がって奥の部屋に敷いた布団に横になって下さいまし」

質素な身なりをしているわりに、どことなく気品を感じさせる老女である。

奥に上がると、時代がかった桐簞笥《きりだんす》や道具入れ、長火鉢があった。

火鉢の上では銅の薬罐《やかん》が湯気を吹いていた。懐かしい古木の匂いがしている。

布団の上に、高枕がちょんと置いてある。

「春先に火なんぞ入れてますの、年を取ると体が冷えるもので……お熱うございますか？」

「いいえ、今日は少し寒いですから、ちょうど良いです」

布団の上にごろりと横になると、老女が道具箱から金の耳掻き棒を取り出す音が聞こえた。

お若い方がこんなに早くに珍しいですねぇ。

ごそごそと耳の奥で音がする。老女の声はトンネルの向こうから聞こえてくるようだ。

「ええ、一寸《ちょっと》眠れなかったもので……」

まぁ、ご婦人のことですか？

「分かりますか？」

分かりますとも、お若い男子が眠れないとあれば、ご婦人のことに違いありません、その方はお美しいのでしょうね？

柏木は目を閉じて、茅の顔を思い浮かべた。

「そうですね、美人でしょう」

そうですか……けれども美しいご婦人には注意することです、女は魔物などと申しますが、ことに美しいご婦人はそういうものでございますから……。

「……いえ……とてもそんなご婦人ではないんです。なんというか、男に騙《だま》された気の毒なご婦人です」

それはお気の毒に……けれども、ならばなおさらですよ。女というものは一度手酷《てひど》く男の方に騙されますと、それはもう世を恨んでしまいます、なかなかに人の言葉も素直には聞けなくなったりもしますのよ。おそろしい夜叉《やしゃ》というのも、裏切られた女が変化したものでございましょう？

そういうご婦人と幸せになることをお望みでしたら、決して貴方《あなた》は裏切らないことを心がけませんとね……。なにしろ男の方はご自分が母親から生まれたことも忘れて、すぐに女を裏切る生き物ですから……。

「そんな事はありません、僕はご婦人を裏切るような真似はしませんよ」

そうですか？

老女は小さく囁《ささや》いた。

耳搔きの心地よさと、火鉢の湯気の温《ぬく》みに体を包まれ、柏木はまどろみ始めた。

神代の昔からの決まり事ですわ……日本国を国産みなさった伊邪那岐《いざなぎ》様と伊邪那美《いざなみ》様の間にも、結局は伊邪那岐様の裏切りがございました。こうして裏切られた女は、夜叉に変化するだけじゃありません、時には蛇などにも……。道成寺《どうじょうじ》にもあってございましょう？

突然、老女の声が二重に響いて、柏木はびくり、と痙攣《けいれん》した。踏み台の丸い穴から極彩色の小さな蛇が顔を覗《のぞ》かせている。

「まぁ、危ない……。さぁさぁ、今度はこちらの耳を……。体の向きを変えてくださいまし、まぁ、本当に沢山でましたこと」

体の向きを変える。紅入れやら、白粉《おしろい》箱の置かれた鏡台が目の前にある。鏡の中で横になった自分の姿と、耳に突っ込まれている金棒はよく見えたが、天井の引き窓から差し込む光のせいか、薬罐の湯気のせいか、老女の姿がよく見えない。

あらあら、こちらにも沢山ためられて……

聞き覚えのある若い女の声を聴いたような気がした。

（変だな……僕の願望かな？）

鉛のように体が沈んでいく。柏木は目を閉じ、そのままうたた寝をしてしまった。

はい、おわりましたよ。

「どうも有り難うございます、さっぱりした気分です」

大きく伸びをしながら玄関を出た。

引き戸が、から　から　から　と背後で閉められた。

5

柏木はまだ気だるさの残る体で吉原に向かう市電に乗り込んだ。

窓の外には、『名誉の負傷凱旋《がいせん》万歳』の幟《のぼり》をつけた色鮮やかなアドバルーンが漂っている。百貨店の屋上に掲げられているものだ。

浅草に着いた。

朝の浅草寺《せんそうじ》付近を、酔っぱらいや、奇妙な風体の人々が我が者顔で闊歩《かっぽ》している。サラリーマンならこの時間、こうして道を歩いているはずがないのだから、職人か、商人か、芸人かあるいは風来坊なのだろう。柏木も、その群れに紛れ込んだ。

噎《む》せるような体臭……塵埃《じんあい》……。町が生き物で呼吸しているとすれば、銀座のそれはさながらテンポのよいラジオ体操の呼吸、浅草のそれは人力車夫の鼻息めいている。

浅草寺を抜け、水族館の魚が泳ぐ前を通り過ぎる。隣に、中国風か西洋風か分からぬ龍宮城の模型があった。その先では、悲しいのか楽しいのかよく分からない楽曲を鳴らしながら木馬が回っている。

木馬館の向かいに見せ物小屋がある。柏木をぎょっとさせたのは、その入口でにやにやと笑っている、女の生首だった。

どうなってるんだ？

恐る恐る近寄ってみた柏木に、黒いシルクハットに黒マント、ロイド眼鏡に口髭《くちひげ》を生やした、奇術師風の男が走り寄ってきた。

「あなた、こんなものは何でもないことです。これは胴体を隠して両脇に鏡を置き、黒幕を張るのが仕掛けなんです。その角度がうまく合ってると首しかないように見えるのですよ。ソビエトのキオという奇術師が考えたものです」

奇術か……、なるほどよく考えたもんだ。

本郷先輩も『からくり』のことを言っていたが、こんな事が出来るなら、藤原の首を逆さについているように見せかけることも出来るんじゃないだろうか？

そうだ、この町にはトリック殺人などわけなく出来る人材がうようよといるんだ……。

「ちょっと、あんたどういうつもりなんだい、来る客、来る客に種を明かして、商売の邪魔してさ！」

首だけの女に大層な剣幕で怒鳴られた男は、マントを翻してほうほうのていで逃げだした。柏木は腕組みをしながら再び歩き始めた。

もしかすると事件にからむ様々な摩訶《まか》不思議は奇術師の仕業ではなかろうか？　そう思って見回すと、辺りには、得体の知れない映画館、寄席、芝居小屋、奇術・曲芸の見せ物、レビュー劇場が軒を連ねている。赤、青、黄色、各店の掲げる毒々しい原色の幟が、十数歩毎に顔にあたる具合だ。怪しい場所はごまんとある。

脇道にある掘っ建て小屋のような小料理屋なども、案外に元奇術師などが開いた店かも知れない。

疲れを感じた柏木は適当に小路を入って、串《くし》カツを食べた後、再び往来の人をぬうように歩きはじめた。二、三度同じ場所を巡るうちに人波も増えはじめ、歩くのが苦痛になってきた。

柏木は五十銭で活動写真館に入り、田中絹代の『伊豆《いず》の踊子』を見て時間を潰《つぶ》し、それから吉原に足を向けた。

ナマコ板風の黒い亜鉛板に、真鍮《しんちゅう》金文字の屋号を入れた千束《せんぞく》通りの店々を行き過ぎ、吉原大門《おおもん》の前に立つ。だが、中まで入る気分にはならなかった……。

箒《ほうき》を持って大門の付近をうろついている門番らしい男に声をかけた。

「君、君、ちょっとすまない」

「へぃ旦那《だんな》、なにか御用ですかい？」

男は箒を肩に担いで近づいてきた。

「僕は朝日新聞社の柏木という者だが、一昨夜から姿が見えないという車組の頭は、もう戻ってきたのかい？」

「柏木さんといやぁ、朱雀先生のお友達ですね」

どこでそんな噂が湧いたのか知らぬが、男はそう言って丁重に頭を下げた。

「それがまだなんでさぁ……。もう二日目ですからねぇ、どうしたもんかと吉原じゃ会合をしなきゃなんねぇとか申しております」

「そうなのか……いや有り難う」

「もし見つかりやしたら、連絡するようにいたしやしょうか？」

「いや、それはいいよ」

それじゃあ……と男は小走りで見世の中に戻っていった。


二日帰ってない……いくらなんでもこれは奇怪《おか》しい……。

事故なら事故で連絡が吉原に入るだろうし……やはりこれは……。

朱雀は本当に本人の予言通りに消えてしまったのだ……。

（次は僕なのか？）

一歩、一歩進むごとに冷や汗が滴る。体調がいよいよ悪い。朦朧《もうろう》とした頭で社に戻った柏木は、気が抜けたように椅子に崩れ落ちた。

「どうした洋介、大丈夫か？　朱雀は？」

「全く連絡もないそうです」

「それはいよいよ妙だな……だが、それよりもっと大変なことが起こったようだよ」

「何です？」

「藤原家の子息、秀夫が誘拐されたらしいんだ」

誘拐？

「そうさ、今朝のことらしい。庭で遊んでいて、いなくなったという連絡が警察に入った……。特高はアカ組織の犯行だと見解を発表しているが、和服の女が子供を連れてくのを見たという目撃者がいるんだよ」

「和服の女……だって？」

「そうさ和服の女だ。君、昨日、中村茅と話をした時に藤原の家を聞かれたろう？」

「まさか！　茅さんが子供を誘拐したというんですか?!」

「どうだろうね。君が感じた通り、一見冷静を装ってみても、やはり心中穏やかならぬものがあったのかも知れぬよ」

「そんな……」


経験で得た戒めは守らなければならない……

異界の足音が君のすぐ側まで迫ってきている……。


(これだ、これが朱雀の警告していたことなのだ！)

柏木は両手で顔を覆った。

「嫉妬《しっと》にかられると、女性は普段では考えられないようなことも衝動的にしてしまうものだ。勿論《もちろん》、僕も犯人が彼女だとは信じたくないがね……いや、そうでないことを祈るよ……それより子供の安否が心配だ」

(しまった！　こんな事になるなら中村茅の所在や連絡先を聞いておくべきだった！　もし万が一、あの人が秀夫を連れ去っていったなら、衝動的に連れてきたもののどうしようかと今頃悩んでいるかも知れない、ああ、まったくへまをした！)

柏木は自分のうかつさを悔やみながら、耳搔《みみか》き屋の老女の言葉を思い出していた。

女というものは一度手酷《てひど》く男の方に騙《だま》されますと、それはもう世を恨んでしまいます、なかなかに人の言葉も素直には聞けなくなったりもしますのよ。おそろしい夜叉《やしゃ》というのも、裏切られた女が変化したものでございましょう？

藤原家の子息・秀夫が誘拐されて二十四時間が経過した。人質の安否を気遣って報道規制が敷かれているため、誘拐事件は表沙汰《おもてざた》にはなっていない。

柏木は茅からの連絡を待った。

（……しかし、もし彼女が犯人だとしても、僕に連絡をしてくるだろうか？　考えてみれば、彼女にとって僕は行方不明の主人の手掛かりを探すために藁《わら》にもすがる思いで会っただけの、行きずりの記者でしかない。そんな男に、この期に及んで連絡をしてくる理由があるだろうか？……いや、きっと連絡があるはずだ、それを信じよう、そしてもし連絡をしてくるとすれば……それは茅が僕をひとりの人間として、男として某《なにがし》かの頼みとしているところがあるからだ。今回は高瀬美佐の時とは違う……）

たっぷりと重みをもった一日が過ぎ去り、明日こそは良い知らせをと待ち望んでいたが、翌朝出社した柏木の耳に飛び込んできたのはさらなる惨事、一条義基が邸内で刺殺されたという知らせだった。

「おい、酷い面をしているじゃないか？」

本郷は、青ざめた顔で新聞資料を机の上にひっくりかえし、貪《むさぼ》り読んでいる柏木を覗《のぞ》き込んだ。目の下の隈《くま》が昨夜殆《ほとん》ど眠っていないことを物語っていた。

柏木の手の下にあるのは、『事件発生より殺人の最後まで』と見出しがふられた事件記事であった。坊主頭ののっぺりとした久一の写真が掲載されている。

「車次久一の事件を調べてるのか？」

「ええ……。いなくなった朱雀は、車次久一は立川真言流の信奉者だったのではないかと推測していたらしいんです、だから何か事件の手掛かりはないかと……」

「なる程ね、とすると信者の願望をたちどころに叶《かな》えるという陀吉尼天《だきにてん》の霊力で、久一もあれほどの地位を女形《おやま》として築いたのかな……ともあれ、そんな事じゃないだろう？」

「そんな事じゃないって……？」

「いや、洋介の知りたいことだよ。どだいこんな奇怪な事件のからくりが、付け焼き刃の探偵の真似で分かるはずがないんだ。殺人教団・立川真言流が犯人かどうかよりも、君の心配は中村茅がこの事件に関係しているかどうか……もっと率直に言えば犯人ではないということを確信したいのだろう？」

「そうです、もしかすると秀夫を誘拐したのは茅さんではないかもしれないでしょう？」

柏木は僅《わず》かな望みにかけていた。

本郷は胸元からエアーシップを一本取り出して燐寸《マッチ》で火をつけながら柏木の机の上に腰

を下ろした。

「なぁ、僕は思うのだが、今回の藤原隆の事件は、やはり神隠しとは基本的に関係がないのかも知れない」

「どういうことです？　では……朱雀はどうなったんですか？」

「うむ、嗅《か》ぎ回っていたから犯人に消されたのかも知れない……。あの手紙だって無理やり書かされたのかも知れんだろう？」

「しかし、出口は朱雀から直接手渡されたようでしたよ」

「そりゃあ分からん、その時から朱雀は脅されてたのかも知れないだろ。秀夫の誘拐、一条義基の殺害と重なって、よく考えてみた結果なんだ。

　まず以前の神隠しだが、いずれも随分と前の話だ、最初の二人の植木職人は互いになんの関係もない間柄だろう？　次が藤原巧の叔父《おじ》・亀吉、兄・一蔵、それから一条綾子……ここまでは本当に神隠しだったのかも知れない。しかしだね、どうも藤原隆の神隠しから続いて起こるこの二つの事件、これは実に人間的な事件さ。

　だからこう考えた方がいい、藤原隆の神隠しは衆人への目くらましで、捜査を攪乱《かくらん》させる為に犯人が仕組んだものなんだ。犯人は藤原家や一条家への怨恨《えんこん》をもつ者さ」

　本郷にしてはいやに説得力のある意見だった。

「怨恨？　誰かが立川真言流の刺客を雇ったということですか？」

「そうだね、どう考えても素人の犯行じゃあない、プロだよ絶対に。早川に聞いたところによると、一条は自室で短刀らしきもので胸を刺されて死んでいたということだ。だがここにも問題はあるんだ」

「どういう意味です？」

「完全な密室殺人らしいよ」

「密室殺人……？」

「まったく怪人二十面相も真っ青というやつだ。窓もドアも閉じたままで、誰も出入りした形跡がないということだ。使用人も一様に誰かが出入りしている姿を見ていないと証言している。警察の方では当初、一条邸を調べた時に、一条の愛人が犯人ではないかと睨《にら》んでいたらしい」

「一条に愛人が？」

「そうなんだ、一条邸には女物の着物や化粧道具がある部屋があった。それに、近所でも一条義基が邸内に女を囲っているという噂があったし、これは一条の愛人が別れ話のもつれで、一条を刺殺して逃げたのだと思ったらしいんだが……」

「違うんですか？」

「なんと使用人の証言では、化粧部屋は一条の部屋だと言うんだ」

「一条の？」

「女装趣味というやつを持ってたらしい」

「変態ですね」

「そういうことだ、やはり男色家という噂の方が当たっていたんだろうね。しかし君、言いにくいが、こうなってくるといよいよ中村茅が怪しいよ」

「な、何故です？」

「だって、一条家、藤原家への怨恨路線が固まれば、結婚詐欺にあった中村茅が怪しいとなるだろう？　もし彼女が僕達に連絡してくる前に自分が騙されていたことを知っていたとしたらどうする？　彼女がプロの殺し屋を頼んだ……ということも考えられる」

「いや……しかしそれならわざわざ僕達に連絡してきて、夫捜しなんかをするでしょうか？　第一、プロの殺し屋を雇うなんて……かなりの大金などもいるでしょう？」

「そこはほら、主人を捜している気の毒な妻を僕らの前で演じておけば、いざという時に有利という計算が働いたのかも知れない。それに殺し屋を雇う金なんて、女がその気になればだよ……その……彼女は昔カフェーにもいたんだから考えつくさ」

「……そんな……」

柏木は土色の顔をして黙り込んだ。

「ショックかい？……まぁ、必ずしも彼女が犯人とは決まったわけじゃないがね」

「目撃者がいる……と言ってましたよね」

「ん？」

「目撃者ですよ、秀夫を連れていった和服の女を見たという目撃者がいると言ってたでしょう？　その目撃者の所在は分かりますか？」

「確かめたいのか？」

「勿論《もちろん》です」

本郷は深くため息をついて、柏木の前にメモ用紙を差し出した。

「君がそう言うと思ったので、早川から取材メモを写させてもらってたんだ」

柏木は食い入るようにそのメモを見た。


白い和服の女の人が、秀夫ちゃんと手を繋《つな》いで歩いていくのを見ました。最初、藤原の奥様だと思ったのです、なぜってとてもその女の人が奥様に似ていたからです。でもよく見ると違いました。それでもお顔がよく似ていたので、奥様の妹さんかどなたかだと思ったんです。


「目撃者が、藤原貴子とよく似た女が秀夫を連れていったと証言しているだろう？」

「藤原貴子はどんな顔をしているんですか？」

むしゃぶりつくように尋ねた柏木に、本郷は再び深いため息をつくと、メモを取り出した内ポケットから一枚の写真を取り出した。

「手に入れるのに苦労したそうだ。かなり昔のもので、顔も小さくしか写っていない。貴子が通っていた女子大に連絡して、卒業記念写真を貰《もら》ったらしい。二段目の中央に写っているのが貴子だよ」

小さく薄ぼんやりと写っている貴子の女学生時代の顔に、柏木は目を凝らした。よくは分からないが茅に似ている気がする。茅は美佐と似ていると思っていたが、こうしてみると貴子にも似ている。

貴子と茅が似ていることで、柏木は処女妊娠の話を再び疑った。貴子が言うように婚前交渉があったのかも知れない。藤原隆と貴子は愛し合っていたのだ、少なくとも藤原隆は貴子を愛していたんではないだろうか？　藤原は貴子とうまくいっていないと語っていたようだが、次に選んだ茅が貴子に似ているとは奇異であった。

そうなると藤原が語った二つの人生の話も、何処までが藤原の本心だったのか……？

いずれにしても、事態は絶望的だった。

茅が貴子と似ているという事は、誘拐犯である可能性が極めて高いという事になる。

柏木はいよいよ貴子の顔を観察したが、その顔は美佐には似ていないようだった。

頭の中を駆けめぐる三人の女の顔に柏木は目眩《めまい》を覚えた。

「どうする？　警察にこの事を言うか、言わないか？　君にまかせるよ。僕は余りこういう物騒な事件とは直接関わりたくないしね。けど子供の安否もかかっていることだから、よく考えるといい」

本郷が言った。

十中八九、秀夫を連れ去ったのは茅だと思われた。しかし、茅が殺し屋を雇って、自分を騙《だま》した男やその妻の一族にまで復讐《ふくしゅう》を企てるような女だろうか？……どう考えてもそうは思えなかった。柏木はもはや己の直観を信じるしかなかった。

「あと一日、先輩、あと一日だけ待ってみてはいけませんか？　秀夫を誘拐したのが茅さんだとしても、秀夫をどうにかするなんて考えられません。ましてやあの人が殺し屋まで頼んで事件を起こす人とは思えない、事件はきっと別の犯人です、あと一日だけ待ってみたいんです。きっと連絡があります！」

「……そうだな……実は僕も生理的に中村茅が犯人とは思えないんだよ……」

ゆらゆらと空中で紫色の煙が漂っていた。柏木も本郷も暫《しばら》く呆然《ぼうぜん》とその様を眺めた。

「……待つか……。いいだろうさ、僕の干渉外のことにしておくよ、いや知らないことにしておこう……」

本郷は席を立った。

窓の外には夕日が広がっていた。

黄金色の鱗《うろこ》をぴかぴかと光らせた雲が流れていく。

そのまま、長い長い時間が経った……。

「柏木君、君に電話だよ!!」

誰かが受話器を片手で上げながら叫んだ。

6

向かい合っていた……。

靄《もや》のような白い人影が明確な輪郭を取りはじめると、それが中村茅であることに柏木は気づいた。緊張と寝不足とで霞《かす》んでいた目を、柏木はごしごしとこすった。

茅は能面の如き無表情で柏木を見つめていた。

茅が背にしている窓からは、白縁取りの赤煉瓦《れんが》に緑青の屋根、尖《とが》った冠のような頂を持つ参謀本部、司法省、海軍省などの建築群が見えている。

この部屋は政治家や軍人が出入りする高級料亭の一室らしかった。一度だけ来たことがあるのを柏木は思い出した。


どうして金沢から出てきたばかりで、こんな料亭を知っているんだろう……？

中村茅も窓外の風景も、金屏風《きんびょうぶ》の置かれた部屋の光景も、まるで映画館で見るスクリーンの中の景色のように臨場感がない。

いいや、料亭をどうして知っているのかなんてそんな事はどうでもいいんだ！

もっと大事なことがあるじゃないか……そうだ……秀夫の事だ……秀夫の事を聞かなければ……。

自分でも呆《あき》れるほど思考が緩慢だった。第一、今まで自分は茅と何を話していたのだろう？

柏木は己の手を見た。べっとりと汗をかいているところを見ると、熱があるのかも知れない。記憶がぼやけるほど朦朧《もうろう》としているとは、高熱に違いない。

風邪薬を飲んではいたが、確かにこの二、三日の体調は悪すぎた……。

喉《のど》が渇いて声が出にくかった。柏木は無理やり唾《つば》を飲み下した。

「茅さんが秀夫君を家から連れだしたんですか？」

柏木はやっと声を振り絞ってそれだけを言った。茅は意外にも素直に頷《うなず》いた。

「あの時は頭がぼんやりしていて、夢を見ていると思っていたんです」

「やはり貴女だったんですね……何という事を……一体これからどうすれば……いいえ、どうすればいいか、二人で話し合いましょう、僕も力になりますから。……さあ、教えて下さい、秀夫君は今何処なんです？」

あんまり簡単だったものだから……。

茅の口元が微《かす》かにそう動いた。

「……あんまり簡単だった……ものだから……？」

柏木が茅の言葉を反芻《はんすう》した。情けないことに熱のせいで、それ以外のあらゆる自発的な行動が柏木には不可能であった。

「私の赤ちゃん……可哀相、独りぼっちで待ってるのよ……きっと寂しがってるわ、とても寒い所なのよ、とても長い間待っているの」


何のことを言ってるんだ？　なんの事を言ってるんだ？

――なんだかこの人も変だ。


茅の姿が水面に映った影のように揺らめいた。水の中を漂っているような浮遊感に襲われ、柏木は頭を強く振った。

「……何を言ってるんです？」

「お庭で遊んでましたの……きっとそんな事にはならないだろうと思ってましたのに……お菓子をあげる……と言ったら門を自分で開けて出てきてしまったんですわ……本当にそんな事にはならないと思ったのに……」

まるで今でも白昼夢を見ているように茅は言った。狂気の色が滲《にじ》んだ声だった。やはり藤原の話で相当に傷つき、精神的な均衡を崩しているに違いないと柏木は理解した。

「それで秀夫君を連れていったんですか？　何処に？」

「赤ちゃんの待っているところ……お兄ちゃんがいけば、きっと喜ぶと思ったから……

それは簡単に……少し体を押すと橋の上から落ちていきましたのよ」


橋の上から突き飛ばした？　川に沈めたということか？

赤ん坊だって？　茅にも隆との間に赤ん坊がいたのか？

……茅の……望まれぬ……妊娠……。


落下していく少年の姿が眼前に見えた、それから大きな水音が周囲にこだました。

柏木は両手で顔を覆って崩れ込んだ。

「なんてことを……！　貴女はなんてことをしたんです！」

「だって、簡単だったんですの、余りに簡単で、これは運命ではないかと……」

「そんな……」

「貴方《あなた》のせいじゃありませんか!!」

突然、茅が叫ぶように言った。

「貴方があんな事を言うから、あんな事を言うから、私はそうしてしまったんだわ！」


馬鹿な！　僕が何をしたのだ！　何を言った？

藤原隆のことを暴いたからだと言うのか？

だから茅さんは秀夫を川に沈めたというのか？　この人は何を考えているんだ？

分からない……この人が分からない、これは茅さんじゃない！

じゃあ、一体、この人は……何なんだ?!

言葉が頭の中でぐるぐると渦をまいたまま、一言も出てこない。激しい耳鳴りが柏木の頭を締め付けた。

柏木は声のない叫びを上げながら後ずさった。どん、と壁に背中が当たった途端、全身から冷や汗が噴き出した。

茅はゆらりと身を起こし、歌うようにして言った。

「貴方は私を愛していると言ったのに、いつも逃げてばかり……ね」

ふと茅の姿が視界から消えたかと思うと、次の瞬間、柏木の傍らに立っていた。

大きな瞳《ひとみ》で柏木を覗《のぞ》き込んでいる。

尋常な目ではない、瞳孔《どうこう》が開き切って黄色く光っている。

「……茅さん……お願いだ！　しっかりしてくれ！」

茅は答えず、中空を見上げると、泳ぐような仕種《しぐさ》で着物の袖《そで》を左へ右へ二、三度払った。

狂気だ……。柏木は体を震わせた。

茅はくるりと柏木の方へ向き直ると、にじり寄るように体をすりつけながら、柏木の耳元で囁《ささや》いた。

「今度こそ私と一緒に行きましょう……」

「行く？　何処に行くんです？　貴女！　一体何のことを言ってるんです?!」

茅はくすくす、と幼い子供のように笑った。

「何処へだなんて、誰にも二人のことを邪魔されないところですわ」

ぴたり、と何かが自分の手の甲に張りついたのを柏木は感じた。

冷やかで湿った感触だ……。

柏木は恐る恐る自分の手に目を落とした。

茅の、鱗《うろこ》だった。金色の光鱗が逆立っていた。

着物の袖口が揺らめいたかと思うと、ぱさりと落ちた。

体中の血が泡立つのを柏木は感じた。

7

馬場はどぶ臭い臭気に耐えかね、ハンカチを丸めて鼻にあてた。

先程から、ぴたり、ぴたりと水滴の音が規則正しく鳴っている。

手さぐりで触れた壁らしきものも、ぬるぬると嫌な感触で、馬場は思わず指を縮めて引っ込めた。


やぁ馬場君、異界にようこそ！

ここが……？

そうさ馬場君、僕らは立川真言流の怨念《おんねん》が作り上げた異界の胎内にいるのだよ。

何処からかエコーのかかった朱雀の声が響いた。

何処だ？

目を凝らして見るが余りに暗い……。

視界がきかないのかね？　やれやれ不便なものだね。どうだい、こうすれば見えるかな？

シュッと燐寸《マッチ》をする音がして赤い点が光った。脆弱《ぜいじゃく》なランプの光の中に朱雀が立っていた。その後ろに誰かがいる。

誰だ？

絶世の美女だ。だが、美女が両手に掲げているのは、人の頭蓋骨《ずがいこつ》らしかった。それは漆で真っ黒に塗られていた。

立川真言流！


馬場は身構えた。ゆっくりと美女の瞳が開いた。琥珀《こはく》色の底が透いた瞳だ。この美女には南蛮の血が混じっているのだろうか？

不可思議なことに、艶《なま》めかしく開いた美女の唇からは、白い湯気が立っていた。まるで女奇術師の曲芸を見ているようだ。

次にその背後で何本かの細長いものが動いた。

馬場は最初、蛇かと思い、緊張した。が、その蠢《うごめ》く影が美女の背中から突き出た八つの腕だと分かって、尻餅《しりもち》をつきそうになった。

まるで見世物小屋の蜘蛛《くも》女だ。美しいだけに、一層不気味である。

暗闇に霞《かす》む視界でようやくそれだけを確認したが、突然に体の力が抜けて、馬場は膝《ひざ》を崩した。


なんだ……これは……？

くらくらして地面に這《は》いつくばった。そうして懸命に記憶を手繰った。

そうだ……確か……。

「馬場君、おひさしぶりです」

朝の電話は朱雀の声だった。普段から躁病《そうびょう》じみたところがあるが、一層に陽気な声を張り上げていた。

「あんたか！　一体何処にいるんだ、あんたがいない間に、藤原秀夫が誘拐されたぞ、また特高がヤマを持っていったがな……」

「藤原秀夫が？……変だなあ……それは大変かもしれないよ、馬場君……そんな事は僕の予定にはないんだがな……。ともかく僕は今弁天様と対面してるんだよ、馬場君も来るかい？　但し……一人で来てくれたまえよ」

いつもは滑舌のよい朱雀の舌の呂律《ろれつ》が少し怪しい。

「弁天様と？　なんのことだ、あんた、酔っぱらっているんじゃないのか？」

「失礼だな馬場君、僕が昼間から酔って人さまに電話をするような男だと思うのかい？　そんな事言うならもう来なくていいよ」

「分かった、分かったよ、行くといっても何処へ行きゃあいい？」

「勿論《もちろん》、花魁《おいらん》弁財天だよ、決まっているじゃあないか。本当に一人で来るんだよ、ゆめゆめ他の者にこのことを言ってはいけない、一人で来たら、異界に僕が招待してさしあげよう……」

「なんだと？　どういうことだ、おいっ！」

朱雀はそれ以上何も言わず、ふっ、ふっ、ふっと鼻がかった声で笑い、電話を切ったのだ。

けー——ん

馬場の頭上で狐の鳴き声が響いた。

朱雀はにやにやと笑いながらランプの光を自分の背後の壁に向けた。その途端、橙色《だいだい》の僅《わず》かな光に照らし出された髑髏《どくろ》の化け物達が、馬場の視界に飛び込んできた。黄ばんで朽ちかけているもの、まだ生々しいほどに白いもの……無数の髑髏が壁を埋め尽くしていた。

それともこれらは、皮膚を剝《は》がされた生きた人間なのだろうか？

何故ならその髑髏達には目玉があり、歯があり舌まであるではないか。

そして皆が皆、長い舌を歯の間から突き出し、埋め込まれた壁の中から這い出てこようともがいている。

ランプの光に嘗《な》められた天井まで、びっしりとその化け物達の顔が続いていた。

体中の血を凍らせるような光景だった。朱雀が笑っていられるのは、見えていないせいに違いない、見えていれば悲鳴を上げて腰を抜かすはずだと馬場は思った。

馬場は嘔吐《おうと》に襲われて腹を抱えて身を縮ませた。

冷や汗が流れ出る。

死臭……黴《かび》の匂い……そして甘ったるい香の匂い……立っていられない。

「ようこそ馬場君！　どうやら存外君も敏感なのだねぇ、もう異界の空気にあてられている。さぁしっかりしてくれたまえ、少し経てば気分もよくなる。君は異界を見なければいけないのだから……」

高らかな声が響いた。朱雀はにやりと笑っていた。


髑髏の化け物が見守る暗闇の中にクラゲのような発光物体が浮かんでいる。

人魂だろうか？　青白い光がゆらりゆらりと漂っている。

と、今度は、別の赤い光が空中を踊るように行き交い始めた。触れようとしても、するりと手から逃げてしまう。

馬場は気が狂ったように、それらを追いかけ回し、捕らえようとして何度もつんのめり倒れこんだ。

それから殆《ほとん》ど死ぬのではないかと思うほどの苦痛が彼を襲った。

視界は地震のように揺れているし、耳の奥で甲高い笛のような音が鳴り響く。指一本として自分の体が自由にならない。

胃が激しく痙攣《けいれん》して、幾度ももどした後、馬場は失神した。

気がつくと、ひどく眩《まぶ》しかった。倒れこんだ自分の顔の横にランプが置かれていたからだ。鼻汁と涙に噎《む》せながら、馬場は目玉だけを動かした。

どうなったんだ？

体の自由を奪われて、俺まであの化け物のような姿にされちまったのか……？

さもそんなような気がして、馬場の心臓は早鐘のように打った。

うっすらと開けた目の前に仰臥《ぎようが》した人間の姿が見えた。……死体だった。

その死体の皮膚は既に暗緑色に変色し、浮腫《むく》みが生じている。腐敗ガスが溜《た》まって、風船のように膨れ上がる一歩手前のやつだ。腹の中はすでに腐っているのだろう。

必死で視線を暗緑色の顔の下に這わせると、仏の腹部が蛙のように張って下着の間から覗《のぞ》いているのが分かった。

死体の周りには、まるで誰かに食べ散らかされたように、人骨が散らばっている。

数個の髑髏もある。白い犬の死骸《しがい》もあった。

普段死人など見慣れている馬場だが、さすがに痺《しび》れた手足をばたつかせて逃れようと喘《あえ》いだ。

「よくその骨と死体を見るんだよ、馬場君。死体が一つ、それから骨の方はそうだなぁ…

…ごく小さな頭蓋骨が一つ、大きな頭蓋骨が四つだ。おやおや、どうしたんだい？　えらく慌てている様子じゃないか、這いずり回っている音がしているよ」

　俺に何をした！　動けんぞ！

「ああ、その気持ちは痛いほどよく分かるよ、僕も一両日はそんな調子だったからね。しかし慣れてくると存外に気持ちのよいものさ、僕などすっかり酩酊《めいてい》気分だ……まぁ暫《しばら》く目を閉じたまえ、そうしたら楽になる……」


再び、かなりの時間が経過したようだった。

ぴたり、ぴたりと、まだ水滴の音は続いている。

朱雀の鼻唄《はなうた》が聞こえてきた。こんな薄気味の悪いところで何が可笑《おか》しいのか、随分に陽気なメロディだ。よく聞いていると、流行《はや》りのジャズに聞こえるが、それにしてはメロディが随分違う。いや、調子が外れているのだ。馬場は心底から朱雀という男の神経を疑いながら、ようやく動くようになった体を起き上がらせた。

「おい、その呑気《のんき》な鼻唄は止めてくれ、頭が変になりそうだ」

朱雀はげらげらと笑った。

朱雀先生〜〜〜、刑事の旦那《だんな》〜〜〜、大丈夫ですかい？

はるか頭上から声が聞こえた。上で待っている男達が安否を気遣っているようだ。

「大丈夫だよ。今ね、酔っぱらいの刑事がようやく起き上がったところだよ」

朱雀が大声で答えた。

「くそっ……」

馬場は脇におかれたランプを取って、周囲を照らしだした。

かなり広い空間だ……、幅が百メートル、奥行きはゆうに二百メートルあるだろう。あきらかに人工の空間である。地上まで二十メートルはあるだろうか……。

それにしても不気味なのは、壁一面に埋め込まれた髑髏であった。馬場は先程の女がいた場所を恐る恐る照らしてみた。

蜘蛛《くも》のような八本の腕を持った長い影が、髑髏で埋め尽くされた壁面に伸びた。

「芸術作品だろう？　触ってもまるで人の肌のようになめらかだ。からくりとはいえ作った者は相当の職人だよ。しかしまぁ、吉原のすぐ裏手は芝居小屋の並び立つ猿若町だったからね、からくりをつくる木地師などが大勢いた、これぐらいの細工は何でもないさ。これはからくり人形と俗に呼ばれるものの類《たぐい》だね。僕も子供の頃に見た安本亀八のからくり人形をよく覚えているよ、花屋敷のあたりだった、二人の剣術遣いが向き合って、ゼンマイ仕掛けで何回か打ち合いをするんだ、まあ人形がひとりで動くんだから、度肝をぬかれたものさ。幕末から明治にかけては人形の見せ物が実に盛んだったと聞く……。

馬場君、知ってるかい？　人形見せ物には主に二種類あってね、ゼンマイ仕掛けで動きを主とした『からくり人形』と、動きは無いがひたすら生きている人間に見間違うほど忠実に姿を模すのを追求した『活人形《いきにんぎょう》』と二流派に分かれている。蠟《ろう》人形なども後者の類だが、傑作なのが幕末にあった変死人形競《くらべ》という催しさ、水死人や変死人の惨状を見せて、ものすごい人気があったらしいよ、とてもリアルでね。そしてこの陀吉尼様は実に見事な、からくりと活の合体作品さ」

朱雀が笑いながら、女の頬を撫《な》ぜ摩《さす》った。


……からくり……。


言われてようやく気がついた。しかしなんと精巧な人形だろう……、汚れが付着した肌具合が、かえって人肌に近いものになっている。

本当にこれが作り物なのか？　確かに、世にあるまじき端整な顔だが……。

今にもその女が、微《かす》かに持ち上げた唇を大きく歪《ゆが》めて笑いだしそうな錯覚に捕らわれて、馬場は目を擦《こす》った。髪にも人毛を使っているのか、乱れて黒々と地面に垂れ下がっている。

ビードロと天然石で作られているらしき眼球も生々しい。

そうした眼が、壁の髑髏《どくろ》達にも埋め込まれているようだ。だが、作り物と分かっても、やはり寒けのする光景には違いなかった。

「馬場君の後ろが、食料や武器の貯蔵場のようだ」

朱雀にそう言われた馬場は、体を反転させた。大量の錆《さ》びた旧式の銃、槍《やり》、日本刀などが壁面にぴったりと作りつけられた棚に並んでいる。その横には俵が積まれていた。

「俵の中には大豆や、米などが入っているよ……まだ食える……」

「一体これは何だ？」

「だから言ったろう、立川真言流の怨念《おんねん》が作り上げた異界だと」

「立川真言流がこれを作ったというのか？」

「洞窟《どうくつ》寺院というのはそれほど珍しいものではないよ。例えば横浜の定泉寺に行けば、これよりもっと巨大な洞窟寺院が残っている。僕は目が見えていた時分に行ったことはあるが、そりゃあ君、壁や天井に仏画や曼陀羅《まんだら》や梵字《ぼんじ》が彫刻された壮大な洞窟寺院だよ、地元ではユガ洞などと呼ばれているね……確か鎌倉時代から江戸時代にかけて密教僧が修行の一環として掘ったものだと伝えられているから、洞窟寺院を作る習慣が密教にはあったということだろう。そもそも開祖の弘法《こうぼう》大師様が悟りを開かれたのが洞窟修行だからね、弟子もそれに倣えということだろう。立川真言流も邪教といえど真言密教の分派なのだから、洞窟寺院を作ってもなんら奇怪《おか》しくはない」

「これが……洞窟寺院……」

「そうさ、立川真言流のね……。実にうまい隠れ場所を見つけたもんだよ、吉原の中とは……こんな場所があるなど吉原者すら気がつかなかったくらいだ……。前にも説明しただろう？　立川真言流への江戸幕府の弾圧は凄《すさ》まじいものだったってね。幕府が抹消した宗教など、後にも先にも立川真言流以外には存在しないぐらいさ。それだけ目立つ宗教だったと言ってもいい。なにしろ多数の男女の信者が寺院に集って夜な夜な乱交パーティに明け暮れるのだからね。しかし吉原ならどうだい？　幕府の治外法権だし、夜半に傀儡女《くぐつめ》や遊女や、一部の客が出入りしても誰も訝《いぶか》しがる者などいない。往来の中で弁財天に来るものが数人……、いや数十人いたって分かりゃしないさ。ねぇ馬場君、ここは最後の立川真言流の砦《とりで》だったんだろう……その兵糧や武器が物語っているよ。おそらく万が一、この場所を知られたら、立てこもって戦うつもりがあったか……もしくは天下大乱の時には、立川真言流の復権をかけて時の覇権争いに打って出る気があったとも推察出来る……」

　馬場はあらためて足元に転がっている死体と人骨を見た。

　そうして、僅《わず》かな光が漏れてくる頭上をあおいだ。

「これは……俺は落下したのか？」

「そうさ、これが神隠しの正体だ」

「では……この死体は……」

「一番新しい死体が、藤原隆だろう……でもね馬場君、その死体の首はあべこべにはついていないし、上着を着ていない」

「……確かに……」

「奇怪しいね、首は逆さだったはずだし、藤原隆が下着姿だったとは、目撃者は言わなかった……」

「どういうことだ？」

「ようするに誰かが、死体をここに落としたということになる」

「誰だ！」

「まぁまぁ、結論を急ぐんじゃないよ、事件はまだ進行中なんだ」

「では藤原秀夫の誘拐も同じ犯人か？」

「いや、そうじゃないね……」

「それにしても、どうしてこれに気づいた？」

「石灯籠《いしどうろう》の下に彫られた紋だよ」

「紋……？」

「ああ、変わった紋の浮き彫りがあったんだ……何処かで触ったことがあるようなね。しかしすぐにはピンとこなかった、なにしろ思いもよらぬものだったのでね」

「思いもよらぬもの？」

「何だったと思う？」

「分かるわけがないだろう！」

「それが傑作なことに、トランペットの穴の部分なんだよ」

「トランペット?!」

朱雀は身を捩《よじ》ってひとしきり笑った。

「ああ、ジャズで用いられるかの洋楽器さ。石灯籠の紋の中心の凹《へこ》んだ丸い部分が穴であったとしたら、これはトランペットの穴の部分だ……と気づいたんだ。するとどうなる？あの石灯籠は笛のような楽器でなければならないってことだ、つまり石灯籠の中が一瞬空洞にならなきゃいけない理屈だ。するとどう言うことか？……ここが、『か・ら・く・り』なんだよ。からくりというのも二種類あって、一つは紐《ひも》や綱で動かすからくり、他は木製歯車と鯨ひげのゼンマイで動かすからくりだ。歯車とゼンマイのからくりは、現代の機械設計のもとになった品物だ、まぁ原始的な機械なんだ。

　この場合の、からくりはこうだ。柱の筒がある、これが石灯籠の胴体の外面だ。中にやはり石で出来た円柱の品物がある、おそらくこれは二つに分かれていて中で下の一つが落下したあと、上のものが落ちるようになっている。その時、空気が凄まじい勢いで空洞になった石灯籠から穴に押し出され、その瞬間、君が聴いたように鋭い遠吠《とおぼ》えに似た音が発する……。僕が一両日ここに後木と共に籠《こ》もって解明したところによると、さらに落ちた重しが綱を引いて、地下水の水路の堰《せき》を上げ、水車の動力で複雑な内部の歯車を動かしてこの寺院への扉を開く。さっきのように石灯籠の下の敷石がパックリとね……。そして一定の時間が経つと、自動的に重しが上に引き上げられ、堰が閉じられて扉が閉まる。大雑把に説明するとこういうことだ」

「……ああ……なる程……しかし何で音が鳴るような細工を？」

「警報だよ、部外者が洞窟寺院の存在に気づいて侵入した時に分からなきゃならないだろう？　しかし普通の音ではいかにも怪しいじゃないか、却《かえ》って気づかれてしまう。しかしさっきのような甲高い犬の遠吠えのような音ならどうだい？　実際、あれが狐の鳴き声に似ているかどうかは分からぬが、町中に住んでいる者など、そうそう狐の声を聞いたことがあるもんじゃない。深夜の弁財天であんな音を聴けば、すっかり妖狐《ようこ》だと思うだろうね。江戸中期には、いろいろに楽器を細工して獣の声色を真似るようなことが流行《はや》ったらしいが、そういう技術だろう……。ともかく侵入者があれば警報が鳴り、すぐに扉が閉じてしまう……一旦《いったん》中に入ったら自動的に扉が閉まり、中に隠された細工を知る者しか開けることが出来ないように出来ている。侵入者はそのまま閉じ込められた形になる。凄《すご》い仕掛けを作ったもんだ、素晴らしい文化遺産だよ、これは」

「だが、どうやってここの開け方が分かったんだ？」

「ああ、石灯籠の金具を木槌《きづち》で打ったあれかい？　石灯籠にからくりがあると分かって、いろいろとやってみたんだよ。おもにここで神隠しにあった人間のことを考えてみたんだ、つまり植木職人さ」

「植木職人……」

「ああ、最近の藤原隆を除いて、神隠しにあった者は皆植木職人だ、何故だ？　弁天様は植木職人が好きなのか？……まさかね、弁天様ともあろう方が植木職人なんて汗くさい男を好むはずがない……じゃあ何故か？　僕は植木職人になった気で考えてみた。弁財天の鳥居からここまで参道の片側の植木を刈っていく、この触れずの銀杏《いちょう》の木はその折り返し地点になるだろう？」

「まぁ……そうなるな」

「人間、何か作業をしている時に、半分し終えると、ほっとして一息つくもんじゃないかな？　君はそうではないかい？　僕などはどちらかと言えばそうするね。植木職人達も丁度、この銀杏を刈った後で、さぁ、これで半分終わったぞ、そろそろ腰や腕も疲れたし、一服しようかと一息ついたわけだ。勿論《もちろん》、そういうことをしなかった者もいるだろう、律儀で仕事を最後までしおえないと休憩を取らない奴とか、あるいは逆にずぼらでもっと手前で休憩をした奴とかね、そういうものはまず神隠しからは除外だ」

「勿体《もったい》ぶらずに早く言え」

「よく聞きたまえ、ここが大切なところなんだから……。ともかくこの銀杏を刈った後で休憩をしようとする植木職人が過去何人かいた。肌寒い季節だ。その日、風が強ければ職人は当然銀杏の陰で風を避けて休憩する、これも神隠しからは除外だ。次に風がなく中途半端に日が照っていたらどうするか？　当然暖かい場所を探して休憩する。すると植木職人は銀杏の陰から出て、日の当たる場所に座ろうとする。何処に座る？　まずよく日の当たる南を向いて座るんだ。ゆっくりしたければ背凭《せもた》れがいる、幸い格好なことに石灯籠という背凭れがある。しかし石を背中にあてると……つめてぇ、こりゃあ具合が悪い……とこうなる、それにもう少しゆったりと座りたい……。それでだね、植木職人は脚立をたたんで石灯籠に斜めにかける……そこに座って、やぁ、こりゃいい具合だ、どっこいしょ……と勢いよく凭れこんだとしよう……。実際脚立を縮めて石灯籠に立てかけてみると、うまい具合に先端が当たるんだよ……あの金具に……」

「じゃあ、そのはずみで？」

「そうさ、おそらく亀吉の前に神隠しにあった二人は、かなりの巨体の持ち主だったんだろう。亀吉の場合は、二人の子供が一緒にいた。その二人の子供が亀吉に甘えて膝《ひざ》に乗り、それを抱き上げたとしたら……、かなりの力が金具にかかるよね」

「そんな馬鹿な……」

「どうしてだい？　そうとしか考えられないだろう？　そんな馬鹿なことが現実に起こったんだ。馬鹿なことがしばしばあるのが現実さ、だから神隠しは発生したんだ」

馬場は呆然《ぼうぜん》として、再び周囲を見回した。

「無論、そんな偶然はそう滅多に起こるものじゃない。だから過去何十人の植木職人がいたのに、神隠しにあったのはたった三人だけだった……」

「神隠しの正体は分かった。しかし藤原隆はどうなんだ？　さっきここに落とされたと言っただろう？」

「藤原隆の一件は、もっと悪質だよ、あんなものは氷山の一角に過ぎない。食人肉神……

陀吉尼の亡霊が蘇《よみがえ》ったんだよ。さっき僕が言ったろう？　藤原の死体の周りには小さな頭《ず》蓋骨《がいこつ》と成人の頭蓋骨が四つ散らばっているって……死者達の骨が藤原事件の全容を物語ってくれてるじゃないか……。あれ？　なんだい君、そんな間抜けた顔をしてまだ分からないのかい？　そうかい……こういう難事件は、通り一遍の推理で理解できるもんじゃない、推理の上に空想力、そして偉大なるインスピレーションが必要なのさ。いいかい、まさにこの事件は呪いだよ、人間達のもつれた愛憎の糸に引かれておどろおどろしい邪教が、新しい仮面を被《かぶ》って復活したのさ。これから先、陀吉尼天が仕組む本当の虐殺が始まるんだ……君にも僕にも止める手だてなどないね……。秀夫君の誘拐のことは僕もピンとこないんだが、しかし何とか助けてやれる範疇《はんちゅう》の人間もいる……」

「誰だ？」

「柏木洋介だよ、彼はかなり危ないよ……」

「柏木洋介が？」

8

鱗《うろこ》の手に一瞬釘付《くぎづ》けになり、これは人では無い……と思った途端、肝がぞくりと冷えた。

茅の大きな瞳《ひとみ》が、細長い銀針のような蛇の目になり、鼻がめり込んで穴となり、ぬるりとろくろ首のように首が伸びたと思うと、次の瞬間、目の前にとぐろを巻いていたのは八尺はあろうかという金色の大蛇であった。

シャァァーッ

大きく裂けた口元に二股《ふたまた》に分かれた炎のような舌が見えた。
柏木は腰が砕けたまま襖《ふすま》を開け、廊下を這《は》いずり回った。

また逃げようとするのですか、今度こそは逃がしませんよ。
ほら……体が動かないでしょう……？

茅のそんな声が聞こえた途端に手足が石のように固くなり、息をするのもままならぬほど体が痙攣《けいれん》を始める。隣部屋の襖《ふすま》に人影が見える……其処《そこ》まで行けば助かるのにと思うが、もう声も出ない。

これは夢だ！　それとも現実なのか?!

柏木は回らない頭の中で、ただそれだけの疑問を反芻《はんすう》した。

いつの間にか辺りは真っ暗で、地面がゆらりゆらりと揺れていた。
眠っていたのだろうか……誰かに膝枕《ひざまくら》をされている様だ。
時折、細い指が頬を撫《な》でさすった。
「これで大丈夫だわ……これで決して逃げられないわ……」
茅の小さな呟《つぶや》きが聞こえてくる。
不思議なことに、気持ちが悪いという気はせず、却って寛《くつろ》いだ気分だった。

中村茅は蛇だったんだ……いや、妄執が彼女を蛇に変えたのかな？
もとから彼女は蛇の化身だったんだろうか？
じゃあ、やっぱり藤原隆は神隠しだ、異界に連れ去られてしまったんだ。
なあんだ……やっぱり本郷先輩の言う事はあてにならないなぁ……。
貴子の処女妊娠や藤原隆の別の人生も本当だったってことだな……。
待てよ、じゃあ兄貴と美佐はどうなんだろう？
二人の死体が上がらないってことは、二人とも神隠しにあってたんだろうか？
いや……そうじゃなくて、美佐は出口が言ってたように異界の女だったのかな？
異界の女は誰も顔だちが似ているのかな……。
茅は僕のことも異界に連れていく気なんだろうか？
異界に行けば美佐や兄貴と会えることもあるのかな？

柏木は夢見心地になりながら、とりとめもなくそんな事を考えた。

その間も茅の指が、自分の頬や首筋の辺りを撫で回し続けている。

柏木は無防備だった。とにかく体を動かすのが億劫《おっくう》なのだ。どうにでもなればいいような気がしている。そのままぼんやりしていると、どこからか硬い金属音が聞こえてきた。

「これで大丈夫、手を離さなければずっと一緒ね……。やっと二人で悪い夢から醒《さ》めることが出来るのよ」

そんな囁《ささや》きが聞こえた。そのうち、無重力を体に感じたかと思うと、びしゃりと水音が耳の側で響き、急に寒けに包まれた。

首や肩に細い物が巻きついてくる。茅の腕だった。

奈落《ならく》に向かって吸い込まれるように落ちていくのを体が感じていた。

息がうまく出来ない。

うつうつと夢見心地だった柏木は、次第に胸を圧迫してくる息苦しさに耐えかねて、激しく咳《せ》き込んだ。その途端、開いた視界の前をごぼり、ごぼりと水泡が流れていくのが見えた。


水だ!!

柏木は焦った。泳ごうと思うが、体に何かが絡まって身動きが取れない。

水中は真っ暗だった。大きく目を見開いて周囲を見回した柏木の目前に、瞳をぱっちりと開いたままの茅の顔面が、闇を割ってぬっと現れた。

「うわぁ！」

叫んだ柏木は水を飲み込んだ。飲み込んだ水でまた噎《む》せ、鼻まで水が入ってくる。

水を吸った着物と、茅の手が交互に体にまとわりついてくる。


塩辛い！　塩水だ……ここは海なのか？

頭が真っ白になった。柏木が闇雲にもがき出すと、茅の手足は一層に締めつけてきた。


駄目だ……死ぬ……！

そう思った時、何者かの力強い腕が柏木の腰の辺りに回された。今度は勢いよく体が浮上していく。その傍らで懸命に体にしがみついてくる茅の指の感触がある。だが次第にその力は、柏木の浮上する力に逆らい切れず弱くなり、そして離れた。

茅……！

柏木は自分を上方へと導いていく何者かに縋《すが》りながら、ふと後ろ髪を引かれて振り返った。一瞬、暗黒の中に吸い込まれていく女の姿がかいま見えた。

その唇が、「な……ぜ?」と動いたような気がした。

海面に顔を出した柏木は、眩《まぶ》しいランプの光に照らしだされた。

「やぁ、よかった無事だ!」

「上がれ、急いで船に上がれ!」

いずれも聞き覚えのある声だった。一艘《そう》のボートが寄ってきて、中の男が柏木の肩口を摑《つか》み、上に引き上げた。水をしたたか飲んでいた柏木は、喘息《ぜんそく》患者のような息をしながら水を吐き出した。

「後木、世話のやける坊やのためにご苦労だったね」

甲高い笑いを含んだ声が響いた。頭上に響いたその朱雀の声で、自分の後から上がってきた大きな人影が後木であることに、柏木はこの時初めて気づいたのだった。

「君、君、噎せてばかりいないで、後木に礼ぐらい言っちゃあどうだい? 後木が元水泳の選手でなかったら命がないところだよ」

礼を言うどころか、柏木はまだ呼吸困難のまま喘《あえ》いでいた。

目の前には、平然と満面の笑みを浮かべた朱雀の顔があった。

うつろな視界のままで柏木は左右を見た。ひょっとこの面を被《かぶ》り、写真機を手にした男が一人。その脇で目を白黒させているのは馬場刑事だ。

「後木、女の方はどうした？」

「駄目でした、錨《いかり》を付けられていたので、とても引き上げられませんでした」

女？……茅さんのことか？……錨を付けられていただって？

いや、茅は蛇なのだ、僕を異界に引きずり込もうとしていたのだ……。

それとも、これも夢なのだろうか？

「そうか、生き証人は助けられなかったか……」

朱雀が忌ま忌ましそうに呟いた。

「おい、柏木！　大丈夫か！　朱雀さん、これは一体何事なんだ?!」

馬場が赤い顔をしてわめいた。

そうだ、いったいどうしたのだ、何故僕はこんなところにいるんだ？

何があったのか僕にも教えてくれ……。

柏木はまだ咳《せき》をしながら朱雀を振り向いた。

「君、さっきの写真はしっかりと撮っただろうね？」

ひょっとこ面の男が、写真機を軽く叩《たた》きながら頷《うなず》いた。

馬場が口から泡をふきながら、「俺の質問に答えろ」とがなりたてた。

朱雀はうるさそうに眉《まゆ》を顰《ひそ》めると、しっと口元に人指し指を立てた。

「奴が戻ってきた！　どうやら勘づかれたらしい……やはり写真機の閃光《フラッシュ》は少々派手だったかな？」

「来る？　東少佐がか?!」

馬場が暗闇の向こうを睨《にら》み付けた。


東？……東が何故来るんだ……？


海上は不気味に静かだった。遠くを行く船の灯が、ゆっくりと流れ星のように移動していくのが見えるばかりだ。

「おい何も見えんぞ」

馬場が言った。しっ、とまた朱雀が指を立てた。いつになくその顔は真剣であった。

朱雀は正しかった。暫《しばら》くすると確かに、波音に混じって櫂《かい》の軋《きし》む音が聞こえてきた。

「銃を持っているぞ」

馬場が拳銃《けんじゅう》を取り出して身構えた。

「そう怖がらなくてもいいよ、彼だって隠密行動だから戦艦を引き連れてきはしないさ。まして海の上、何が出来るわけでもないだろう」

朱雀がやけに自信ありげに胸を張った。

サーチライトの焼けつくような光が、船上の五人に向かって投げかけられた。

軍服姿の人影が見える。

「吉原の役人、やはりお前か……」

東の声だった。それを聞くと、朱雀は立ち上がって舳先《へさき》に向かって歩んだ。

その様子はまるで水の上を歩いているように滑らかだった。

舳先に立った朱雀は、はるかな遠い瞳《ひとみ》で前方を見つめていた。

月の光が天上から注がれ、白銀の水が朱雀の秀でた額を、長い睫毛《まつげ》を、高く形のよい鼻筋の上を滑るように流れ落ちていく。

海風を受けて翻る朱雀の長い髪と白い背広とが暗闇に浮かびあがる様は、柏木に伝説の鳥の翼のはばたきを思わせた。

「そうです、僕です、朱雀十五です！　今宵《こよい》は少佐殿にもごきげんよろしゅう……」

余裕綽々《しゃくしゃく》と高らかに挨拶《あいさつ》した朱雀は、途端にぎょっとするような大声で笑いだした。

「おい、何が可笑《おか》しい‼」

馬場が低い声で朱雀を止めた。朱雀は数回肩を揺すると笑うのを止めた。

そして悪戯《いたずら》気な表情で東に語りかけた。

「いやいや、すいません、よくもこんな素晴らしい戯曲的なストーリーを思いつかれると思って、つい愉快になってしまったんですよ。察するに張作霖《ちょうさくりん》の事故なんかにも、貴方《あなた》の台本が生かされてたりするんでしょうね……」

人影は動かず、無言だった。

「ああそうだ、連のメッセージは受け取ってもらえましたか？」

連？……あの奇妙な連のことだろうか？

柏木はとっさに、五芒星《ごぼうせい》とキセルと扇の連を思い浮かべたが、その意味はまるで分からなかった。ただ鼻から流れ出る塩水を、思いっきり鼻息で吹き出した。

「何が狙いだ」

東が低い声で言った。

がちゃり

ボートを漕《こ》いでいた数人の兵士が、銃を構える音が響いた。

「騒ぎを大きくしない方がいいですよ、貴方達のしたことが天子様の御意向を反映してのことなら問題はないですがね、もしそうでなければ、我々にちょっかいを出すと少し面倒だ。どう面倒かと言うとですね、貴方に送らせていただいた香袋……内藤とかいう将校でしたっけ……その香袋の中身と貴方達のやっていることの密告書が直接天子様に届いてしまうことになる」

「たわけたことを！　でたらめだ！」

　若い兵士らしき声がした。

「でたらめ？　東少佐、貴方もそう思いますか？　ところが残念ながらでたらめではないんですよ、僕もこんな危険なことをする時には、命綱の一本ぐらい用意していますからね。僕の知人にはとても顔の広い方が多いんです、その方にもしも僕の身に万が一のことがあったら天子様に渡るようにしてくれと……渡してあるんですよ。さぁ、どうします、試してみますか？」

「……何が望みだ？」

「さすが、頭のいい人は分かりが早い。まぁ僕としても天子様にこれを密告したからといって何の得をするわけでもない、まして僕はアカでもないから面倒は嫌いなんです。貴方もこんな事がたとえ噂として流れるだけでも困るでしょう？　一応は軍部もメンツから貴方を辞職させるでしょうしね、今の地位は捨てたくないでしょう？」

「…………」

「さてそこで取引です。僕はこのことを誰にも喋《しゃべ》らない、その代わり吉原の業者を引き抜く計画は止めていただきたい、それからこの五人の命を保証することを約束して頂きたい」

「ふ……それでお前達が喋らないという保証があるのか？」

「さぁ……それは信じて頂くしかありません。しかし今すぐ僕らを殺して面倒なことになるより、少しばかり様子を見ても損はないとは思いますがね……」

東は暫く沈黙していた。

柏木は事態が把握できないながらも、自分達に対する東のはっきりとした殺意だけは感じていた。

朱雀は本当にこんなことで取引できるほどの東の弱みを握っているのだろうか？

それともあてのないハッタリをかましているのだろうか？

或《あ》いは僕はまだ海の底にいるのだろうか……。

エピローグ　陀吉尼の紡ぐ糸

1

結局、柏木《かしわぎ》が覚えているのは船上に出ていた見事な満月、東の「暗闇には気をつけろよ」という捨て台詞《ぜりふ》、それに朱雀《すざく》が「残念ながら僕に暗闇など存在しないのですよ」と答えたことだけだった。

それからぷっつりと記憶が途切れている。気がつくと稲荷町《いなりちよう》の総合病院のベッドにいた。酷《ひど》く体が衰弱しているのと、気管支炎だということで三週間の入院を命じられた。

振り返ってみると、確かに三、四日まともな食事もしていなかった。

精神的な消耗も、自分で考えているよりずっと激しかったようだ。

柏木はすっかり虚脱した状態で、およそ二週間は病室から出ることもなく、大層な重病人のように一日中ベッドに寝ころがっていた。

ベッドから見えるのは真っ白な四方の壁に、真っ白な天井。

頭の中だか、心の中だかにも同じ空白がある。

思考も感情も、その空白の中に閉じ込められていた。

事件のことや、漏れ聞いた不可思議な話の数々……そして茅《かや》のこと……、時折、記憶の隅をそれらが掠《かす》め通る。その度に柏木は今回の出来事を自分の中でどう処理して受け入れるべきなのかと無駄に足掻《あが》く。だが思案の迷路の中を回る度に空白のスタート地点に舞い戻ってしまうのだ。

二週間目に突然、本郷が見舞いに来た。実に本郷らしいことだが、馴染《なじ》みのカフェーの女給連を引き連れてやってきたのだ。その中にはお京もいた。

昼食を終え、うとうとしていた柏木が、騒がしい足音と黄色い声に瞼《まぶた》を上げると、途端にドアが乱暴に開き、山高帽を被《かぶ》ってピンクの薔薇《ばら》の花束を手にした本郷が飛び込んできた。

「やぁ、洋介！　見舞いに来るのが遅くなってしまってすまないねぇ。その代わり、寂しかっただろうと思って、美しい花々を持参したよ」

ショータイムの合間なのだろうか、眩《まぶ》しいばかりに派手な洋装の女達が部屋の中に駆け込んできたので、柏木は面食らった。

「どうだい、殺風景な病室が見違えただろう？　なるだけ華やかな服を着てくれるようにと頼んだのさ」

長い間喋らなかったことで失語症気味だった柏木は、何と言っていいのか分からず、しどろもどろになった。しかし、確かに原色の女達が目にあでやかで美しい。着飾ったり、化粧をしたりする女が余り好きではなかった柏木だが、何故か目の前の駝鳥《だちょう》の羽飾りや真珠で着飾った女達の姿に安堵《あんど》を感じた。

すっかり遠いものになってしまったように感じていた現実の騒がしさ、猥雑《わいざつ》な逞《たくま》しさ、全てを笑いに変える旺盛《おうせい》な生命力……自分がまだその中の住民だと思い出させてくれたからだ。

「気をつけてね、気管支炎を放っておくと労咳《ろうがい》になってしまうというわ、本当、良かったわよねぇ、ただの気管支炎で。随分心配していたのよ……。そうそう、私の大ファンだった書生さんがいたんだけど、その人なんか妙な咳《せき》をしていたのに、ずっと風邪だ、気管支炎だ……なんて言いながら医者にかからず、血を吐いて入院してしまったのよ、それからとんと御無沙汰《ごぶさた》……きっと労咳ねぇ」

お京が本郷の持ってきた花を花瓶に飾りながら言った。

「ああ、そうさ、人間万事塞翁《さいおう》が馬と言う、こうして入院したことも長い目でみればいいこともあるというもんだよ」

お京の尻《しり》を見ながら目を細めた本郷に、この時初めて柏木は「有り難うございます」と言えた。

「有り難うなんて僕に言うセリフじゃないよ、僕は月末の給料の半分ばかしを君のこの陣中見舞いにはたいただけさ、退院したら今半《いまはん》のすきやきを奢《おご》ってくれたらそれでいいさ。

しかし朱雀には礼をしておくんだよ。君は嫌っているかも知れないが、なにしろ高熱で意識不明の君をここに担ぎこんで、その上一番上等の個室に入れたのは朱雀だからね、しかも入院費用まで彼持ちだということだ」

「え？……社が持ってるんじゃないんですか？」

「馬鹿、社が持ってたら、こんないい病室に入れるわけがないだろう？　朱雀がどうしても君には個室が必要だと主張したんだよ」

柏木は随分と意外な気がした。あの人を小馬鹿にしたような男が、そんな親切をするなど思いもよらぬ事だった。

「しかし、意外に元気なので安心したよ……」

本郷が柏木に小さな声で耳打ちをした。元気かどうかは自分でも分からなかったが、柏木はなるたけ笑顔を作ったつもりで頷《うなず》いた。

「なにしろ、あの人のことがあっただろう……随分と君が悄気《しょげ》かえっているんじゃないかと、ここに来る途中も腫《は》れ物に触る思いで内心はひやひやしてたんだ」

あの人とは茅のことだろうか？　ならば本郷先輩の心配は的外れだ。

僕は茅のことについて、どんな風に感じればいいのか分からない、悄気るとか悲しむとかいう以前の問題なのだ。

第一、茅とは僕にとって何だったんだろう……？

柏木には何もかもが霧の向こうの出来事のようにも思えていた。

「誘拐された秀夫は、今朝、隅田川の下流で遺体が見つかったよ。引き取りにきた藤原貴子は大変な窶《やつ》れようだった……気の毒なことだ……。一条の刺殺事件の犯人はまだ目星がついてない、迷宮入りという噂が出ている」

柏木は反応を示さなかった。というより反応が示せなかったという方が正しかった。

「ああ、そうだ、体の方は動けるんだろう？　別に手足を折ったというわけでもないから、そうだよね」

僕は動けるのか？　柏木は自問した。ずっと寝てばかりいたから動けないような気がしていたが、考えてみれば熱も下がっているし、特に咳も出ていない……。

「ええ……動けると思います」

「そうか、じゃあ明日の六時過ぎに吉原に行ってみるといいよ」

「吉原に？」

「朱雀に挨拶《あいさつ》の一つもしとかなきゃいけないだろうし、それに八十年ぶりの花魁《おいらん》道中があるんだ」

「花魁道中？」

「ああ、例の光代《みつよ》さん、怪我が治って退院したんだ」

「本郷先輩、光代太夫《だゆう》の事件を知ってるんですか？」

「そりゃあそうさ、それぐらいは元吉原付だから耳に入ってくるよ。それでだ、光代の退院を祝って、萌木楼《もえぎろう》の主人が厄落としと、験付けをするんだと言ってね、光代太夫の花魁道中を言いだしたのさ。まったく親馬鹿だよねぇ」

柏木はふと、あの夜ボートの上にいたひょっとこ面の男は本郷ではなかったのかと思ったが、やはり何も聞かずにいた。

「親馬鹿って……何の事です、先輩？」

「例の光代、あれは萌木楼の店主の娘なんだよ。なんでもあの店主はもともと先代の光代と恋仲でね、光代は処女花魁、客を取らぬ穴なしだと言われていたが、子供を産んで、誰の子かと騒がれてた。それが二十八の年季が開けると、店主に身受けされちまったらしいよ。だから今の光代、あれは萌木楼の主人の子だという噂さ、全く客を馬鹿にした話だね」

柏木は仰天した。とてもあの美貌《びぼう》の花魁が片方といえど蝦蟇《がま》蛙のような男の血を引いているとは信じがたい話だ。だがそうだとすれば、なんと妙ちきりんな親子関係なのだろう。

「それにしても、たかが首を四針縫っただけで入院騒ぎだし、退院したと言っては花魁道中だ。この分じゃ、あの光代もまともに客を取らせては貰《もら》えんだろうなぁ……」

「四針？　そんな傷だったんですか？　僕はてっきり重傷かと……」

「いやいや四針だよ、長剣が首に掠った程度さ」

あの時の光代のうつろな瞳《ひとみ》を見て、すっかり重傷だと思い込んでいた柏木は、不審に思った。では、一面に散っていた血飛沫《ちしぶき》は内藤のものだったのか……。

「客を取らせてもらえないって？　内藤は客じゃなかったんですか？」

「光代は客への拒否権のある本物の花魁なんだよ。光代が気に入れば客と寝るが、気に入らなければ顔見代を置いて、客はとっとと帰らなければならないのさ、そんな訳でまだ処女だという噂だ。それにしてもだよ、柏木君、花魁道中などこの先二度とあるかどうか分からない代物だ、一種の文化財的な価値のあるものだから、是非ともに見ておいた方がいいだろう。何なら写真にも収めておくといいよ、きっと価値が出るさ」

本郷は何度も「明日の花魁道中を見るように」と柏木に勧めると、女達を引き連れながら帰っていった。

2

その日は不安定な春の天気にしては珍しく、雲一つない晴天であった。

夕暮れになっても、空はわずかに青の深みが増した程度でまだ明るい。

柏木は久しぶりに大門《おおもん》の前に立った。懐かしい気持ちが胸にこみ上げた。ここに足しげく通ったついこの前のことが、何百年も昔のように思われる。

予定時刻までまだ一時間以上あるというのに、光代太夫の花魁道中を見ようとかけつけた野次馬で、吉原は大混雑していた。

人込みの列が、ぽっかりと口を開いた門の中に吸い込まれ、仲之町通りを真っ直ぐに伸びている。見たこともない顔、顔、顔……そのどれもが期待にはずんだ笑顔だ。

人込みにまぎれて大門を潜ると、突然、ぱあっと明るくなった。

一斉に雪洞《ぼんぼり》や提灯《ちょうちん》に電灯が灯《とも》り、光の帯が仲之町通りに広がっていく。同時に植木柵《さく》の中で見事に満開となった桜が光り輝いた。何十、いや何百という三味線の音が、店という店から賑《にぎ》やかしい大音響で響きはじめた。行列はどよめいた。

その昔、吉原では仕事始めに見世見世がこうして三味線を掻《か》き鳴らし、通い客を呼び込んだという。花魁道中への箔《はく》づけに、昔ながらの演出をしようというのだろう。鬱蒼《うっそう》とした巷《ちまた》の空気を吹き飛ばすような光と音の洪水に魂を奪われ、群衆は口々に嬌声《きょうせい》をあげながら立ちすくんでいた。

柏木もその例にもれず、ただ吉原の威風に見ほれていた。


「やぁ、柏木君！　君も花魁道中を見にきたのかい？」

縁台に座っていた朱雀が立ち上がった。朱雀の動きに合わせて華やかな色の風が周囲に舞うのを、柏木は眩《まぶ》しそうに目を細めて見た。側に立っていた後木《ごき》が朱雀の背にそっと手を添えている。笑みを浮かべて近づいてきた朱雀は、又少し痩《や》せたようにも見えた。

「お久しぶりです。この度はお二人に大変お世話になりました。後木さんには助けて頂いて有り難うございました。朱雀さんには入院費のことまで……有り難うございます」

柏木は素直に頭を下げた。借りのこともあるが、東泰治と堂々と渡り合った朱雀という男を、少し尊敬する気分になってもいたからである。

後木は相変わらず無言で表情を変えなかった。そのかわり朱雀が飄々《ひょうひょう》と笑った。

「なあに、礼などいいよ。それよりこの人出では、せっかくの花魁道中もゆっくり見られない。どうだい、銀嘗楼《ぎんしょうろう》の二階に上がらないか？　僕は其処《そこ》から見学しようと思うのだがね」

見えぬのに、どう見学するのか分からぬが、柏木はそれも深くは追及せずに頷いた。

さすがにこの人込みは慣れぬと見え、朱雀は後木に手を取られ、よろよろと歩き始めた。

初めて見る朱雀の盲人らしい姿であった。

銀嘗楼の暖簾《のれん》を潜ると、牛太郎が深々と頭を下げ、二階への階段を指さした。ちらりと大座敷から銀鮫《ぎんざめ》が鋭い目で覗《のぞ》き見たが、声はかけようとせず顔を引っ込める。

急な階段を上がっていくと、座敷が連なっている。朱雀はその一つに入ると、仲之町通りに面する窓を開き、窓口に腰を下ろした。

「やぁ、ここからだとよく見えるね。京町を出るのが六時だから、七時半には姿が見えるだろうね」

「変な人だな貴方《あなた》、本当は見えないんだろう？」

「見えるさ、君達の方が余程何も見えてないじゃないか、僕は見えるさ」

柏木は反論しなかった。実際、自分に何も見えていないのは本当だ。

「確かにそうかも知れない……。あなたに尋ねたいことがあるんだ」

「何だい？」

「あの事件のことだ。どんなに考えても僕には分からなかった。教えてくれないか、本当の事を……」

「世の中には知らない方がいいこともあるさ」

「そうかも知れない、でも知りたいんだ、知って東から狙われることになっても」

「なんとも好奇心旺盛《おうせい》な男だね、君は」

「そうじゃない、不安なんだ……何も分からないと不安だ、なんだか今の自分が自分でないような気がする、自分が生きているこの世界が現実ではないような気がする……入院先でずっとそんな不安感に苛《さいな》まれていた」

「……それは困ったことだね……なら、仕方がない、話してやるとしよう。しかし話を聞いて君がどう思うか、それは僕に何の責任も関係も無いということだけは覚えていてくれたまえよ、君が自我の喪失という重症の病を克服したいというから話をするんだ」

「分かった」

何が分かったのか自分でも分からなかったが、柏木は取りあえずそう言った。己れが経験した記憶の断片を、整然と意味を持った繋《つな》がりにしなければ、これから先のことも狂ったままに放置される気がしたからだ。それは一種の恐怖だった。

「柏木君、君は新聞記者だから世間のことにはそれなりに明るい、だから分かると思うが、満州国における関東軍の軍事行動は中央政府の意向をほとんど無視した独走態勢だ。中央政府は元来外交でロシアとの和解を図ろうとしていたし、満州国での大規模な軍事行動は考えてはいなかった……」

「……それは薄々は分かるが、それが藤原隆の事件と直接関係しているのか？」

「直接というか、まぁ背景のようなものだね。ともかくそういうわけで関東軍は余分な軍事費用を政府から頂いてはいなかった。しかし一方の関東軍には満州国民の暴動に対する異常な危機感があってね、さらなる軍事強化をもって、徹底的に満州国を支配下に置くべしという意見が強かった。そこで彼らは軍事費を自己捻出《ねんしゅつ》するために効率のいい商売を思いついたんだ」

「商売？」

「そうさ商売だ、なんだと思うね？　ここが肝心なんだ。満州における効率のいい商売、そうくれば阿片《あへん》さ……かの国は実に阿片の売買が盛んだ。そこで関東軍は検閲と称して貨物などをひっくり返しては、阿片を見つけて没収、さらに横流しをして巨額の利を得ていた。満州事変を起こした財源も阿片だったと噂されている」

「しかし……しかし満州国は二年前に阿片法を作って、阿片の吸引を禁止しているじゃないか」

「それは表向きの話だよ、阿片法の設定は阿片吸引を廃止することにあるんじゃない、関東軍が阿片を独占売買することが目的だったんだ」

「何だって?!」

「すなわちこうさ。阿片法によって阿片は違法になり、一般での売買が出来なくなる。だが、彼らは抜け道を作ったんだ。いきなり吸引を止めると禁断症状にかかるので、治療上必要のある場合に限って登録させその者だけに売るという体裁だよ。しかしその実、阿片の販売許可を受けたのは、大部分が関東軍から指名された日本人と朝鮮人の店で、買うのは自由という有り様さ、つまり公然たる独占売買だよ。なんでも銅貨二十枚で阿片一本が相場らしいね」

「そっ……それじゃあ、やっていることはゴロつきと同じだ！」

「まさしくその通りさ！　だが嘆かわしいことに、満州国の国家予算の十五%はこの阿片の専売収入で賄われているのが現実だ。黒マントを着ていた頃の学友には大政治家の子息なども多くてね、こういうことはすぐに耳に入ってくるのだよ」

「じゃあ、阿片の売買取引に絡んだことで藤原隆は関東軍に暗殺されたのか？」

「いやいや、まるで違う。藤原隆の事件に関しては直接の犯人といえる人物は存在していないよ」

「どういうことだ？」

「君は馬場刑事から藤原隆の別の人生について聞き及んでいるだろう？　さらに藤原貴子の学友から処女妊娠のことも聞いた……その時君はどう思った？」

「どうって……不可思議な話だと思った、信じられなかった」

「勿論《もちろん》さ、現実に起こりえない事だ」

「だが……起こった……、茅も蛇になった」

それを聞くと、朱雀は嘆かわしげに眉《まゆ》を顰《ひそ》めた。

「ああ……まただ、誰もかれも一体僕の話の何を聞いてるんだろう？　いいかい、言っただろう？　一条義基という男は、蘭の栽培家だったり、クリムトのコレクターだったりする、一種美意識が異常に高い偏執狂の男だと。こういう男は大概、自分の趣味の範疇《はんちゅう》に関しては経済観念が希薄で、道徳性が無くなる、何をするか分からない。そいつがいい年をして未《いま》だに男色家などと噂をされているにもかかわらず独身でだね、しかも妹は処女妊娠したと言っている。そうして一条が貴子に送ったクリムトの絵の婦人は馬場君が肖像画かとみまごうほど貴子に似ているというんだよ。君、これでも分からないのかい？　つ・ま・り、一条義基は蘭やクリムトを熱愛すると同じく、妹の貴子を熱愛していたんだよ、そして貴子の寝室に忍び込んで肉体関係を持ったんだ。一緒に寝ていた犬が騒がなかったのは当然さ、いつも自分を可愛がってくれる貴子の兄だからね」

柏木は、唐突な朱雀の論法に呆気《あっけ》に取られた。

「まだだ、まだ分かっていないようだ、まったく頭の回転の鈍い男だ。じゃあ、ゆっくりと説明しよう」

朱雀はそう早口でまくしたてると、上着の内ポケットから香袋を取り出した。見覚えがあった。光代事件の時に、死んだ将校から朱雀が奪ったものだ。

「これは君も知っての通り、僕があの内藤の遺体から抜き取った香袋だ。この中には特殊な香が入っている。君も嗅《か》いだことがあるはずの香だ」

　朱雀は柏木の顔の前に香袋をぶらさげた。一嗅ぎした柏木は、万感の思いが胸に込み上げてくるのを禁じえなかった。

「……茅さんの匂いだ……」

「そうさ、それと覚えていないかい？　光代の事件があった時、君は部屋に駆け込んだだろう？　その時もこの匂いがしていた……」

「そうだ……確かにそうだった……匂いの強弱はあるが、同じ匂いだ……」

「薄々に見当はつけていたが、この成分を僕の知人の漢方医に分析してもらったんだ。結果として、これに含まれていたのは、大麻の葉と花、ハッシッシュ、阿片、芥子《けし》の実、朝鮮朝顔の種と葉、毒人参の葉、チョウジ、姫ういきょう、インドの香辛料であるところのカルダモン、タバシール……この辺りはカレーにも使われる香辛料だよ」

「つまり何なんだ？」

「マジュンと呼ばれる立川真言流の用いる強力な幻覚剤だ。香のようにして煙を吸引しても、あるいは粉末状のものを鼻や口の粘膜から吸収しても、飲んでも、作用は変わらない。インドの密教でもこれと同じ物が用いられていた記録がある。類するものを使った例では異神崇拝の拝火教やトルコのアサシンなどがある。トルコのアサシンという集団はね、こうした薬で信者に暗示を与え、暗殺者として使ってたんだ。それともう一つ、思わぬ効果もある。適度に用いれば媚薬《びやく》となるが、量を間違えば性的不能を引き起こすんだ。無論、もともと劇薬だから体には有害なものだよ」

「つまり……それは……それはどういうことだ……」

柏木はやはり分からなかった。自分ながらになんとも自分の馬鹿さ加減が苛立《いらだ》たしいほど、思考が空を切っていた。朱雀は窓辺から滑り下りると、柏木ににじり寄って、小声で言った。

「君に、とっておきの話があるんだ」

「……とっておき？」

「出口先生のところに、陸軍のお偉い方が訪ねてきたらしい。用件は、二年以内に日本がアメリカと対戦するとどうなるか、霊視してくれということだった」

「二年以内……」

「出口先生は、日本は負ける、負けて日本中が焼け野原になる……とこう答えた。すると陸軍の某《なにがし》はみっともなく鼻息を荒らげてだね、そんな事は信じない、このインチキ祈禱《きとう》師め！　とえらい剣幕でがなりたてた」

我が帝国陸軍を愚弄《ぐろう》する気か！

なんやあんた、けったいな人やなぁ、愚弄も何も、あんたが見てくれ言うたんやないか、日本は負ける、日本国中、火の海になる。

ふん、そんな事はあり得ん！

あんた一寸《ちょっと》、頭が足りんな、アメリカちゅう国は日本など足元にも及ばんぐらい軍事施設も兵糧も持ってる国やで、最新式の兵器もぎょうさんある、何処をどうおしてそんだけの日本が勝つゆう自信があるんや。

何？　そんな事から日本が負けると言いおったな、お前の頭でなど考えず、神に聞け！　いいか、日本は決して負けん、我が帝国陸軍は画期的な秘密兵器を開発しているのだからな！

「画期的な……秘密兵器？」

「そうさ、その男が口を滑らしたところによるとだ、陸軍ではいくら何でもまともな兵器戦ではアメリカに勝てないと踏んで、ゲリラ的な兵器開発に出たんだよ。化学兵器と呼ばれるものだ。農薬のように地面に撒《ま》くだけで人の皮膚を爛《ただ》れさせて殺傷に至らしめる兵器、その煙を吸い込むと、呼吸困難で死に至る毒ガス、安くて持ち運び便利な大量殺人兵器だ。その中には捕虜を容易に洗脳してスパイに仕立て上げることの出来る薬物や、不眠不休、しかも食べもせずに何日でも戦える兵隊や労働力を作りだす『興奮剤』のようなものまであると言っていた……。そう、これがその一つさ」

香袋が、朱雀の指先でゆらりと揺れた。

「立川真言流の用いた幻覚剤、マジュンの材料は何だった？　大麻の葉と花、ハッシッシュ、阿片《あへん》、芥子の実、朝鮮朝顔の種と葉、毒人参の葉、チョウジ、姫ういきょう、カルダモン、タバシール……朝鮮半島と満州国に占領政府を作った関東軍ならば、これらの高級な品物がただ同然の値段で手に入るだろう？　しかも、最近は催眠術の研究が巷《ちまた》で大流行だ、帝国神秘会のやっている病気治し、あれだよ。心霊術などと称しているが、あれは催眠術と呼ばれるイギリスで研究の盛んな心理治療さ。一度催眠術の術中にかかったものは、ある決まった暗示を与えると、暗示を信じ込んで行動する、勿論記憶を塗り替えて別人にすることとだって出来る。……しかし催眠術の術中に相手を嵌《は》めるというのは、現実には容易じゃないんだ、相手が抵抗する意志を持っている場合などはことに難しい。しかし、その問題もマジュンがあれば解決する……。恐らく陸軍の束に、そして一条に、マジュンのことを吹き込んだ人物が存在しているはずだ、そして陸軍はこれを化学兵器として利用することを思い立ち、一条病院で洗脳の様々な実験を行なわせていた……」

「なる程、だから精神病院が地下にあったと……」

「そうだよ、ようやく分かってきたんだね。その人物は最初、一条に近づいた、そして一条の異常性、妹にそそぐ偏愛を嗅ぎつけた、そして彼をそそのかした。『この薬を用いれば、人を自分の意のままに出来る』とね……」

「それで一条は薬を用いて貴子を強姦《ごうかん》したというのか？」

「そうさ、兄妹《きょうだい》なのだから薬はどんな風にでも摂取させることは可能だ。食事に盛ることも出来るし、兄から勧められた飲み物などを断ることはしないだろう？」

「なんて……ことだ」

「本当になんてことだろうね、そして貴子は幻覚剤の中で夢見心地のまま妊娠した。まさか相手が兄だなどと疑うこともなく、精霊に授けられた子だと信じていた。しかし母親は違った。いいかい、母親なんてものは自分の子供のことは手に取るように分かるのさ、貴子が妊娠していることを知った時、母親はうすうす義基が父であることに気づいたんじゃないだろうか？　そこで義基や夫が反対する中で貴子の結婚を強引に推し進め、義基をドイツに追いやった。しかし義基の妄執はそんな事では納まらなかったようだね、母・綾子《あやこ》が死んだ後日本に帰ってきて、再び貴子を自分の手に戻すことを企《たくら》み始めた……いや、恐らくその前から貴子に言い含めていたことがあっただろう」

「言い含めていた？　何を？」

「いいかい、処女妊娠したと信じている純潔の乙女が、無理矢理ろくに話をしたこともない男と結婚させられるんだ、それはそれは夜のことは恐怖だったと思わないかい？　貴子にすれば汚されるとすら感じられただろうね。そこで義基がこう貴子に命じたとしたらどうだろう？」

いいかい貴子、あの男が食事をする時に、この薬を入れるんだ。この薬は強力な睡眠薬だから、男は寝床に入ったらすぐに寝てしまうだろう、お前の体に手を触れることはないはずだ。

「つまり……そう言って貴子にマジュンを渡したというのか？」

「そうさ、それ以外に藤原隆の幻想をどう説明するんだい？　例の中村正志だよ」

「幻想……幻想なのか？」

「マジュンは過度に摂取すると性的不能になってしまう、名実ともに貴子には手が出ない体になるわけだ、義基の強烈な嫉妬《しっと》心がそれを成したのさ。そして恐らく僅《わず》かな機会をもうけて藤原隆に暗示をかけた、他の女を愛人にするという暗示をね……」

「貴子と隆の結婚を妨害する気で？」

「ああ、しかし不完全にしか機能しなかった。藤原隆は実際の行動として愛人は作らなかったのだからね。もっとも性的不能に陥るほどのマジュンを毎晩盛られてしまったんじゃ、体も動かなくなるから実質的に無理なんだ、そこのところまでは義基は計算していなかった。それでおそらく隆は幻覚の中で愛人を作ったんだ、中村茅という」

柏木は斧《おの》で頭を割られたような酷《ひど》い衝撃を感じてよろめいた。

「何だって？　じゃあ……彼女は誰だったんだ?!」

「まぁ、ゆっくり話を聞いてから質問したまえ……。藤原隆の夢、例の枕売りから買った母親の夢……その話は隆の幻想で膨らんだものとはいえ、ある程度は本当なんだろう。おそらく彼は、物心つく前に死別した母の夢を見て不思議に感じていたんだ、こういう土台があったから隆の幻想はおよそ義基の計算した範疇《はんちゅう》ではない領域に及んでしまった……。

中村茅、これは隆が慕っていたお手伝いの名前だったよね？　隆のイメージの中で母親とはそのお手伝いのことだったんだ。現実の中村茅は藤原家の手伝いを止めてから結婚して二児の母になっている。長男の名前が正志というんだ。おそらく隆はそのことも何処かで聞き及んでいたんだろう。とは言っても幼い時のことだ、成人した後にどれだけ覚えていたかは分からない、おそらく表面的には忘れ去っていたに違いない。しかし眠っていた記憶の断片と義基の与えた不完全な暗示が、藤原隆が語った中村正志の人生を作り上げたんだよ」

「藤原が殺したという黒服の男は？　昔の記憶と義基の暗示だけで、そんな人物が登場してくるのは変じゃないか」

「黒服の男は、おそらく一条義基の運転手だ。デバガメの磯部《いそべ》だよ」

「え？」

「奴が事件直後に病院へ駆け込んだとは話しただろう？　藤原は長年マジュンを摂取し続けて恐らくは重症の中毒患者になっていたはずだ。其処《そこ》に磯部が一条からの薬をいつも届けていた」

「届けられていた薬はマジュンなのか？」

「ああ、恐らくね……。デバガメの磯部は生来の性質からいろいろと詮索《せんさく》したに違いない、そしてどうやら藤原社長は薬物中毒なのだと気がついた。そこでこれは金になる、ゆすってやろうと……」

「どうして一条をゆすらなかったんだ？」

「一条は陸軍と親しいんだ、ゆする勇気が無かったんだろう、それに雇い主でもあるしね。ともかく磯部は藤原をゆすってみた、電話などをかけてだね、『俺はお前の秘密を知っている、うしろめたいことがあるだろう？　ばらされたくなかったら金を用意しろ』。あまり事情には詳しくなかったろうから、そんな風にかまをかけたんだな」

「それを、藤原が中村正志からの脅迫電話だと思ってしまったのか？」

「そうだよ、それで聞いた通りの事態が起きた。藤原は中村を殺害するつもりで待ち合わせ場所に出掛けた……そしてサングラスとマスクで顔を隠した磯部を発見した。ぴったりと藤原の妄想の中の中村正志とその姿がはまってしまったんだな……藤原は磯部を石で殴りつけ、よろめいた磯部は橋の下に落下した。しかし彼は死んではいなかった、交通事故だと言い訳し、流血した姿で一条病院に助けを求めてきた……というわけだ」

なるほど、そう考えてみると至極道理にあっている。

「だが藤原隆は、藤原隆はどうして死んだんだ？」

「重度の薬物中毒であったところに脅迫電話などがかかった……精神的に不安定な状態におかれると、薬物依存者というものはより一層、薬物摂取量が増えてしまう傾向がある。許容量以上の薬物を、あの時期の藤原は摂取していたと見ていいだろう。待ち合わせ場所に行った時も酩酊《めいてい》状態、そこにもってきて殺人を犯したとなると心の臓が縮み上がって不規則になる、興奮を抑えるためにバーでロックをがぶ飲みする……これで死ななければ不思議なくらいだ」

「じゃあ、自ら薬物を取りすぎて死んだと言うのか？　それで何故、藤原の首があべこべについていたり、老人になっていたり、しかもその死体が消えてしまったりしたんだ？」

「そうだ、君にはまだ言ってなかったが、花魁弁財天の石灯籠《いしどうろう》の下には立川真言流の作った洞窟《どうくつ》寺院があったんだ。灯籠に仕掛けがあってね、ある一定の条件が整うと洞窟寺院への扉が開く……灯籠の下の敷石が、ぱかっと穴に早変わりする仕掛けだ。以前の弁財天の神隠しの正体はそれだったんだ。あの銀杏《いちょう》の巨木が世にも奇怪な姿をしているのは、堅固な洞窟寺院の壁に邪魔されて根を地中に張れないせいだったんだよ。最初は伸びていく根に銀杏自身が少しずつ持ち上げられて、あんな風に根の部分が地表に露出してしまったんだろう。だが銀杏も考えたものだ、下に張れないなら横に伸ばしていけばいいというので今度はどんどん横に向かって成長していった、それであんな人の手のような形に仕上がったってわけだ。藤原の死体は洞窟寺院の中にあったんだが、死体の首はあべこべにはついていなかったし、何故か上半身が下着姿だったね」

「じゃあ沼田は錯乱してたのか？」

「そうじゃないよ、まず藤原の死体を洞窟寺院に落下させた者がいたわけだ。その人物は弁財天の洞窟寺院の秘密を知っていて、しかも藤原の死体を隠さなければならない理由があった。その人物は藤原の死体をこの弁財天に運び、洞窟寺院に落とそうとしていた。まさか朝の四時に人が通ることなど思いもよらぬことだったろう。其処にあろうことか犬を連れた男がやってくる姿が見えた、どうする？」

「……隠れる……」

「そう隠れるよね、だがただ隠れるわけにはいかなかったんだ。まずその人物には藤原の死体をしっかり確認されると困る事情があったんだ、本来なら藤原の死体ごと身を隠したかったんだろう……しかし無理だった」

「どうして？」

「死体を引きずって何処かに隠れるには時間がかかり過ぎるんだ……つまり犯人は非力で、藤原の死体を素早く移動させることが出来なかった。そこでどうしたか？……人間窮地に立つと思わぬことを考えつくものさ、まずその人物は相手を追い払わねばと考えた。どうやって？　そうだ死体で脅かそう、思いっきり不気味な風体に死体を装わせるのだとね。それともう一つ、おそらく死体の胸や腹の辺りに見られては不味《まず》いものがあった。だから洞窟寺院の死体は下着姿だったんだ、万が一見つけられることを恐れて証拠隠滅を図ったんだ。とにかく、その人物は咄嗟《とっさ》に死体の上着を後ろ前逆さに着せて死体の前を隠した……死体を植木柵《さく》に凭《もた》れさせ、顔と背広の背中が正面を向くようにした。自分は植木柵の背後に隠れ、二人羽織の要領で自分の手を上着の袖《そで》から出し、男に向かって、おいで……おいで……とやった。藤原が愛用していた金むくの時計を、自分の手につけてね。案の定、男はほうほうのていで逃げだした。頭がいいよね、そうやってその人物は目撃者を脅すのと、身を隠すことに成功したんだ」

「なんだ……単純なことだったんだ。だが、老人になっていたというのは？」

「そうさ、単純なことなんだ。だけど心の準備もなくそんな死体を見たら、誰だって冷静には判断出来ないものさ。老人になっていたというのは、そうだねぇ……まず酷い中毒状態だったろうから、隆は窶《やつ》れてはいたはずだ、もしかすると薬物の取りすぎで急速に白髪が増えていたかも知れない。しかし藤原を白髪にした一番の原因は殺人だよ、殺した相手の顔が自分の顔に見えた恐怖、殺人という重罪への罪の意識、それが藤原を一夜にして白髪にしたんだ」

「しかし、藤原の死体を隠したその人物というのは……非力と言うと……女なのか……まさか……？」

「茅と名乗った女ではと心配しているのかい？　全く違うね、藤原隆の死体を隠したのは妻の貴子さ」

「何故、貴子が?!」

「おそらく貴子は全てを知らされていたんじゃないかなぁ……母の綾子によって……。ほら、かの貴子の同級生が話してただろう？　狐の君さ。貴子は親睦《しんぼく》の深い彼女に何かと相談をしていた、処女妊娠のことまで告げたぐらいだから、相当に信頼していたはずだ。ところが綾子が亡くなってからというもの交流を絶っている、それはつまり相談することが無くなった……事実を知って相談出来なくなったってことさ。綾子の死に目には貴子一人が立ち会っている。きっと死んでいった綾子は、自分の死後の義基の行動が心配で、貴子に打ち明け話をしたに違いない」

「子供の父親が兄だと……？」

「そうだよ、それに日頃の夫の様子から夫が薬物中毒であることは貴子にも分かっていただろうね、なにしろ医者の娘なんだ。勿論《もちろん》犯人も分かっている、自分の兄だ。その夫が夜半、異様な様子……つまり髪が真っ白になって帰ってきたと思ったら、心臓麻痺《まひ》かなにかで死んでしまったんだろう。貴子はまず薬物での死を疑ったに違いない、すると兄が怪しい。それに状況から見て立派な変死だ、警察が来る、死体が解剖される、死因の究明が進めば自分と兄のことが発覚するに違いない、そうなると……子供はどうなる？　もう七つと言えば物事の分かる年頃だ、その子に事情を知られたら……」

「子供を守ろうとする母親の本能だったんだな。しかし藤原の上着にあった見られては不味い証拠というのは？」

「ペンキだよ、事件の当時、藤原邸は門のペンキを塗り替えていた。後木がね、藤原邸を訪ねた馬場刑事の背広についたペンキを見ているんでね。恐らく、殺人を犯し、混濁していた藤原は本能的に家に帰ってきたんだろう、ふらふらとね。その時に門のペンキが、べったりと衣服についたんだ。もし沼田が死体を目撃した時、ペンキを見られたら、少なくとも藤原が一度家に帰ってきたことが分かってしまうだろう？」

柏木は膝《ひざ》を叩《たた》き、すっかり感心しきったため息を漏らした。

「なるほど……藤原隆の事件のことはよく分かったよ……でも、それでは茅さんが秀夫を誘拐したのは何の為なんだ？　嫉妬《しっと》ではないとしたら……それに密室での一条義基の殺人は誰がやったんだ？　それより……あの中村茅は何者だったんだ？　そうだ、それにどうして貴子が洞窟寺院のことを知ってたんだ？」

「貴子が何故洞窟寺院のことを知っていた理由かい？　そりゃあ貴子に漏らした人物がいたのさ、だがその点に関しては話が複雑になるから最後まで聞きたまえ……。ときに君はどうしても、中村茅の正体が知りたいのかい？」

「勿論だ、知りたい」

「君には辛《つら》い話になると思うよ、なにしろあの女性のことが好きだったんだろう？」

「本郷先輩に聞いたのか？」

「何を言ってるんだ、君はすぐに態度に出るから誰だって分かるよ。察するに君の兄と無理心中した女性……高瀬美佐にも君は横恋慕していた」

「……そうだ……」

「やっぱりね……この二人の女性に触れると君はやたら感情的になるんだ、だからそうだと思ってたよ。ああ、何てことだ、因果は巡るもんだねぇ」

「因果だって？」

「そうだよ、因果だよ。君は何故、中村茅に特別な感情を抱いたのか？　それはおそらく中村茅のどこかしらが高瀬美佐に似ていたんだろう？」

柏木はぎょっとした。見えぬはずの朱雀が、何故、そのことを知っているのだろう？

「それもそのはずなんだ、いいかい柏木君。中村茅、あの女性は正真正銘の……高瀬美佐なんだよ」


何だって……？

突風が吹いた。窓から流れ込んだ桜の花びらが部屋中に舞い踊った。朱雀の長髪がはためき、白い上着が風を孕《はら》んで広がっていた。

3

「まったく、東や一条という男の頭の中はどうなっているんだろうねぇ？　乱歩にでも影響を受けたんだろうか？　ほら、あれさ、白コウモリ団だよ、最新の美容整形で各界の重要人物の偽物を作り出して世界征服を狙う秘密組織の話があったろう？……絵空事の話を現実に移してしまう人間というのはいるもんだよ。高瀬美佐は整形されたんだ、顔の肉や骨を切ったり貼ったりして別人になる方法さ。映画女優とかは好き好んで隆鼻術とやらを受けていると言うが、彼女の場合は全く本人の意志ではなかったろうね。だがどんなに顔を作っても、どこかに昔の顔の面影というものが残っているはずだ、君はそれを見たんだよ」

「何故……そんな事に……」

膝がガくがくと震えだした。

「二年前の四月二十日……この日付を君はよく覚えているはずだ」

「兄と……高瀬美佐がいなくなった日だ」

「そう、その通り。この日、君の兄上と高瀬美佐は車で横浜の海に飛び込んだと言われている、目撃者は無しだ、しかしそれは奇怪《おか》しいんだ」

「奇怪しい？」

「そう、僕の調べではその日、夕方の六時から夜半の二時までの間、厳重警護の上、港を封鎖して関東軍が大陸からの輸送物資を荷揚げしていた。そこに一台の車が飛び込んできて海に突っ込んだ……何故、目撃者がいない？」

「関東軍が大陸からの輸送物資を荷揚げしていたなんて……知らなかった」

「そりゃあ、軍事機密だからね。ともかく関東軍が荷揚げしていた貨物が、藤原海運のものだったとくれば、荷物の中身はおよそ察しがつくと思う。一条病院での研究材料となる阿片《あへん》などの麻薬に違いない」

「麻薬を荷揚げしているところに、兄と美佐の車が……？」

「うん、そうだね。さて関東軍はどうしただろう？　そんな極秘作業をしている時に目の前で事故が起こった、警察に通報などしたら面倒だ、いやもしかするとアカの人間が軍の機密を探りにきたのでは？　そう疑って当然だ。沖で発見された車のドアは開いていたよね」

赤錆《あかさ》びた車体、開いたドアから流れ出た海水が柏木の脳裏に蘇《よみがえ》った。

「二人は車と一緒に沈んだんじゃない。美佐は発作的に無理心中を図ろうとしてハンドルを助手席から妨害した。驚いた兄上はドアを開け、海に沈む直前に美佐とともに車から飛び出した、あるいは沈もうとしている車から脱出に成功していた、どっちにしろ兄上が美佐を救ったのには間違いがない。何故そんな事が言えるかというと、関東軍が二人を見つけた時に、美佐が失神、あるいは意識が虚《うつ》ろな状態でなければ話の辻褄《つじつま》が合わないからだよ。

つまり、こうだ。突然の侵入者に色めき立った関東軍の兵士が二人の元へ駆けつける、そこで有無を言わさず、兄上は殺されてしまった……なにしろ事情がどうであれ、男を生かしておいていいことはないからね。そして次に彼らは高瀬美佐を殺そうとした。その時、高瀬美佐が無意識の中で助けを求めたんだな」

「助けを?」

「美佐は妊娠してたんだ、自分の身はともかく本能的にお腹の子供を心配したに違いない。意識混濁状態で、咄嗟《とっさ》にいつも妊娠の検診に行っていた病院のことを口走った。おそらくこんな感じだ」

助けて……一条病院に……一条病院に連れていって下さい……よしきさん

「一条病院、よしき、この名前を聞いて、関東軍は美佐を殺すのを止めた、彼らは一条病院の一条義基だと勘違いしたんだ」

この女、一条理事の知り合いか?

どうする、生かすのか、殺すのか?

うむ、軽率な事は出来ん、取りあえず一条理事に判断を仰ぐとしよう。

「本当にそうなのか? まるで見てきたように言うが、そんな偶然が……」

「そうでなければ、この事態の説明が出来ないんだよ。ともかく関東軍は意識不明の状態のままの美佐を一条病院に連れていき、一条義基に見せたに違いない。勿論、こんな女は知らないと義基は言った」

「どうしてその時に殺されなかったんだ？」

「義基が生かしておこうと言ったんだろう」

「一条義基が？」

「そうだよ、一条義基はその時、貴子のダミーを作ることを思いついたんだ。自分の自由になる貴子そっくりの女を作って、満たされない思いを癒《いや》そうと……そして、一条はその思いつきを、実行に移した……。僕の推測の根拠はね、中村茅の顔が藤原貴子に似ていたという事さ、秀夫誘拐の時の目撃者が言ってたはずだ。まぁそんな猟奇的なことを発想するとは、彼は本当に異常な男だよ」

「と……いうことは……つまり、もしや地下室の女は……」

「そう、高瀬美佐だ。君が話を聞いた鈴江という女給は整形前の高瀬美佐を見ていたから、中村茅を見ても気づかなかったんだね。一条病院の地下で彼女は洗脳を施されていたに違いない」

　柏木は自分の心が悲鳴を上げるのを聞いた。

「洗脳というのはね柏木君、まず一個の人間の自我を崩壊させてしまうことから始まるんだよ。生理的な極限状態、恐怖心、情報の閉鎖、そういうあらゆる非人間的な環境の中に被験者を閉じ込め、暗示を繰り返すんだ、やがて意識が抵抗する力を失って、与えられた暗示を完全に受け入れるようになるまでね……。実に酷《ひど》い話だろう？　高瀬美佐の自我は崩壊し、記憶はぬぐい去られ、一条の望むところの人形が完成する……洗脳実験の名目のもとにね。だが一つだけなかなか拭《ぬぐ》いきれない記憶があったんだ。なんだと思う？　彼女の中に最も強烈に焼きついた印象的な事柄……心中の記憶さ。高瀬美佐の中で唯一失われない記憶、彼女が守った唯一の自我だ。他の自我が存在しない分、それは純粋に高められていったんだよ。かくして彼女の魂は君の兄上と心中しようとした時の経過を何度も何度も反芻《はんすう》することになった……それが若い医師との心中事件さ。彼女は君の兄上を自分だけのものにする為に記憶の迷路の中で格闘していたんだ。恐らく一条病院の医師は総じてぐるだろうが、餌食《えじき》になった医師は若い世間知らずなぼんぼんさ、それが実験の生贄《いけにえ》となった妙《たえ》なる美女に遭遇する、当然、若き男子はロマンチックな悲劇の純愛の虜《とりこ》となって、女の悲惨な運命に同情し、心中を図る……。しかし女が気づいた時にはいつも、男の死体は誰かの手によって運び去られている。女は男が自分のものとなった成果を見ることが出来ない、そうして永遠に報われない心中劇を繰り返す……」

洗脳……美佐は酷《むご》たらしい洗脳実験の生贄にされていたのか！

ああ！

「病院側もこれには手を焼いた、そこで一条は自分の邸内に彼女を囲った。まあ一条の望むところさ。やがて整形をほどこし、貴子のダミーが完成する。

しかし一条の楽しみも長くは続かなかった、藤原隆の事件が起こったからだ。事件の後、貴子はまず兄の一条の元に直行して、夫の死について問いただしたはずだ。一条はしらばっくれたものの青くなった。事件はその不可解さから大きく騒がれてしまっている。万が一、神隠しで事が決着せず、捜査が進行したらどうなるのか？　自分の名誉も黒幕である東も危ない……慌てた一条が今度は東に相談する……そこで東は捜査の状況を偵察に行き、君に遭遇した。花魁《おいらん》が藤原隆を連れていく夢を見たという、神隠し証人として格好の新聞記者とね……。しかも君は東に問われて名前を名乗ったね。勿論《もちろん》、この時の東はまだ君を使うことになるとは考えてもいなかったろう。東は現場を偵察した後、警視庁に圧力をかけて取りあえず事件を自分の息のかかっている特高のヤマにした、何処まで調べが進んでいるものか探るにもその方が好都合だ。するとどうだ、馬場刑事が聞き込んだ中村正志の一件が浮上してきたんだ。東は考えた、警察が深く調べていけば中村正志のことは現実でないことが発覚する。すると何故藤原がかような嘘をついたか、あるいはかような妄想を持つに至ったかが議論の的となるだろう……ここが真実を知っている人間の盲点なんだよ。中村正志の事が現実ではないと分かったところで、一体誰が薬物や、まして軍の機密のことまで察知し得るね？　しかし真実を知っているから、もしや……とうがった心配をする。そうして東はあるストーリーを思いついたんだ。むしろ中村正志の一件を利用して、より捜査を混乱させ、あらぬ方向に衆生の目を向けさせる手だてがある。中村正志の一件を現実のことにしてしまえばいい、そうすれば架空の事実に踊らされて捜査は混乱、迷宮入りとなるだろう……とね。そこで中村正志の妻、茅を登場させた。幸い適材の人物がいる。すでにこの世の戸籍をもたず、知り合いすら存在しない、決して正体の尻尾《しっぽ》を摑《つか》まれない女……つまり整形後の高瀬美佐だ」

「それで中村茅と名乗って社に電話を……」

「そう、高瀬美佐は再び洗脳を受け、自分は中村茅であると思い込んでいた。中村茅に出会ったという証人は誰でもよかったんだろうが、東の頭の中に君のことが残っていたんだろう、馬鹿正直で単純な気質が騙《だま》すのには好都合そうだものね。よしあの記者を証人にしよう……東は茅に朝日新聞に連絡を取らせた。しかしこの時点ですでに君は三面を外されていたから、本来なら会わないはずだったんだ、だが偶然にも本郷君の誘いに応じて中村茅と出会ってしまった。だから結局はここまでは東のストーリー通りに事が運んだわけだ。しかし東には思いもよらぬ誤算が生じた。何故なのか彼にもよく分からなかったろう、まさか高瀬美佐が心中をしそこねた相手の男の弟が君で、二人が顔見知りだったとは思いもよらぬことだったのさ。君と出会った瞬間、君という兄上に繫《つな》がる存在を認識した瞬間、再び彼女の中で心中劇の歯車が回り始めたんだ」

　確かに中村茅と出会った瞬間、何かを感じた。そして彼女も何かを感じていた、あの時、あの瞬間、もっと敏感に僕が気づいていれば……。

「美佐が妊娠をしていた時、丁度君の兄上の奥方も妊娠をしていたはずだね。美佐はそのことを知っていたんじゃないかい？　君が言ったのか、あるいは別れ話のつれづれに兄上が語ったのか……。普通の女ならそういう時にどう思うだろう？　一方では祝福されないのみならず堕胎まで望まれるわが子、そしてもう一方は平和な家庭で祝福されて生まれるだろう子供……わが子をかえりみて、その子を憎い、殺してやりたいと考えても当然ではないだろうか？　勿論、もし美佐が正常な状態であれば、かつての美佐のままであれば、たとえそうは感じたとしても実際に殺したりはしなかったろう。しかしあの時の彼女は、過去の感情と行動をさらに純化して再現するだけの傀儡《くぐつ》だったんだ。君は美佐に、いや中村茅としての彼女に、彼女が藤原の愛人だったのだと知らせたね、そうだろう？　その時、彼女の過去の感情がスパークして蘇《よみがえ》ったんだよ、彼女はふらふらと藤原邸に行き、秀夫を攫《さら》って殺した……その全てが彼女にとっては過去の夢の中の世界だったのさ」

4

柏木は胃の奥からぐっと異物がこみ上げてくるのを感じた。
ひんやりと冷たい汗が額と背中に滲《にじ》み出てくる。
（そうだ……だから茅……彼女はあの時、藤原博《ひろし》の死について聞いた時に、赤ちゃんが可哀相……と言ったんだ。自分が妊娠していたという記憶は蘇ったんだ……彼女の中で贋《にせ》の記憶と本物の記憶が錯乱していたには違いないが、それだけは思い出したんだ）

どうして赤ちゃんがいないのかしら？
あの人は何処へ行ってしまったのかしら？
赤ちゃんは死んだのかしら？
冷たい水の中に沈んでいってしまったのかしら……。

過去の夢の中の世界を美佐は歩いていた……。そう言えば、秀夫を殺した事を告白した時の彼女もまるで虚《うつ》ろだった。自分のした事を、まるで夢でも見ているように言ったのだ……。

あんまり簡単だったものだから……、そんな事にはならないだろうと思ってましたのに……

柏木は低く呻《うめ》いた。

殺された秀夫は勿論不憫《ふびん》だ、殺した美佐が許されるはずもない、だがそんな悲しい殺人を起こした美佐を秀夫同様に不憫と感じるのは自分だけだろうか？　永遠に同じ軌道を回り続けるあの木馬館の木馬のように、美佐と同じ悪夢の迷路を彷徨《さまよ》う運命を背負わされたなら、たとえどんな事をしてでも脱出したいと願うだろう。悪夢から脱出する為に、悪夢を完結させる必要があるとしたら、きっと僕だってそうしただろう。

　そして美佐の悪夢の完了には秀夫の死と、僕の死というカタルシスが必要だったのだ。

「覚えがあるんだね、そうだろう？　やはりそうなんだ。茅が秀夫を誘拐して殺害してしまった、これには東は驚いただろう、捜査を攪乱《かくらん》するために派遣した女が、まさかそんな事件を起こすとは思っていなかったんだ。ややこしいことになった、そのうち新聞記者が警察に、容疑者として茅のことを話すに違いない……君でなくても君から茅の存在を聞いている誰かがだ……。こうなったら茅が捕まる前に君を処理してしまった方がいい、そうでなければ折角の筋書きが台無しだ」

「だが彼らは、僕が彼女をおびき出しておいて警察に知らせるということは心配しなかったのか？　そういうことだってあり得るだろう？」

「そんな心配はなかった、何故なら君はすでに彼らの術中にあったからね」


術中?!

「そうだよ、君はまんまと彼らの暗示にかけられていた。君が警察に茅のことを話さなかったのも、本郷に口止めしたのも、彼らの暗示によるものだ。そうして茅が蛇の姿に見えたのも……」

「そんな、そんな馬鹿な！」

「まったく、馬鹿な話だよ……どうにか奇怪しいと思わなかったのかい？　僕が急いで後木を君の尾行につけなければ、君なんぞいいように操られてお陀仏《だぶつ》していたところさ。おそらく茅の衣装などにマジュンの粉末を付着させていたんだろう、近くによって吸い込めばそれなりの効果がある。しかしその程度では長時間の効果はつづかない、だから何か手だてを講じたはずなんだ。柏木君、君には何の覚えもないのかい？」

〽日本一のようかの薬剤は、親切、律儀を旨とする、オイッチニ、病の根をほり、葉をさすり、オイッチニ――

……おや、そこの若い方、貴方《あなた》ですよ、ほらほら……。

顔色がとてもよくない、まるで死人の様だ。風邪ですね、体がだるいでしょう？

そう、ここ数日、体調が悪いんだ……。

じゃあ、この風邪薬を飲みなさい、お代は要らない只《ただ》だよ、これは私の親切だ、さぁさぁ、飲みなさい……。

——ヘブリン丸が差し出された。

「よ、よ、ようかの薬だ！」

「ようかの薬？」

「茅と別れた後、目眩《めまい》がしてふらついていた。そこにオイッチニの薬屋が通りかかって、ヘブリン丸を僕に飲ませたんだ……」

「君はその薬を定期的に飲んでたんじゃないかい？」

「そうだ……もらった薬をすっかり無意識に毎日飲んでた……」

「それも暗示をかけられたんだ、その薬はマジュンだよ」

くそうっ！　と、柏木は拳《こぶし》で畳を打った。情けなかった。

考えれば、本郷が自分とそっくりの男が見知らぬ人物と話し込んでいるのを見かけたというのは、薬の暗示で無意識に行動していた時に違いない。

「東は茅をこれ以上野放しにしておくと危険だと考えて始末することを決意した、大幅にストーリーを変えてね。中村茅は誘拐犯になってしまった、だから身元確認に警察は血眼になるに違いない。いくらなんでもそれでは茅が現実にいたということに無理が出てくる。だから君に暗示をかけ、茅が蛇に変化したと信じ込ませよう、多少無理はあっても、君はその前に花魁《おいらん》が藤原を連れていく夢を見ているから、その非現実的なストーリーをすっかり信じ込んでしまうはずだ、なんなら薬で無理にそう信じ込ませてもいい。茅は君との心中を望んでいる、これもストーリーの味付けには好都合だ。柏木君、君は記憶にないだろうがね、君は本郷君にその時電話をしているんだ、茅が蛇になったとね、あれは恐ろしい物の怪《け》だったと電話口でわめいた」

「……知らなかった」

朱雀は眉《まゆ》をぴくりと動かした。

「ふん、どうせそうなんだろうね。とにかく陳腐な昔話のような筋立てだが、あやうく君はそれを信じ込みそうになっていただろう？　東は料亭から君と茅を連れだして船に乗せ、茅の体に錨《いかり》をくくりつけた。茅の死体が見つからないように海中深くにとどめておく目的だ。死体が見つかるにしても君のものだけにしなければならない、何故なら物の怪の死体が上がっては変だからね。よしんば万が一君が助かるような事があっても、中村茅たる物の怪が藤原を取り殺したという素晴らしい生き証人になってくれるだろう」

「彼女は……それでは彼女は抵抗すらせずに錨をつけられたというのか……？」

「むしろそれを望みすらしたんだろうよ」

暗い海中で、自分の袖《そで》に追いすがった茅の指先の感触を柏木は思い出した。哀れな……悲壮な感触だった。柏木はこみ上げてくる痛みに胸を掻《か》きむしった。

自分が幻覚剤ですっかり酩酊《めいてい》気分でいた時に、すぐ側で東達は美佐を殺す準備をしていたのだ。何故そんなことが分からなかったのだろう？　たとえ朱雀ほどの推理は出来ぬまでも、危険を察知して美佐を東の毒牙《どくが》から守ることぐらいは可能だったはずであった。

柏木は自分が世の中で一番無力で情けない男であるような気がした、恥ずべきは己の未熟さであった。

柏木は壊れたレコードにでもなったように、そんな……を何度も心の中で反芻《はんすう》した。

そんなあんまりじゃないか……。

そんな酷《ひど》いじゃないか……。

それじゃあ、美佐が余りに哀れじゃないか……。

それじゃあ、僕は余りに愚かすぎるじゃないか……。

「一条の殺害は東だろうな。実の息子である秀夫を殺された一条は、東が秀夫を殺害させたのではないかと疑っただろう、そして東に食ってかかった。あるいは頭に血が上って、全てを世間に告発するなどとわめいたのかも知れない。事は急を要していたし、これ以上面倒なことになるのを恐れた東は一条を刺殺したんだ。あれはきっとその場の成り行き的な犯行さ」

「だが……密室殺人だと……」

「一条刺殺にそんな計画性があったとは思えないよ。茅の計画の進行中にそこまで準備があると思うかい？　第一、東は一条を殺すような事態になるなどと予想もしていなかったろうしね。密室殺人など、トリックを使わずとも出来るんだよ、一条家の使用人達を脅せばいいのさ。『一条は軍の機密を漏らそうとしたので処分した、もし見たこと知っていることを話したりしたら、皆命は無い、お前たちばかりか家族の者も軍に狙われるぞ』とね。東に脅されれば皆縮み上がっただろうさ、それだけの恐怖の対象になりうる地位を彼は持っているからね。『警察が来たら、茅が捕らわれていた女部屋も調べられるだろう。その時は、一条の趣味だとでも言っておけ』と乱暴に処分したんだろう。そして一条の死体のあった部屋の窓やドアを閉めた……バタン……簡単さ、これで落着なんだ。ともかく並の殺人現場だと、せっかくの神隠しの台本が興ざめしてしまう、安易だが密室殺人ぐらいのミステリアスなものでなければね……。

どうしたんだい、静かだね、さぞかし衝撃を受けたんだろうね。君の気持ちはよく分かるなんて、おためごかしを言うのは止めるよ、好きな女を二度も見殺しにしてしまった男の気持ちなど分かるわけはないからね」

わざとなのか、朱雀は傷口を抉《えぐ》るように言った。

「しかし仕方がないことだ、彼女はもはや常人とは違う世界で生きていたんだ、彼女は心中をしようとしたその一瞬に閉じ込められた異界の人だったんだ、時間と空間が止まってしまった異界だよ……。異界との接触は、取り返しのつかない結果に終わるのが常なんだ。それを避けられるのは戒めと約束の守れる希有《けう》な一握りの人間だけさ、君にも忠告しただなかったんだ？」

「あの手紙はそういう意味だったのか……知っていて、何故、もっと早くに知らせてくれろう？」

柏木は悲壮な叫びを上げた。

「薄々だよ、薄々そんな気がしていただけさ。あんな事になるなんて僕だって予想外だったよ。だが知らせたからと言って、どうするね？　彼女はすでに異界の住人だ、無理矢理この世に戻しても、幾つもの殺人の罪が待っているだけなんだよ。軍だって秘密が漏洩《ろうえい》するのを恐れて彼女を消そうとしてくるだろうしね……。知っているかい？　柏木君、異界から戻ってきたものは時の流れに見放されて浦島太郎のように朽ち果てるしかないんだよ、知らぬ間にこの世で過ぎた時間の重さに押しつぶされてね……。君はそれを助けられるというのかい？」

助けられる訳がなかった。重すぎる虚脱感が柏木を襲った。

「助けられないだろうね？　それで当然なんだ、僕等の力の届く範疇《はんちゅう》にあったことじゃない。何故ならもともとこの事件は、やっぱり呪いから始まっているんだよ。藤原家と一条家……両家は本当に呪われていたんだよ。しかもその呪いの根源は未だ健在だ、藤原家と一条家にかけられた陀吉尼《だきに》の呪いは、もっと以前、二蔵が一蔵の神隠しを黙認した時から始まったんだ」

何だって?!　呪いなど何処にもなかったんじゃないのか？

「神隠しの実態は洞窟《どうくつ》寺院だ。神隠しを唯一目撃した二蔵が、そのことを知らなかったと思うかい？　地面に開いた穴に三人が落下したのは明白だったはずだ。なのに二蔵は神隠しだと言い張った。『穴の中に落ちた』と一言そう言えば三人は助かったかも知れないのに、言わなかったんだ、何故だ？　つまりは助かって欲しくなかったのだろう。二蔵は落ちた三人の誰かに殺意を持っていた……おそらくは一蔵だ。殺意などというものは自分の身近にいて感情のもつれが生まれるような人物に限られてくるものね。ことに双子の兄弟には普通の兄弟関係以上の愛憎が生まれるというから、幼い子供にも殺意が生まれたとしたら一蔵以外に考えられない。そうとは信じたくないが、とにかくそう考える以外に二蔵の行動を説明しようがない。こうして成人した二蔵こと藤原巧は、慈善家と評判の弁護士になった……。昔の坊主などにはね、過去に犯罪を働いた者が多かったらしいよ、僕の親父がそう言っていた。罪への強い呵責《かしやく》が反動となって働いて強迫的な道徳心を持つに至る、よくあるケースなんだ。ところが妻の死をきっかけに彼はすっかり性格が豹変《ひようへん》してしまった。まず律儀に守ってきた家屋敷を売り払って金融屋を手掛けた、次に膨らんだ資産で何をした？　あの花魁弁財天一帯の土地を買い上げているんだ。何の為だ？　さらなる資産作りか？……違う、そうじゃない。吉原が目と鼻の先で商売のしやすい土地だ、買い手は沢山いる。なにしろ借家住まいの住人が、家賃が安いので立ち退かないために、長屋として捨ておかれていた場所なんだ。それが売りに出たとあればすぐにでも倍の値で買いが入る。ところが藤原は土地を地主から買い上げ、解決金を借地人に払ったというのに、そのまんま彼らを住まわせた……。一時金が入ってしかも出ていかずにすむ、家賃もそのままだ、そりゃあこんな好条件なら誰も反対運動などしないよね、一体藤原はどういうつもりだったんだ？」

分からない……と、柏木は首を振った。

「いつか開発がかかるのを恐れたんだよ。地下を深く掘ってビルなど建てようものなら、洞窟寺院の存在が分かってしまうだろう？」

「藤原巧が自分の罪を隠す為に、あの一帯の土地を買ったというのか？」

「そうさ、自分の罪を隠す為に……だ。僕が探った時、洞窟寺院の中には数体の死体が転がっていた。一番新しいものは藤原隆のもの、そしてかなり古い白骨死体が何体かだ……後木も馬場刑事もそれは見たがね、その中には幼児のものらしき小さな骨はあったが、七つ前後の子供のものと思われるものはなかった、さあ、どうしてだ？」

幼児の骨はあったが、子供のものはなかった？

「幼児……というと、待ってくれ、もしかして一条綾子……なのか？」

朱雀はまどろっこしそうに悲鳴を上げた。

「全部、僕が一から説明しなきゃならないのかい？　ここまで言ってもまだ分からないのかい？　まったく君ときたら、夜明けの桜行灯《あんどん》のようにぼうっとしてるよ、まあその素直さが君の良いところでもあるがね、余計なお世話で済まないが、たまには複雑に物を考えてみた方がいいよ。……要するにだね、一条綾子は死んでいて、一蔵の死体は無いと言ってるんだ。

一条綾子、たった一人神隠しから戻ってきた人物だ。両親は二度目の神隠しを恐れて、綾子が戻ってきて以来十年間というもの、まるで人目に晒《さら》さずに育て上げたという。その綾子はお貴族様なのに人形焼きなんてものが好物だった……どうだい？　藤原巧がなぜ一条家とあれほど強く結びつけたか考えてみたまえ、綾子の存在があったからだと思わないかい？

昔から吉原に出入りしていた今年で八十になる女衒《ぜげん》の安から仕入れた話によると、綾子の母という女性はね、とても線の細い方だったらしいよ。綾子が神隠しにあう以前から精神を病んで寝たり起きたりを繰り返していた、それでも存外に長生きして死んだのは綾子が二十八の時だったらしい。綾子の父の一条男爵はそれは病弱な奥方思いだった。男爵は綾子がいなくなった当初の奥方の狂乱に心を痛められてね、誰でもいいから綾子の代わりになるような年頃の女の子を買いたいと、安に話を持ってきたらしい。それで安はいいことを思いついた。三歳の幼児となると、いくらなんでも売り手が少ない、だが幸いにも一蔵と二蔵には綾子と同じ年頃の菊という妹がいた。母親は一条様に合わせる顔がないと毎かる、こうなればお詫《わ》びもかねて一挙両得だと話を持ち込んだのだそうだ。菊にしても貴族の娘になるんなら幸せだろうと言ってね。二蔵の両親は一も二もなく応じたらしい」

「じゃあ、綾子は藤原巧の妹だと言うのか？」

「そうとも！　狂乱した奥方に菊を綾子と思い込ませたんだろう。だが人目に触れると綾子でないことがばれてしまう、人の口には戸がたてられないから、真実が奥方に知れるのを男爵は恐れたんだ。それで菊を十年も軟禁状態にした。十年後なら誰が見ても本当の綾子かどうかなど分からないだろうからね。三つ子の魂百までと言うが綾子の人形焼き好きはそのせいだよ」

「なるほど……それなら華族の一条家と平民の藤原家があれほど深く結びついた理由も納得できる」

「そうだろう？　だが更なる問題は、神隠しにあったはずの一蔵に相当しそうな骨が見つからないことだよ。一蔵は何処に行ったのか……考えると恐ろしいことだがね、一蔵は地下の穴の中で生きていたんだ」

「生きていた?!」

朱雀は頷《うなず》くと、ひっそりと声を落とした。

5

「ここからが本当の陀吉尼天の呪いの始まりなのさ……。これから話すことは僕の純粋推理だ、なんの証拠もない話だから物語として聞いてくれたまえ。……恐らく三人が洞窟寺院に落下した時、他の二人の体がクッションになって奇跡的に一蔵だけは生き残った。おそらく落下の衝撃で数時間は気絶していた一蔵は、食料と飲み水だけはしっかりとある、無数の髑髏《どくろ》が壁一面に埋め込まれた地下室で、二人の死体とともに目覚めた。一体自分が何処にいるのか、何が起こったのか、一蔵自身にも分からなかったろうね……怖いよねぇ……普通ならとてもそんな状況で平常心じゃあいられない、おそらく三日もまたぬうちに狂い死にすることだろう。だが子供というものは大人に比べて恐ろしく強靭《きょうじん》なものさ、一蔵はその環境の中でも物を食らい、水を飲んで生き延びたんだ。数日なんてもんじゃない、恐らく十年近くの年月をだ……」

十年?!

「そうだよ……。全く想像することが出来ないよねぇ、暗闇の中に取り残された鼠のような十年の生活、そんな体験を思ってみろと言われても、誰が想像することが出来るだろうか？　ぶつける相手すら分からぬまま膨張する恨めしさ、一条の光さえ期待することを忘れさせる程のとことんの絶望、自分が人であるのを忘れてしまうほどの究極の孤独と恐怖……刻々と過ぎていく年月が、一蔵という容器の中に封じ込められたソレを何に育て上げたと思う？　なにしろ、十年近い年月、十年近い年月だ……途方もなくグロテスクな化物じみた何かが一蔵の体を破ってこの世に生み出されたとしても奇怪《おか》しくはない……。一蔵は地下室の中で朽ち果てても奇怪しくない運命だった。ところが誰も知らないはずの地下室の扉を開け、やってきた人物がいたんだ……誰あろう花魁《おいらん》弁財天の最後の住職文照の弟子・文尊だ。察するに当時は古神道復古などの空前の新興宗教ブームであったから、文尊も立川真言流の復興を狙って、何か材料を……と訪れたのだろう。文尊の寺に寺男がいたという話は馬場君から聞いたかい？　文尊が孤児を連れ込んだというが、連れてきた当初、十五ほどに見えるその童は衣服もボロボロ、髪も爪も伸び放題、側によると鼻が曲がるような悪臭が漂ったという。それから酷く日《ひ》の光を嫌って、寺にきて暫《しばら》くは日中に寝てばかりいた。最初は話しかけてもろくに答えることも出来ず、白痴ではないかと出入りの村人も思っていたが、何年かすると立派に経も読め、文尊より達筆になったということだ。ただ相変わらず滅多と口をきかぬ男だったらしいが……どうだねその寺男、一蔵だと思わないか？」

「た……確かにそう思えなくもないが、やはり一蔵が地下で十年以上も生きていたなんて無理な話のように思える」

ふん、と朱雀は片眉《かたまゆ》をつり上げた。

「そうだね、実に無理な話だ……まぁ、無理を承知の物語だよ。ところで文尊は最初に一蔵を発見した時、どう思っただろう？　立川真言流復古の夢をかけて長い封印のもとにあった洞窟《どうくつ》寺院を訪れたところ、奇跡のように其処《そこ》で生きていた子供に出会ったのだから、これこそは仏の縁、陀吉尼天のもたらした縁だと感じずにはおれなかったに違いない。そうは思わないかね？　きっと文尊は一蔵を陀吉尼天の申し子と信じ、かの邪教を思想ごとも念入りに教授したのではないか、僕はそう推測しているんだ。これはね柏木君……一種の洗脳だよ……」

「洗脳？」

「そうさ、地下洞窟での十年間……生理的な極限状態、恐怖、情報の閉鎖――洗脳に必要な条件のもとで、みっちり十年近い歳月を過ごした一蔵は、まったくの意識の空白状態におかれていたに違いないんだ、自我喪失の状態だよ。そこに立川真言流の教義を吹き込まれたんだ。文尊はね、自分でも知らぬうちに本当に陀吉尼天の申し子を作り上げてしまった結果になった。ところでこの寺男は三十年近く前に寺を脱出した、寺の宝を持ち出してね」

「何故、寺から逃げたんだ？」

「さて、口では立川真言流の復興を言いながら、一向に動く気配もない文尊に愛想をつかしたのかも知れない。文尊は気概だけはあったが、宗派を興すような才には恵まれぬ平凡な男だった。寺の荒れた様子でそれは一目瞭然《いちもくりょうぜん》さ。陀吉尼天の申し子となった一蔵にはそれが我慢出来なかったのかも知れぬ。とは言ってもその時に寺を出た動機は一蔵本人にしか分からないがね……ともあれ、一蔵は東京にやってきた。立川真言流の袈裟《けさ》を着て……。それが例の髑髏《どくろ》の紋の袈裟だよ」

「あの浅草寺《せんそうじ》の怪僧は一蔵だったのか！　しかし藤原巧は子供の時に、すでに怪僧に出会っているじゃないか」

「その二人が同一人物だったとは限らないだろう？　煙草屋の婆さんは、巧の話を聞いていたのと僧侶《そうりょ》と出会った時の巧のただならぬ怯《おび》え方から、そう思い込んだだけだよ。恐らく、先の僧は花魁弁財天住職の弟子・文尊じゃないかな？　神隠しの話を聞いて、助かった子供が何か知っていて喋《しゃべ》りはしないか偵察に来たのさ。二人の僧は別人だよ。巧が怯えたのは、その浅草寺の僧が、自分が見殺しにした兄だと直観的に分かったからさ。

　一蔵は文尊のもとを離れた後、何かに導かれるように浅草寺に立ったんだ、昔の記憶が彼を呼んだに違いない。でも彼自身には何故自分が其処に立っているのか分からなかっただろう、彼の中で子供のときの記憶が健在だったとは思えない……だって十年だよ、異常な環境の中で十年も過ごしたんだ、もしかすると一蔵は傍目《はため》には分からなくともすでにある種の狂人だった……いやもっと言えば、十年も洞窟で生き延びるなんて事は、異界に巣食う魔物に乗り移られていたのかも知れない。……そうしてだね、分からないながら一蔵は何かを……誰かを探したんだ。そして出会った……その瞬間、一蔵は自分の身に起こったことを理解したはずだ、弟が自分に殺意を持っていたこともね」

「藤原巧の妻の葬儀が浅草寺で行われた日……怪僧が巧を見て高笑いした……巧は、自分は呪われていると呟《つぶや》いた……。一蔵か？　一蔵が巧を脅して陰で操っているんだな！　東や一条義基をそそのかして糸を引くように……」

「違う……洞窟寺院で生まれた化け物が、二蔵を脅すなんてことぐらいで満足すると思うかい？」

「じゃあ……じゃあ、どうしたというんだ？」

「だからね、藤原巧こそが一蔵なんだ」

「なんだって?!」

「だから巧が建てたあの藤原邸は暗いんだよ。一条病院の実験室も、一蔵の体験から地下に作られたんだろう。十年も暗闇にいたんだから、闇の魔力を一蔵はよく知っている。それに明るいところでは落ちつかないんだろう。確かに柏木君が推理したように一蔵が巧を脅して操っているということも考えられる、しかしね、僕は藤原隆の例の夢に引っ掛かったんだ」

朱雀は静かな瞳《ひとみ》の奥に異様な力を漲《みなぎ》らせた。

「れ、例の……？」

「隆は子供の時から、影法師に追いかけられる夢を見たという」

「影法師を刺し殺すと、その顔が自分の顔に変わるという夢のことか？」

「隆は何故そんな夢を見るんだ？」

「何故って……？」

「いいかい、柏木君、この世で起こることにはすべて理由があるんだ、理由なく起こることなど存在しない、因果因縁の法則というものが厳然と存在しているんだよ。藤原隆の夢だって理由もなく生まれてきたわけじゃない、かのユング先生の説によれば、『夢は忘れ去られた記憶や、感情として露顕するには脆弱《ぜいじゃく》だった心の反応の記録が生み出すものだ』と言う。

藤原隆は双子の兄の博が死んだことを知っていた、かつて自分と瓜二《うりふた》つの人間がいたことを知っていた、そして同様に父にも双子の兄が存在していたことを知っていた……。藤原隆の母親、つまり藤原巧の妻が死んだ時、藤原隆は二歳だった。妻が死んだとあれば、暫くの間は夜泣きする子供の為に父親である巧が添い寝していたはずだ、そうだろう？」

「確かに……」

「其処に深夜、侵入者があったんだよ。二歳の藤原隆は偶然にも目覚めていて、起こった事件を目撃したんだ」

「事件？」

「そうさ、恐らくそれは……かつて誰もが見たことのないほど、世にも奇怪な殺人事件だったろうね……。想像してくれたまえ、深夜、音もなく黒い影が部屋の中に侵入してきた。黒いのは袈裟を着ていたせいだ。それが自分の横に寝ている父親に近づいてきたかと思うと、突然ズブリとナイフで父親を刺したんだ……。刺された父親は、かっと目を見開き、血まみれになりながらも、枕元辺りにあった明かりを灯《とも》した、暴漢のことを見極めようとしたのだ。すると光の中に浮かび上がったその暴漢の顔は……なんと父親と同じ顔だった！……『兄さん！』そう叫んで、父は息絶えた……」

柏木の額に滝のように汗が流れた。

「二蔵の隆は見ていたんだ。意味は分からなかっただろうがね、恐ろしく怖かったと思うよ。当分は、ショックで口もきけなかったはずだ。だから父親と入れ代わった巧にはなつかず、病的なまでに母親の夢の中に逃げ込んだ。この記憶が、自分にも死んだ双子の兄がいたという事実とミックスされて、『自分が自分と瓜二つの男に刺される悪夢』として毎夜彼を訪れていたんだ……。

一方、巧になりすました一蔵は、死体を一番安全な場所に隠したんだろう、そう、あの洞窟寺院の中だ。なにしろ自分のことも十年近く気づかれなかったんだから、一蔵にしてみればあそこほど死体の隠し場所に好都合な所はないはずだったんだ。

しかし、昨今の開発にともなって高層ビルが建ち始めた。高層ビルってやつは地下を掘り下げて基礎をつくるだろう？　もしあそこがそんな風に掘りかえされては、さしもの洞窟寺院だって見つかってしまうに違いないと考えたんだな、それでことが露顕しないように周囲の土地を買い上げたんだよ。その証拠に、あの穴には成人男性の死体が五体あった。二人の植木職人、亀吉、隆……そして二蔵だ……。

その後、一蔵は東にマジュンの効力を吹き込み、綾子の存在を利用して一条家に近づいた。

一条綾子と、二蔵こと藤原巧は以前から面識があったようだから、綾子は彼が実の兄だと気付いていたろうね。だから、後に一蔵と二蔵が入れ替わったことも知っていた筈《はず》だ。しかし、彼女は口を閉ざした。一蔵に脅迫されていたんだろう、こんな風に――

『俺は一蔵だ。本物の一条綾子と共に、かつて二蔵に見殺しにされた男だ。二蔵は俺が殺した。なに、言うことを聞くならお前は殺さん。ただし、役に立ってもらうぞ』

自分がしがない大工の娘だということも、二蔵が兄と本物の綾子を見殺しにしたことも、彼女は世間に知られるのを恐れたろうね。一蔵の存在は綾子にとって、脅迫状そのものさ。だから一蔵の言うことに逆らうことが出来なかった。

そして一蔵は義基をそそのかして弱みを握り、研究の手伝いをさせた……陀吉尼天の望む世に世界を変容させるためにね。一蔵の計画は関東軍の軍事計画ともぴったりと一致したんだ……。

想像するに、綾子は死んでいく際、異常な息子と兄の動向が心配でならなかったんだろう、それで思いあまり、貴子に全てを打ち明けて自分の身を守るようにと促した。母親ならば当然だよね。

それにしても数々のあり得ないことが奇跡的に起こった結果が、百物語のような奇怪な事件を作り上げた……その点に関しては、僕は陀吉尼天の呪いが本当にあるんじゃないかと感じるんだ。例えば君が高瀬美佐に再びめぐり合ったことも奇跡的な偶然だし、さらに言えば、貴子は兄との仲が発覚することを恐れて勝手に死体を処理してしまったわけだが、その時に兄に連絡していれば、死体は心臓発作とかなんとか理由をつけられて処理されて、こんな事件にまでは発展しなかったはずだしね。また藤原隆の二つの人生における幻想と、磯部の行動が見事に一致してしまったのも不思議な話だ。まるで陀吉尼天の紡ぐ糸がこの見事な怪事件を織り上げたようじゃないかい？　それにね、一番の不思議は君が見た高瀬美佐の夢だよ、これだけはトリックじゃないよ、その時にはマジュンを飲まされていたわけでもないんだ。陀吉尼が君を呼び寄せたんだよ、最初に来た時に御本尊を見ただろう？」

「……あの気味の悪い絵のことか？」

「気味が悪いとは失礼だよ、あれは蛇曼陀羅《まんだら》といって立派な御影《みえい》だよ。だけど僕が言ってるのはそうじゃなくて、二つ頭がある奇形の蛇のことを言ってるのさ。そら、僕が本殿の閂《かんぬき》をあけた時に、君に向かって飛び出してきたじゃないか？」

二つ頭の蛇？

柏木は、あの夜自分の横を走り抜けていった何物かの気配と土を摺《す》る音を思い出した。

「あれは……その蛇だったのか？」

「なんだ、見てなかったのかい？　これだから困るんだ。そうさ、蛇だよ、もう古老の記憶にないほど昔からあそこにいるらしい。御影と同じ姿をしてるんで弁財天の化身だと信じられている。けど最近では誰も姿を見た者が無いという噂だった。それが君の前に飛び出してきたんだ、余程君は気に入られたのさ。存外、君のようなタイプの男は母性本能を刺激するからね、この事件は陀吉尼が君に送った恋文かも知れないねぇ……。怖い怖い、気をつけたまえ、蛇曼陀羅の二つの頭は、時には夜叉《やしゃ》に、時には慈母に変化する陀吉尼の本質をあらわしているそうだよ」

柏木は朱雀の見事な推理と、おどろおどろしい現実に圧倒され、危うく貧血を起こして倒れそうになった。

6

「光代だ！」

「よっ！　光代太夫！」

窓の外が、突然騒がしくなった。

「おや……光代の一行が来たようだね、柏木君」

朱雀が立ち上がって窓辺に行った。柏木もうつろなまま、よろりと朱雀に続いた。

桜舞い散る仲之町通りの端から、豪奢《ごうしゃ》な行列がやって来るのが見えた。

ころん

下駄の音が響いた。行列の先頭には桜の紋をつけた箱提灯《はこぢょうちん》を持つ若者、次に二人の禿《かむろ》、それぞれに鶴亀の刺繡《ししゅう》を施した三枚重ね広袖《ひろそで》を着ている。手にしているのは桜の枝だ。その後に光代の姿があった。

はらはらと散る桃色の花びらが、髪に刺した鼈甲《べっこう》の櫛《くし》に落下し、一寸《ちょっと》気をもたせるように止まっては、またはらりと足元に落ちる。

光代の白い肌が提灯の明かりの中で幻のように光っている。一瞬、滲《にじ》んだ輪郭の向こうに、柏木は違う女の姿を見たような気がした。

「なんと美しい、観音様だ！」

見物客の中から口々にそんな声が上がった。

朱雀はそんな華やかな空気を吸い込みながら、ゆったりと窓辺に腰を下ろした。

そうして、胸の内ポケットから取り出した新聞記事の切れ端を柏木に差し出した。

『藤原鉄鋼、満州国に進出！　若人の開拓職員を求む』

大見出しのふられた記事を、柏木は震える手で受け取った。

ぼやけた写真には工事中のビルヂングと軍人や会社役員と思われる男達が写っている。

その後ろには数名の中国人らしき弁髪の労働夫の姿がある。

中央にいる羽織姿の男が柏木を引きつけた。

藤原巧か？　じっと目を凝らしてみたが、顔は判然としなかった。

ただ、粒子のあらい目鼻のぼやけた顔が、亡霊のようにじっと柏木を睨《にら》んでいた。

「関東軍はすぐにでも大々的に戦局を広げる気だ……世界各地に植民地をつくり、植民地にはかならず娼館《しょうかん》を作る。娼館で同時に阿片《あへん》などの麻薬を密売させて軍事費を捻出《ねんしゅつ》させるためだ。大規模な戦争になれば軍隊で麻薬を管理するのは大変だからね、別組織を編成しようというわけだよ。娼館はこれを断れない、何故なら娼婦への支払いは兵隊の軍券で行われるからだ。関東軍の言うことを聞かないと軍券を換金してもらえず、経営が立ち行かない。さらに彼らは、娼館で扱う麻薬を利用して、兵士を無敵軍隊に仕立て上げ、捕虜の兵士を洗脳によって二重スパイに使おうなんてことも考えているようだ。しかしそれだけの数の娼館を作るのがまず大仕事だから、手っとり早く吉原の半分を分割して植民地に移動させようとしてたんだ。なんとも恐ろしいことだねぇ……。あの内藤という将校、光代がうんと言わない時のために、マジュンを使って承諾させようとしたようなんだ。ところがマジュンの香をあれだけ焚《た》きしめていたのに、光代は首を縦にふらなくてね、幻覚作用で狂乱したのはあの男の方だったのさ。まったく女というのは男が考えているように一筋縄ではいかないものだよ、東も高瀬美佐の予想外の動きには酷《ひど》く手こずっただろうしね…

…彼女のお陰で少しは秘密兵器の使用に猶予を持たせられるかもしれないね」

美佐の死には……少しは意味があったんだろうか……。

ため息をついて窓辺に腰を下ろした柏木の隣に、朱雀の端整な横顔があった。窓の下には華やかな光代太夫の行列が見える。

「……綺麗《きれい》かい、柏木君？……陀吉尼はきっとあんな風な麗人なんだ。人を食うなんて言われているが、本当は経典の誤訳から生じた誤解でね、人の肝を食うのではなくて、人の心を食う、人を魅了して止まない魅力的な女神という意味だよ。まぁ、もしかするとその方が男にとっては恐ろしい代物だがね」

「これから……どうなってしまうんだろう……？」

「何がだい？　日本のことかね？　君のことかね？……どうにもなりはしないよ、なるようになるのさ。東の一件にしても、告発するにはハッキリいって証拠不足だしね、告発したところで東が辞職するだけさ、それで何も変わりはしない……。今の政治家には欲だけでビジョンがない、それが問題なんだ。しかし軍は頭は悪いがビジョンを持っている。先々どちらが主導権を握るかなんてもう決まっているんだ……。少し僕らはそれを遅くするぐらいのことはしただろうがね……ねえ、君、勘違いしてはいけないよ、将来がどうなるかなんて君が憂う問題じゃない、僕らには何も出来ないんだ。将来や未来や次の世代なんてものが見えた時には、僕らはとてもそれにはついていけないよ、なにしろ、僕らには一筋縄で扱えない、あの……女の腹の中から未来は生まれてくるんだよ……」

なんだか、突然悲しくなった。今まで何処かに忘れ去られていた感情が堰《せき》を切ったように溢《あふ》れ出て、柏木は大粒の涙を流した。

何故あの時、一緒に死んでやらなかったんだろう？　そうすれば少しは美佐を幸せに出来たかも知れないのに……。柏木は今となって考えても始まらないことを重々承知しながらも、未練がましく反芻《はんすう》した。

そうしたかった、何も分からず、何も感じなかった分だけ、今、思い切り後悔し、泣きたくなったのだ。

今となってはそれ以上に美佐にしてやれることは何もないのだ。

ころん

下駄の音がした。桜吹雪の中を花魁《おいらん》が歩いていく。

柏木はその後ろについて行きたかった。

参考文献

『脳と心の迷路』ジュディス・フーパー　ディック・テレシー　白揚社
『図説　満州帝国』太平洋戦争研究会　河出書房新社
『日本史から見た日本人・昭和編』渡部昇一　祥伝社
『浅草物語』加太こうじ　時事通信社
『ダキニ信仰とその俗信』笹間良彦　第一書房
『乱歩の時代』米沢嘉博構成　平凡社
『遊女と天皇』大和岩雄　白水社
『従軍慰安婦と十五年戦争』西野留美子　明石書店
『「旦那」と遊びと日本文化』岩渕潤子編著　ＰＨＰ研究所
『東京風俗志』平出鏗二郎　八坂書房
『江戸町奉行』学習研究社
『江戸ふしぎ草子』海野弘　河出書房新社
『媚薬』Ｃ・Ｍ・エーベリング＋Ｃ・レッチュ　第三書館
『神々の糧《ドラッグ》』テレンス・マッケナ　第三書館
『昭和天皇独白録』寺崎英成　マリコ・テラサキ・ミラー編著　文藝春秋
『伝奇・伊藤晴雨』斎藤夜居　青弓社

『吉原はこんな所でございました』福田利子　社会思想社

その他にも浅草文庫（浅草の風俗図書館）にて、取材・見聞した資料が多数あります。
ここに記して、お礼のしるしとさせて下さい。

この物語はフィクションであり、実在する人物・地名・組織とは関係ありません。また本書中に一部、今日では不適切とされる語句や表現がありますが、物語内の歴史的時代背景を鑑みそのままとしました。（編集部）

本書は一九九八年一月にトクマ・ノベルズとして刊行され、
二〇〇〇年十一月に徳間文庫より刊行された作品です。

陀吉尼《だきに》の紡《つむ》ぐ糸《いと》　探偵《たんてい》・朱雀《すざく》十《じゅう》五《ご》の事件簿《じけんぼ》1
藤木《ふじき》　稟《りん》

角川ホラー文庫　Hふ4-21　17647

平成24年10月25日　初版発行

発行者――井上伸一郎
発行所――株式会社角川書店
東京都千代田区富士見2-13-3
電話/編集(03)3238-8555
〒102-8078
発売元――株式会社角川グループパブリッシング
東京都千代田区富士見2-13-3
電話/営業(03)3238-8521
〒102-8177
http://www.kadokawa.co.jp
印刷所――旭印刷　製本所――BBC
装幀者――田島照久

ISBN978-4-04-100348-0 C0193

角川文庫発刊に際して

角　川　源　義

第二次世界大戦の敗北は、軍事力の敗北であった以上に、私たちの若い文化力の敗退であった。私たちの文化が戦争に対して如何に無力であり、単なるあだ花に過ぎなかったかを、私たちは身を以て体験し痛感した。西洋近代文化の摂取にとって、明治以後八十年の歳月は決して短かすぎたとは言えない。にもかかわらず、近代文化の伝統を確立し、自由な批判と柔軟な良識に富む文化層として自らを形成することに私たちは失敗して来た。そしてこれは、各層への文化の普及滲透を任務とする出版人の責任でもあった。

一九四五年以来、私たちは再び振出しに戻り、第一歩から踏み出すことを余儀なくされた。これは大きな不幸ではあるが、反面、これまでの混沌・未熟・歪曲の中にあった我が国の文化に秩序と確たる基礎を齎らすためには絶好の機会でもある。角川書店は、このような祖国の文化的危機にあたり、微力をも顧みず再建の礎石たるべき抱負と決意とをもって出発したが、ここに創立以来の念願を果すべく角川文庫を発刊する。これまで刊行されたあらゆる全集叢書文庫類の長所と短所とを検討し、古今東西の不朽の典籍を、良心的編集のもとに、廉価に、そして書架にふさわしい美本として、多くのひとびとに提供しようとする。しかし私たちは徒らに百科全書的な知識のジレッタントを作ることを目的とせず、あくまで祖国の文化に秩序と再建への道を示し、この文庫を角川書店の栄ある事業として、今後永久に継続発展せしめ、学芸と教養との殿堂として大成せんことを期したい。多くの読書子の愛情ある忠言と支持とによって、この希望と抱負とを完遂せしめられんことを願う。

一九四九年五月三日

バチカン奇跡調査官
黒の学院

藤木 禀

天才神父コンビの事件簿、開幕！

天才科学者の平賀と、古文書・暗号解読のエキスパート、ロベルト。２人は良き相棒にして、バチカン所属の『奇跡調査官』——世界中の奇跡の真偽を調査し判別する、秘密調査官だ。修道院と、併設する良家の子息ばかりを集めた寄宿学校でおきた『奇跡』の調査のため、現地に飛んだ２人。聖痕を浮かべる生徒や涙を流すマリア像など不思議な現象が２人を襲うが、さらに奇怪な連続殺人が発生し——⁉

角川ホラー文庫

ISBN 978-4-04-449802-3

バチカン奇跡調査官

サタンの裁き

藤木 稟

天才神父コンビが新たな謎に挑む！

美貌の科学者・平賀と、古文書と暗号解読のエキスパート・ロベルトは、バチカンの『奇跡調査官』。２人が今回挑むのは、１年半前に死んだ預言者の、腐敗しない死体の謎。早速アフリカのソフマ共和国に赴いた２人は、現地の呪術的な儀式で女が殺された現場に遭遇する。不穏な空気の中、さらに亡き預言者が、ロベルトの来訪とその死を預言していたことも分かり!?　「私が貴方を死なせなどしません」天才神父コンビの事件簿、第２弾！

角川ホラー文庫

ISBN 978-4-04-449803-0

バチカン奇跡調査官

闇の黄金

藤木 稟

首切り道化師の村で謎の殺人が⁉

イタリアの小村の教会から申告された『奇跡』の調査に赴いた美貌の天才科学者・平賀と、古文書・暗号解読のエキスパート、ロベルト。彼らがそこで遭遇したのは、教会に角笛が鳴り響き虹色の光に包まれる不可思議な『奇跡』。だが、教会の司祭は何かを隠すような不自然な態度で、2人は不審に思う。やがてこの教会で死体が発見されて——⁉ 『首切り道化師』の伝説が残るこの村に秘められた謎とは⁉ 天才神父コンビの事件簿、第3弾！

角川ホラー文庫

ISBN 978-4-04-449804-7

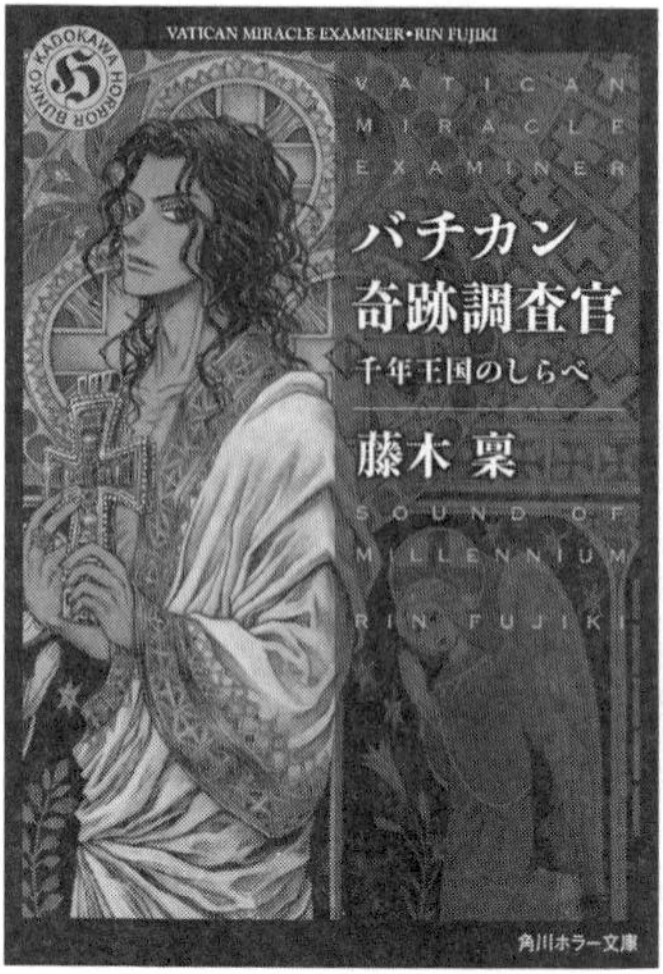

バチカン奇跡調査官
千年王国のしらべ

藤木 稟

汝《なんじ》、蘇りの奇跡を信じるか？

奇跡調査官・平賀とロベルトのもとに、バルカン半島のルノア共和国から調査依頼が舞いこむ。聖人の生まれ変わりと噂される若き司祭・アントニウスが、多くの重病人を奇跡の力で治癒したうえ、みずからも死亡した３日後、蘇ったというのだ！　いくら調べても疑いの余地が見当たらない、完璧な奇跡。そんな中、悪魔崇拝グループに拉致された平賀が、毒物により心停止状態に陥った――⁉　天才神父コンビの事件簿、驚愕の第４弾！

角川ホラー文庫

ISBN 978-4-04-449805-4

バチカン奇跡調査官

血と薔薇と十字架

藤木 稟

美貌の吸血鬼の正体をあばけ！

英国での奇跡調査からの帰り、ホールデングスという田舎町に滞在することになった平賀とロベルト。ファイロン公爵領であるその町には、黒髪に赤い瞳の、美貌の吸血鬼の噂が流れていた。実際にロベルトは、血を吸われて死んだ女性が息を吹き返した現場に遭遇する。屍体は伝説通り、吸血鬼となって蘇ったのか。さらに町では、吸血鬼に襲われた人間が次々と現れて…⁉『屍者の王』の謎に2人が挑む、天才神父コンビの事件簿、第5弾！

角川ホラー文庫

ISBN 978-4-04-100034-2

バチカン奇跡調査官

ラプラスの悪魔

藤木 稟

天才神父コンビ、悪魔の降霊会に潜入！

アメリカ次期大統領候補の若き議員が、教会で眩い光に打たれ謎の死をとげた。議員には死霊が憑いていたとの話もあり、事態を重く見た政府はバチカンに調査を依頼。平賀とロベルトは、旧知のFBI捜査官ビル・サスキンスと共に、悪霊を閉じ込めているという噂のゴーストハウスに潜入する。そこでは、政財界の要人しか参加できない秘密の降霊会が開かれていて、さらに驚愕の事件が発生する。天才神父コンビの事件簿、第6弾。

角川ホラー文庫

ISBN 978-4-04-100206-3